张昌山 主编·滇云八年书系·旧刊文存

今日评论
文存 四

JINRI PINGLUN WENCUN

张昌山 ◎ 编

云南出版集团
云南人民出版社

今日中国

文化

目 录

第二卷第十一期（1939年9月3日）

时评 ... 1
 平沼内阁的辞职 ... 1
 军委会设立公路交通指挥部 ... 2
 政局的混沌 ... 3
苏德新条约及世界新局面   钱端升   5
德苏订约与远东   王迅中   8
英美与远东   王赣愚   12
滨湖的城市   林 蒲   16

第二卷第十二期（1939年9月10日）

时评 ... 27
 纳粹德国的孤立 ... 27
 华北流亡同学救济问题 ... 28
 鼓励华侨开发云南经济 ... 29
欧 战   王赣愚   31
日本新阁的动向及对欧战的态度   王迅中   35
两篇有关民族教化的文章   潘光旦   39
英国的经济动员   吉 译   44
《原野》与《黑字二十八》的演出   佩 絃   49

第二卷第十三期（1939年9月17日）

时评　　　　　　　　　　　　　　　　　　　　　53
　　敌人的阴谋　　　　　　　　　　　　　　　　　53
　　德国的诱和　　　　　　　　　　　　　　　　　54
　　巩固金融的新方案　　　　　　　　　　　　　　55
欧战与我国战时经济　　　　　　　　　　吴半农　　57
波兰的军力　　　　　　　　　　　　　　戈　山　　61
云南法律习惯的调查　　　　　　　　　　赵凤喈　　65
日本的强制贮蓄与消费节约　　　　　　　郑克伦　　69
谈《原野》　　　　　　　　　　　　　　冠　英　　74

第二卷第十四期（1939年9月24日）

时评　　　　　　　　　　　　　　　　　　　　　79
　　战局底下的外交　　　　　　　　　　　　　　　79
　　苏联进兵波兰　　　　　　　　　　　　　　　　80
　　川康建设　　　　　　　　　　　　　　　　　　81
苏联与欧战　　　　　　　　　　　　　　王赣愚　　83
战时经济与政治机构　　　　　　　　　　张德昌　　87
论远东均势　　　　　　　　　　　　　　洪思齐　　91
谈华侨机工回国服务　　　　　　　　　　邓铿章　　95
沙坪坝　　　　　　　　　　　　　　　　吴锡泽　　99
诗　　　　　　　　　　　　　　　　　　马文珍　 103

第二卷第十五期（1939年10月1日）

时评 　　　　　　　　　　　　　　　　　　　　　　　105
　　中立法的修正与美国对时局的态度 　　　　　　　105
　　发展昆明市 　　　　　　　　　　　　　　　　　106
　　统一招考落第学生问题 　　　　　　　　　　　　107
欧战与我国的抗战外交 　　　　　　　　　史国纲　109
暹罗华侨的教育问题 　　　　　　　　　　陈友松　113
妇女与儿童抑父母与儿童！ 　　　　　　　陈佩兰　118
刽子手 　　　　　　　　　　　　　　　　祖　文　122

第二卷第十六期（1939年10月8日）

时评 　　　　　　　　　　　　　　　　　　　　　　　129
　　湘北战事 　　　　　　　　　　　　　　　　　　129
　　德国的"和平攻势" 　　　　　　　　　　　　　　130
　　统一滇省对外贸易 　　　　　　　　　　　　　　131
论日苏关系 　　　　　　　　　　　　　　王迅中　132
解决当前外汇问题的途径（上） 　　　　　梁子范　136
绅权制度与地方公益 　　　　　　　　　　杨体仁　142
桃源——火烧的城！ 　　　　　　　　　　聂　清　145
诗二首 　　　　　　　　　　　　　　　　林　绥　150

第二卷第十七期（1939年10月15日）

时评 　　　　　　　　　　　　　　　　　　　　　　　152
　　湘北大捷 　　　　　　　　　　　　　　　　　　152
　　敌外务省纠纷 　　　　　　　　　　　　　　　　153

英美对我新贷款的希望		154
暹罗与日本	陈序经	156
企业家的精神	张德昌	161
解决当前外汇问题的途径（下）	梁子范	165
中甸十记	李霖灿	173

第二卷第十八期（1939年10月22日）

时评		181
意大利与巴尔干集团		181
改进川政		182
昆明的米价		183
苏联与波海霸权	王赣愚	185
论政风之培植	樊星南	191
暹罗华侨问题	林兴育	194
中甸十记（续）	李霖灿	199

第二卷第十九期（1939年10月29日）

时评		207
苏德的结合		207
格鲁大使的演说		208
敌国政党活跃		209
中国应该站在哪里？	樊德芬	211
英法土互助公约	王赣愚	216
西北的新认识	张之毅	222
风　箱	白平阶	226

第二卷第二十期（1939年11月5日）

时评 　　　　　　　　　　　　　　　　　　　　　　　235
　　欧洲战事沉寂 　　　　　　　　　　　　　　　　235
　　美倭会谈 　　　　　　　　　　　　　　　　　　236
　　苏德军事同盟传说 　　　　　　　　　　　　　　237
关于妇女问题的讨论 　　　　　　　　　　潘光旦　239
谈欧洲大战 　　　　　　　　　　　　　　许汝祉　245
华侨返国服务问题 　　　　　　　　　　　马扬生　250
放任与管理 　　　　　　　　　　　　　　吴景岩　253
红灯照 　　　　　　　　　　　　　　　　陆　嘉　257

第二卷第二十一期（1939年11月12日）

时评 　　　　　　　　　　　　　　　　　　　　　　　263
　　敌人外交的苦闷 　　　　　　　　　　　　　　　263
　　苏倭将开谈判 　　　　　　　　　　　　　　　　265
　　国联开会问题 　　　　　　　　　　　　　　　　266
宪政问答 　　　　　　　　　　　　　　　罗文干　267
国际现局与我国抗战 　　　　　　　　　　燕树棠　271
论公务员服务法 　　　　　　　　　　　　靳文翰　278
他卖了他的松树 　　　　　　　　　　　　祖　文　281

第二卷第二十二期（1939年11月19日）

时评 　　　　　　　　　　　　　　　　　　　　　　　288
　　六中全会 　　　　　　　　　　　　　　　　　　288
　　英法撤减华北驻军 　　　　　　　　　　　　　　289

苏联抨击英法		289
期成宪政的我见	罗隆基	291
英国的战时经济措施	丁 佶	300
滇西货币问题	周叔怀	306
评张君劢的《立国之道》	汪敬熙	310
关于农业研究的一点意见（通信）	曾 省	312

第二卷第十一期（1939年9月3日）

时评

平沼内阁的辞职

据中央社香港廿八日电，平沼内阁已倒，新阁尚未产生，继任首相以前台湾军司令阿部信行呼声为最高。平沼辞职的原因，根据他发表的谈话，系因"内阁前所拟定应付欧洲局势之政策，因复杂奇突之局势，不得已而放弃"。换言之，就是因为想加入德意军事同盟而反被德国所刷。其实平沼并非力主加入德意军事同盟者，他虽主张加强三国轴心，但反对完全遵照德意之意见而无条件地参加，过去所以迟迟未加入者，即以此故。近来因为少壮军人及右倾分子的一再压迫，加入之倾向虽日趋浓厚，但仍主以苏俄为主要对象。所以他并不须负重大的责任。我认为平沼辞职的原因还在应付今后内政外交上的困难。先就内政言，平沼自登台后，以内外情势的严重，既不敢盲从少壮军人，恣意胡干，又无魄力勇气收束事变，只有拾近卫之唾余，空喊"东亚新秩序"，实际毫无成就。所以无论是渴望战事结束的国民或主蛮干到底的法西斯分子都对他不满。我在以前曾屡为文指出平沼内阁之不能久于其位，现在正好逃之夭夭，将难题交卸给继任者。次就外交言，平沼虽非力主加入德意军事同盟者，但其政策亦主强化三国轴心，最近以少壮军人之压迫，加入倾向日趋浓厚，现既被刷于德，按常理推测，只有转而与英美接近。鉴于近日对英压迫之缓和，驻美大使掘内之访问美国防办，不难窥知其阴谋。既欲亲英美，则力主加入德意同盟之板垣必不能仍据陆相实座，故前昨有平沼内阁改组之传说。但板垣系执行军部之要求，平沼何敢单独请板垣辞职，得罪军部，结果只有总辞职之一法。此外还有一个原因也值得我们注意，即最近敌国因对华战事无法结束，内外情势日趋严重，军部声望跌落，稳健派已渐趋抬头，少壮军人又以被刷于德而受严重打击。则此后稳健之力量必更增加。惟鉴于少壮军人之嚣张，是否甘于屈服？殊为疑问。此后两派之暗斗必更激烈，当局者之处理内政外交必愈感困难。决非平沼内阁所能应付。此当亦为平沼知难而退之一因。

关于继任人选，报载以阿部信行之呼声为最高。阿部内阁能否成立，虽尚待证实，但至少可从元老重臣，推荐阿部之用意中窥知日本政局此后之动向。阿部系宇垣派，平时虽无政治关系，但以追随宇垣故颇为少壮军人所不满，故在军部中碌碌无闻。元老重臣的推他出而组阁，一方面是因他系稳健分子，不至和少壮派同流合污，一方面又因为他是陆军大将，对于军部至少易于谈话一些。

至于阁员人选，报称将全部更换。重光葵有任外相呼声，如此说属实，则此后日本外交动向，益足证明将倾向英美。因重光在外务省中向有欧美派之称，今春敌国举行欧洲使节会议，讨论加入德意军事同盟时，氏以驻英大使力持反对，他若上台无疑地将增进日英关系，陆相据传将由关东军参谋长矶谷担任，彼与土肥原及板垣同为士官十六期生三中国通，对华向主激进，亦为少壮军人所崇敬，故以板垣换矶谷，实换汤不换药，并未表示对政府屈服。海军大臣有由吉田继任说。吉田任联合舰队司令，嘱舰队派，亦反对军缩对华主强硬者，惟海相地位较次于陆相，对于内政外交上之决定力量较小。

简言之，日本此后政局动向大概趋向于稳健，惟因新阁人物尚未决定。故关于今后之动向，不便作详细推测，容待完全确定后再行论述。（迅）

军委会设立公路交通指挥部

军事委员会近为维持公路交通的安全和增进抗战运输的效率，特在各公路线设立交通指挥部。根据报纸记载，这个指挥部具有下列几种职权：（一）负责沿线警备；（二）纠察车行速度；（三）救护沿途损坏车辆；（四）取缔不堪行驶的车辆；（五）检查路面桥梁涵洞；（六）检查汽车所载人员物品；（七）取缔无票乘车；（八）维护营业汽车；（九）指导养路及供车辆停放，司机膳宿。

抗战期中，公路运输不特是后方省际交通的唯一支柱，即在我国国际交通上亦已占重要的地位。目前贯穿西南和西北的公路干线均属国营，直隶交通部管辖。但公路运输事宜系由交通部西南及西北公路管理局，军事委员会西南运输处和民营及省营运输公司分别负责，故管理上颇不易收统筹划一之效。这次军事委员会设立公路交通指挥部，可以说是我国公路管理走向合理化，统一化的大进步。这于军运和民运两方都是很有益的。

公路交通指挥部的职权颇为庞大。这一点我们看了上面所列举的各项，即已明了。但还有三事，我们希望该指挥部亦能予以注意。第一，各路公私车辆空车往来者颇多，这实是战时交通的一大浪费。此后似应举办车辆行驶登记，以便统一分配运输货物。第二，目前各路车辆，零件损坏者颇多。为维持运输效力计，各大车站似有设立规模稍大的修车厂之必要。第三，行驶国际公路的公私车辆常有私带钞票和货物的不法行为。该指挥部似应加强缉私机构，以杜资金继续外流。（农）

政局的混沌

近数日来德国大军包围波兰，双方剑拔弩张，战事大有一触即发之势。而英法亦积极动员，作援波之准备。德苏签约后甫两日，英国亦与波兰签订互助协定，表示援波决心。英国会已于二十四日通过国防紧急法，授权政府采取必要处置，应付危局，内阁计划局部改组，拟邀各派领袖邱吉尔，阿特里及辛克莱等入阁，并积极征求殖民地意见。法国则已批准军事准备令，召集后备兵入伍，并将推行物力总动员。局势之紧张宛如一九一四年欧战之前夕，战神已经振翅等待光临了。

但据今日（二十八）报载，和平空气又日趋浓厚。希特勒接见英法大使，言德国无意与英法发生纠纷，若英法放弃援波，则德国将促进德英法三国间之友谊云。希特勒已向英国提出对波兰要求，由英使汉德森携返英伦。众信阁员均主张和平，惟条件则非毫无限度。又据中央社罗马二十六日哈瓦斯电，此间各外国观察家顷宣称，墨索里尼曾向希特勒提议召集四强会议，请在讨论但泽问题觅致和平解决方案前，勿以军事行动加诸波国，据闻此议已为希特勒所接受，墨索里尼之意见，并拟首先举行四强会议，然后扩大范围，听任他国参加，讨论欧洲其他各项问题云。闻波兰亦已同意召开国际会议，解决德波纠纷。然则和平又露曙光，战事尚不致立即发生，这种一紧一弛的局面弄得我们真糊涂了。

依我的看法，希特勒仍想沿用威胁敲诈的一贯策略，施慕尼黑会议之故智，压迫英法让步，以遂其不战而取的阴谋。但并捷之前车可鉴，波兰是否愿意任听宰割，英法是否再上圈套，实为一大疑问。鉴于英法最近所示态度，似乎在不完全重蹈慕尼黑会议覆辙的条件下，可以使波兰称让步而和平解决，问题就在希特勒索价太高。据称希氏向英所提对波要求中，内有一项系要求恢复大战前德波国界，此无异欲使波兰割让三分之一国土。所以欧局的"塞热病"大概还得继续一些日子，不至急转直下。希特勒尽可再耀武扬威，闹到最后关头时还有墨索里尼出来转圜。英法尽管积极动员，作援波的种种准备，但畏战的心理始终存在，非至迫不得已时，决不愿与德启衅，希特勒也就看清这一点，毫无顾虑地横施压迫，结果恐怕又将在波兰吃亏下，欧局复归平静，但是德意强盗国的野心颇大，绝没有满足的时候，一波刚平，一波又起，欧局绝不会得到一个比较长久的和平局面，张伯伦愿意让到底吗？（中）

苏德新条约及世界新局面

钱端升

自上月二十二日柏林传出德苏将签订不侵犯的条约后，举世震撼。我们前既不能预料德苏有此一举，现又焉能推测今后局势的演变？然而我们如放弃一切理想，让我们的观察专从现实方面出发，当可纠正不少过去的错误。

我们应记得五月二十一日苏联外长莫洛托夫在苏联最高苏维埃席上发表演说，批评英法关于缔结三国互助协定的提案，声称苏意关系已经改善，表示苏不拒绝与德改善经济关系，并力言苏俄绝不代他人火中取栗。四日后德国国社党某机关报也称加以响应。在一篇社论中。这个机关报再三说明德国并无仇苏之意，德意同盟也无对苏的意义，且谓历史成例均证明德国东向的界限向以东欧为限，而不及苏联疆界。该报更表示德国愿与苏联成立经济关系。

两国权威方面既有这样的表示，我们本早应提防两国将重新接近。而况在经济上及商业上，两国又是相辅助而不是相冲突的国家，徒因我们把理想的力量看得太大；把苏联一九三五及一九三六年的修正宪法运动看作苏联倾向的民主表示；把苏联朝野今年之严斥侵略看做苏联有痛恶强盗国家的意志；我们遂忘了帝俄与帝德在威廉二世以前的睦谊及一九一二年拉普洛条约的突厄（是年熟路亚有经济会议，苏联亦有代表出席，正会议间，苏联外长莫洛托夫与德国外长拉德诺在拉普洛成立通商友好条约，协约各国愕然不知所措）；遂忽略了苏联今年不打仗（无论是拥护正义的或是违反正义的仗）政策之必不变，与苏联选择仇友时之善变（一九二一亲德，一九二四及一九二五谋与英法西欧各国接近，洛加诺条约后拉拢东欧中欧小国，一九二八至三一亲德，一九三一起又遂渐与西欧各大国接近，李维诺夫辞外长后又变）；遂以为英法苏的谈判，无论如何滞缓，最后必有结果，而反侵略集团最后也必可成功。然而我们毕竟犯了太不讲现实太不注意冷酷的事实的毛病；我们二三月来的预测（预测德苏不致携手）毕竟错了。

既往不谏，来者可追。对于世界局势今后的发展我们应认准两大要点，这就是：苏联如不受攻击，决不与任何国家打仗，希特勒是投机专家，他决不掀起绝无胜利把握的战争。

我们如能牢记以上两基础，对于今后世界大局的演变便可作若干种的推断。

第一是波兰的问题。

德国既不必惧苏联之助波抗德，则对波尽可采取决然的态度，将喧嚷已久的但泽及走廊掠为己有。在苏联已经表示决不助波之后，依常理波不能不向德国表示让步，表示妥协。但对德让步，危险最大，殷鉴不远，即在去年九月。在去年九月底，捷克让步了，捷克自以为经此让步之后，仍可保持独立，然而不旋踵捷克即亡了。如今日波兰任德掠去但泽及走廊，数月而后，波兰又如何能必德国之不侵波森及捷与（旧属德，战后属捷克，去年十月波攫自捷克）等旧属帝德之地？再数月而后又如何能必德国之不以整个波兰为保护地？

波兰如果效法我国而应战，则英法又将如何呢？英法不助波，波必灭亡；波亡而后，德力更张，而对于法之威胁亦大。此当非英法所能坐视。反之，英法如决定助波，则英法波三国的武力或可战胜德意。如意不助德，则胜利的可能更大。两害相权取其轻，故英法日来正预备为波而作战。英国会已于二十四日通过《紧急权力法》，法内阁亦正进行各种战时措施。两国的动员亦成为公开的秘密。英法的备战盖含有两种作用。一是正常的绸缪举动，一是向希特勒示威。英法明知英法波三国的实力当可战胜德国，英法亦知希特勒向不冒无谓之险。如英法有作战的准备，则希特勒当然不敢侵入波兰，而大战反可幸免。二十三日英政府所以令驻德大使汉德森携张伯伦亲函直交希特勒，告以英法助波的决心并不因德苏条约而有变者，其意盖亦在使希特勒知英法助波的坚决。

据今（二十八）日报载，希特勒已向英国提出对波要求，由英使汉德森携返英伦。英国阁员均主和平解决，惟和平之条件则非毫无限度，将由汉德森回柏林传达交涉云。又传希特勒会向英法使表示，力言德国无意与英法发生纠纷，若英法放弃援波，则德国将促进德英法三国间友谊云。可知希特勒仍想沿并捷故智，用恐吓手段，威胁英法让步，以遂其侵波之阴谋，暂时对波兰或尚不致大规模地开始军事行动。他对罗斯福总统二十四日的电文不会不理，也不会直接答应。报传波兰已同意召开国际会议，益证欧战尚不致立即爆发。

意大利对于德苏条约的态度比较暧昧，除报纸有若干许的论调外，墨索里尼至今仍守缄默。如墨索里尼在二十二日以前即知德苏又将携手，则德苏关系于今后的侵略方针当无胸有成竹。此项侵略除以英法及其殖民地为目标外，似乎很少其他可能。如果墨索里尼于二十二日前并不知情，则是德已将意置之度外。若然，不特反共协定已因德苏条约而废弃，即德意同盟亦将蹈一九一四前三国同盟的覆辙，而有被英法破坏的可能。但关于今日报载，各外国观察家宣称，墨索里尼曾向希特勒提议召集四强会议，讨论但泽问题，据闻此议已为希特勒所接受。墨氏之意见拟首先举行四强会议，然后扩大范围，听任他国参加，讨论欧洲其他各项问题。然则当以前说为可信。然德意如向英法直接有所要求，英法是否允许，实为一大疑问。

罗斯福二十四日致德波两国元首之电可视为美国对于欧洲和平进一步的努力。罗斯福的电文虽采中立的口吻，但对于以武力解决争端的方法表示反对。此种表示不但是对希特勒的警告，同时也可视为对英法的声援。美国国会现正在休会期中，国会对总统此种行动作何感想，不易测知。但政府则似乎尚不甘闭户自守，不问外事。这种态度也可使希特勒不敢轻易掀起战事。

由以上观，无论由于英法备战的认真，或是由于墨索里尼的缄默，或是由于罗斯福的和平运动，欧战的危机似乎并未因德苏条约而增加，或且因德苏有条约防德更谨严而减小。

至就东亚而言，则根据德苏条约第四条（即缔约国不能参加不利于对方的集团），反共协定已不啻宣告死刑，而日本与德意已失去了任何的结合关系。日本如仍对苏联有异图，亦只能单独为之，而不能希望德国相助。此后日本的外交必将向英美法寻求妥协，这一层我们倒不可不防。依我的看法，我们抗日愈坚决，则英法愈可不怕日本，当不致入日本的圈套。

总上以观，德苏条约虽若奇迹，而其对于世界大势的实际影响转不甚大。德苏条约只是暴露了德苏当局之知有现实而不知有好恶罢了。

德苏订约与远东

王迅中

当我们正注视着日本是否加入德意军事同盟及英法俄反侵略谈判日趋进展的时候，苏德两国突于二十二日在莫斯科及柏林同时发表俄德将缔结互不侵犯的条约，二十三日德外长里宾特罗普乘飞机赴莫斯科晤苏俄外交人民委员长莫洛托夫，翌日在史连林之前签字。这个奇突的转变不但使国际问题观察家们惊愕莫名，就是各国外交当局也目瞪口呆，不知所措。国际关系本来无所谓道义，完全以利害为依据，条约的神圣和拘束力早已被现实主义的外交所破坏，尤其是只讲手段不顾信义的法西斯强盗国家。不过苏俄和德国是两个极端的国家，苏俄年来一贯地主张集体安全，反对法西斯国家的侵略，而德国则系法西斯强盗中最凶恶的一个，侵略也最急进，自希特勒登台后，两国即成为势不两立的状态，互相攻击谩骂，无所不用其极，现在突然改弦易辙，订起互不侵犯的条约，尤其是当侵略集团和反侵略集团正在互相联络策谋对抗的时候，怎能不使全世界震撼？这种诡波谲云，的确不是常理所能推测，决非理智所可预料的。无怪乎老奸巨猾的张伯伦惊惶莫名，而模棱取巧的日本更愤懑不能自禁！

这样一个重大的变化，在国际上将发生怎样的影响？最近德波两军的剑拔弩张，英法等国亦岌岌于援波之动员，山雨欲来风满楼，欧局紧张达于极点，这些事实就已替我们作了一个答复。在这牵一发而动全身的时代，远东方面将发生怎样可能的影响，也是我们所须知道的。

自苏德妥协，消息传出来，各报纷纷加以评论，大家认为于我国有利，理由是：（一）苏联现已解决其西顾之忧，而能以全力对付远东。（二）日本之国际地位愈陷于孤立，目前英美苏三国既取反日态度，即德国亦因与苏联缔结互不侵犯条约，不能助日而抗苏。（三）反共协定刻已变成废纸，日德意三国军事同盟为不可能之事，政治地位将益见削弱，政变式将早日发生。这些观察大体我都赞同，不过事情恐未必如此简单，爰就己见，再加以申论。

先就日本言：少壮军人及右倾分子们正在兴高采烈地压迫平沼内阁加入德意军事同盟，大规模地煽动反英运动，一以威胁英国，一以卖好德意，想不到德国竟刷了日本，突然和日本的死敌——俄国妥协，这是多么煞风景的事，多么凄惨的一个悲剧！此后少壮军人将何以取信于人民？教人民模仿盟兄的德国枵腹从战，原来是这样的结果。稳健派们最近因时局的严重及人民的渴望结束战争，势力已渐抬头，右倾分子既遭严重打击，此后在内政方面，稳健派说话的力量将更趋加强。不过稳健派势力是否能继续扩展下去，远须看以后日本的内外情势才能决定。少壮军人及右倾分子等暂时也许因自惭而稍缺迹，不过是否甘心屈服？还是一大疑问。他们也许认为日本若很早决定无条件地加入德意军事同盟，德国当不至于这样要弄日本，所以这次的被刷，稳健派及平沼内阁要负重大责任的。两派的暗斗，此后必将更趋激烈，外交方面，少壮军人及右倾分子等自始即主张加紧法西斯集团的联系，不惜公然与英美法等民主国家为敌，稳健派则认为为打破外交的孤立计，虽亦不反对加强三国轴心，但认清英美等国是解决远东问题的关键，不愿过于得罪，失去外交妥协的余地，所以只想利用加入德意军事同盟的问题，向英国敲诈要挟，事实上详审利害，又不愿无条件地加入，最近因为英日谈判的停顿，少壮军人及右倾分子等一再压迫，加入的倾向虽日趋浓厚，但仍主张以苏俄为主要对象。现在德国突然刷了日本，而和苏俄妥协订约，少壮军人及右倾分子即使可以归罪于平沼内阁的不及早加入，但无论如何，绝没有这脸再提出这问题，所以寺内及大角两大将已奉命中止赴德，驻俄德使馆欢宴里宾特罗浦时，日使东乡拒绝出席，国内各报亦纷纷加以抨击，斥责德国失信。据中央社香港廿五二日东京电："关于德苏缔结互不侵犯条约事，报界继有评论，纪实新闻称，德国不顾反共协定之存在，事先亦未与日本相磋商冒昧与苏联缔约，其际信义之罪名，盖属无可逃避，现反共协定已毫无意义云。向主参加德意军破坏国事同盟之国民新闻称，德苏缔约之结果，使反共协定变成废纸，反共协定系德意日三国签订，用意在×国反对苏联者，故与目前德苏缔约内容相抵触，意国今后之政策自将步德国后尘，故意德两国已不复为日本之同盟国家矣。日日新闻亦称德苏缔结互不侵犯条约，不啻为反共协定之丧钟"云。按常理推测，日既被摈于德，轴心关系已瓦解，即使邦交不至破裂，短期内似无恢复旧好的可能。日当局既已声明不变反共初衷，则与德意联合压迫英法之可能性亦极小。唯一出路恐只有重向英国接近，稳健派的外交政策根本不愿与英美决裂，现在或者要梦想利用英俄之裂痕，恢复昔日的英日联合制俄的远东局面。鉴于近日日军在华反英运动之开始缓和，驻美日使掘内之访问美国国务卿赫尔，日人外交之动向，不难推知其梗概。

其次就俄国的远东政策言：俄国自一九二八年史达林决定"一国社会主义建设"政策后，埋首于国内建设，极力缓和对外关系，因此李维洛夫提倡集体安全制，与英美法接近，反对侵略主义的法西斯强盗。但因英美等国与苏俄在政治经济思想上的径庭，始终无诚意和苏俄合作，尤其是保守党当权的英国，初则在西班牙事件中弃俄而向德意妥协，继则以捷克问题又对德让步，慕尼黑会议时曾更公开摈除苏联而满足德之要求。张伯伦更逼法国取消法俄互助条约，鼓励德国东向，与俄引起冲突。张伯伦的这种自私卖友政策当然为俄国所痛恨，所以在慕尼黑会议后，李维洛夫即有去职的消息。最近英法俄反侵略谈判的迟迟不能进展更暴露了英法没有坦白合作的诚意和决心。于是主张退出资本国家纠纷的孤立运动论大为抬头，本年五月三日李维洛夫被迫去职，代以素主亲德的莫托洛夫。希特勒正想破坏英法俄三国的反侵略谈判，以谋遂现其侵波之宿愿。而向秘密中进行互不侵犯条约谈判，终于本月二十三日签订公布。苏俄的这种违背国际信义的处置当然不足取法，不过张伯伦自私外交实不能辞其咎，英国既能背信向侵略者而妥协让步，苏俄为何不能效法？英国既可怂恿德国东向，苏俄又为何不可怂恿德国与英法为难？所以这次受影响最大的除了波兰，便推英国。咎由自取，自食其报！苏德协定不但使欧洲方面现实主义的英国吃了大亏，远东方面的日本也蒙很大的不利。日本与德意的防共轴心从此瓦解，日本不能再与德意东西呼应，狼狈为奸了。苏俄在欧洲既无德国的威胁，远东的地位必可加强，此后将更强化它的远东政策。不过有一点我们必须认清，苏俄目前的外交政策是极力避免卷入战争漩涡，在本年三月第十八届共产党大会中，史达林曾指出了苏俄外交的四个指导原则：（一）设法增进与各国之政治经济关系；（二）不受战争煽动者之挑拨，极力避免卷入战争漩涡；（三）力谋赤军及赤色舰队之扩充强化；（四）设法强化与世界各国劳动阶级之联系。他们认为苏俄本是一个共产主义的政府，应当退出一切资本国家的纠纷，资本国家纷争愈多，苏联愈形稳定，正可乘机推行世界革命运动。俄国的这次与德妥协，对英报复虽系原因之一，避免牵入战争漩涡更占重要。所以在远东方面我们不能希望太奢，俄国武力制日的可能性很小，充其量不过是援华政策的强化而已。

最后就英国言：英俄同是援我抑日的国家，苏德的订约是否会影响到英国的援华政策？这是很值得我们注意的。我们固然相信张伯伦根据过去的经验，应当知道日本对华的野心很大，东亚新秩序完全是一个排他独占的阴谋，英国为保障它在中国的利益计，绝不可对日妥协让步。不过鉴于目前的国际情势，又不得不使我们作杞人之忧。第一，苏德订约后希特勒逼波益紧，英国无力东顾，是否会向日让步？第二，日本若利用英俄之不睦，对英接近，改变其反英态度，英国是否上其圈套？第三，鉴于去年英日上海关税协定的订立，东京英日谈判的妥协态度，英国是否认为目前更有妥协的必要？最近关于香港边界临时协定的谣言以及天津存银问题解决的传说很值我们注意。

简言之，苏德协定的成立在远东方面虽使日本受相当打击。不过我们却也不可过分乐观。第一是俄国虽可加强援我，恐未必能助我对日作战。第二是日本若转而媚英，英国是否入其圈套？希望我们外交当局能乘机活动，加强日本外交的孤立化，使英俄法的远东政策不受影响，更设法促使美国于废约后采取进一步的行动，和苏俄合作制日，且可防英国之软化。

英美与远东

王赣愚

　　远东局势演变到今天，无疑的英美态度最为重要。我国人士对于这两国，自始就有颇大的期待。就事实言，这种期待是很自然的。英美是世界上的两大强国，也是决定国际趋向的国家，倘使决心联合，一致制日，侵略主义终久要失势。

　　英美两国之未能切实合作，是近些年来远东纷扰的一大主因。欲安定远东，它们的合作，或许要居其他条件之先，论者常以为它们的利益虽相彷佛，但其利益的重心，却不同在一地，又不同集一点，一方利益最感威胁之处，是他方认为次要利益之所在。就利益的重心言，英国最关心的是欧洲，而美国所注目的是太平洋，两个地域，相隔遥远，似不相关，所以英美切实合作，自有其困难。九一八事件，给英美态度以一大试验，使我们窥破英国于主要利益所在地以外，根本不热心于和平之维持，结果只让美国单独应付暴日。史汀生政策失败后，美国疑惑英国，不愿再受其利用，到了这次战事发动以后，彼此行动因之又未能一致。远东形势的恶化，确实坐因于此。

　　现今国际环境的变迁，却使这种说法失去其真确性了。英美两国虽然各有不同的主要利益。但各欲保障其主要利益，绝不能集中注意力于世界之一隅。在牵一发动全身的世界上，远东与欧洲，几乎打成一片；双方任何变动，实有互为表里之趋势。事实上，英美二国为维持切身利益计，纵在彼此认为次要利益区域以内，也应该力谋有效的合作，不然，连主要利益区域的安全，终久恐要失其保障了。

　　在远东，危害安全的祸首，显然是日本，其国策是要乘欧局杌惶不宁之时，一方企图消灭中国生存，一方极力排斥列强势力，然后建立自己霸权，而与英美一决雄雌。在此情形下，英美两国，如能切实合作，一切问题当可迎刃而解。反之，如果各依孤立以图自全，忍使远东永沦于扰乱状态，结果欲在其他区域以内，维持自身利益和安全，恐怕也是不可能。

我们以为英美人士对远东的现势，还不十分透彻认识，还未始非两国合作的最大阻碍。现在愿将远东问题的真相，简括陈述一番，以促英美政府猛省。

试先言英国。英国近几年来，欲解决英日间的矛盾，非从对抗日本着手，却往往利用英日调协，以图有利于己。英国政治家，老谋深算，论事认真，但是对日本向来害着妥协病。欧战以前，英国结交了日本，自从一九〇二年起，曾有过二十年的同盟关系。直至华府会议，两国始以《四国公约》替代旧有的同盟；不过，此后日本人士每遇外交苦闷之时，总要憧憬英日同盟的复活；而在英国方面，尤其是保守党人物，对日也是依恋不舍，想仗其维持远东的均势。

九一八事变的爆发，推翻了当日的"现状"，太平洋的局势大为改观。不过，英政府中人仍深信日本不至侵犯本国在华利益，而不愿与美国合作制日。虽然，在巴黎，在日内瓦发表了宣言，谴责日本侵略，但言不顾行，敷衍因循，徒使侵略者气焰高增。英国对日政策一误再误以后，在东方的领地安全，无时不感到威胁，在华的商务利益，亦无时不有被摧残的可能。一九三四年，在英日关系的转变中，李滋罗斯爵士之东来，其最初的用意，本在取得对日妥协；到了两度谈判失败之后，英当局对于远东问题，继有进一步的认识；始知日本军阀，在独霸东亚政策之下，咄咄逼人，得寸进尺，其诛求是没有止境的。但他们对于这个认识，犹嫌其不十分彻底。此次中日战事开展以来，英国虽明知与日本妥协是失计，然仍不肯决然与之绝缘，老是图谋苟安于容忍退让之中。这种态度于最近东京谈判中，表显得最清楚。

英国的传统外交，自来带有妥协性，对远东尤其如此。日本早已窥破了这点，所以每次对英压迫敲诈，都不至于落空。英国一向提拔日本，扶助日本，哪知今日的日本，已非自己的助手，却成自己的敌人，养痈贻患，殷鉴不远。过去英日同盟关系，本以共抗帝俄为基础，因为助日以制俄，是大战前英国远东外交的一大目标。到如今，推翻远东均势者，不是苏联，而是日本。国际间的散聚离合，无非受利害观念所支配，而英人以势迁境易，对日的传统友谊，简直不容企图恢复了。

再谈到美国的远东外交。美国对欧洲的态度，向来是消极的，但是对远东始终是比较积极的。在远东，现在仍是美国领导，英国跟随，法苏又尾随其后。美国倘毅然以九国公约保护者自居，倡导制日，和平阵线一定形成，远东大势一定要变。

平心而言，中日战争发生之初，美政府所取的态度，却未满人意。史汀生时代的教训终未忘怀；等待延宕，误为上策。当时美政府除拒绝实施中立法，保护在华美侨，及一再呼吁和平外，并未见改取更积极的更具体的手段，阻止日本对华的侵略。美国态度的显著转变，要算在在华屡被侵害权益之后。在战事的进展中，美国炮舰被炸沉了，美侨财产生命被摧残了，商业被排挤了，投资被剥夺了。直到去年十月间，美政府却不能再忍，始向日提出严重抗议，申议"门户开放"原则。这项交涉，虽其用意大致在保障自己商务利益，但对于我国却发生着很好的影响。

有人或者以为美国远东外交，到了罗斯福登台之后，远不及胡佛时期之积极了。其实，自史汀生政策失败后，罗总统对日本的要求，并未作任何让步；对日本的违约，亦不放松其攻击。不过近些年来，孤立主义的极度发展，为罗斯福外交的最大阻力。历来美国外交，都以避免卷入战争漩涡为前提，然其莫大的矛盾，也就是在历史上仅有三次对外战争，其中两次即因坚持中立而发动的。一九一七年美国的参战便是最新近的例证。欧战以后，消极中立的观念，更深入人心，牢不可破。尤其在最近几年，一般美人鉴于欧洲危机四伏，相率皈依孤立主义，想以置身局外为满足。现行中立法，虽经过几度修正，仍不脱孤立主义的窠臼。在远东战事中，该法显然是不宜适用，罗总统始终拒绝实施，固然是于我有利的措置，不过从法理上讲，现行的中立法，本与九国公约精神相背驰，除非美国也贸然抛弃了九国公约，对于中日战事始可冒昧实施。

美国在远东处着领袖的地位，现在以国内孤立派之牵制，在外交上不能有所建树。英明果断的罗总统，数载主持外交，亦以缺乏便宜行事之权，常处于苦闷的境况之中；而侵略者知其无能，对美亦无所戒心。七七以来。美国在远东所遭遇的危机，要比九一八时代严重得多。时至今日，为了日本侵略野心之日益显著，为了我国抗战信念之与时增强，美政府只有改取积极的步骤，以具体办法制裁日本。纵使自己还要企图孤立，置身局外，事实上，恐怕也做不到了。此时强求孤立，非至被迫抛弃在远东的一切权益，将中美间传统的友谊完全牺牲不可。

美国对日废止商约以来，在远东似已决心制日，但孤立派在国内还保有相当的势力，他们对现行中立法的修正，仍坚持消极中立的主张。我们诚恳希望他们放弃原来立场，从速修正中立法，勿使任期将满的罗总统，在外交上无从建树功勋。日本在华的侵略，此时要速加制止。武力的干涉，在现势下，当然是谈不到的，明眼人亦不企望及此。我们不要因为美国不以武力阻止侵略，就以它要退出远东，缺乏制日的决心。须知制日未必要援用武力，此时由废止商约而开始经济报复，必予侵略者以更大打击。废止商约应认为经济报复的开端，而不应认为制裁暴日的终点。

英国对日退让，美国废止商约以后，国人对英国发生无限猜疑，而对美国的信心，却大大加强了。殊不知前者处境较优，在外交上进退自如，原则既经确定，方法仅可变更；至如后者，则在全世界上利益太复杂，顾虑也太多，其传统的外交，天然的带有妥协性。目前我们虽对美国的同情极表感激，虽对英国的苦衷深为谅解，然还竭诚希望两领袖国，先确实认识远东之现势，合作制日。在昔日远东维持均势者，是图强复兴的日本；在今日远东，推翻均势者，是争霸权的日本，我们现与日本作殊死战，也就是替英美各国消灭暴敌之一战。以落后之军备，能与日本相周旋，不屈不挠，在世界上是奇迹。以立国原理论，我们与民主国家完全一致，而英美两国又是民主国家中的领袖，所以制日援华，实有不容推卸的责任。但这两国素来一面要抑遏黩武主义，一面又要避免卷入战争，除非迫不得已。始终不肯有何积极行动。战争是凶事，而民主国家之力求避免战争，其苦衷我们也很谅解；但对于我们反侵略之战，却不得不倾力援助；要知远东真正和平，只有独立自主的中国能保障，能维持。惟愿英美政府从速定计划，下决心，切莫轻易放过机会，以致误己误人。

滨湖的城市

林 蒲

雾的人

我们在常德的前后三天两夜晚,街左街右差不多时时刻刻碰到他,那位自称为"雾的人"。"有水吗?有鱼得啥!人住的地方,嘛子容不下人?我老子不信你?……信××!"每逢遭到玩弄,或是人们有意多看他几眼时,像生命最高节奏掷的音符,沙沙地似乎对自己,也似乎对别人说过了这几句刻板下来的话。

他,雾的人,天晴落雨,成年成月都处于沉郁的日子里。

对他,说是"人",是一份额外非凡的荣誉。名义上是四只脚爬路的左足,斩刀齐的断到大腿,右手剩下两根指头,右脚裹出圆滑的脚踝,左肩胛下,还有五寸来长的软肉球。黑色的脸蛋,棱形深凹下去的眼腔,装满浓黄的眼屎,血丝网窠着白眼球。

关于他的职业乡里:他不知道。

关于他的身世来历:他不知道。

兴趣:没有。希望:没有。由于健康上的限制,他没有过去没有将来地,每天习惯而准时地出现在各街头巷尾。他一经过,坐临沅水的商店,茶馆,酒楼,家家立刻天翻地覆,不管熟识和不熟识的面孔,都起始活跃了,涨红了亮光。

他有时兴来,跟穿长衫的读书人,讲四书五经,物理,化学;和拉车的论股劲臂力,跟吃粮家,忘了不愿显露自己职业的禁忌,他骂别人怎样胆怯丢人，怎样临阵退却事后请功提劳讲大话；而自己又是怎样的勇敢，不怕死，在什么地方去了腿，什么地方丢了手，最后又是怎样地捐了活力和四肢。他说跟×××将军，曾经同过事。中国二十几行省中，没有一省没有涂抹过他的足迹。

"说来话长啦！"把大陆看做海洋，他神秘地用右手仅有的两根指头，按按头额，指着自己："我，我是大洋面，风飐起时，船艘最怕碰的雾——雾的人！"足底便是无际的云天似的，棱形的眼腔，阴森面冷峻的，瞩望思想中迷离的烟水……

听讲的人，都仿佛受诅咒似的，失去原先兴高采烈的味儿，不再好奇的问长问短，对这沦落他乡的"雾的人"，往深处去发掘了。

他胜利地近于哭样的笑了："有水吗？有鱼的啥！……"阴险的露露牙。宛若断足的螃蟹，又起始他在陆地上爬行了。

人们背着他悄声说："是人？是一个怪物！是姜太公坐下骑，一，二，三，四不像！"

我们听着。想起几日来足底抽过湮远的道路；少睡眠的略微发红的眼睛，对着面前的一杯冷水茶……

然而，时代不同了，我们是活泼而健壮的：

军山铺

……在益阳车站，等长沙来的汽车，把大家扛完了的铺卷，载到"军山铺"，我们那天晚上的宿营地。

雨点大了。汽车没有来，每人分到三小块面包，半头咸萝卜，一块豆腐干。团长郑重的说："这是诸位常兵的第一餐！特别的优待诸位了！"接着，除了每队第四名留着伴行李，大家冒雨出发了。

雨里的足步，一上一下，雨缝里有雨花。四十五里的距离，不算是远。但因为初次的试足，草鞋磨得脚板起白泡，依行军纵队前进；而三百多人，零落的队伍，拖下来，前后相去，有十里长。晚上集合训话时，团长幽默地说："……像这样，枯黄的落叶似的零零碎碎，不说别的，只要一阵风，便不知道把你们刮到哪……"大家忍住笑。"听到了！"的答应下以将来的行为，来遮盖自己的羞惭。

路上，山冈矮矮的，雨止住人的脚步，路上行人很稀少。槲树的秃枝上，微露新芽。水田保留着过冬后的荒凉；播秧、踏种，要等到再过两个月后的阴历三月儿。土围子绕起围内的圩田，比公路高，比房子高。雾夹雨来，两里的天下，有其朦胧与寂寞。迎风桥，现在远离了汽车路，无法繁荣消瘦了自己了。如其在昔日呵，车马麇集，"过路的，哪个来了，哪个在这里住宿。"单饲马的干草料，近地吃光了，就得翻过几个山头去收买……

莫问了。问到军山铺此去的里程，卖炒锅巴的老太婆会轻蔑似的说："再过几个山屁股下……"是呵，那小地方还值得提起呀，只要想想"当年的迎风桥……"但"当年"远了，怕怠慢眼前的客人，她站立处脚跟来撑撑裙裾角的烟灰："老总们，这点上高首笔直去，一里多路。顺左手边，就是公路。"

过了几个山的山屁股，下午六时一刻，我们摸黑儿找到军山铺。

乡下经不起人马众多的。盐、油、米、菜，都得跑到几里外去采办。潮湿土地上，摊开每个人分得的铺得头来铺不得尾去的干稻草。凉水洗足，起泡处，红肿了，痒痒的。脚下像有几千斤重的秤锤压着似的，不得动弹。

七时晚饭，夜。风静，雨停。山脚下，过早的虫儿，不等夏天的到来，在鸣着初春。

"我说，老王，明天一样是雨天呢，天上没有一颗星。"

"天上没有一颗星，那么，明天一定是天晴了！"

第一个当兵的夜晚，是兴奋的夜晚。大家拖出几条板凳，坐在这乡镇唯一大街的公路旁，看着天景，各以不同地域带来的不同经验，猜测天的阴晴；等候大队部传令兵传达明日行军程序的命令。

一群小孩子，靠近我们的身边来，明亮的眼珠子，磨洗陌生的脸孔。较小的几位，食指斜挂嘴角，尾随同伴的身后。要他们坐时，他们退远了；当我们谈到别的事，不注意他们时，他们却又悄悄的集拢来。混熟过后，他们爬上我们的膝盖，脸孔往上望着我们看天的面孔，白森森的小手指，触摸我们的下颔："老总，你……你的毛粗，扎手咧"！

大家开朗地笑了："哈！哈！小老总，你……"

他们的姊姊，妈妈，从各个窗户探出头来，看到这光景，派名儿叫他们回家。

他们抱怨的眼神，瞅瞅我们，伸小腿子，试溜落地。我们留住他们。他们留下了。

大家更亲切地讲故事，谈笑话。他们中有几位在学的，拍拍小肚子："老总，我们读过书呢！"说话时的语气，活像挺能的指出："你们不识字的，只好一辈子当老总；"他们说完，关心又怜惜地好意替我们开讲"第一课"。以不纯熟的手势，帮忙说明"人手足"这代表具象的抽象字，究竟是怎么一回事。同时，耐心地给我们改正几个在他们听来认为是不准确的发音。

"老总，我们教你读书认字，你教我们唱唱军歌！"不知道是谁提醒了。

"教我们唱军歌！"他们全体附和着。

一句歌子，跟着一句歌子。他们的口笑开了。《义勇军进行曲》这首太多喉音的歌子，对孩子们不适合。我们把几年前的《国民的革命歌》，另装了一些字眼进去合唱。"打倒日本，除汉奸，抗战建国成功"便守住各自的岗位，圈绕了四野了……

鸡叫二啼。"打倒日本！……"孩子们超过年龄上所应有的担负，过早地，灌入这歌声于夜色犹四合的初春的清晨……

太子庙

刮南风了，大地回春。过了早晨的浓雾，今天是一天太阳。

早上，孩子们放土制的爆竹，和着不忍舍的话语，欢送我们："老总，再住一天，教会我们几支歌子再走呀！"答应回头来带他们上战场打鬼子，他们才安心地让我们上路。这里本地人对大兵的印象很坏，前次过境的队伍，吃用、住宿全不给钱。我们来时，问起什么，他们什么都没有。后来，好嘴跟他们说，先拿钱客气地请他们代买东西，他们眉笑眼开地，扫地、倒茶、干饼干、白萝卜，样式都齐全了。我们临走的时候，他们手里拿着国票，笑声说："老总们，不，学生们，真好，真好！"

真好。雨后的天，新鲜而蔚蓝。直往西来的道路，加添了不少行路人。

"老乡们，日子过得好？"

"好，大家好！雨水过后，惊蛰脚地，来一两阵雨点，花木都睁眼咧！"

"是呵，大家好！柿子接桃根，拿稳肥胖，赛过重来一回春呢！"

白猪、白牛、白家禽，漫放于春的田野里。犁田庄稼人的前前后后，随着"喔，喔"的口哨，和牛踢水唰唰的声音里，低飞着寻找食物的鹰隼。

停观音寺进午饭。

路顶，碰到援ＸＸ线的急行军。他们步行到这儿，化了三个月了。赤足戴笠，红红脸孔，精神很饱满。我们各闪在一边，用正步走，来互相表示敬意。

在宿太子庙。

我们这分队的住宿地很小。老板娘恳求我们："老总们，修修好，往别家展一展呢。我们屋小人多……"停了一会儿，又指着手里抱着的孩子说："他爷回来，不好说话呢！"

"老板娘，方便方便点嘛。我们过了今晚，明天一早就走！"我们有什么办法呢。在这前后不到一百栋的土窗，土瓦，土屋子里，一下子增加三百多人，草间、水槽旁，处处都住满人了，叫我们往哪边展呢。

老板娘莫可奈何的，答应下来。我们莫可奈何地住下。

团长吩咐，走过路的脚，用凉水洗会抽筋。我们请老板娘烧好两大缸热水，刚忙着洗脚，男老板从田里回来了。狰狞的脸孔，眼锋挑起的不高兴样儿，大家看了都害怕。但他说起话来，都怪有分寸的。这不会是某种阴险，一份表面的假？大家都在担心着……

房间的确太小。门缝不时吹进来阵阵尿骚味。小孩子断断续续的哭声，半夜三更了，谁也无法睡熟。门外隐约有犬吠声，磨刀声，夹杂着叽叽喳喳的人语。

"……他们，睡了吗？……"

"……睡了！你？……"女的回答。

"……漏……干水……抓住……宰了他……"这些不连贯的话，间着小孩的哭声，打入我们的耳朵里。到底是嘛子事呢？是快动手了？大家都担心着，颤栗了。

枕边人传给枕边人，传下队长的命令：有什么事故发生，队长马上吹哨子，希望大家谨慎些；尤其靠门边的迟队员。

一分钟过去了。大家警醒着。门外除了小孩的哭声，没有一点动静。

十分钟过去了。大家警醒着。门外除了一两声狗吠，没半点动静。

等着。等着时间的转移。天光了。大队部号兵吹着起床号。迟队员擦擦眼睛说:"幸亏有我把门!"

洗脸时,大家偷看帮着攒棹面的男老板,还是眼锋挑起的不高兴样。一副狰狞的脸孔!

那么,昨天夜晚怎样不动手呢?是由于我们的严防?

吃早饭的时候,老板娘托出一盘香喷喷的鲤鱼:"这是他爷昨晚田里拿来的,新鲜呢,大家着箸请呀!"

我们解除了全部精神的武装。迟队员悄声说:"冤了!这东西害我昨天一夜没有睡好觉!"

大家笑着说:"多吃几块,不就够本了吗?哈!哈!"

石门桥

依时日的次序排起来,我们经过重要的县份有:长沙、湘阴、益阳、汉寿。益阳、长沙穿过了县城;湘阴、汉寿只是过境。由"太子庙"越"湘江","湘水"而西,男女衣着,花花绿绿的。十八七岁的小姑娘,多半缚小脚。村庄的周围很宽阔。语言中,多含元音,一个外乡人听来,滴滴嘟嘟地觉得说得太快,跟不上耳儿。

路过"牛头滩"。古渡团畔,一泓湾湾的水流,绕着村子走去。青山,人影倒立水中。周围视野里,天边无际密林,无际白雾,青红萍池塘,鱼出换气。草地上散着躺、卧、站、蹲,黄、白、灰、黑的牛群,牛背上牧童唱着山歌。村南绿色的田野,冬天远走了;一路,有春随着我们。

春,但是慢着。"石门桥",多出色的一个名儿呢。想象閂封记忆的一座石门,躺下了,成桥。桥上过人,桥下过夕阳,过水,成"十"字。"十"字也有缘分。你该说,丹红古字,不褪的是乡下人嘴里的他们远祖的英勇行径:睡和醒时一样精灵,十里外取人头颅如瞬眼;一手举千斤石墨,走了三里路来回,不许喘口粗气,不变脸色……

像鸟儿无心从远方带来一颗种子,培植树荫,你认为凡故事都应该有个结局,这里也应该有个归结是不是?

慢着。十里外取人头的,却于一夜朦胧的睡去,第二天找不到自己的头颅了。"这个,信不信由你!"

乡下人的口里,这样说。茶店说"善者"的老头儿,也这样说。但这里的人是善良的，你别看屋子矮小，听北方的同伴说："羊三牧，吕家桥，燕子飞过，都得板根毛。爷们不在家，老娘们也不饶！"便疑神疑鬼的误认为是黑店，而提心吊胆减少了睡眠。

这里，就是据点，地面平静呢，"晚上，客人，您拿着金子睡，也不碍事！"

"是！是！老板！今晚我可要好好的睡一觉了！"迟队员另有所指的，咂咂嘴，这样说了。

人声渐减，夜，辽远的星光……

善卷村·春申墓

临时铺设的浮水桥，临时拆卸让路给过河的船只。午二时过"滴水门"。

坟堆增加，常德城也近了。公路上的红黑土层中，拔出来的坚硬石块，峥嵘的峰角，搋着足趾。甘蔗茎，瘦而矮，又不甜。豌豆半尺来高，一片青绿绿的，毕竟春天来了。春在庄稼人的田地里。

据沅水南岸，常德城对面，是"善卷村"。川东口音的乡巴佬，涂粉裸胸，穿行乡下路的小脚妇人，几株脱叶的杨树，谁会想到这是施行理想政治之君，物色其王业承继者的住居地呢？人各有所执着。平凡里常见高低。善卷先生乐于无闻天下，而终老是乡。如其生平盛世，深心里自有他独自的见地呢。现在，祖国受凌辱，我们要坚决地走完这段满地荆棘的道路……

帆过沅江。船停临沅门。吊脚楼绕着炊烟暮霭，常德沐浴在夕阳里。

常德城小小一块碟子，像四川的泸州。本来是西南各省货物出入口的聚集地，现在，因为战事时日的延长，战场的扩大，伸开长长的路，吸收各色各样逃难来的外省人。住宅，有最新式的洋房，有低压到头上的平屋。日中为市的赶集，排列在各大公司的门口。北平王麻子的剪刀分店，小伙计说，麻子并不麻，推到最早最老的一家，也不是在前门大街。

"你去过北平没有？"

"没得去过。"他毫不犹豫地回答。

"你没有去过，你怎么晓得咧？"

"想也想得到！"

想也想得到。沅水过了洞庭，和长江一道外东流的。北平在记忆里，在记忆里……

"百街门"托东,沿大街偏左手,与"礼让","退隐"有着可惊的差异,"府平街"顶,门口一口井的庭子里,躺着虎视一切的春申君。

黄歇先生以献爱姬而更得宠幸,也因爱姬而断头丧身。古今中外,个人成败决定了历史记载中的为英雄,为盗贼,蓝底凹字冰冷的墓碑下,这南方的好客者,默默躺着已几千年了。自己的雄心,应随食客们的枯骨而枯瘦?

他的"狐涉水,濡其尾"始易终难的譬喻,可在给几千年后掉在泥沼中的我们的敌人,一个有意义的注脚。

夜,沐浴武陵地,和××××部同宿悬立中学。

五棓子商

让本地人"提不起兴儿"的空袭警报,独自"呼,呼"的响,又独自停歇了。街上游荡者闲散的人群。

"从先,没有铁路火车,湖南的省县,推常德是第一了。"实际上,只有湘潭能够并排儿算个数的这水码头,沅水、驿路馆紧着滇、黔、川。一切内地的农产品、手工业,茶、米、银、铅、油漆、布、棉、药材、桐油都由这里南下长沙、广州,东出长江,上海。湖南最著名的湘绣,和东莞女儿香一样,少女珍藏起暗易油粉的精品,也是在这儿先长沙面让人购得的。津水帮、实广帮、麻阳帮、桃源老二,他们可以为买卖上的一点争执,打得死去活来。死了,埋掉,采着原始性的报复方式,从不诉回讼,见见官。

而另一边呢,久住的商家,四面八方接送客人,性子磨练得圆滑了。贴河堤高高的有麻绳店、瓷店、粗纸店、零食店,给和尚穿的有袈裟。水来水去的有鱼贩。大商铺圆拱门内,黑压压地挤满女士。机械的手指,逡巡的在箕箩上寻找灰色的树果子,眼睛和脑袋疲乏的往下垂,样子几乎是睡着了。一位监工样的老板,冷峻的眼珠子,圆车车滚上滚下在各只没有半点血色的手背上。口里严厉地吆喝着;"怎的了,好吃懒做。我们的钱是土沙?不干的给我滚!"柄顶鼻绳套左腕上,藤条呼呼的,空中打圆圈,像天下盘桓飞着,左右寻找食物的鹰隼。

我们跨进门来,靠了腿颈上的绑腿,腰间皮带,身上的二尺八,他违于本意的堆着笑脸,有礼貌地接待我们。

"老总们，请坐请坐，有什么吩咐的？"送过来铜制的水烟袋，一盒上等的福建薄烟丝。

"我们来看看她们做的是什么活计！"一位四川同伴乘机排出一副老总的神气。

"是，是。她们是捡五棓子的。"谦卑地微微弯着腰杆。

"捡五棓子。我们四川也有。这干嘛子用场？"那位同伴问。

"用来做洋漆的。我们做好头道油，装桶运到广东，上海，配到外洋。"

"它有什么用处呢？"，同伴们固执的问根寻底。

"去湿气。松船底，涂飞机翅膀，吁，吁，不怕水浸雨淋。此桐油轻便耐久些咧，老总！"

"一天可以出产多少？"

"这，我不太明白，老总！"有更深的秘密怕被发现似的，他忙拿板凳，给我们几位站着的同伴，用话岔开："老总们，请，请坐！"

"你们有多少女工？"站着的同伴问。

"一天前后，来来往往，有二百多人，"

"她们不是固定的工人？"

"不是，老总，她们是帮短工。"

"她们一天工资多少？"

"两角钱。"

"你们管饭不管？"

他停了一停。"唔，唔，带饭，带的，带的！"搓搓手，"我到里头筛杯茶，老总们润润喉！"这转弯儿的逐客令，他说了，却不动一动。看看我们没有想走的意思，他不得已转入厢房取茶去了。

女工们睁开眼，悠悠地叹气："死不要脸，吹牛皮！带饭？带他妈的麻皮。一天三顿，还不是吃自己？带饭？"

老板出来了。手里托着精巧的茶具。听到女工们沉重的话梢，他楞一楞，又装作若无其事地倒倒茶："请，老总们，请茶！"

锋利的眼，溜溜女工们无表情的脸蛋……

送我们出来，回转身去带上疏窗的掩门，藤条又呼呼的在空中打着圈子了："通你娘的烂屄，疯婆娘，……痒了……长长嘴舌搬话头！老子怕？怕屁！带，带饭……老子给个大鸡巴吃吃！"他假面中的粗野，露了原形。

滨江之城

　　这滨江的城市，如其在升平盛世，叫八哥（流氓地痞的别名）敛迹。一年二季稻，兼种棉花、冬麦，和别的县份，共负起"湖南熟，天下足"的谚语。做母亲的，手中有活计，足踏摇篮，口里哼着和生活贴近的伢伢歌（即摇篮歌），让摇窝中的婴孩，睡在如梦的歌声里，见风长大。等孩子会说，会走路，会哭，会笑，会坐堤岸上编歌儿，指骂抬轿坐轿的："二个乌龟抬个狗！"母亲便撒开手，到河边帮丈夫弄扳绳，捉鱼。再回店来，活鲜鲜地称斤论两卖给客人，赚点铜钿，角子，买香油，添补一家的食用。过年过节，看街顶游龙，河里荡着的龙舟，绑两根筷子在瓢瓜的柄子上，叫孩子们二人成对的托着，自己诚心诚意地跪下来："瓢瓜姑姑，瓢瓜神，借您下来问年成，"谦虚地许着愿："年成好，花皮袄；年成差，一枝花！"……

　　三四月水涨，城门上几道闸板了，自己让孩子们"骑顶马"在一种沉重的空气里装快乐："去！去看水爷爷下海！"

　　"下海，要在水上讨吃，应该受水的家教。"年年排古佬（运木材下江的大木商）运几十万株削净皮的树木下江去，木排一在洞庭湖露头，就得烧香点红烛，请灵王保护。不然的话，"灵王怒了，一番浓雾一番水，怕你找不到尸首呢！"说是有一次，一位法术高强的方士，在岳阳楼上吃酒，一时兴来，忘了师父的叮咛，和排古佬们斗起法来，只手往酒杯里一指，湖上几十万株的树木，就还我皮来覆你荫，顿时化得无影无踪，跑回各所自来的山坳野地里了。排古佬不慌不忙地上楼来，在方士的背上手一拍，嘴里说："我当作是哪个，还是你哟！"便又悠闲地下楼来，驾他完整的木排了。方士吃惊一跳，酒力全醒了。"点血"正中要害，他跛着追下楼，请求木商的原谅解救；但排古佬已去得无影无踪了，只给茶房留着话，说是要命的，得罩火笼里，蒸个七天七夜晚。

　　方士回到家。依法把自己关笼里蒸了六天六夜。笼子里没有半点消息，家内人急坏了，开一缝笼盖，看个究竟。笼里人惨叫一声："咖屁（完了）！咖屁"快蒸出肉来的血钉子，重又没骨骼了。方士立即出笼，神志清晰吩咐家人办理自己的后事。

"这也算不得就绞怪得咧",要在水边生活,应知道水的禁忌。一年,有个外乡人,触犯"水爷爷"的怒,接七七四十九日火地断人烟,处处是滔天的洪水。围子倒了流走圩田,常德城,这块水面上的小碟子,差半寸就下沉。德山孤峰岭的高僧,把黑龙锁龙潭里,水才平息下来。但从此以后,若有人听到龙潭一带纲鱼的,便乌起天来暗了地……

"老总!出门人!入门问俗;入境问禁!问这样问那样,要您家管嘛得?……"看我们再三再四问起"雾的人",茶楼主人好意说出他的劝告。

本期撰者:

钱端升王迅中王戆愚三先生均在本刊屡有文章发表,用不着再介绍。

林蒲先生在本卷第六期中曾和一帆先生合写过一篇短篇小说。这次又承他写了一篇长文,希望爱好文学者细读。

第二卷第十二期（1939年9月10日）

时评

纳粹德国的孤立

疯狂残暴的希特勒利用英法的畏战弱点，谋袭并捷故智，掠夺波兰，以遂其侵略之狂欲，想不到波兰竟不畏强权，抱定宁为玉碎毋求瓦全的决心，维护领土及主权的完整，点起了神圣抗战的烽火。而英法也觉悟强盗之不可理喻，贪欲绝无满足之时，毅然负起援波的义务，九月三日对德宣战。英国空军已出动轰炸德国威廉港军舰，海军开始袭击德舰。法国海陆空军亦已完全开赴各指定地点，据纽约五日路透急电，希特勒日前所称固若金汤之德国西格佛里防线，业已为法军突破二十二处之多。这个胜利消息确实与否，尚待证实。虽然我们深信善战者服上刑，希特勒的失败是意料中事，不过现在据加判断，尚觉过早。然就国际形势言，失道寡助，希特勒四面楚歌，已处于绝对孤立的地位了。

英法波兰已联合对德作战，美国虽决定宣布中立，但鉴于上次大战的经验及孤立派人士亦有对德宣战之主张，将来赞助英法，仅系时间问题。苏俄虽与德订立互不侵犯条约，但目的仅在避免卷入战争漩涡，观于动员五十万集中西境之消息，对德尚存防范之心，这两国的协定能维持多久根本是问题，更谈不到援助了。三年来的远东与国日本也因苏德订约而怀恨在心，阿部首相已于四日宣布中立。最可怜的是墨索里尼也于五日向全国广播，谓"一周以前，德国通知意大利，说明拟诉诸武力，以解决但泽问题，其时余正戮力和平，冀各方进行谈判，以求纠纷之和平解决，故德方已因此举而破坏余与德国前次成立之谅解。意方前次承受之约束，自应不复有拘束之力量。目下情形既属如此，意大利已决定采取中立之态度。"以后如何变化，虽不可知，但就此声明而言，目前意无助纣为虐之意，至为显然。西班牙法西斯政府佛朗哥将军亦声明严守中立。希特勒过去的翻云覆雨，满以为世人尽皆可欺，现在自食其果了。

希特勒的行将没落象征着法西斯强盗国家的末路，不知远东强盗的日本作何感想。这大概就是我们对于欧战所以热烈注意的原因之一吧。（中）

华北流亡同学救济问题

最近一两个月内，平津一带的有志青年长途跋涉，来滇求学者为数动以百计。这些青年所带的旅费多不十分宽裕，而沿途交通阻滞，候船费日，港越两地且须支付外币，故往往未达目的地而款项已经用罄。听说华北的敌军对于南下的学生检查颇严，如不幸而被扣留即有性命之虞。所以这些学生决心南下时，实在死与自由之间作斗争。此外，领馆签发护照仅限于少数教会学校的学生，签字手续费规定以法币为限（华北的法币已成了禁品），而各学生的家长大都又不愿子弟冒险成行，凡此种种都足以阻扰这些同学的壮志。然而他们不顾一切，毕竟突破了奴隶的生活，来到了抗战的后方。这种精神该是多么值得国人尊敬和激励！

青年富于理想。这些南下的青年对于这次长征多抱着无穷的希望。他们憧憬着祖国是怎样伸着两只仁慈的手臂，准备拥抱他们，抚慰他们，如像慈母抚慰受了虚惊的孩子一般。他们又憧憬着后方的兄弟姊妹是怎样纪念他们，同情他们，见了面时，又怎样热烈地欢迎他们，照料他们。他们还憧憬着后方的同胞是怎样紧张热烈地过着战时生活。然而，当他们跳出滇越铁路的四等车厢时，他们看不见祖国的仁慈的手，同胞的同情的面孔，更看不见抗战期内后方应有的紧张生活。他们到处看见的是冷酷，无情和松懈。于是他们的幻想毁灭了。失望偷偷地笼罩了他们的心头。而最使他们感觉为难的便是摆在面前的两个现实问题。即第一，各国立大学的统一招生考试已经完毕，此后读书问题如何解决？第二，手头的金钱已经用罄，此后食住问题如何解决。

最近昆明市政府教育科与联大一部分教授曾借用某一小学的校舍，设立了一个临时招待所，使一部分同学可以拿出很少的代价解决食宿问题。这固然是一件值得赞佩的善举。但可惜规模不大，且无经费。故大部分贫困的同学仍然没有办法。听说一部分因同学关系，寄住在联大的南下学生已经过着吃剩菜剩饭的生活。其余没有私人关系不能搬到学校宿舍寄住的，生活当然更成问题。我们希望教育部和各大学当局对此问题加以重视，速拨的款，指派专人，组织一流亡同学救济会，切实办理这一事宜。各大学原有贫穷学生补助费的办法。此后更应扩大范围，改良办法，使真正贫穷的流亡同学都能得到实惠。此外，学生和教职员方面也应在可能范围内，组织招待团体，从精神上，物质上予以同情的援助。至于入学考试问题，各校当局更应特别通融，准许补考，绝不可使他们向隅。（农）

鼓励华侨开发云南经济

华侨对于世界经济一向有很大的贡献，对于新区域的开发尤富经验。在前六七十年美洲铁路的建筑和金的开采，很大一部分的劳工是中国人供给的。亚洲方面所谓南洋各地如英属马来亚、荷属东印度、澳大利亚、菲律宾、纽西兰、安南、暹罗、缅甸等处，近百年来的经济发展，虽然主动的是欧美国家，而这些地方的经济所以有今日的繁荣，很大一部分是要归功于在那边的中国人。我们知道近三四十年来华侨对于祖国政治的改革，和现代事业的发展，亦有很大的贡献。这次抗战我们决定同时建国，增加生产，建国需要资本和技术，需要把那些尚未开发的区域开发起来。能够供给资本和技术同时有开发新地经验的是华侨。后方各省中有最多区域可供垦殖的是云南，需要资本和技术较为殷切的亦是云南。华侨所能供给的和云南所需要的是相符合的，鼓励华侨开发云南是一件两方都有利益的事情。何况近来如暹罗方面，因受日本的鼓动政府不断地压迫华侨，进行一个强烈的排华运动，已经有不少在那边的华侨不愿受这种压迫，离开暹罗到中国后方来，有许多位已到昆明。他们听见祖国正在想积极建设后方，中央有鼓动华侨投资国内经济事业的方针，颁布了许多法规，各地华侨对于参加后方经济的开发都抱有热望。胡文虎先生和其他华侨领袖已表示愿意投巨额的资本在云南的矿产交通等事业上，还有别的华侨曾请云南当局告诉他们在云南可以办哪些事业。七月二十九日云南省政府决议设立一个侨胞垦殖委员会,并设一个接待处,由建设厅长做该会的筹备主任。我们觉得华侨有志愿来云南投资垦殖和参与其他事业的兴办是不成问题的。他们对于祖国抗战建国的热忱早已具体表现,而不是口头或表面的,如他们对于前方将士的捐款,伤兵和难民的捐款,工业合作的捐款,和几千个华侨机工自动回国服务,这些都是华侨对祖国的实在的贡献。我们此时必需认清的是鼓励华侨在云南投资和垦殖不只是为回国的华侨谋经济出路,或为增进华侨对祖国的情绪,而更重要的是这投资和垦殖的计划如能实现,对后方建设是会有实在的贡献的。所以我们所需要的是切实地和认真地促进华侨在云南投资和垦殖计划的实现。(佶)

欧 战

王赣愚

欧洲大战已经展开了！全世界的人提心吊胆，都认大祸已无法避免。离开上次大战，到今才满了二十余年，不料人类的浩劫，又要在我们眼前降临。智慧的各国政治家，对此竟束手无策，好像情愿让人们自掘坟墓似的。

综观日来局势，和平殆已绝望，战事势将日益扩大。在这次大战中，破坏和平的祸首，显然是德国，是纳粹的德国。英法波的态度，只是应战，而不是求战；应战是应付最后关头的唯一办法。换言之，如果未到最后关头，这三国始终坚守最低限度立场，而为和平的最大努力。

欧洲的局势，自慕尼黑协定成立后，虽曾一次弛缓，但历时甚暂，不久复进入紧张状态之中。在欧洲，反侵略的力量，本来远居侵略力量之上，但因缺乏一种组织加以维系，这些力量却不能发挥预期的效能，甚至容易反被侵略者所拆散。近来德国极力破坏英法苏的结合，这原是不足为奇的；其可痛心的，是这种作法常常得到鼓励或怂恿，而获得相当的效果；因为英法两国在对苏谈判中，除讨价还价，只图于己有利外，尚且时常保留着与侵略者妥协的余地。最近德苏签订互不侵犯协定以后，反侵略集团因而拆散，德国侵略气焰因而增高。希特勒太兴奋了，不及旬日而对波发动战争；殊不料英法早有援波的最大决心；意日俱持中立的暧昧态度；至如苏联虽暂时旁观，但终亦不愿德国势力因战争而坐大。现在德国殆处于空前未有的孤立地位，旧友相乖离，新交不足恃。希特勒低头一想，必定懊悔自己的失算了。

德国自希特勒执政后，在国际政治上所表现的，是咄咄逼人的黩武式外交，如要求军备平等，进兵莱茵区域，合并奥大利，以及侵灭捷克等事，哪一次不是抑压他人而图谋自己地位之向上？哪一次不是借助军力而求国威之扩张？诚然，德国在战后是被压迫的国家，处心积虑，即在解除凡尔赛条约的种种束缚。倘以和平的方法，谋达此项目的，我们不得不表同情。以德国文化之优越，人民之纯厚，只有忍耐若干时日，其国际地位之蒸蒸日上，殆无疑义。奈今日希特勒计不出此，一味以武力攫取地位，其收效虽似较速，然终久恐遭惨败，遵守条约，维持信义，是多年来国际关系的正轨，但在纳粹国策之下，条约与信义，这些名词，业已不能适用了。不但如此，自国社党掌权后，整个国家，已完全转入作战的状态之中，一切政府设施，无不为备战着想。

或者有人以为德国虽积极备战，然亦何尝不畏战？从表面上观，自上次大战以来，德国从未参加过任何战争，并奥灭捷，又何曾费一弹，动一兵呢？其实在德国，战争早已成了独裁者的有效工具，对外固企望兵不血刃，以遂其愿，但对内则势不得不鼓励战争，以巩固政权。战争的最大作用，便是破除人民对政府的愤恨和反感。执政者到了战机酝酿或战争爆发的时候，没有不得到本国人民热烈拥护的。以抗敌为最高目标，任何恶政府，总胜于无政府。换言之，战争在独裁者的计算中，不啻是自身转嫁责任之唯一的方式，纵然触怒了人民，往往因一战而避免抨击；违背了诺言，亦往往因一战而和缓嫉怨。

战胜的虚荣，是纳粹政治下的主要观念。原则上，爱护或增进国家的尊荣，固是任何政府以及公民应尽的职责；然在德国竟成了侵略主义的起点，背盟弃约的口实。战后德国是不满意现状的国家，对尊荣的感觉尤为灵敏，时时刻刻争与一等强国相比拟，相抗衡，始终不问自己所处的环境是如何。国家的尊荣，只能于拓地扬威中表现出来，是希特勒迷惑德国的莫大谬解。因此，它的侵略活动，当然是没有止境的，假令此番灭波得志，接着必然还侵略他国领土，一不做，二不休，除非碰了壁，触了礁，是不会终止的。

眼前因德波纠纷而促动欧战，姑无论胜败何在，其所付的代价，在交战各国中，必以德为最大。须知欧洲局势，已与并奥吞捷时大不相同。不久以前，奥国不抗而降，捷克被迫屈服，半因自身缺乏抵御力量，半因英法没有援助的决心。时至今日，波兰既起而应战，英法二国以条约关系，绝不抛弃助波的义务。过去几年中，希特勒屡乘欧洲杌隉不安，强扩军尚未完成之际；利用恫吓手段，从事对外的冒险，以取侥幸的成功，其一心一意都想不劳而获，不战而胜。殊不知这种徼天之倖，为眼前形势所不许了。英国现在抗德已下了最大的决心，法国之追随参加，又是无可疑义。这两领袖国，既肯以相等义务约束自己，再谋其他大小国家积极帮助，给许相当长久的时期，必能予侵略者以重大的打击。希特勒到今还想波兰问题获得"慕尼黑"式的解决，事实上已为不可能。德国此时倘不幡然自悟，改变作风，那么，前此在欧洲所享的四强之一的地位，恐怕因其无限的侵略，致渐次摇动而终至于一蹶不振了。战后惨淡经营所获得的国家尊荣，丝毫不加珍重爱惜，竟作孤注之一掷，实在足以失世人的同情并引起我们的惋惜。

现代文明各国之间，战争之于战斗员与非战斗员，俱是巨大的牺牲，集体的冒险。倘使没有启人崇仰的理想或主义，当做共同的目标，实在很难使一般人民忍受战争所加与的担负。然理想或主义羁縻人心之力量，亦有其限度。目下德国人民，在扑朔迷离的战争宣传网中，爱国情绪偏激奔放，民族夸大狂势必无从遏止。不过在持久战争中，国内严重的经济困难，必定与时俱增，人民不胜物质苦楚，而生反战之念，到了那时，希特勒政权，不无倾覆之虞。战争是"力"的政治之表现，超出寻常经济的计算。德国速战速决的计谋，能否逃经济力之支配，尚属莫大疑问。

自上次大战以至今日，中德关系向称亲睦；我国人士素来对德国复兴图强的努力，深表钦佩。我们在目前阶段上，是抗敌而求友，友愈多愈好，敌愈少愈好。过去德国虽上日本的当，屡次做了它的帮凶，然我国对德仍舍不得多年交情，往来也能持重审慎。以立国原理言，我们是民主国家，坚持和平正义的信念，势须与英法站在一条线上；波兰在英勇抗战中，这样不屈不挠，与我国处境相彷佛，在道义上亦应寄以无限的同情。

战争是凶事，而民主国家之畏惮战争，其苦衷我们很了解。但独裁国家窥破了这种畏战心理，每次对民主国家威胁力逼，非至厌足所欲不止，为爱护和平而让步，则让步之结果必为和平。若一遇武力恫吓，即忍辱屈膝，必予侵略者以可乘之机，和平终成幻想了。近数年来，英国一贯的政策，是避免战争，或至少延缓大战爆发，希冀以和平的方式，解决一切的纠纷。法国乐意追随英国，为保护自己的利益计，又不愿诉诸武力。我们对英法的和平政策固表同情，然对它们过去为和平而屈膝的作法，实在不敢附和。欧洲局势演到今天，英法敷衍退让政策，未始非一大助力。德国穷兵黩武，与日本同出一辙，其侵略气焰非有更强更大的武力不能抑遏。英法联合力量之大，既不容忽视，倘再能把美苏力量吸收进来，则不难使侵略者早日就范了。

欧战既因德波纷争而展开了，中国只有自为之备。此一大战对我的利害如何，不能轻易断定。但我总以为于我有利的国际环境，非和即战；而非战非和的混沌欧局，却将陷我于最不利的境地。此时惟望全国人士善自图之。

日本新阁的动向及对欧战的态度

王迅中

平沼内阁的不孚人望，我在本刊以前的几篇文章中早已说过，动摇的传说也非始自今日，它的命运能维持到将近八个月之久，已经稍出意外，所以这次他的辞职，并非奇突。近因虽系苏德订约，根本原因则仍在应付内政外交的困难，这在上期的时评中已略提及。继任者是一位不大知名的阿部信行，这倒稍出意外。

阿部系陆军大将，以曾追随宇垣，颇为少壮军人所不满。氏未亲历戎行，故无战功，宇垣抱恙时，一度代理陆相，终未实授。九一八后，少壮军人得势，同期卒业之荒木真崎等喧赫一时，氏独碌碌无闻，远戍台湾任司令官，一九三三年晋升大将，八月异动后即改任军事参议官，二二六事变后，为避免掣肘寺内陆相计，与荒木真崎等同退出现役。这次中日战争中，许多军人都大露头角，彼仍郁郁不得志，想不到现在竟一跃而做首相了。我想西园寺汤浅等的所以推荐他，大概是因为他是宇垣派人物，系军人中之稳健派，较易应付军部，又不致与少壮军人同流合污。过去西园寺东多次属意宇垣出台应付艰局，因为少壮军人的一度强硬反对，未能如愿。宇垣手下第一把交椅的南次郎也因为资望能力较高，所以这次首相的冠冕便落到阿部头上。真是庸人得福，阁员人选已决定彻底更换，前阁无一留任者。外相暂由阿部自兼，内相小原直，藏相青木一男，陆相焰俊六，海相吉田善吾，法相宫城音五郎，交相河原田稼吉，拓相众议院议长金光，厚相由小原兼任，外相永井柳树太郎，商相兼农相伍堂卓雄。新阁施政方针尚未发表，爰就人选方面，试测新阁此后内政外交之动向。

自五相会议制创立以来，重要大政方针之决定权移到这个内阁核心。所谓五相者，系指首相、外相、藏相、陆相及海相五人而言。现敌国报章虽主取消此制，不过无疑地这五个阁员在内阁中占了很重要的地位。阿部的经历背景已经说过，是宇垣派人物。青木在近卫内阁时任企划院次官，平沼组阁后升任总裁。企划院的职务是计划"平时及战时综合国力之扩充与运用"，总动员法便是这机关所起草的。总动员法中最重要的当然是经济部分，即所谓物力动员。青木的被选入阁，无疑地是梦想怎样使财政与国策圆滑运用，而不致偏重一方，顾此失彼。外相由阿布兼，这当然是暂时的，据电讯所传，以后将由重光或东乡承乏。重光现任驻英大使，东乡系驻苏大使。两外在外务省中都被视为欧美派，与白鸟松岗等之所谓革新派的法西斯外交家，势不相立，今春以加入德意军事同盟开欧洲使节参议时，重光力主不应无条件加入，得罪英法美等民主国家。所以重光东乡如上台，外交方面势必离开轴心而倾向英美。现时外相所以迟迟不任命者，我想不出下列二因：第一是因为尚须看英美的态度，有无接近的可能；第二是或许军部尚未同意，暂缓任命。陆相并传将由关东军参谋长矶谷担任，现已决定为焰俊六。矶谷与坂垣和土肥原同是士官第十六期毕业生中之三"中国通"，均为少壮军人所爱戴崇敬，若以矶谷换坂垣，等于换汤不要换药。焰俊六虽也是陆军大将，做过第十四师团长，航空本部长，台湾军司令官，教育总监等要职，但因属宇垣系，在少壮军人方面的声望，远逊坂垣，土肥原及小矶等。七七事变发动时，他正做着养老的军事参议官，松井去职后，始来华继任华中最高指挥官。他的出任陆相，可以反映少壮军人气焰的稍敛。不过将来如何应付，还是一个大问题。无怪乎敌国报章认为不能代表军部中进步分子，而表示不满。海相吉田善吾原任第一舰队兼第一第二联合舰队司令官，属舰队派，反对缩军者。（日本的海军本分三队，第一舰队对付美国，实力最强。第二舰队对付英国及苏联的远东海军，实力仅次于第一舰队，第一第二两舰队又称联合担任海洋作战之任务。第三舰队则以封锁中国海岸为目标，实力远逊，对华作战后又编第四舰队，与第三舰队联合称"支那舰队"，）所以他的资望与主张均甚合宜，报章上认为他是新阁员中唯一合适者。其余诸阁员则大率系齐藤及冈田两中间内阁之旧人，如内相小原直曾充冈田内阁之法相，文相河原田稼吉曾充冈田内阁时的拓务次官，法相宫城音五郎曾充检事总长，以公正名于世，迁相永井柳太郎原系民政党人物，曾任齐藤内阁时的拓相，商相兼农相伍堂卓雄则系工业资本家。所以从新阁的人选看来，大体可以说法西斯的色彩颇为淡薄，与近卫平沼两内阁迥然不同。

敌相阿部既是宇垣派人物，宇垣向被视为军人中稳健派，颇具政治家之才能与魄力，和元老重臣政党财阀等都有相当联系。而阁员等除一二例外，均鲜法西斯色彩，所以新阁的内政外交方针大概要倾向稳健。

就内政言，最成问题的便是如何执行总动员法。以日本现状而论，对华战事既结束无期，国内危机日趋严重，总动员法的执行实属不可避免。其中最紧要的是经济部分，新内阁恐仍不得不迁就军部的要求，视军事之需要，实行严格统制，不过执行时必采取缓进的办法，局部实施，同时顾及财阀之利益。阿部因与三菱住友等财阀有联系，或许较易妥协。至于舆论的统制及思想的检举当缓和一些，末次式的对于知识阶级的逮捕压迫，荒木式的摧残大学教育之事当不致再度出现。新内阁将从积极方面推行精神动员，挽救国民的厌战颓唐之心理。法西斯团体的活动或许要受相当限制，不过当视新政府的政策能否获得成效而定。

至就外交言，日本的外交政策向以对华为中心，以现状而论，日本的侵华政策绝有改善的可能，正如敌国报章杂志中所常说的："日本牺牲了无数血肉与金钱换来胜利，决不能无所得而撤兵"，而其所求甚奢，亦至为明显。新阁能不能放弃东亚新秩序阴谋，所谓讲和不过是诱使屈服而已，目前军事的不积极向前推进，根本是由于地势及军力的限制，而先整顿占领区域，加紧傀儡组织，破坏中国经济力，少壮军人亦无异议，所以敌人早已说对华战争现已入于经济战与外交战的阶段，新阁当更着重此点，一面积极导演傀儡，破坏法币，掠夺资源，以达以华制华的诡谋；一面设法排除第三国干涉，使日本得自由处置对华问题。关于后者，日本过去所采取的政策是联络德意，反对苏俄，压迫英法，敷衍美国，现德俄订约，轴心关系瓦解，意虽声明仍愿与日维持友好关系，但反共协定之精神已被蹂躏，三国关系即使不至恶化，但重拾旧欢，短期内谅不可能。为打破外交孤立计，敌将向英美接近。宇垣向有媚英的绰号，驻英大使重光葵又有继任外相的呼声，益足证明日本的反英外交当加修正，敌人或将梦想以尊重英国利益及共同反俄，利诱英国妥协。现时外相所以不即任命者，我想大概尚须看英国态度有无妥协的可能，少壮军人是否完全赞同。对美外交必仍极力敷衍，掘内已访问美国务卿反共为借口，且两国利益根本冲突，如库页岛石油采掘权，北洋渔业问题，苏伪及苏满边界冲突等问题，一时难于解决，故日本突然改变与俄妥协，恐非所能，但对俄作战亦不近理，盖对华战争已成泥足，方焦头烂额而不能自拔，何敢与俄启战，边境冲突不过是振发士气刺激国民的一种对内策略而已，况德俄现已订约，俄亦无四顾之忧，日阀虽愚，尚不至此，新外相登台后，或将向俄提出边境问题等交涉，以求苟安，但信俄国年来之一贯政策虽极力避免牵入战争漩涡，但在远东抑日助我之决心则毫无可疑，对日妥协则为极不可能之事。总之，新阁之外交政策似将倾向于缓和对列强之关系，俾能单独自由处置对华问题，但衡之事实，绝不可能，徒然心劳日绌而已。

现在英法因履行援波义务而对德宣战，德波冲突已经扩展成欧洲大战。日本到底采取什么政策？德日轴心既已瓦解，少壮军人亦暂引咎敛迹，稳健派的主张更趋抬头。他们的政策是一贯地坚持避免牵入欧洲漩涡，过去反对无条件地加入德意军事同盟的目的亦即在此。他们认为欧战发生日本挽救经济危机和保持与英法军备平衡的良机。按照欧战的经验，日本可以趁机倾销货物，大作买卖。而且日本现因对华作战的消耗，军备力量远逊于英美等国，亦可利用英法的对德作战，至少可与英国保持相当的平衡。所以新阁对于欧战的政策，暂时一定采取中立之态度，对于英法必趁机要求放弃援华政策，在沦陷区域内与日本合作，或以尊重英法在远东利益相利诱，或施以压力，但在欧战胜负趋势尚未判明之前，进攻租界及掠夺英法在远东殖民地之狂妄举动当绝不至出现。对于美国，在可能范围内，仍必极力敷衍。俄国若无攻日之意，日本亦决不至对俄作战，至于两国关系改善，大概也绝不可能与现在的对峙状态无大变异。此后敌寇的野心必将趁机全力对中国，但方法上必将以加强傀儡组织，整顿沦陷区域，破坏中国法币，封锁中国经济为主，至于军事的是否积极向前进攻，大概还须看欧战时期的长短及新内阁的是否能控制少壮军人而定。欧战如果很快结束，日本或许不致冒险积极向前进攻，欧战如时期较长，狂妄的少壮军人不惜孤注一掷，而倾力进攻。不过我们深信欧战发生后英法之援我虽受影响，但美俄之协助必更加强，军事方面即可利用坚强士气与山地形势以抗拒，无论敌寇进攻与否，必无影响。如欧战能短期结束，日寇虽未对英法作战，英法亦必联络反侵略国制裁强盗，奠定世界和平之基础。目前我们应注意的就是在沦陷区内，怎样加强游击力量，笼络民心，破坏敌寇加强傀儡组织的阴谋；在后方怎样巩固经济基础，加强抗战力量；外交方面则应促使美俄加强援我，严密防范英国的对日妥协。

两篇有关民族教化的文章

潘光旦

八月二十七日，孔诞节与教师节那一天，行政院院长孔祥熙先生发表了一篇讲词，叫《孔子遗教与民族前途》；教育部部长陈立夫先生发表了一封公开信，叫《教师节致各校导师书》。两篇文章都是有关民族教化的作品，值得低徊讽诵而拳拳服膺的。

孔先生的讲词分为两大部分，一是孔子遗教与民族文化，二是孔子遗教与民族精神。在民族文化下，孔先生又提出三点，一是继往开来，二是有教无类，三是制度完美。关于一二两点，讲词中有几句总括得很得当的话："孔子对于我国文化的贡献，在纵的方面，作了一种承先启后，发扬光大的工作；在横的方面，则有教无类，奠定了平民教育的基础。所谓制度完美，指的就是所以维持与兼筹并顾这纵横两方面的一个教育制度：有了横面，才有文化，有了纵面，才有民族，两者兼顾，才有民族文化，是很对的。讲到孔子设教分四科时，讲词又说："现在各专科大学，多偏重于知识的灌输，而缺德行之科；实则设学教人，应以德行为先，今乃舍本逐末，是诚教育制度上之一大缺陷"；这也是针对今日教育的弊病的一个评论。

第二部分民族精神下，孔先生也提出了三点。一是道德的修养；修养的方面不止一端，而最关紧要的是气节的树立，而树立气节的入手方法是义与利的辨别。讲词于此引孔子自己的话说，"君子喻于义，小人喻于利"，接着又解释说，"因为君子知守义，故其能为君子，小人只知惟利是问，所以小人终为小人"；以义利之辩作为砥砺气节的手段，无疑的是极有见地的。二是负责的态度。孔先生认为孔子这种以天下为己任的态度"求之于古今中外，除耶稣的精神以外，实无其匹"；孔先生是一位基督教徒，此处将孔子与耶稣相提并论，也是很恰当的。三是孔子奋斗的精神，这种精神有一句话最足以代表，就是"知其不可而为之"；对于这一点讲词中也有充分的发挥。此后孔先生又附带的提到关于孔子治学做人的两个特点，一是为学不厌的精神，二是不妥协的志节。这不妥协的一点其实可包括在上文气节的树立一段讨论里，不过孔先生鉴于今日"投机取巧，觍颜事仇者"的众多，特意分别提出，也足见用心之深。

陈先生致各校导师的信也很值得同样的省觉一遍。全信可以分作好几段。第一段近乎引论的话里略略的提到，教育所以为政本的道理，中国传统思想里政教合一的原则，师道的重要与夫近代师道的废坏不修。说到这后一点，陈先生有这样一段不胜慨叹的话："近世学校之制，仿自欧西，方其草创，师资多取材于异国，彼其教学，或重方言，或传技术，延聘之者亦但求其传道新知。初未责以楷模后进；国人不察，相习成风，买椟还珠，可为太息！由是抱布贸丝，几同市道，求学者为习谋生之技而来，得如其意，已属难能，遑及于立身成己之道德？"

要挽救师道的废坏，教育部在去年三月间才有导师制的颁行，所以第二段的用意是在申述导师制的三个特点：一是德术兼修之注意，二是言教身教之殊科，三是各别道正之利用。第一点可以和孔先生的讲词相呼应，其重要是无待赘言的。第二点所重在身教，在以身作则。近来常有人批评教育的大错在忽略榜样的原则，所反复申论的也无非是这一点，不过如今出诸教育当局之口，登高之招，见者自远，顺风之呼，闻者益彰，是大可以引为快慰的。第三点教育应因人制宜，个别待遇的原则是中国旧有的教育及近代教育心理学完全吻合的一端；不过旧日的私塾教育，有个别待遇的经验而无其理论；近时的学校教育，多个别待遇的理论而缺少经验；如今在导师制之下，此种理论与经验可望可以携手了。

第三段说导师制与军事管理的关系，认为两者的功用貌若相同，而实则相反，虽则相反，实乃相成。后者崇纪律，尚划一，主严格的准绳；前者尊自由，重容忍，主个别的发展。好比家教有严慈，治国有礼乐，用人治军讲恩威并用，宽猛相济；一言以蔽之，生活应兼顾到张弛的两大原则；一张一弛，文武之道，也是孔子的遗教的一部分，集体主义的社会吃张而不吃弛的亏，个人主义的社会犯弛而不张之病，如今要补偏就蔽，无疑应当从教育青年下手。第四段论导师制与情绪教育及意志教育的关系,也是针对近代学校教育的一大通病的。个人心理至少有知,情,意三方面,这三方面是全部都需要诱掖与启发的,而近代学校教育所能几及的只限于知的一面,这无疑也是亟应补正的。

第五段论导师与近年来训育办法的异同与利弊。下面以文字见理极为明确,不能不引。"过去的学校制度,教训各有专员,德智分为二事。教学之师,其造诣纵受学生之景慕,而教室以外,绝少亲炙之机缘;即有志于训导,而以不欲越俎代庖,但坐视其机会之失。至于负训育之责者,既无从以学术生其景仰于先,而昕夕相处,又徒闻督过之语,情感易伤,复安从望其敦化?……导师制则不然。教训不分,则师弟之间,敬爱笃而景慕以起,劝勉多而怨怼不生。"教训不应分化,原则是十分基本的,以教师兼导师,就是相当承认这原则的一个表示。我们但说相当承认,而不说充分承认,因为教师的名称而外,还不能不用导师的名称,不但有导师之名,浸假而产生导师的制度,岂不是多少还是分了麽?有一天教师于传授学术之外,能完全兼顾到学生身心发展的其它方面;所谓教,是包括一切诱掖启迪的功夫在内;那才是真正的不分!不过,教育最高当局能有这不分的见地,而明白宣示于国人,已经够教我们兴奋的了。我们目前不能释然于怀是:最高教育当局既有这种健全的见地,又何以解于最近各大学设置训导处的功令?一面在理论上主张训教不分,一面在事实上却把训育的任务从教务处划分出来,别成一处;这显然是需要一个明白的解释的。

第六第七段研究导师制度如何而后可以推行无阻,不成具文。大意谓良导师应勉力以贤父兄自任,庶几学校环境中的弟子可以等于家庭环境中子弟,授受之间,可以省却许多心力。这一点虽若浅显,却有至理。一切社会生活脱胎于家庭生活,人类全般如此,我们的民族文化,一向看重经验的自然,一向主张因势利导,所以尤其注重这一点。弟子一个名称,就从子弟的名称移借而来,是显而易见的。至君主官吏为民之父母,应视民为子弟,也是民族文化里很根本的一个见解。再参以官师合一的理论,中国的家庭,教育,政治,不就完全打成一片了嘛?这是我们民族文化的一个特独的精神。

最后一段论导师制实行后对民族可能有的效果。陈先生认为"国民性之最大缺陷,为无组织之能力,少守法之精神,乏热烈之同情,寡目动之勇气";而这几种缺陷不能不归咎于已往"教与育"的名不副实。这一点也是我们谁都得承认的。陈先生把教与育分提，也极有趣，所可引为遗憾的就是陈先生所了解的育，仅仅包括后天的养与术；我们一向以为真正要补正国民性的种种缺陷，我们的努力决不应限于后天的管教养术而止，而应进一步的注意到民族分子的先天的健康。

读罢了孔陈两先生的文章，我敢借这机会提出一点补充。这一点补充，不用说，也是孔子遗教的极基本的一部分，不妨叫做"立身之道"。孔先生在道德的修养一段话里，固然也暗示到这一点；陈先生也有"立身成己"的话；但都没有加以发挥。其实孔子之所以为民族文化的祖师，民族精神的代表，与夫导师所以必须效法孔子，自身才有做后进楷模的资格，其关键全在于此。国于天下，必有兴立，有兴立者不止一端，而最重要的自无过于国民的人人能立身成己；每一个国民单独的站得住，这国家是没有站不住的。

立身之道，大要可以分成三部分说。一是自身的修省，二是对人对物的客观论，三是群而不党论。

自身的修省为儒家人生哲学的出发点，是谁都晓得的，不过修省的方法，近来已经很少有人谈起了。修省是一种心理的努力，此种心理前人用许多不同的字样来表示，最普通的是"戒惧"与"居敬"。戒惧的遗教，至少见于易经的乾、否、震等卦；聚辞，见于书经大禹谟；君牙，见于诗大雅；荡之什，见于中庸，见于大学，见于论语述而，泰伯、季氏等篇，见于孟子，见于春秋左传文公二年，三年，宜公十二年，成公五年，襄公十一年，二十二年。居敬论的散布，是同样的广，见于易坤卦，见于书五子之歌与太甲，见于礼曲礼（开首第一句）。哀公问，见于论语学而、八佾、为政、雍也、顾渊、子路、卫灵公、季氏等篇，见于左转僖十一年，三十三年，宜公十七年，成公十三年，襄公三年，昭公三年及三十二年。我们把一部分的出处列举出来，用代引文。戒惧心理与居敬心理是不容易分的，有时实在是一回事；大体说来，戒惧心理是完全在内的；居敬则行于言动笑貌的，内存戒惧之心，斯外呈敬恭之貌。形于言动笑貌到一个比较具体化规则化的程度，则为威仪。威仪之论，见于诗曹风的鸿鹄，大雅的抑，论语的泰伯，子张，尧曰；而发挥得最充分的一段则见于左传襄公二十一年。

对人对物的客观论又可以分为二部分。一可以叫做绝对的客观论，这和科学的客观论没有分别。论语子罕篇所说"毋意，毋必，毋固，毋我"的四绝原则是适用于一切现象的研究的，自然现象在内，社会现象也在内。适用于人事与社会现象的又有所谓明远论与去辟（祛蔽）论，论语颜渊篇说，"子张问明；子曰，浸润之潜，肤受之愬，不行焉，可谓明也已矣……可谓远也已矣"。科学家所最注重的Detachedness或Disinterterstedness的精神，其实不外一个远字。去辟论则介于大学论齐家在修身一段："人之其所亲爱而辟焉，知其所贱恶而辟焉，知其所畏敬而辟焉，知其所哀矜而辟焉，知其所傲惰而辟焉，故好而知其恶，恶而知其善者，天下鲜矣；故谚有之曰，人莫知其子之恶，莫知其苗之硕：此之谓身不修不可以齐其家。讲修身，讲立身之道。而最所注意的是此种绝对的客观精神的培植，真是得未曾有？二是相对的客观论，就是恕道与反求诸己论。关于这一方面的遗教太多，我们恕不引证。要紧的是我们应当了解这两种客观论的合作关系。人我之间，有通性之同，有个性之异，相对的客观论适用于通性之同一方面，而绝对的客观论则适用于个性之异一方面。明白了这一番道理，一个人才能于爱护一己的自立而外，尊重别人的自立。

这就引起了立身之道的第三部分，就是群而不党论。书洪范反复的说虽偏无党。论语卫灵公篇说："君子群而不党"。子路篇也说"君子和而不同"。人人各有其立身之道，何必党？人人能讲相对的客观性，能行恕道，能认识人我间的通性，何患不能群，不能和？人人讲求绝对的客观性，能尊重别人的个性，虽不同，何害于和？左传僖公九年秦公问却芮说，"公子夷吾谁恃？"却芮说，"臣闻亡人无党，有党必有雠"。有党的结果，势必忽略别人所以同于我的通性，抹杀别人所以异于我的个性，忽略与抹杀之至，而争夺祸乱随之矣。

目前民族文化的趋势，与青年生活的状况里，最感缺乏的就是这一番立身之道的道教。修省的方法是久已不讲求的，人我间的客观论也久已废坏，见于团体生活与个人交际间的，很大的一部分是丹非素，出主入奴，党同伐异的精神，此而不去，民族发展云乎哉，青年教育云乎哉？

英国的经济动员

吉　译

德波战事爆发，英国即决定一个五万万英镑的战费。英国国防预算的增加是近四五年来的事情。一九二〇至一九三四国防开支每年平均为一万一千五百万磅，此后五年内增加了五倍。各年的数字如下：一九三五年，一万三千七百万磅，一九三六年，一万八千六百万磅，一九三七年，二万六千二百万镑；一九三八年，四万万磅；一九三九年，六万三千万磅。一九三七年二月英政府决定在五年内用出国防十五万万镑，头三年的实际支出已共合十二万九千六百万镑，其中五万七千五百四十万镑是由举债而得来的款额。

自一九三八年九月捷克事件发生之后，英国觉得如欲在欧战中求胜利，英国必需同时做到三件事情：（一）保卫海上交通并封锁德意；（二）防御战初的空袭并进行有效地反攻；（三）遣派巨量陆军前往法国边境。这个计划的实施需要扩充英国海陆空力量，并且大规模地准备国内人民的疏散和防卫。

海军方面，一九三九年预算为一万四千九百万磅，比一九三八年的多百分之十五。海军费用寻常是三部门中最高的，而本年的数额不及陆军与空军的大，这是因为英国在近几年对陆军与空军才更加着重。一九三八年英国政府增加四十三条战舰，本年计划增加六十条，共十二万吨。一九三九年三月三十一日共有六十五万九千五百吨在建筑中，包括七艘巨舰、六艘航空母舰、四十三艘巡洋舰、四十三艘驱逐舰、十九艘潜水艇。

陆军方面，一九三九年预算一万六千五百万磅，比一九三八年增高百分之廿六点五。陆军人数拟由十三万人先增至十七万人，不久再增加一倍，连到三十二师团，同时已决定施行强迫军事训练，年龄廿岁者均须受训练六个月。英政府期望本年八九月能有八九十万人能担任军事工作。

空军方面，一九三九年预算为二万八百五十六万磅，此额超过一九三六年国防费用的总额。依航空部长的估计，一九三九年四月一日，英国至少国内可有一千七百五十架飞机，出动到第一线，国外可有五百架，一九四〇年四月国内可有二千三百七十架。人员由一九三九年的十万零二千人增加到一九四〇年的十一万八千人。

防卫方面，预算由一九三八年的一千七百八十万磅增加到一九三九年的五千七百二十万磅，其中大部分是用在空袭防御，一千三百万磅用在粮食和原料的贮藏，八百万磅用在公用和其他主要事业的保卫。已经分配的防毒面具共四千万具，另外用二千万磅制造小钢帽，本年四月每星期能造八万个钢帽；同时关于伦敦的疏散和各区防御的计划均已规定。

原定五年扩军计划预算是十五万万磅，截至一九三九年已用出十二万九千六百万磅，其中五万七千五百四十万磅是由举债而筹得的。一九三九年二月把借款限额提到八万万磅，这个限额还需提高。借款占国防支出总额的成分已由一九三八年的百分之三十二增加到一九三九年的百分之六十。

虽然一九三六年以来英政府每年收入比一九二三年来任何年为高，而其数额远不足以付军备之需。一九三八年收入实额为九万二千七百三十万磅，经常支出为六万九千六百万磅，但因国防支出的需要，借债数额由九千万磅提高至一万二千八百万磅。一九三九年税率提高，收入预算为九万四千二百六十万磅，只合本年支出预算十三万二千四百九十万磅的百分之七十一。

英政府在一九三七年三月卅一日负债共七十七万九千七百万磅，一九三九年已增加到八十一万六千三百万磅。一九三八年利息及管理费用为二万一千六百万磅，合债额之百分之二点六五。军备的亏类是由国防公债法下的两次举债来弥补，即一九三八年的二厘半利率的国防公债一万万磅也，和一九三九年三厘利率的国防公债八千一百万磅。

这些政府方面的新需求大概是英国资本市场所能应付的。一九三六年英国新资本发行达到相当高额，以后各年则减低，同时英国海外投资数额有限。近来新发行既远低于一九二九年和一九三〇年的高水准,公私举借后所能留下的余额仍是很多,不至于空竭目前资本的供给。

许多银行专家主张政府用库券借短期债款,使债券市场利率仍维持在低数。有的经济学家以为政府必须维持贴现率于二厘半以下,待就业恢复后再增加税率并借长期债款。

英国的目前预算是合乎欧战后各国政府增加费用的趋势。一九三九年十三万二千四百九十万镑的预算开支合英国全国所得的百分之二六点五,英国全国所得目前水准约在五十万万镑之谱。军备与人民防卫费用约占全国所得的百分之十二点五。一九三九年英国国地负债数额每人口合二百六磅,或美元一千另三十二元,比美国每人口之政府债额四百三十三元美元高一倍多。

为避免膨胀起见,英政府或需节约奢侈品之消费,增加税率,保护金准备,限制海外投资,严格管制人口。

关于对工业方面之影响,英国工业自一九三〇至一九三三世界不景气后,已迅速恢复。因输出贸易受国际贸易的障碍,所以生产方面力求扩充国内市场。重工业近来受军备生产的影响已增加活跃之铜铁、采煤及工程工业情况均已增善;消费品工业亦渐向繁荣。

扩军的重要影响是政府对于工业统制的加强,同时工业本身亦趋向于"卡特尔化"。虽然这些趋势不似德意之彻底,惟因军事需要,必定加强进展。上次欧战后,英国许多工业如煤、钢铁、纺织、造船、铁路等均被改组和现代化,其中常由政府加以指导与协助。各种交通工具——邮政、电报、电话、无线电——均归邮局管理,大部分电力归中央电局管制。近来政府计划收买敌国航空与大英航空两公司,改为国有公司。

英国政府素来避免用政治力量统制或干涉——商业,不过近年来英政府不得不加速经济动员。其中有意义的发展是供应部之设立,此部任务不只限于军事材料方面,并且为主要民生工业制造或取得所需之材料,如存料准备、机器、工具等。供应部的权限如下:(一)给予"公共服务所需之工作以优先权;(二)必要时得征用指定工业之产品;(三)得征用存储设备;(四)遇政府与某工业有争执时,可检查帐录,并限定价格;(五)为主要工厂规定防空设备。如制止过分利得,英政府于六月廿日宣布施行过分利得税,凡在一年内公司得到二十万镑以上之军备订货者,其过分利得应课以百分之六十之税。

扩军计划的最切近的影响是吸收劳工到军队和军备工厂里。战后英国失业工人平均约一百万人，一九三二年第三季高至二百八十四万人，占全体工人百分之二二点八。一九三九年一月仍有二百万人失业，不过，此后每月逐渐减少。因为军备的扩充，货品的需求可以增加四万五千万镑，这购买力的增加能减少失业工人一百八十万人。可见战后趋向因此大变，不久将发生严重的劳工缺乏，因征兵和购买力的增加，失业大为低减，这种现象指出英国与德国扩军经济相似之处，所不同者英国未有国社党之政治统制。论者以为英国经济变动之趋向将由政府设法占投资中主要地位，对于劳工缺乏，原料准备之耗用，入超之增加，和私人营业等加强统制。

贸易方面，因为扩军的关系，原料需求增加，制造品输出将减少，目前入超减少之趋向将变为入超增加，国际收支将起逆转。英政府近几年来设法扩充输出，如一九三二年渥太华会议所定之帝国优先办法，相互商约及其他付款协定等等。输出信用担保部之基金由五千万镑增加之七千万镑；另外又加一千万镑为"国家利益"信用担保之用。一九三八年五月放款一千四百万镑与土耳其，其中六百万镑的购买美国军火之用，其余数额为偿土耳其的旧债并发展土耳其的工业。一九三八年十二月放款四十五万镑与中国为改良滇缅公路用。另外为中国设立外汇准备基金五百万镑。一九三九年四月英国政府担保罗马尼亚输出信用五百万镑，并拟购买罗马利亚小麦二十万吨。一九三八年十一月英美商约签订，两国间贸易应有增加。

货币与资本方面，英政府因入超，或将增加，乃竭力保护英国之收支平衡，一九三八年上半年英镑平均合美元，该年九月跌至四元六角，十一月涨至四元七角六分，十二月又跌至四元六角二分。本年一月五日英国银行请求各银行停止供给外汇投资之便利，并制止黄金窖藏之趋向。二月二日英政府准予英国银行每周照市面价格重估其金准备。该行之发行部所存黄金的名义价值由一万二千六百五十万镑增加至二万二千九十万磅。发行数额同时由四万万镑减至三万万镑。

为防止英镑跌值，外汇平准基金之消耗，并促进国防新债之发行起见，为政府于一九三八年十二月廿日重禁止国外转移之资本发行。一九三九年五月财部得非正式但有效地限制英国人民购买美国证券。英国人民所握有之美国证券，政府尚未强迫出卖，但在战时可用以购买外国材料。

关于航空与造船方面，英国航业因世界贸易之衰落，运费之低落，和外国商船受有政府津贴之竞争，近十余年来很见衰落。一九三五与一九三六政府立法补救这种情形。每年津贴二百万镑与无定线之航运，并垫款以鼓动旧轮之废弃与新轮之建造。如邱纳白星线之吗利皇后与伊莉莎伯皇后两轮之完成系由政府给予财政上之援助。本年三月廿八日，下院通过在五年期中每年津贴无定线轮船二百十五只，并于二年内借款一千万镑以助商轮的建造等，政府方面需要航线的改组，并有权购买旧轮，以免其售与外国。

关于战时粮食供给的问题，英政府加强近几年之农业协助政策，如关税、进口限额、津贴、定价及市场统制等措施。近来英国农业每年价值约二万五千万镑，已较上次欧战前加多。一九一三与一九三六之间，英国肉类生产增加八万万镑，牛乳三万二千九百万加仑，鹅蛋三百万个，即百分之二百，苹果四万万镑，糖由零数增至国内消费总量之四分之一。本年五月三日农业部长宣告计划，开垦新地二十五万英亩，以扩充战时粮食生产。政府准备凡每英亩草地于一九三九年九月前变为耕地者，津贴二英镑，肥料准备已有存留，并定计划分配机器及其他农业必需物品。

综言之，这次战争比一九一八年时更需要有军事和经济的组织。英国已有准备。当政的人有很多事业界出身的，而英国在此次战事爆发之前，已经向统制经济路中走了，不过尚未着手政治和社会方面的统制。英国政策一面实行经济动员，但同时又极力避免法西斯国家所用的强制方法。

《原野》与《黑字二十八》的演出

佩 絃

云南国防剧社请曹禺先生来昆明导演《原野》与《黑字二十八》两个戏。两个戏先后在新滇大戏院演出,每晚满座,看这两个戏差不多成为昆明社会的时尚,不去看好像短着什么似的,这因为两个戏曹禺先生都是作者;而曹禺先生的戏,出演的成绩是大家都知道的。再说这回是他自己导演,也给观众很大的盼望。还有,两个戏的演员,很多靳轮老手,足够引起观众的信心。这两个戏的出演确是昆明的一件大事,怕也是中国话剧界一件大事罢。

观众看了这两个戏,可以说是满意。在这种物质条件下,能有这样成绩,真是不容易!从演员的选择与分配,对话的节奏,表情的效果,舞台的设计等等,可以看出导演以及各位演员各位职员都已尽了他们最善的努力。这是值得感谢的!有几个在北平住过很久的朋友说起,拿北平出演的话剧来比这一回,这一回确是更进步了。将剧本的难易和演员的难易合着说,他们的话是不错的。但是这一回的排演究竟还嫌惚促一些,对于剧本本身不免还有未能发挥尽致的地方。而剧本本身,特别是《原野》似乎也还有可议之处。观众春秋责备贤者,不满意的地方也不是没有的。

先说《原野》。观众对于第三幕的意见最多。在我自己看到第二幕开幕时,觉得已经移入戏的氛围里,好像不在戏园子里似的。这种移情作用很有味。但是第三幕开幕以后,我却觉得渐渐失去了那氛围,又回到戏园子的池座来。我们即使不能说第三幕的头三场都是多余,但至少可以说是太多了一些。太多了,紧张的反而显得松懈了!我也想过,若是能有旋转的舞台,这三场的效果也许好些。但是,有那么多的话,却没有少戏,即使有旋转的舞台，怕也紧张不了多少。

　　原作者似乎很重视这一幕，从剧本的名称可见。他是要表现一种原始的力量；这种力量要表现在仇虎的恨与爱的冲突里。仇虎因焦阎王的仇恨杀了他的儿子焦大星；焦大星却始终是仇虎的好朋友。仇虎杀了焦大星，占了大星的妻金子，可是他有些悔。他本也想害了焦阎王的孙子，焦大星前妻的孩子小黑子，可是小黑子让祖母焦大妈当是仇虎，一铁拐杖打死了。这可真惨！这本不关仇虎的事，可是他有些怕，他想着他短不了是起祸的根苗呵。一点儿悔，一点儿怕，加上黑夜，树林子，再加上庙里的鼓声，焦大妈叫小黑子的魂的声音；更多点儿悔，更多点儿怕，是可能的。这时候见一些鬼，也是可能的。可是不必太多，不必太占时候，阎王和牛头马面似乎也都不必。那么着，三场并一场，许不大离了。那么着，仇虎和金子才有戏做，不至于只是重复的单调了。

　　有人说这一幕诗的成分比戏的成分多；不错，重复的单调正是诗的表现。但这里需要的是戏，不是诗。相信设计人在这一幕的头三场所费的心思比别几幕多得多；这当然应该感谢。不过我们似乎不需要这么多东西。特别是第一二幕那么经济，第三幕来了个这么大尾巴，老觉得不大称似的。在第一二幕里对话很紧凑，也很波俏；是说话，不是演说，也不是背书。这是活的；第三幕里尤其见好。还有金子那几场快拍子的话，不但能表现泼辣的神气，并且是舞台语言节奏的新试验；中国话剧的演出里，似乎这还是第一次。这试验是成功的；这节奏是可以增加舞台语言的丰富的。

　　对话的聪明漂亮教观众觉得仇虎和金子都是现代化的人。复仇也许可以算是原始的母题，但仇虎这个角色不够单纯的。有些观众觉得仇虎有时候演得还不够劲儿；这一部分也许由于演员体会得还不到家，一部分也许由于这个角色本身性格的矛盾。（仇虎的服装太像旧戏里的武生，更增加这矛盾的程度）金子也不单纯；她和仇虎一般，热情里藏着一双冷眼。这一双冷眼是现代文明的表现；严格的说，中国像仇虎这样身份的囚犯，金子这样身份的乡下女人，怕还不能有这一双冷眼。演员的困难便在这里。他们不容易体会他们所要担任的角色。这回凤子女士似乎在竭力给金子隐藏那双冷眼，她竭力让金子在观众的眼里变得单纯些。但剧作者铸就的角色，演员所能改的究竟是有限的。

　　仇虎和金子两个角色，似乎不免有些欧化。别的几个角色却是道地中国的。许多观众都称赞常五；常五真是演得恰到好处，尤其在第一幕里，但平心而论，这个角色究竟容易见好；加上孙毓棠先生是老手，出色还不算难，焦大妈比常五繁重得多，樊筠女士能始终不懈的表现焦大妈的精明与狠毒，让观众恨她怕她，是很难得的。可惜声音还不够苍老，但这没有法子。焦大星性格的懦弱和处境的尴尬使他成为一个难演的角色。李文伟先生在序幕里所表现的左右做人难的情形，幽默而不失真切。但在第二幕里，就觉得不够真切；这幕里的焦大星似乎太懦弱了些。可是在要杀金子的时候，他并没有落到旧戏的程式里去，也就算不错了，白傻子这角色最容易染上文明戏的味儿，但是，没有。这个戏，各位演员都认真的想做到家，想做到恰如其分；没有一个人过分夸张自己的角色。这是话剧，不是文明戏，界划井然。这是一个大进步。

次说《黑字二十八》。这是一个抗战戏，可是标语口号极少，作者是在另出手眼的。这个戏和《原野》不同。《原野》是要表现一个哲学，这个戏却似乎重在表现一个故事；故事里包含着抗战的信仰，却不是哲学。《原野》里的哲学，不论表现了多少，它可是悲剧，觉得沉重些。《黑字二十八》所暗示的是大家都会接受的抗战的信仰，只要标语口号不多，故事便可一新耳目；这是喜剧，觉得轻快些。

《原野》角色少，职务太重；这个戏角色多得多。大家不至像演《原野》那样吃力。角色性格的解释和体会，也简单得多。这回是由全市话剧界联合演出，人才济济，成绩自然不错。在一般的观众，也许觉得这个戏更有意思些；不但是有关抗战，故事也热闹些。可是这个戏角色究竟太多，排演大约不很容易；各位演员剧熟的程度似乎不大一样，在台上的步调也就很不均齐。即如第二幕范乃正对瑞姑那种严厉的神气，乍见演出，简直有点莫名其妙。这里表演上似乎有些脱节。不过就全戏大体论，还不差什么罢了。

第一幕似乎最紧凑，穿插得最波俏。这还是对话的作用，第二幕次之。第三四幕便觉得杂乱些。这个戏注重故事的场面，不注重人物的性格；戏里似乎没有个性，只有类型。最显著的类型是玛丽，这是用来讽刺的。玛丽的对话不缺少幽默，凤子女士很能表现出一个爱慕虚荣的女人，杨兴福内心的冲突，曹禺先生真刻画入微；但这角色似乎也还是个类型。邓疯子得恰好，不疯的时候可太轻描淡写了。特别是末了儿抗敌阵亡将士纪念碑前那几句演词，未免太不像真的了。这是用得着口号的时候；一味避免也是不必的。

夏晓仓可算老成；刘瞪眼也活泼泼的。沈树仁是力作，但公园里那许多声"是，大佐"，未免过火；也许这是剧本的疏忽罢。

本期撰者：

最近十余日来的国际变化惊动了全世界的任何一隅，卷在战争漩涡中的我们更兴奋地注视着转变的动向，德苏的订约，日本内阁的更迭，欧战的爆发都和我们抗战的前途有密切关系。关于德苏订约，在前期里已有过两篇文章，所以这期由王赣愚先生撰《欧战》一文，说明我们对欧战应有的认识。王迅中先生撰《日本新阁的动向及对欧战的态度》，从阿部内阁的人选说起，推测到今后内政外交的动向及对欧战的态度，末了并指出对于我国抗战前途的影响。

潘光旦先生的《两篇有关民族教化的文章》不但对于孔院长及陈教育部长在八月二十七日孔诞节与教师节那一天所发表的两篇文章加以详尽的解释与善意的批评，并且提出了补充意见，很值得政府当局及留心民族教化的人们细读。

吉先生的《英国的经济动员》一文节译自Foroign Polioy Repont，July1，1939号F.Gr著 *Economic Mobilizalion of Great Britain*，在欧战爆发的现时，可以使读者对于英国的经济准备及作战力量，获得一个概念。

佩玹先生的《原野与黑字二十八的演出》，对于二剧的剧本本身及演员技术加以客观的批评。自名剧作家曹禺先生应滇黔绥靖公署国防剧社之聘来昆后，与名演员凤子女士孙毓棠先生等合作，排演了两部名剧，不知吸引了多少观众，轰动了昆明全市。所以这一篇文章不但是爱好戏剧者应该细读，凡是看过戏或想看戏的人都有一读之必要。佩弦先生的文名凡是稍爱文学者无不知晓，用不着再介绍了。

第二卷第十三期（1939年9月17日）

时评

敌人的阴谋

欧战的爆发，无疑地将引起敌人的许多幻梦，稳健分子们本极力反对牵入欧战漩涡，德苏订约后又使日本对德有所顾虑留心，所以阿部内阁于九月四日即声明中立，由外次泽田代表政府通知英美法波德意等六国驻日使节。敌国暂守中立的目的至为明显：第一是阴谋趁机压迫或诱胁英法放弃援华政策，而与日本妥协；第二是根据上次欧战时的办法，梦想倾销货物，以挽救因对华战争而引起的经济危机；第三是利用英法对德作战的消耗，以减小日本军备落后的威胁。

据今日（十二日）报载，敌相阿部于十一日对报界谈话，不但重申日本对欧局不拟加以干涉之意，且表示今后或将更进而与苏美英法等国谋外交之调整。这个谈话的意义显然是梦想，缓和远东方面日本与列强之对立，以图趁机渔利。敌人早已说过，今后对华政策的重心已由军事战转移到经济及外交战的阶段。而如何排斥列强的对华援助则为成败的关键。少壮军人及右倾分子们虽力主强硬对付，但顾虑较深的稳健派们则深知远东问题没得列强的承认，绝不是根本的解决，所以力主用谈判方式，与列强妥协。但自近卫宣布"东亚新秩序"后，日本与列强的外交关系完全处于对立状态，近因在华军人盲目指使反英运动，美国突然宣布废除美日商约，英日谈判亦无结果，蒙伪边境的日俄冲突亦时断时续，日本与列强的关系更趋尖锐化。阿部新阁的外交政策既在缓和对外关系，藉便要挟需索。而欧战爆发，日人更想利用中立地位，以诱胁英法妥协；敷衍美俄，以防援华政策的强化。故于声明中立后，更有与苏美英法调整外交的表示，以试探四强的意向。

但据香港八日电东京讯，阿部正在起草"处理事变"之政策声明，内容为强调东亚新秩序，促使"新中央政权"早日成立云。然则阿部新阁仍不放弃独霸东亚之阴谋，果不出我人之所料。近卫宣布东亚新秩序时，英美法等曾先后向日提出抗议，现阿部仍欲以此种排他独占阴谋为基础，图与四强调整外交，是何异于缘木而求鱼？英法即使因欧战紧张而对日稍让步，但其不能牺牲在华利益而承认暴日之独占阴谋，至为显然。至于美俄助我制日之决心固非完全出于侠义动机，美之不愿太平洋隔岸出现一强大侵略国家，俄之不能坐待远东领土之受威胁，亦夫尽人而知，又岂暴日之诡谋所能欺蒙？上次欧战时因暴日诱胁而订立之日俄远东政治协商（一九一六年七月，日因强压袁世凯接受二十一条，引起英美反感，乃转而与俄订约，互相承认在华权益，不为彼此对抗而与任何国缔结政治协定）五国秘密协商（一九一七年二月日本闻中国将参加欧战，乃胁迫英俄法意四国先后承认日本得继承德国在山东之权利及赤道以北德属岛屿，为交换条件）及见辛石井协定（一九一七年秋日遣石井菊次郎赴美，借防德离间挑拨为名，游说美国朝野，蓝辛国务卿（Lord Laning）为其所惑，十一月签订协定，承认日本在华有特殊利益。）等条约决不能重现于今日，不过这种阴谋我们却不可不加提防。鉴于过去的经验，等到阿布外交政策不能奏效时，少壮军人又必起而指摘，遭施其强横蛮干之政策，宇垣外交之前车可鉴，不知阿部将何以善其后也。（迅）

德国的诱和

德波战争开展至今，为时仅逾两周，而波兰三分之一领土已陷入德军之手。就实情言，波兰是弱国，非得英法援助的保证。抗德自始不曾下这样坚定的决心。眼前英法为履行约束而战，决不中途遗弃波兰；但因为地理的关系，英法之直接遣兵援波，实有困难，所以只有发动四线战事，以削弱德国对波之压力。

此次德国战术，是速战速决；而英法以经济力量之雄厚，从事长期战争，必能制侵略者于死命。原来希特勒妄想于短期内击溃波兰，迫使英法承认武力所造成的事态,哪知眼前局势适证其不可能。英法过去固畏惧战争,屡次屈膝而求和,到今已知非计之得了。现在不战则已,既战则非得到长期和平不止。波兰即使沦亡,德国亦休想罢战了结。

希特勒估计错误了,冒昧对波挑战,卒处骑虎难下之势。本月十日航空部长戈林上将发表一篇重要演说,表示愿联结"荣誉之和平",引诱英法停战。戈林是希特勒心目中的"承继者",其言论大足揭露独裁者焦急的感觉,彷徨的情绪。他的这篇演说,似乞怜而实洞察,似退让而实夸大;对英则极力抨击,对法则尽量拉拢;而不知英法两国至今已成了牢不可破的结合,绝非巧言所能拆散的。戈林又曾云,德国对英法并无领土野心,此语诚属荒谬。英法此时完全为波兰而战,为主持正义而战,如果自身畏惧德国侵略,与其屈服于战事发动之后,何不退让于战事发动之先?以德国军备规模之宏大,容占居英法任何一国之上,但英法两国联合之军力,实在不易为孤立的德国所击破。这点侵略者必须认清。

希特勒对和平向来不加否认;但他所企求的不是真和平,而是暂时和平。此次诱和的动机,无非要在占领波兰要地之后,按兵不动,先把吞咽下的东西消化一时期,再作进一步的掠夺。英法在外交政策上,和平本是一贯的立场,但是,和平与屈服不同。德国若不放弃侵略,英法只有继续作战,绝对不肯屈服。持久战争是德国独裁政策的致命伤,所以英法非抱战争到底的最大决心,便不足使侵略者早日就范。戈林诱和不遂之后,英法的立场更见坚定。这是极可引为欣慰的一种现象。(贡)

巩固金融的新方案

九月八日国府公布巩固金融办法纲要和战时健全中央金融机构办法纲要。巩固金融办法纲要,四条之中,以第一条关于法币准备金及检查公告办法意义较大,其他三条——审核预算标准,切实办理外汇审核,和吸收社会游资,扩充金融纲要——都是巩固金融所必需的措施,此次不过重申以前已定的财政金融方针,目前所需要的是这后三个办法的切实施行,以达到政府支出的节省,外汇市价的稳定,和地方生产事业的促进。法币准备金原定的范围是金银和外汇与本国公债,前者占准备金全额的百分之六十,后者占百分之四十。现在的规定,凡(一)短期商业票据;(二)货物账单;(三)

生产事业之投资，都可以加入做准备金，公债作准备金不得超过全额的百分之四十。准备范围扩充，发钞能量可以增加。金银与外汇主要的用途是在供应对外往来的需要。现在准备金范围扩充，而内容的充实不减，对内的需要更容易供应。关于法币的发行全额及准备金实况的公开检查与公告，它是我国货币改革以来向用的制度，抗战开始后曾一时停止。现在恢复公告，固然更可提高一般人对于法币的信仰，其实，战时货币价值的规定靠心理比靠数字更为重要。

　　关于健全金融机构的办法，主要的规定是中中交农四行联合办事总处的设立。这联合办事处的职权是办理政府战时金融政策有关各特种业务。看纲要上的规定，联合办事处的任务不在执行银行的业务，它的性质不是一个银行的。设立的目的是在指导，推进，并督查四行和它们的分支行所应做的事项。四行虽然都是政府银行，不过在这非常时期，事事的方针和它们的举行需要统一，措施需要灵敏，总办事处的设立可以加强战时金融的机构。它的地位是介于财政部与四行之间，可以贯通财政部和这四个重要银行的关系。所以办法纲要中有，财政部授权联合总处理事会主席，在非常时期内对四行可为便宜之措施，并代行其职权；财政部会同联合总处理事会设置视察，考察四行奉行政府政策有无违反或迟误，及其业务能否适应抗战需要等规定。（佶）

欧战与我国战时经济

吴半农

欧战爆发后,国人对于抗战前途发生了一种疑虑,即今后我国战时经济能否不因英法两国之无暇东顾而受到不利的影响?

这个问题与目前整个国际形势的发展有密切的关系。而目前国际形势瞬息万变,虽国际政治专家亦感不易捉摸,现在欧战发动不久,德国攻克华沙后,西线战势是否继续扩大,尚属问题。在这种情形下,我们要对我国经济可能发生的影响作一适当的分析,自非易事。但在欧战继续进行的前提下,指出几个基本的趋势并加以讨论却是可能且必需的。

截至现在为止,因欧局急剧转变而引起的远东一般形势有下列几点特别值得我们注意。第一,这次德波战争虽因英法积极援波而很快地扩大为欧洲大战,但横跨欧亚两洲的苏联却因德苏互不侵犯条约的签订没有卷入战争漩涡。苏联的外交政策有四个特点:即(一)维护和平和加强与所有国家的业务关系,只要这些国家对于苏联维持同样的关系;(二)对所有与苏联领土相连接的国家维持和平,亲密及睦邻的关系,只要这些国家对于苏联维持同样的关系;(三)帮助那些被侵略者所侵略,及为它们自己祖国的独立而斗争的国家;(四)不怕侵略者的恫吓,并准备以双倍的打击去回答那些企图破坏苏联边疆之安全的战争挑动者(对于此项方针,斯大林在今年三月初旬的联共党第十八次大会的报告中已有明确的说明)。如果《慕尼黑协定》是英法两国想把德国法西斯主义的刀锋转向东方的企图,则这次德苏协定便是苏联想跳出欧陆不可避免的战争的手段,这次欧战爆发,苏联居然站在圈外,正是斯大林外交政策的一大胜利。现在苏联已声明保守中立,今后当亦不会再卷入漩涡。苏联以前处于东西两大侵略国的威胁中，现既西顾无忧，自可以更大的力量注意远东局势的发展，对于我国的民族解放战争自可以在精神和物质上作更积极的援助。最近苏联新任驻华大使潘友新向国府呈递国书时，除了应有的外交颂词外，就已特别声明"此次苏维埃社会主义联邦共和国与中华民国订立之商约，对于将来中苏两国国民有利益之经济文化合作，将有更密切接近之援助。在现代非常紧张之国际情势下，苏维埃社会主义联邦共和国，酷爱和平之政策和以友谊援助被侵略之民族是联结一体。中国人民及其政府深悉在其为民族自由及独立之英勇斗争中，苏联方面所给予之援助不是口惠而系事实"。苏联最高会议开会讨论批准德苏互不侵犯条约问题时，伏洛希洛夫即下令征召后备役五十万名入伍。决心从事战争准备。苏联此举对德波是一个自卫的措置，对日寇则是一个实际的威胁。第二，罗斯福总统于英法对德宣战后亦已正式宣布，美国对欧战严守中立，并实施中立法，下令禁止以军火运往欧洲各交战国。目前的趋势，虽足以表示美国政府有于短期间内取消禁运军火案之可能，但其绝不至卷入欧战漩涡，是可以断言的。美国向来重视远东问题。英日谈判时，英国对日屈膝，签订了可耻的《英日初步协定》，美国国务卿赫尔即毅然宣告废止美日商约，使张伯伦的远东外交政策转趋强硬。欧战发生后，日寇要求英法撤退在华驻军，赫尔国务卿又对报界发表谈话，宣示美国现正密切注意远东局势的发展。美国的中立法案会援用于西班牙战争及意阿战争中，但于中日战争迄未见诸实行。美国的主力舰队早已调集太平洋，现海军部又复集中力量，增强太平洋上的防务；同时罗斯福总统并宣布局部紧急状态之存在。凡此种种都足以说明，美国在目前的欧陆烽火中绝不能坐视日寇独霸东亚。第三，从战事上说，这次欧战与上次最不同的即为德国海军力量的微弱不足道。上次德国有战舰四十艘，巡洋舰五十艘；而这次仅有战舰五艘，巡洋舰八艘。且德国今日并无远虑海外的大规模军港。目前德国的海军战略仅有赖于航行洋面的潜水艇而已。这些事实决定了这次战争不得不局限于陆空两军，而予英法海军以相当的行动自由。加以意大利目前尚处于中立地位，地中海的英法舰队也没有受到威胁。英法海军既不致全部卷入欧战漩涡，则其远东利益自可相当兼顾。且有美国撑腰，苏联牵制，更可不必过分对日屈服。本月八日，英外相哈里法克斯接见我国大使郭泰祺，即已提出保证，谓欧洲局势虽瞬息万变，但英国对于远东的政策绝不更变。

这是欧战发动后的远东一般形势。看清了这个形势，我们便可进而讨论我们战时经济的各部门可能发生的影响了。

首先值得我国注意的便是今后军火的供给问题。抗战以来，我国的军需工业已有相当的发展，军火的储存为数亦巨。但为应付长期战争计，重要的武器自仍需外洋源源供给。过去我国重要的军火来源不出苏、美、英、法、德、意等国。现在英、法、德三国对外军火输出自必停止，这对于我国今后武器的补充当然是一个打击。不过另一方面，苏联和美国却有以更大数量的军火和军用品供给我国的可能。只要我们的外交政策应用得当，抗战伟业坚持不变，这个问题是不难解决的，日寇的资源薄弱，外交孤立，苏联固绝不至以武器资日，美国对日的军需输出亦将随着美日关系的紧张而日趋减少。欧战如果继续扩大下去，日寇在这一方面所受的不利影响必较我方为尤大。

贸易方面可能发生的影响较为复杂，此后我国的进口贸易预料必将急减。因为今后德国对华的经济关系固须完全断绝，英法两国的对华输出亦将减至最低限度。此外，其他各国和我国以及港沪和后方的商业关系也将因英法商输的实施统制而受到极大的影响，但须知非必需品的输入因欧战而得到自然的限制，使我国的国际收支趋于平衡，正有助于我国战时经济的支持，于我绝无不利之处。这是很值得我们注意的。出口贸易所受的影响，预料当不甚大。我国目前的出口货物以桐油、猪鬃、茶叶、毛皮、钨锑、矿砂等为大宗。桐油、猪鬃畅销美国，茶叶、毛皮多销苏联，且多作为易货之用，自可不受欧战的影响；即向来作为对德易货之用的钨锑矿砂也可因英、法、美、苏等国的军需工业之扩充而获得新的市场。目前我们亟需努力的工作恐怕还在对外贸易机械的重建和改善两方面。

进口贸易的急减对于后方的经济活动必然发生两种影响。在一方面，后方的物资供给必更感觉困难，人民的生活水准必更普遍降低，而尤其重要的，今后后方的经济建设也将因机器、原料和交通工具的输入之减少而感到更大的困难，但在另一方面，由于外货输入的急减，后方的工业却也获得了更为优越的发展机会。现在资源委员会的机器制造厂及电工器材厂业已开工制造，大小规模的钢铁厂及化工材料厂亦正积极扩建，希望这些重工业和基本工业的兴起不久便可代替外洋供给后方各种制造工业所必需的一部分机器和材料。尤其希望政府能于短期间内切实实施强制节约并统制人民投资方向，使后方有限的资力能够用到工业的发展上。

至于金融财政方面，目前可以看到的影响约有下列各点。一，沦陷区域法币汇价的维持今后必更感觉困难。英国目前不但在能力上不能再以借款支持上海的汇市，而且由于对外商业关系的减少，在需要上也没有急切维持上海汇市的必要。过去上海汇市的维持对于我国的战时金融原无利益可言，事实上反"给敌伪以操纵之柄，来摧毁我们抗战经济的基础"。现在如果完全放弃，亦必利多于害，原无不良影响可言。（关于这个问题，我已写过三篇短文：一，《货币战的新形势和新策略》，载八月一日的《新动向》及《国民公论》；二，《汇价变动与法币前途》，载七月廿五日的《云南日报》；三，《英日谈判中的法币问题》，载八月十三日的《今日评论》；现可不必详细讨论）。二，资金逃避今后当可大大减少。远去法币的对外价值一再狂跌，引起国内资金大量逃亡的不良现象。欧战爆发后，英镑、法郎、马克、港纸、越币等均一致下跌，因之法币的价值相对回涨，资金逃回不少。欧战如果扩大下去，这些外币必将继续下跌，对于国内资金的逃避实是一个最有效的限制。这于我国战时的金融和财政不能不说是有利的影响。三，英、法、德等交战国对我借款的门路自必阻塞，这对于我国的战时财政当然是一打击。不过美、苏两国仍有大量对我借款的可能。且我国的财政政策向以自立自助为原则，最近财部业已宣布黄金国有，如能再进一步，宣布外汇国有，则今后我国财政即无友邦援助，亦能应付裕如，希望政府注意及之。

最后我们谈到交通方面。无可讳言的，我国目前的对外交通是处于一个最不利的环境中。现在我国的国际交通孔道，除了一条通苏联的公路外，其余的路线均须通过法属安南和英属缅甸。自从英法及其属地宣布进入战争状态后，我国的军火及货物运输自必发生极大的困难，滇缅，叙昆及桂越等铁路的建筑亦必发生阻碍。日寇更必乘机诱胁英法，要求他们禁止准许我方的军火及货物经过安南和缅甸进口，这些都是意料中事。为要克服这些困难，我方应速采取下列二种应付办法。一，向苏联商借巨款，限期完成横贯新疆，缩短中苏陆路运输的西北铁路。二，与英法订立协定，保证安南和缅甸对我的陆路运输。

我们只有一个敌人。而且经过两年余的英勇抗战，我国已成为东亚和平的支柱。我们应该利用我们的地位，争取英、法、美、苏对我的可能合作，以完成抗战建国的伟业。

波兰的军力

戈 山

欧战爆发,波兰首当其冲。从希特勒于战事开始时,告诫军队的言词及近一星期来的战场形势的观察,德国的军略,无疑的,是侧重于西守东攻。本来别国参谋部对外作战的军略有东攻西攻两个计划。上一次欧战时所采取的军略便是西攻的计划。然而这一次的形势不相同了。法德边境的防御线,经上一次战后的经营,不是轻易可以突破。西攻的计划恐怕是个废日持久的局面,与德国未必有利。而德苏协定成立之后,波兰骤然变为孤立的国家。虽然英法,在过去期间,极力想拉拢东南欧诸小国如罗马尼亚、南斯拉夫、土耳其等,加入英法阵线,以为波兰的后盾,这个努力尚未发生效果。趁这个东欧连锁还没有成立的时候,一方面,以仅足坚守的部队守着西部"西格弗利"防线,另一方面,以强盛的兵力猛攻波兰,希望于最短时间克服波兰,就是现在德国西守东攻的战略。如果这个战略果然成功,波兰于数星期内被侵败了,东欧诸小国也许就慑于淫威不敢有所异动。东欧无忧,德国便可移师西指与英法为倾国之争。波德战事的演变既然如是重要,波兰军事上的实力究竟如何呢?

前在欧洲大陆上波兰的军力是处第五位,而在东欧及东南欧各新兴小国间,波更是首屈一指。一九二零年,苏波战争,波军于"维斯都拉"一役大败苏军,尤予外国军事家一个深刻的印象。所以在此次战事之前,波兰确是欧陆军事纵横离合中一个重要的元素。然而我们不要忘记,波兰之所以为欧陆军略家所重视是因为她地理上及军略上的重要,而不是她独立的力量。因为她介于苏德两强之间,波兰有一个举足轻重的局面;因为苏德的关系(在苏德协定之前）是欧陆，甚至于世界，两个阵线对垒的表征，波兰的地位更为重要。所以从前对于波兰军力的估计与重视波兰者，都是把波兰看为某一个阵线中的一员，不是联德攻苏，便是联苏敌德，并没有考虑到波兰，没有苏或德的联合，而独立的在东欧与德或苏作战。在战略上，单独的在东欧对德或苏作战，是一般军事家所认为不可想象的。关于这一点波兰的参谋部也十分明了。然而波兰，在主义上，是反共的，而在实际威胁一方面着想，是反德的。一年来波兰举棋不定的苦闷，也就是由于这个矛盾。德苏协定，一支政治的奇兵，把前此军事策略家的假定完全推翻。而波兰乃实迫处此，居然单独的，在东欧，与德国作战。苏联敌德的假定既然推翻，前此以波兰为欧陆军事一个重要因素的估计当然也完全改观。战争时军力的估计，二加二不一定等于四，而四减二也不一定等于二。

　　一个现代国家的作战能力靠着三个因素（一）人力（二）经济力（三）人力与经济力战争化的程度。人力当然是很重要。然而只有人力，没有物力，或者二者战争化的程度不高，都不能做成一个大军力。经济力是包括军械，与军械的补充有关系的各种战争工业，及粮食，原料，其他军需等等。人力经济力当然是基本条件，决定一个国家最终胜利的主因。然而现代战争需要在开战后短期内，集中一切有训练的军队及作战的物力，不能待战争已起，再临时计划。换句话说，便是一切战争的预备要在平时作。人力经济力二者必需在平时充分战争化，免得临事张皇。

　　波兰人力相当的大。和平时期波兰军队的实力是三十个步兵师和十五个骑兵旅（外加若干配合的炮兵及少数机械部队）。战时实力，根据苏俄军部的估计，可达七十师，这个数目当然是很可观。尤其在联德或联俄两个假定之下，七十师的兵力确是一个巨大的力量。然而在现况之下，这个数目便有捉襟见肘之窘。德国战时军队的人数约为三百师，约四倍波兰的数目。固然德国主要战场是在西线。然若德国西线暂取守势，则其对波作战时机可占有一倍实力之优势。至于训练一事，波兰军队在东欧各国中总算严格，然而以之敌对德军则似有愧色。所以就人力一方面言，波德在东欧之实力已不相作。

　　波兰军力最大之弱点是在物力方面。波兰一般经济的情形并不丰厚，一切生产的事业也并不十分发达。粮食虽然可以自给，而主要的原料只有煤及铅二种年有剩产。石油只足供平时之用。其他一切原料亦多缺少。以此薄弱的资源来维持一个长期抗战的局面当然是不可能。退一步，即就较为短期战场上攻守的力量来说，波军现有物力的薄弱也给波兰以不利的地位。欧洲最近十年军事的技术与械备突飞猛进，尤以苏德法为甚，而波兰军队不与焉。波兰今日的物资军备还是一九三零年欧洲一般国家的情形，以视今日之苏德法等国则瞠乎其后。波兰之所以在过去十年内没有追随诸强之后，现代化其军事技术与械备的理由不一而足，而最主要的理由是战争工业不发达。战争工业不发达是由于原料不充足。而波兰一般经济能力薄弱不能勉强担负这个现代化的负担更是一个基本的解释。因为战争工业不发达，波兰不得不在平时极力堆存军需品以备战时之备。在轻军器及炮队方面，赖过去堆存的成品，波兰尚不十分弱于德国。然而二十年来欧陆军队技术的革命是由于机械化部队与空军的惊人发展。波兰军队不兴于这突飞猛进的改革也就在于此一九三七年尚无以为战时的预备。一九三七年时波兰全国只有两万部汽车五千九百部运货汽车。一九三五年至一九三八年间波兰只产七百部中号坦克车，五百部小坦车。在一九三八年波兰尚没有大机械化的部队。虽在其他部队里，也有坦克车铁甲车一类器械配合，然亦不甚普遍。根据苏俄军部的估计，战事发生后，波兰只能有一千至一千二百部的坦克车，一千二百部的小坦克车，六百到七百部的带甲车。波兰汽车工业生产的低弱是波兰军队机械化的致命伤。

在于现代战术另一利器，空军，呢？一九三八年波兰飞机生产量约在八百至一千架之间。据专家观察波兰飞机的质甚好；而少有一种的战斗机一种的轰炸机可与西欧各国所产者相比。不幸得很，现有的数目太少，而产量不易增加。战事起时，波兰空军不过拥有一千四五百架的飞机，其中第一线的飞机只有七八百架。这个数目以较于德国当然少得很。以之为一个独立的空军团，能进可以攻退可以守，恐怕也不够资格，总说起这十年来最主要的新武器——坦克与飞机——波兰的实力只有德国的十分之一。这一部分物力的特殊是波兰军力最大的缺点。

固然波兰的军队也有他的特性。波兰的骑兵是波兰军队的花，在欧洲各国中，也占第二位。因为边境长，交通不十分开达，和急速调动的需要，骑兵队的特别注重一向为波兰军队传统的政策。波兰骑兵的任务不但为哨探，并且为活动的防御，并且为骤然的袭击与追逐。然而波兰骑兵的缺点与波兰军队全体的缺点一样。简言之，便是火力差，波兰的骑兵队还是传统式的骑兵，没有机械队的配合。一九三五之后波兰军部中也有人提议现代化兵队，加以炮队与机械化队的配合，然而这个提议没有见诸实行。所以现在的波兰骑兵虽然人数甚多，活动力甚大，而其实力并未必高强。

波兰的战略与其对德军应用的效率也是估计波兰军力一个可以考虑之点。波兰传统的战略是采取奇兵突袭的方法。一个法国的军事家，以为波兰的战略可以分析为极端迅速的调动，乘机出奇的突袭，出击时不顾两国的空虚，集中军力于进击或守卫之各据点而只以骑兵巡逻各据点间的防线，这个战略在一九二零年苏波战役曾见成效。然而当波兰"皮苏斯基"将军发明这个奇兵突击的战略的时候，他并没有想象到这个战略在一九三九新机械化部队敌对之下所要遇到的困难。一九二零年这个战略居然见效因为当时苏俄的军队人数不多，并且军械并不坚强。这个战略用以对待一九三零年的德国军队也还可以制胜。然十年来的现代化已经使战场的形势大为改观。这个战略用在今日不但不能制胜，并且有很大的危险。敌人的机械部队很容易的开进各据点中间的防线，像几条铁臂一样切断波军前线的联络。同时敌人可以利用其高度的活动力与火力以作袭击两翼及包围的行动。这一来波军的主力将有被歼灭的危险。此次波兰对德作战会不会还采用这个旧战略是个问题。如果采取，恐怕只有与波不利。其实波兰这个传统战略也许是由需要中迫出来的。归根还是因为技术落后军队不够现代化的理由。

所以就军力而论，波兰独立支持东线的结果恐怕是凶多吉少。波兰只可以有几个希望：（一）英法联军于最短期内在西线与德国以极严重的威胁，使德国不能不以大部分的部队与新式武器移防西线，以调平东线波德两军的实力。（二）东南欧诸国于短期内加入英法波战线以加强波军的力量。然而这两个希望，即使能实现，也未必能无限制的支持东线的局面。于是波兰只可退一步作第三个希望，即虽在战事的初期为牺牲者，将来战事结束，最终胜利属于英法阵线时，这个牺牲可以得到充分的补偿。

云南法律习惯的调查

赵凤喈

在抗战建国的大时代中,时贤多主张集中一切的物力人力用在抗战方面,举凡与抗战无关系的事业,可以暂置高阁,等到我们把横竖残暴的敌人逐出了国土以后,再行一件一件地举办。这种主张,就个人看起来,只能谓其仅具一面理由,未能得起全貌。盖抗战胜利,只可谓建国的工业完成一部或一大部分,但不能谓为全部完成。我们固知道抗战为建国事业重要部分,同时要知道其他建国事业,与抗战自有其直接或间接影响,简单说起来,可谓其与抗战有因果关系,或互为因果;个人在本刊第一卷第十三期《省市参议会的成立问题》一文中曾经说过"抗战胜利,建国未必即抵于成功,反过来说,如果建国成功,抗战定必胜利":这当然是进一步的说法,建国事业整个地完成,较抗战胜利,尤为复杂。现在我们很难造一个详表,分列某项事业与抗战有关系,某种事业与抗战无关系。但我们可以说有利于建国之事业,必无害于抗战之前途。所以我们每一个国民当这个时代,须按其能力之所及,或直接参加抗战,或努力于其他建国事业。

个人对于内地法律习惯(Legal Traditions)的调查,亦认为系建国事业之一端,这是多年蓄意为之而未暇着手的;今日方开始做"抛砖"的工作。我国以往司法部虽会举行民商事习惯之调查,并印有民商事习惯调查录二册。唯其方法系由法部令各省高等审判监分令各级政府附带调查。当时县政府既缺少法律技术人员,又无专款办理此事,大多以例行公事视之,难免不藉"等因奉此"以塞责者。以致所调查之结果,往往有不具备法定条件者,令人不能辨其为真伪(究系地方实在习惯,抑或系地方员同杜撰以塞责);例如列某县有早婚习惯，但不载男女早婚之年龄，更无其他证据可寻，如何令人置信——所以我们现时要做这一种调查工作，必用科学方法，集多数专家之心力，希望以最少之费用，较短之时间，得一比较确实之结果。我们要知道建国事业，经纬万端，极其艰难，必须从大处着眼，从小处着手，一点一滴做起，既不可鲁莽以从事，更不可存侥成之心理；这是个人着手此事之态度，所望能引起海内专家之同情者。

个人此次调查的方法，係以各县档案为根据或以社会上通行的文据为资料，先加以分析，再归纳而综合之，以求得一结果。不过各县档案检查较易，社会上一般文据，搜集颇难。盖当讼案进行日期，两边当事人，虽多檄呈各项文书，一至讼案终结，当事人又将文件领回，县政府与法院，均无存稿可稽。欲于案外搜集社会上通行之文据，究用何种方法，尚在考虑中。故本篇暂以成案为重要之资料。又所谓调查之习惯，当以不违背法律或公秩良俗为原则，但遇有特殊之风习，虽与现行法有抵触者，亦姑予录出，以待社会上专家之讨论与抉择。再初步工作，只就每次调查所得之结果，陆续发表，待将来某一区域调查完毕时，再适用分门别类法作第二步之整理。至于调查之区域，至少应以云南向有的四个道区作单位。但现时个人之精力有限，财力更有限，不得不缩小范围，先就交通方便之县，作试行调查之区域。此次以呈贡县作试行区者，除交通方便外，尚有清华大学在彼所办之国情普查研究所，可以合作，并赖以解决外县宿膳之困难。更有李县长非普通行政人员可比，梁曾任高等法院推事，对于个人工作具有同情心，尽量予以方便，于此当并感谢。兹将近日调查所得结果录下：

"出典人让与典物所有权时，不须先行赎回典产，亦无须通知典权人"。

此种习惯，系根据下列三案推论而得。其一为光绪二十三年六月"化城内民段荣华具控卓旺串谋估霸盗卖田产一案"。本案于光绪二十三年六月二十日原状呈县署，六月二十二日传讯，被告于七月（某日未详）呈递辩诉状，经县正堂方于七月二十日讯明结案。当时惜无言辞辩论笔录之记载，所有该案情由，只可于原被告诉状中观其一二。缘卓旺先将其田产典与李浩管业，李浩又转典与段荣华，而卓旺未将典产赎回，即将其出卖于第三人。段荣华控卓旺为串卖，其措辞以李浩为业主，不认卓旺为原业主，故只控其串谋盗卖，而未控其为重复典卖。被告卓旺答辩以扣勒纸契，复行磕骗伪词。审判亦无笔录可查。但原告段荣华所具遵结文中，有一段即系择录当日之堂说。其遵结全文如下：

"具遵结：小的段荣华係县万化城内住，今于大老爷台前呈投遵结事；实结是小的具控卓旺串谋估霸盗卖田产等情一案，蒙。恩集案讯明：李浩典得卓旺田二坵，复转典与小的。因无力耕种，小的又租与高长福耕种，蒙恩节令伊备银拾九两将田赎回。二比遵依悦服，以后不敢再滋讼端，如还干究。所具遵结是实。

光绪二十三年七月二十六日具遵结民段荣华　十"

按前清律例禁止重复典卖，出典人如未将典产赎回，又将其典当或让与第三人时，除应得处罚外，其复典当或让典之行为，应归无效。本案原出典人卓旺未将典产赎回，即行倒卖，经第二典权人段荣华控告后，县正堂只令其备银十九两直向第二典权人赎回。对于其出卖之行为，未加过问。如非地方有此习惯"出典人让与典物所有权时，无须先行赎回典产，亦无须通知典权人"；而县判亦可构成特例。

其二为民国二十八年"云龙翘杨淮等状诉杨舒秀哄赎价，藉故枯尅等情一案"。本案于二十八年一月二十一日原状到县署，二月八日当庭和解了案。其案由系杨文先将田产典与杨舒秀管业，复于民国六年卖与杨淮执业。并管明由杨淮直接向杨舒秀赎田，当时杨淮无力赎田，迨至二十七年始向杨舒秀回赎，杨舒秀只以杨文不到场（杨文已故）不予放赎。和解结果：杨舒秀准予放赎，讼费由杨淮担任。据审理本案之李县长云：关于典产未经回赎，即行出卖一点，双方均无异言：此又上项习惯之一例证。

其三即今年（二十八年）四月"镇中街杨舒华状诉李如贵盗卖果木罪行放砍等情一案"。缘何品端先将果园出典与杨舒华，何品端病故，其妻何罗氏将果树复卖与杨茂之，李如贵系杨茂之的代理人。及李如贵砍伐果树，杨舒华尚不知其所典之果树，已由业主出卖为杨茂之所有，因而赴县控诉。本案经四月九日传讯，至七月某日始当庭和解，由业主何罗氏偿还杨舒华之赎价完案。此可证产权所有人出卖典产时，不仅无须先行赎回典物，并无须通知典权人。

以上三案，足为上项习惯成立之有力证据，此外民国廿年九月"可乐村苏兆宣诉段嘉秀私造伪契霸占陆地一案"，被告段嘉秀所提辩诉状（十月五日）内称"现有杜契可凭，情因此地从前典出与李逢来家耕种，因未赎回，民亦未照契管业……"此为被告说明其所杜卖之田，未照契管业，系因其未卖之先,业已出典与他人管业之故。其所称是否属实,因为另一个问题,然此可为地方确有"未经赎回之产,可以杜卖"之习惯之又一佐证。

上项习惯,在前清系与"禁止重复典卖"之规定相抵触,而依现行民法第九一八条之规定,故可谓毫无抵触也。

日本的强制贮蓄与消费节约

郑克伦

一、致命的物资不足

　　日本"战时经济再编成"的一切问题的中心，是物资消耗的问题。这是战时再编成的基础条件，战后二年来变化最大、情形最严重者。

　　物资的消耗，在现实形态上，问题虽觉简单，但是，在战时经济的观点上看来，关系却非常重大：物资消耗的问题假若不能得到解决，战时财政势将日益困难，国际收支的均衡亦难于维持；特别在物价的抑制上，公债的消化上，甚至对于整个战时经济的是否顺利运行，其关键均在物资消耗的问题是否能够得到圆满的解决。

　　日本在准战时期因"物资不足"而计划扩充生产，同时亦因"物资不足"使计划归于破灭；进入战时体制时，因战时巨额消耗，亟谋进行"战时经济再编成"，也同样因为物资不足使计划的进行迟缓，统制的过程横生阻碍。物资不足是日本最主要的致命伤，自准战时以来以至今日，日本各项统制，编成了一部与"物资不足"的奋斗史。

　　最近，日本政府又由"奖励贮蓄"转为"强制贮蓄"，由"选择的消费节约"变为"一般的强制节约"，企图对物资不足作一次最后的奋斗。

二、强制贮蓄的意义

　　日本政府对战费的筹措，是向来采用发行公债的方法的，公债的消化，除了依赖金融机关的承受以外,还不能不依赖现实资本的消化,换言之,为使公债顺利消化,不仅要动员银行货币资本的蓄积,而且还要动员国民大众的现实资本的蓄积。我们现在假定日本政府发行公债以满足物资消耗已顺利进行——日本银行所承受的公债,对国民大众已顺利销售,或者国民各自实行贮蓄,以存款的形式集积银行;公债的发行将有无限的可能,而日本战时物资的消耗也将不发生任何问题,不幸,日本公债的发行实欠顺利,日本银行的出售公债既见停滞,遂不得不出后者之一策,奖励贮蓄。

现在具有公债消化资金意义的一般所倡导的"贮蓄",自然是个人的个别贮金的集积,充其量是以银行存款,保险金等形式出现的蓄积,这部蓄积资本之是否较有积极的意义,不消说须视公债发行之目的及这些资本是否离开生产行程而定。但是,日本在奖励贮蓄时代所动员的国民贮金,并不是为募集生产资本的公司股票,公司债或公积金,而是充用于国家赤字财政及筹措战费而增发的国债。因此,"贮蓄"在消化公债的观点上看来,不过是帮助国家消耗物资,国家以贮蓄的形式征发了一部国民的购买力而已。

然而,我们也不能忽视在吸收国民购买力上,还有它更为积极的意义存在,防止恶性膨胀,加强消费节约,在"战时经济再编成"上,也同样负有相当重大的任务。

日本大藏省对强制贮蓄的解释是极浅显而有意义的:"假若用去一圆以充按摩之资,大体上说来,因为没有物资随之消费,在日本并不重要,重要的是用去一圆即随之消耗一圆之物资"。因此,强制贮蓄不仅与消费节约有同一意义,而且,对于各项物资的制造使用分配规则,也成了一个政策的两面。换言之,消费节约及各种制造使用分配规则是在物资方面统制各种物资之制造与消费,而强制贮蓄却在金融方面阻止不必要的消费以及更进而助长时局产业,帮助战时经济的再编成。我们在此次日本由奖励贮蓄到强制贮蓄的转变编程中的方针上,完全可以看到这种新的企图。

三、强制贮蓄各方案

强制贮蓄虽然在当初是池田成彬就任中央物价委员会会长时,作为新物价对策而提出的一种方策——因为是"物价对策",所以在抑制生产费的高涨上,仅以法令强行制止构成生产费之租金、运费、地租、房租等几个项目，而强制保留它抑制所得之全部费用；但是，随着强制贮蓄的意义的扩大，日本政府也感觉到了这种置重点于"价格形成"的缺点，欲将强制贮蓄的范围扩大。

在此时，可注意的是各方的提案：有提议政府增征直接税，以抑制所得的膨胀，而保留抑制部分；有主张采用扣除薪资强行贮金的方法，在目前薪资发放的过程中，预先扣除一部作为贮金，将来在必要时再发给薪资所得人。又有主张扩大所得统制，对于国民任何收入，均实施"收入规制"，凡盈利所得及其他一切经费所得的报酬，均由政府强制贮金。甚至有人更提议通通过货制度的机构而强制贮蓄：政府发行一种新的货币，此项货币落在民间之手以后，即失去其购买能力的机能，仅能作为贮金或存款使用。至于此项新货币之发行，则由政府对军需产业方面购买军需用品时混用一部，其余则作政务费行使一部。在国民精神总动员下，作为国民对"圣战"之神圣的出资。

日本政府的扩大强制贮蓄范围，是否将依照这些提案逐步实施，我们不得而知；但是，由最近已经实行强制贮蓄的方法看来，强制贮蓄确有由抑制物价消化公债等方面转变为助长紧急产业的趋势。

首先，我们要想到的是日本兴业银行的债券，大部由邮政贮金，保险公司的保险金等募集的事实。兴业债券是供产业长期金融之用的，我们由资金调整法之一再扩充兴业债券数额，而忽略国债之消化也可推知。

其次，是由总动员法第十一条的发动，限制公司企业之红利所得及经营所得，在百分之六以上的利益金均须贮蓄。在关于企业经营之法令中，分明规定："因限制利益金之支配等在公司之经营上所生之余裕，须充用于必要的资产之价却成公积金之增加，贮蓄以供发展之用。"

在目前，日本政府所着手的虽只是限于企业公司之强制贮蓄，但对于国民大众的强制贮蓄亦在计划中，这计划据报章所传，或许仍从消除物价水准与国民所得发生的相互竞争入手，不脱离所得的统制与过剩购买力的吸收，也未可知；但是，贮蓄之转趋强制，贮金用途亦进而统制一事，已经是很显明的了。

四、消费节约的内容

强制贮蓄的另一面是消费节约的,而消费节约与各项物资的制造使用分配规则又构成了"物动计划"的主要部分,张开了"物"的严密的统制网。

当初,消费节约与奖励贮蓄一样,只是站在伦理的立场,对国民劝告节约和贮蓄,而节约的范围也只局限于数种奢侈品。但是,在最初的战费仅达二十五亿的时候,这种选择的节约或可满足!当战费膨胀至四十八亿,物资巨量消耗的今日,节约运动乃不得不由选择的节约变为一般的节约,节约的对象也不能仅限于公务人员,而必须扩大到一般的国民大众;实施的方法更不能不由伦理的劝告变为强制的执行。

强制的消费节约,主要的是依据各种物资的制造使用分配等规则而实践的。在棉□关系的各法令中,禁止了国内用的棉织品之制造与消费,在毛织品的制限规则中,禁止了国人的穿用毛织物。于是,日本人民的衣料,仅限于一种类似纸浆制成之人造纤维制品。由绸织限制使用的各项法规中,不仅所谓奢侈品之烟煤,化妆箱,鸟笼,乐器,电影机,猎枪等禁止制造和使用,生活必需品的削铅笔刀,镇尺,运动器具,保险柜,火钵等也在禁止使用之列;除了采矿业之钢铁器具,制造轻合金之必要的器具,人造石油业者及军火业者所使用之钢铁器以外,均在限制或禁止使用中。其他铜,铅,锡等非铁金属亦如钢铁一样受有严格的使用限制。树胶,皮革,木材等亦各有使用限制规则;胶鞋,皮靴,马具,运动器具,车辆皮垫等都是绝不能使用的。其他各报纸,纸浆,麻,洋灰,肥料,工业用品,石灰酸等莫不在严格限制中。学校的先生强制学生光穿木屐不要穿袜,商相主张以人造纤维为"国民服",全国上下一律穿用。

消费节约在这些制造使用规则下强制执行,国民生活的紧缩达到了顶点,几乎到了一切物品均不能使用的境地。但是,我们不能不立刻想到,这些节约下来的物资,移用于何处呢?回答是:建立重工业,制造枪炮,消耗于战场上;或者移用于输出,赚得外汇,购来更多的武器,以备将来更巨量的消耗!

这种消费节约与强制贮蓄很明显的是有同一的意义的,这不仅在抑低物价,防止恶性膨胀上有相同的效果,而且在阻止不必要的消费,移有限的资金与物资于重工业或军用,其目的亦正相同。

致命的物资不足使日本采用了一切的方法以挽救垂危的命运，现在又命集中全力于强制贮蓄与消费节约。"贮蓄"，"节约"是向为一般人所忽视的方策，然而，日本却要在这个平凡的为人所忽视的方策中，也开拓出一条道路来。

谈《原野》

冠 英

在昆明看到《原野》作者亲自导演的《原野》上了舞台，真是可喜的事。我对《原野》一向有偏爱。这回因为看戏随便和朋友们谈论起这剧本来，才发现和我口味相同的原来甚少。我以为曹禺君的三部名著中《雷雨》最是雅俗共赏的戏，《日出》稍不同，惟《原野》最为不俗。

《原野》最值得称赏处是人物的创造。本剧重要人物的性格都很强，以焦大妈为最，其次金子，其次仇虎。这三个人物在中国文学里都是崭新的。中国文人笔下虽也曾出现过狠毒的婆婆，养汉的媳妇，复仇的英雄；（我现在就联想到《水浒传》《金瓶梅》里的人物）但刻画都不到这样深，所以面目大不同。

三人中仇虎给人的印象最新鲜，这是被仇恨的火所煅练，被特殊社会所教育过的农民。但粗暴而机警；他是硬汉子而有软心肠。粗暴是农民本色，机警是由于"教育"；软是农民特性，硬是仇恨造成。他于报仇，多年蓄志，一旦成功，成功后反而似有悔意，这一点为多数观者所不了解。其实这表现一个矛盾，他做的事是硬的，他的心是软的。焦阎王一死，他复仇的对象已经失去，后来手刃大星在他本已万分勉强，小黑子之死简直就伤了他的神经。这并无丝毫牵强。不过说他因此而至于立即陷入疯狂，以至在林中见神见鬼，似又走过了一步。

仇虎之外焦大妈亦复虎虎有生气，不过这一角更不是写实的了，她有婆婆气，有女强盗劲儿，又有慈母的心肠。论阴毒，她要对木头人咒死媳妇；论凶悍，她要用铁拐杖打死仇人；论机敏，没眼睛也能见到人家脸上的杀气；论勇敢，她为了保护儿子焦大星不辞与仇虎短兵相接。农村里恐未必有此老太婆，不过天地间不妨有此道理罢了。

金子的性格有人以为不明显我想有两个原因：一是金子的恋爱心理不易了解；一是表现金子性格处前后有矛盾。

金子憎恨大星，虽然他是处处陪小心的丈夫，因为他柔情，像"一辈子不会长大"。她爱仇虎，因为他强悍有力，是一个真正的男人，虽然是"丑八怪"。这本是合于人性的，但和中国的传统相距稍远。在中国通俗文艺里典型的男性情人一向是白面孔，甚至还是书生。试想旧戏里的小生是什么形状？况大星与仇虎又还非武大与武二之比。难怪一般观者以为不近情了，其写仇虎满可以不写成"丑八怪"，爱"丑八怪"总不是常态。

金子憎厌大星是情理中事，但绝不至于愿意他被杀死。对大星的殷勤也不能毫无感激。所以她有时真心怜悯他，希望自己走后有个人来疼他。所以焦大妈求她救大星，她自己也愿意。她起初确是为此尽了力，但后来却糊糊涂涂地依从了仇虎，无意间做了帮凶。这是为何？她难道生性是这样柔顺的吗？她不是"说到哪儿就要做到哪儿"的女人吗？这是显然的矛盾，所以金子成为问题。

上述三个人物都是有几分理想化了的，惟焦大星是一个软弱忠顺的农民典型。这一角写得很真实，但为了与仇虎作对照，似不妨把他的庸懦无用再夸张一点。

至于剧情也有可讨论的地方。仇虎出场带着脚镣，说是刚从火车跳下像是才由看守者手里逃脱的样子。然而他袋子里有金戒指，后来又有了手枪，才一个逃脱的犯人何以有此？这是不可能的。仇虎由一个寻常农民变为不寻常的仇虎，自然原为他在外边见过一番世面，加入过什么帮会，交结了不寻常的朋友，所以他有钱，有枪，有"接应"他的"弟兄们"，这一段生活可以在入狱之前，也可以在越狱之后，但放在越狱之后更为合理。剧中不表出这个便不可通。此外仇虎和金子的交情在过去程度如何，也应当让观者明了。

金子同意杀大星是不近情的，上文已论及。闻一多先生主张将剧情略为修改，为花焦两家造出一段仇恨来。使焦阎王爱上金子的母亲（互恋单恋均可）。使金子的父亲因此落于焦手。焦阎王必欲得金子为儿媳妇因此得一解释，焦大妈之痛恶金子也增加了理由。不过这件事金子丝毫不知，焦大妈知之而不详，但仇虎却尽知底细。仇恨告诉了金子（或再由常五证实一下）使金子对焦家也生了复仇之念,于是同意仇虎杀大星而不复怜惜。这样一改可解决许多问题,委实是可取的办法。

第三幕(即最后一幕)亦颇成问题。作者使仇虎的精神发生剧变,以至在林中看见幻象,事前的准备不够。换句话说,仇虎这种变态没有充分理由可以解释,闻先生对此解决的办法是改小黑子为金子所生,而事实上是仇虎的种子,但只有金子明白。小黑子的死为仇虎一手所安排,金子不与闻。在孩子死后金子才伤心地说出真相,于是仇虎悔恨发狂。这样较为可通,不过仍欠深刻,且时间上亦难安排(倘剧情如此,仇虎与金子别离后的时间便该很短了),尚未为圆满的办法。

因为仇虎发狂的理由欠充分,整个第三幕便与前无自然的联系,成了两橛。所以有人猜想作者先有此神秘恐怖的林中一幕后来才加上前面的一段戏。又有人以为作者为卖弄他的种种技巧硬加上了这一幕。

第三幕自然是极有趣味的,割爱甚难,但这一幕本身亦有可议,至少排拉得太长。中间有两场所表现的东西几乎全无改变,仇虎的精神病象亦无由浅入深的变化。在这一幕中出场的重要角色是仇虎与金子,而金子几乎无戏可做,仇虎的戏也很单调。国防剧社的介绍文章说《原野》有浓郁的诗情,所谓诗情如系指林中的神秘气氛,那么这一幕"诗"未免太多,而"戏"却太少了。

剧本的许多优点和缺点都因演出而更显著,例如对话之恰到好处,(几乎不能增一字),利用声音等技巧之成功(林中的鼓和叫魂效果最佳),次要角色穿插之得宜(常五和白傻子全无闲言闲动。)又如作者给仇虎一条瘸腿,给焦大妈一双瞎眼,一根铁拐杖,一面可加深观者的印象,一面又有帮助显示人物特性之妙。在看演出时更易感到。仇虎的脚镣亦有加强观者印象的作用,但有不合理处(上文已论及)只能舍弃。

剧中用独白大约总不是好办法,在读剧本时不觉其不宜,在上演时便显出了。本剧如仇虎听说焦阎王已死时的自言自语如在焦家对阎王遗像说话,都觉有换一种方法来表现的必要。

第三幕将仇虎过去生活的幻象一一在观众眼前显现,也不是好办法,这个演出,此等处效果颇不佳。原来在前几个场面渲染成的恐怖气氛,演到牛首马面出现时便全部消失了。这有两个原因:第一,让牛头马面在台上出现太落旧剧的陈套;第二,这些东西使不迷信的人反生滑稽之感。

在仇虎见幻象而惊叫的时候，台下观众既同时见到其所见，偏金子硬说不见，实在不能使观众感到真实。且这些幻象论理该随着仇虎的视线而改移其地位，（这些戏台上自然办不到），如仇虎调头和金子说话时，那些鬼神便不该依旧排列在他的背后，至少也该暂时隐去。此等处如灯光设备改进，效果自然可较好。然而不若由仇虎神气活现地自达其幻觉，由金子在旁作畏怖神气，或不是惊呼来帮助，使观众在自己的想象里去塑造恐怖景象，反而更有力量。不过这样一来戏台上当更显寂寞。作者让鬼神来凑热闹怕是不得已罢。

此次演出以孙疏棠君之常五最为无懈可击，次为樊筠女士之焦大妈。金子一角以阎子女士之技术经验演来竟未厌人望。（有人说她不肖村妇面带智识味）饰仇虎的汪君也是老手，但在第三幕甚难令人满意。这都该归咎于剧本。

最后再谈谈《原野》的作意，有人说仇虎的复仇与目前中国抗战精神相合，所以在这时上演《原野》是有意义的，但又有人认为私人仇怨的报复没有什么价值，不值得提倡。我以为此种争论与《原野》并无关涉，因为《原野》并未提倡复仇精神。《原野》里的复仇者目的虽达而结果并不好。作者是否赞成复仇从剧本是看不出来的。

《原野》的人物似全都直接或间接地犯了罪，但都相当地可原谅，似作者对每人都给了同情。有人认为这是《原野》可赞许之点，有人都以此为诟病，以为不当如此全无褒贬。我以为文章可以写褒贬亦可以不，但须看问题的大小，如《原野》是表现一个社会问题，假定以焦家代表土劣阶级，以仇虎代表反抗的农民，则是非便不可不明。但作者意思似不然（如其然，这本戏便不能这样写法了）。作者似乎不过表现天地间有几个这样性格的人，在爱欲仇恨的激流中可以有如此一段纠葛罢了。不过仇虎口中似乎曾有这个世界上没有公平，压迫者太多，打倒一个阎王还有无数个一类的话，可使人将这剧的意义扩大去看，在剧中诚为蛇足。

有人问开场时仇虎与金子会见的地点正是收场时仇虎与金子死别的地点，仇虎并在原地拾着自己丢弃的铁镣，他正像在如来掌内兜了一个圈子。这样安排是否表示命运的牵弄？至于金子所憧憬的那个黄金铺地的远方，有无象征意义？象征什么？这些地方未敢妄测，只能代质《原野》的著者。

本期撰者：

戈山先生是西南联大的一位教授的笔名。

赵凤喈先生是西南联大法律系教授，曾有大作在本刊发表过。

郑克伦先生任职中央研究院社会科学研究所，屡有文章在各报章杂志发表。

冠英先生任教于西南联大中国文学系。

处境之特优，举足轻重，在国际上的地位，尤见提高。苏联与德签订互不侵犯协定，其最大作用，当在避免卷入战争漩涡。这个强大的国家，不加入英法集团，已使反侵略的力量削弱不少；但此时只要能严守中立，德国亦有所顾忌，战事或可从早结束。以往人们都以为苏联是民主集团中的一员，终久会为民主政治而作战，到如今始知这仅是愿望，而未必能成事实。所以我们在国际现势下，似不应指定哪一国必与民主国家，同在一条线上，因为国与国间的结合，主义绝不是决定的因素。

苏德二国政治思想及制度，虽不尽同，然就治国精神言，俱是独裁的国家。独裁是战的形态，是"军事化的政治"。独裁政权本极不稳定，必须对外有不断的胜利，才能维持于不坠。苏联虽然前此不愿对外轻开战端，其骨子里还是准备战争，而呼吁和平充其量只是暂时政策而已。施行社会主义的苏联，如果燃战争之炬，恐要予资本主义集团以重大的威胁。到了那时，苏联世界革命政策将与几大帝国的利益，发生着直接的冲突。这并非完全不可能的事情。

眼前苏联进兵波兰，已引起全世界的疑虑。从其素来的立场观，苏联此举，大致是一种自卫的措置。英法之见弃于苏联，未必即促苏联加入德方作战。因为英法助波到底的决心，美国的可能干涉，以及日本在远东的乘机扰乱，都是苏联眼前应有的顾虑。合欧亚而观，现今苏联虽处境特优，然若不慎审自重，终久也会陷入于腹背受敌的境地。不论苏联进兵对欧战影响如何，波兰的局势，因而愈见复杂了。过去苏联的态度，最为显明，最为坦白，而英法则游移不定；讵料近日形势适证其反。英法因援波而应战，现在波兰再度受人蹂躏，自必坚决加臂助，绝不中途遗弃。这是我们在现势下可引为慰的一事。

么反共协定，什么乌克兰，其对英法的作用多，对苏联的作用少。明眼人即知德国的真正对手是英法，不是苏联。英法苏分离，德国至少可暂缓东顾之忧。然捷克灭亡后，英法之对苏伸手交欢，对方虽未贸然拒绝，但是慕尼黑的教训太深刻了，它似亦不愿再过事亲昵。事实上苏联在欧洲，始终进退自如，亦何必自处于"召之即来，挥之即去"之附庸地位呢？英法与德国居于国际天平的两端，而苏联却是手握天秤之人。欧洲反侵略集团，必须吸收苏联力量进去，否则不能成优势。张伯伦虽不承认有意排挤苏联，但内心里或许还在得意的"慕尼黑"杰作。照此说来，英法苏谈判之不能成功，德苏互不侵犯协定之突然产生，以及最近苏联之对波进兵，都是不足为奇。

英法苏谈判失败后，苏联倾向于对德妥协，是意料中的事。谈主义，苏德固未必能相容；论利害，则可亲可疏。战后苏联的处境，与德国相彷佛，二者对凡尔赛和约，本来同具一种眼光；直到法苏联结之后，苏联的态度才改过来了。至如德国在战后，寻求与国之急切，较苏联实有过无不及。一九二二年拉伯罗条约签订后，苏联在国防军备上，暗中给予德国以凡尔赛和约所禁止的援助。这种关系，直到希特勒掌权两年后，才告中止；但前此倘未借助于苏联，今日德国的扩军计划，恐终难于实现。苏联因亲德之故，亦取得最急需的精良机械与专门技师，使生产建设树立宏大的基础。近些年来，双方在商务上，已恢复了正常关系，并且还日见其亲密。这也是值得注目的事实。苏联固早经放弃世界革命政策，而纳粹德国之反共，尽人皆知其只有对内的作用，并非真有敌视之意。希特勒与史太林，虽公然交相诟骂，但他们都了解德苏至少在现势下，合则互受共利，离则互失其机，主义的冲突，在实际政治上是不重要的。

然则，此次苏联进军波兰，是否苏德结成一气的表征？这也是耐人寻思的一个谜。就往事言，苏联外交政策，一向是保障东欧之和平，与其邻国签订了许多友好条约，最近又欲使波罗的海各国得有安全保证。波兰是波罗的海各国的中坚，多年来为苏德间的极有效之"缓冲国"。波兰沦亡，绝非苏联之利。如果德国灭波成功，在军事上不啻操进攻东欧的锁钥，终久对于苏联的安全是不利的。假定苏德相约平分波兰，重建东欧的新秩序，在德国暂时固可踌躇满意，但在苏联则恐是得不偿失。外间频传，德苏协定签订时，双方有类似分赃的默契，果尔属实，苏联之用心，诚令人莫解。

苏联在欧洲的反侵略阵线中，是不可或缺的分子。自欧战爆发后，以其视，这是大家知道的事，在英波互助协定谈判中，波兰竟力主摈斥苏联于盟外。苏波关系，一向未臻融洽，经此又增一层隔阂。

苏波互相乖离，予纳粹德国以可乘之机，波兰素受苏联之不满，外援大见削弱，希特勒窥破了这点，遂对波侵凌丝毫不肯放松。英国因为地理的阻隔，援助波兰在西须以法国为助手，在东则必借重苏联。揆之情理，波兰自始即应促进英苏接近，岂容居中作梗，以致误己误人。今日的波兰，在德国威胁之下，始知因嫉苏而贾大祸，似已悔之无及了。

今番苏联向波进兵，虽然就往事观察，或许意在予波兰以严厉的惩罚，然从此次战局言，实难免响应德国，欺凌弱小之嫌疑。据称苏联进兵，系以保护波兰境内白俄及乌克兰少数民族为辞。我们于此仅能窥见其进兵的背景，却不能证示其进兵的动机。在波兰，少数民族的独立运动，或许较在苏联为激烈；不过它们的力量极为薄弱，要是没有外援，尽管轰烈一时，也不会得到成功。战后欧洲，少数民族问题，曾惹起了无穷纠纷；但列强倘肯置身局外，不插足其间，这项问题自然就简单得多了。须知"民族自决"的原则，往往被黩武者所利用竟成了侵略主义的根据，背盟弃约的口实。"慕尼黑"的经验，犹历历不爽。现在苏联又以保护少数民族为辞，向波积极进兵，虽未敢断言其居心卑劣，但其举则足以引起世人无限忧虑。

苏联侵波之后，到底会否卷入欧战漩涡，我们实在不敢断言。截至现在，苏联之举，各国尚未认为"直接侵略"，且苏联对德波战争，仍力保守中立。此事反响如何，尚待若干时日，始得分晓。

依常情揣测，苏联突然出此一举，除予波兰以警告外，对英或许是赌气，是发愤。捷克沦亡后，英国转向亲苏，不过是时势使然。到了战云松缓，亲德论调又嚣尘上。在英国保守派中，排苏之人，远较排德之人为多。法国外交以英国为转移，英国对德可谈协调，则法德亦可修旧好。德波战事爆发以前，英国决然与苏进行互助协定谈判，其实心里却仍存莫大的猜疑，始则凭借波罗的海保证问题，继则斤斤于"间接侵略"定义的争执，百般刁难，故意搁延。老实说来，英国既已对波，罗，希，土等国提供保证，若不谋与苏切实合作，则因地理的阻梗，所谓互助云云，徒成空谈而已。

英法在慕尼黑会议中，意在鼓励德国东进，使苏联分担其忧。殊不知苏联被摈斥于会外，难免有余恨在心，绝不肯为人从火中取栗，这是实情。在此情势下，德国企求与苏接近，以破坏英法苏协定，亦是应有的对策。什

苏联与欧战

王赣愚

欧洲大战正酣,中立的苏联,突然动员四百万之众,侵入波兰境内,举世深为震惊。苏联此举,使人堕入五里雾中。欧局演变至今,真是综错复杂。此刻的断语,说不定会被下刻的事实所推翻。

哀哉波兰!抗战不及一月,而三分之一的领土,已沦入德军之手,首都迁出国境,处处与上次大战时的比利时相同。目下又遭苏军威胁力逼,危殆已极!现世的弱小国家,哪个能不寒心?当然,多年来波兰之圆滑外交,使苏联憎厌已深,此次骤然进兵,或即坐因于此。

波兰介于苏德两大之间,十几年来外交不能自主,左右逢迎,反复无常。初则因仇苏而亲法,步步追随,宛若形影;但自一九三二年后,又与苏德先后签订互不侵犯的协定,显然改变了一向瞻仰巴黎之政策。近来德国锐意东进,波兰身当其冲,乃转而联法亲英,固是势所必趋,然故意忽视苏联,却是波兰外交上的重大错误。苏联向为被侵略国之友邦,绝不愿德国势力的东进,波兰如获其协助,安全当得更大保障。

波兰对苏自始抱着无限猜疑。它素来所最怕的是苏军过境,或在国境内作战;为着避免这个危险,甚至情愿结德以制苏。殊不知德国势力增强,终必促成波兰所亟欲避免的战争。战争一起,不论胜败谁属,波兰总是无辜的牺牲者。波兰政治家也曾顾念及此,其所以拒绝参加东欧集体安全体系,无非要保持自身的独立与自由。哪知道,慕尼黑会议后,欧洲局势,已不许波兰采取这样超然的态度了。希特勒并奥灭捷以后,刀锋的指向是波兰,而波兰本是不甘心屈服的国家,虽然投入英法的怀抱中,但对苏联始终不加重及社会一向特别着重这两省的建设，工厂的迁建大都也集中于川省。在上次参政会的大会上，蒋议长特别提议组织"川康建设期成会"，并指定参政员二十一人前往川康实地视察。这次的"建设方案"便是根据视察团的报告书制成的。

方案的内容计分下列九部，即（一）行政组织（二）兵役（三）财政民生（四）治安（五）经济建设（六）禁烟（七）教育（八）夷务（九）川康边区司法。案后又附建议两条，即（一）对于牺牲大众，凡足以确立建设基础，或足以构成建设障碍者，有政府聪断，毅然决然，与之革之；（二）徒法不能自行，有治人乃有治法，所有施政者人选问题，尤值得特殊重视。可知这个方案对于政治、经济、社会、文化、教育各方面都有统筹的计划，而对于实施的困难更已有周密的考虑。我们除了贮望当局切实推行外，原无更好的意见可以贡献。但有一点，却不妨提出谈谈。

"川康建设方案"是以康川两省为建设的对象。这种区域建设的办法，在目前的客观形势下，确有其重要意义。这一点前面已经说过。但我们必须注意，各种建设之缓急先后究应以事业本身的重要性及目前需要程度为标准，而不应过分着重区域的划分。川康的各项基本建设固应集中精力，加速完成；但其他各地的重要建设也要同时兼顾。否则，如果川康两省的次要事业都已一一兴办，而其他各省的首要事业还未获得应有的注意，那便有背于后方建设的本意了。过去报纸上有所谓"区域计划经济"之名词出现，这种建设计划便患了过重区域而忽略事业本身的重要性的毛病。希望政府及参政会对这一点加以注意。（农）

波东全线占据巴拉诺维兹、罗夫纳、杜布诺、土巴拉斯等四城市。大军越过苏波边境后数小时，苏联政府曾照会波驻苏大使，谓苏联为保障其在波东部之本身利益，并保护波兰东部之白俄与乌克兰少数民族起见已令红军开入波境。苏波原有互不侵犯条约，但自苏联观点而论，以前之条约已不复有效，因波兰国家已不复存在。好像事实还不够离奇复杂，苏联外交委员长竟因此而向各国声明，对于欧洲现行战事苏联乃将保持中立，同时据十七日合众社的柏林电，苏方此举，事先曾获得德方之同意。本来欧洲国际间的关系，自德苏成立互不侵犯条约以来，已不复能以常理，尤不能以公法来推测。一切文字信义的根据都不复可靠了。苏俄的动机究竟是什么此时实难预测，但就目前的情形看来，至少有两种可能的目标。最容易想到的一种，就是要借这机会收复从苏联历史的立场上看来所谓"失地"，所谓"吾人不欲侵占他国领土，但亦决不放弃本国尺寸地土"（见莫斯科十五日哈瓦斯电）也许就是这个勾当。就是不引用历史的根据，乌克兰少数民族和波东的白俄也随时可以成为侵占的理由：现成的事实，而且有例可援。第二种可能的目标也许是在波罗的海岸。这种企图在苏俄也是历史的。报载苏政府近向拉特维亚政府交涉，要求准其利用温陶港一节不一定真确，但也不为无因。这两种可能的目标都是比较容易想到的。此外，还有两种事实的背影，难免不令人发生种种的猜疑；其一就是苏联晚近对于巴尔干的注意。最近苏土、苏罗（罗马尼亚）的关系日见密切。这里面或许就胚胎着某种先天，亦未可知。另一种引人注意的事实就是最近日德意的重新接近，如寺内与大角之聘德，福斯特之行动，令人感到或许一种反英法的大组织在酝酿着。在这种复杂的改变中，我们中国人至少应当认识一点，就是，苏俄的头已转向着欧洲，只剩它的尾巴在远东，而为这尾巴目前的安全，遂与日满签了互不侵犯的协定。（超）

川康建设

国民参政会第四次大会已于本月十八日圆满闭幕。这次大会的决议案似较以前各次更为具体，更为切实，就中尤以蒋议长所提的"川康建设方案"特别值得我们注意。

川康是目前抗战建国的根据地，资源之丰富远在后方其他各省之上，且地处西南和西北的中心，在国防的意义上亦较他省为尤大。抗战以来，政府仍旧贯，而此中情节不无蛛丝马迹之可疑。此外则匈牙利外长于波战紧张之时飞往柏林有所商洽。而今波战已届尾声之时，德国政府经济顾问克洛第斯所领导之经济代表团飞抵罗马尼亚京城。虽其对报界宣称此行目的不外修订德罗行将满期之商约，而据消息灵通人士所知，克洛第斯此来似有其他任务。在另一隅落，苏俄政府要人于战事开始前后，迭往土耳其聘问，土耳其外交部长因亦有于短期内前往莫斯科报聘的消息。而英法今日乃有假道土耳其之达达尼尔海峡，以进兵东欧的风传。东亚方面蒙伪边境之冲突已由日驻苏东乡大使与苏外交人民委员长莫洛托夫成立协定，停止敌对行为，组织委员会划定蒙伪的界限，凡此活动，不但是与战事有关，而未始不是将来新局势发展的酝酿。

近日努力外交活动的国家实可分为两派。一派是只求自保的，为匈牙利，罗马尼亚及其他巴尔干半岛诸国者是。他们意向不一，利害亦不相同，然他们都是迫处强邻，时有遭池鱼之殃的危险。他们希望不要做这一次战事的牺牲，极力避免牵入漩涡，虽然他们的希望能否实现尚未可必。还有一派是进取的。有野心有作为的，如日意等国皆是。这一派的活动较为重要。虽然所谓轴心国家是以反赤的名义为结合，而其实，从利害观点上说，他们的对手还是英法。即就苏俄而论，虽然在主义方面，共产国际与纳粹法西斯蒂是两个左右相反的极端，然苏俄也并无所爱于英法。苏德协定给反赤结合的名义一个打击。然而这打击所产生的昏晕，已逐渐苏醒。日意的重新携手，未始不是换对象做旧梦的酝酿。如果苏俄靠得住永保一个善意的中立，日意未尝不可以卑躬屈膝，把反赤的招牌收起，一面求苏俄的谅解，另一面威胁利诱巴尔干诸国，迫其加入反英法大集团，以德意东欧东南诸国的力量对付英法，以日本地势的便利控制吞噬亚东南洋。退一步言，即使活动的野心没有如此之大，真正加入战团也不是他们的目的，日意等国的携手也可以做成一个强盛的第三者力量，以举足轻重之势，做向英法讨价的工具。这些外交活动当还没有如何具体的结果，然其进展与否，与其趋向如何，实在值得注意的。（山）

苏联进兵波兰

苏联军队于十七日在摩洛德斯诺地方侵入波兰国境，截至二十日已在

第二卷第十四期（1939年9月24日）

时评

战局底下的外交

欧战爆发，德国取西守东攻的策略倾力猛攻波兰，希望于短期内削平波兰，以绝东顾之忧，然后再以全力应付西欧；英法则以稳扎稳打的办法，进攻德西，预备长期的战争以围困德国。在华沙三面受迫，华沙不日可下之时，苏俄突于本月十七日，以"保护其在波东之利益，并保护波东之白俄及乌克兰少数民族为名，侵入波兰境内，以造成欧战战局一个微妙的局势。在这个微妙的战局之下，近日各国的外交亦呈极其活跃的现象。说不定这个活跃的结果要影响及于此后的战事和整个世界的局势。

意大利于战事开始时，忽然弃了同盟的德国，而自居于中立的地位。这虽然不见得是十分突然的，而总算是一个不经的事。然而意大利的态度仍是不即不离，对于英法仍有不满的言词，对于加入战争的可能且公然声明并未放弃。因此意大利在近日欧陆纵横的外交活动中还是一个举足轻重的主角。苏德协定虽然给日本一个打击，而寺内大将所领袖的军事考察团还是远赴，备受意大利政府的招待。于是德国也派遣波罗的海前任司令（即日德协会会长）福斯特上将于月之十六日到达罗马。据消息灵通人士所知福斯特上将此行负有某种特别使命。而此使命与日本军事考察团互相关联亦无疑义。加以寺内大将一行，原定自意国取道伦敦纽约返国，兹忽改变计划，应德国当局之邀请，转往柏林，准备往波兰前线参观战事。旧欢重拾，虽未必即因此而

战时经济与政治机构

张德昌

我们神圣的抗战已展开两年多了。这两年多的期间，不但予敌人最严重的打击，不但改变了世界各国对我们的观听，而且最严重的是我们因抗战而逐渐的成为一个精诚团结的政治单位，一个经济体系；一个近代国家的基础在抗战过程中得以立定。用时间来计算，不能不说这是一个很大的成就。拿第一次中日甲午战争的情形来比较，现在的状况尤可使我们自慰，当时李鸿章曾感触万端的告诉伊藤博文说，中国"省份太多，各分畛域，有似贵国封建之时互相制肘，事权不一"。不过几年的光景，我们不但成为一个精神团结的近代国家，而且能于诸般困难坏境之下，运用我们的全国资源同敌人做总决算。这实在是一个长足的进步。

现代战争一方面取决于军事，一方面更要取决于经济力的运用。所谓战时经济已成了与军事同等重要的因素。自开战以来，我们政府已采取各种必要的步骤，以国家全体利益为出发点，分别予以管制，调整，提倡。对外贸易及汇兑集中于中央政府之手，有关军事民生的工业由政府予以主持及创办，交通事业之由中央政府管理，开发，凡此种种均以战争之需要，由政府统筹兼顾，集中计划。政府职权应以扩大，工作应以繁重。此种战时经济之实行，在我们是第一次的试验，在政治方面必须能适应环境的新需要，切实做去，才可使经济与政治相辅而行，收最大之效果，我们知道一件事情的成功与否，一方面故要看筹划之是否周详，另一方面尤须看执行之机构是否健全，二者实同等重要。谈到战时经济及其执行，我们认为以下几点值得注意。

在一个工业国家，交通发达，政治机构健全，人民了解公民责任，官吏忠于职守，由平时经济变而为战时经济，初无若何困难。若在农业国家，情形便不相同。农业社会组织比较散漫，因交通之不便，各种事情地方性比较浓厚。一旦使散漫的社会变为严密，使地方性浓厚的各部受一种法令的束缚和支配，困难自多，着手之道在从充实政治机构的最低限度做起。政府每一个官吏必须有忠于职守，尽责任的精神。在平时，衙门里的喝茶看报，推诿敷衍，专门人事应酬等恶习，已屡误事。在战时这种"混"的办法更不应存在。对于一个无责任观念的人，我们无法同他谈增加效率，明责任始可进而言效率。一个工业社会，本身就是一个学校，忠于职守，尽责任的习惯容易养成。但在农业国家非从官吏做起不可，政府机关应当是一个训练所。第二每一官吏当明办公私，为社会主持公平原则，我们可以举第一次欧战时英国的食粮管理为例。在战时经济之实行方面，食粮管理是最重要的工作，也是最繁难的工作。如果不能明办公私，主持公平原则，则其不利于社会之治安，较之自由放任为尤大。将全国人民生活之必需品置于政府机关管理之下，使每人得其所应得，享受合理的分配，非主其事者之有明公私的观念不可。固然技术方面，关于人口数目，食量存量，他们有统计可依，但他们有励行公道的精神，最值得注意。在开始实行管理粮食，计口授粮的时候，他们就决定贫富无差别待遇的原则，一个工人每日应得的肉量，不但不少于一位上议院的贵族议员，而且因其体力工作上之需要，其应得之份反较为多。在有钱的绅商亦不以生活程度减低，以威力阻扰法令，或以情面求通融。主持其事的比弗利治爵士（Sir William Beveridge）后来把他的经验写出来。有一段话说得很幽默，他说"我们第一个原则是公平。几年的战事过去了，我们的工人一般比在战前的享受好得多，因为以体力需要为分给食料的标准，多数的工人身体变得结实得多了"。英国是大家认为社会阶级显著的，资本主义的国家也是大家都晓得农产品不能自给的国家。但是他们政府的官吏有明办公私，为社会主持公平的精神，所以在政府取得战时管理经济的大权后，他们便能慎重应用所获得的权力，公平处置，不负使命。社会上没有一部分人受到不公的待遇，也没有一部分人能利用战时状态，趁时谋利，发战时财。这是我们很好的一个榜样。第三认真彻底，运用精力，解决问题。每一机关之设，非为一部分添位置，而是组合这些人来解决一方面的问题，担任一方面的职责。战时的后方，交通是重要问题之一，若在工业发达国家，交通路线密织，各种车辆众多，一旦有事，将无数私人交通工具移交一个政府机关统制管理，自然是千头万绪，但是以我们现在的状况来说，私营交通事业尚在幼稚时期，主要的是政府主持的交通机关。路线只七万多公里。车辆约一公里得车一辆，每天客运货车平均量，较之工业国情形简单得无可比拟，理应处理得井井有条，指挥如意。但是目下我们后方第一个不能解决的严重问题莫过于交通。由昆明到重庆，"行"成了一个大问题，上行下行货运的分配，不得合理解决。同是政府机关，各拥有若干车辆，此处车不敷用，彼处则空车回转，以无连紧，遂致浪费。在其位者并非不知其情，但似仅知彼靠机关而生活，不知机关之设乃所以为适付需要，解决问题。原无认真的精神，故做事不求彻底，于是最简单的问题亦茫然漫无头绪，不能发挥其最大效率。再如民生之安定与否，直接关系民心，影响抗战，如果食粮需要管理，则应从生产至消费每一过程都须研究，然后以人工管理替代自由经济律之运行。比如粮价昂贵，如果由于场地至消费区的运输困影，运费高而复运量小，则应首先解决交通问题，一方面可济消费区之需，一方面可有利于生产者。如果粮价昂贵，根本原因不由于运输，而由于生产不足，那么当前问题是推广耕种面积，增加产量的问题。民食是最重要的问题，烟草以及药用植物都可减少种植，以之改种米麦的农作物。第一次欧战时西欧国家的食粮问题比我们严重得多。英国食粮大部分靠海外接济，而航运受德潜艇的袭击，危险很多，但是他们运用精力来解决这个问题。一方面维持航运，一方面农业部用种种方法推广种麦种番薯的面积。他们要推广耕地面积困难重重，其一，耕地本身有限，其二人工不敷，缺少耕作者，其三他们的农业依靠化学肥料，大部分来自南美及德国，辛苦得到的肥料又被拨作军工业之用。他们困难多，但能认真彻底做，运用精神一步一步来解决困难。他们的官吏能忠于所事，勇于做事。这种精神是我们所当学得。以上所说是每一官吏应有的精神，是健全政治机构的起码条件，最低限度的出发点。有了这种条件，才可进而言行政效率，言充实政治机构。然后可以设计机关，机关间如何联系才可增进最大效率，才可以谈集中管理，集中计划。战时经济之执行，不但关系抗战之前途，亦关全体社会每一分子之生活。立法应求其周密，执行应求认真。为抗战取得胜利，政治机构当求其从最低限度起，充实健全。

一般人常有一种见解，以为战时经济和平时经济为截然不相干之二事。在他们心目中觉得战时经济是平时经济状态之暂时中止。战争结束以后所有战前的一切便可依次恢复。所以他们谈论战后的事，不是以旧有经济状态之复兴为出发点，就是不问战时情形如何，想一鼓脑重新起炉灶，建设新的事业。这种看法是没有历史根据的。他们忽略了战争对于经济制度的推动力。战争在一方面说具有破坏力，但是从另一方面看亦有伟大的推进，建设的力量。战时经济的实行，就其对于新旧经济制度的摧残培成而言，是由一个旧有的制度转入于另一个新制度的过渡阶段。战时经济为反于平时自由竞争制度的一种制度，是一种藉环境强制力量而行的较合理的，有效率，少浪费的制度。这种制度本身并非一止境，而是一开端。战前的一切绝不会于战后完全恢复故态。十九世纪以来，战时经济是一个新经济制度的推动者，每经过一次战争，旧有自由竞争制度即受一次修改，私营事业多一层拘束，国营或公营事业即增加一些范围。政府每经一次战争，职权即增大一次，慢慢的由警察监视人的地位，变而为主事人经理人的地位。由干涉私人事业进而主有者、经营者。这种变化的潮流系受战争力量的推动。第一次欧战已远，国营公营经济事业的风气是欧战主要结果之一。战时经济的实行，就目前之意义说是环境所必需，就对将来的意义说，是一种试验，准备和训练。现在战时经济的实施，是战后经济制度的烘托过程，也是各个政府机关人员训练才力增加经验知识的一个现实机会。今日从事于任何一部门的官吏职员，如果忠于职守，尽责任，认真彻底去运用精力解决现实困难，战后的将来都有当该一问题的专门人才的希望。他们的经验和知识都非常珍贵。因为一个农业国家在物质状态诸般落后的情形之下，把全国人力物力动员起来，应付一个新式战争，其所遇之困难是工业国的专家所不能常遇的。我们如何克服了这些困难，是大家所重视的知识。

在战前中国已有人谈统制经济，计划经济，目前有一部分已在试行。如果我们肯实心训练一批实行的干才，我们不应当把目前现实糊涂过去，等到战后开速成班去训练。今日每一个官吏职员能负责认真，担当战时经济的重任，战后便可有大批的专家干才可用。所以为了战后建设计，现在管理各部门经济事业的政治机构及其每一分子当从最基本点做起，充实健全，庶可肩来日之重任。

抗战两年有余，完成了我们近代国家的础型。如能使我们的政治机构与经济需要相辅而行，使法律的条文配以健全的执行机构，那么在这已完成的近代国家基础上我们一定可以建设起新的经济制度出来。

论远东均势

洪思齐

华盛顿会议以后，远东均势之转变可分为三时期：自九国签订华府公约至九一八事变是均势时期，九一八至七七是日本称霸时期，七七以后是剧烈转变时期。

华府会议之际，西太平洋上日本海军处于劣势之比率，但陆军在亚洲大陆上则处于绝对的优势；当时美国允许日本在西太平洋保持海军均势，而以该国在大陆上尊重中国领土主权与门户开放为交换条件。华府海约规定日本得保有主力舰三一五〇〇〇吨，美国则得保有五二五〇〇〇吨，表面上似乎日本让步，实则美国受海约限制，不得在西太平洋建筑军港，而日本因独得地理之利，以条件所赋予之吨数已足以抵制美国之优势舰队。但日本海军之实力尚未足以树立西太平洋之霸权，盖此种企图势必促成英美之合作，而英美联合舰队又非日本之敌乎。在此均势状态下，英美合作成为制裁日本的先决条件。

九国公约签订以后，日本先后交还山东，撤退西比利亚远征军，大陆上之均势始得以恢复。东亚和平赖以维持十年左右，直至九一八始为日本所推翻。

沈阳事变本来不过是日本少壮派军人纯粹冒险的举动，似非东京政府所发动。如果国联善为处置，远东和平未始不能于短期内恢复。当时美国国务卿史汀先生曾向英国建议以两国海军之联合行动压迫日本尊重九国公约，惜西门外相故意袒日，拒不合作，错过了恢复远东均势之唯一机会。

英美合作既被破坏，日阀大受鼓励，更横行无忌，俨然以东亚之主人翁自居。一九三四年日本外务省发言人天羽发表"四一七声明"公然宣布关闭中国门户，禁止欧美与中国合作。是年年底又宣告废弃华府海约，要求军备平等，企图树立西太平洋海上霸权，翌年日军占据冀东，分化冀察。一九三六年日军又侵略绥东，更与德意两侵略国签订"反共公约"，互为声援。在这个期间——九一八至七七的中间——日阀横行无忌，列强束手无策，中国与苏联虽积极备战，终以时期尚未成熟，亦未予猛烈抵抗。此六年可称为日本独霸时期。

先是，日本于一九三一年底侵入吉黑，占领中苏合办之中东路，并于苏联边境，配置重兵，威胁苏属之东海滨与阿穆尔。当时西比利亚尚未设防，驻军兵力又颇薄弱，故一度曾做撤退至赤塔以西之计划。唯日本未向西比利亚进兵，转而南向"内蒙"发展，苏联趁机建设坚固工事，增加驻军数目，奖励军事性质的移民，发展军需工业，使东陲能独立作战。数年来日苏新均势遂逐渐形成，虽在兵力上与地理上苏联仍处于劣势之地位，但赖有坚固工事与优势空军，防卫能力仍不可侮。是为反对日本霸权之第一支生力军。

中国在国民革命军北伐以前在国际上本来不算一个势力，就是九一八时候对外实力还是很微弱的。一二八以后中国政府努力推进国防建设，短期间内完成粤汉、浙赣、苏嘉等军略铁路与东南各省公路网及京沪、陇海、晋绥各道防线工事；中国空军与现代化陆军之基础亦于是时确立；法币政策更树立战争经济之基础——于是以前不堪一击，"东亚病夫"现已成为世界二等强国，足以牵制日本的百万兵力，千架飞机，迫其日费二千万圆，动员全国人力物力，仍不能于短期内结束战事。总之，中国自北伐以后，经十年之努力，已成为大陆上重要之势力；尚再予以三五年之时间，中国势力增长，将使日本无法进攻。日阀对于中国的进步最为恐慌，所以策动七七事变，先发制人。

中日战争爆发以来，倭国海军封锁我海岸，寇兵蹂躏我十四省，表面上似乎是敌寇势力的膨胀，实则日本霸权已经没落，可于以下各点观察出来：（一）中国的独立已经由抗战获得保障，倭寇沦我为保护国的阴谋已经失败。（二）寇军采用错误的战略，以致战线延长，军力分散，深入高原山岳地带，进展困难，战事陷入胶着状态，而疲兵久战，无论在经济上，外交上，政治上或士气上都于倭寇不利。时间已成为日寇最大的敌人；地理则为中国最有利的友军。现在日寇若缩短战线，心有不甘；尚欲利用欧战机会继续进兵，则以上困难亦照战区扩大的比率增加。（三）台儿庄、平型关、德安、中条山、太行山，诸役证明敌军在质的方面并非如从前英美人士所想象的不可克服，同时证明我军之作战能力。二年余之战事证明中国军队，倘能获有充分的精良军械，飞机，参谋和技术兵种，是能够将日寇打出中国的。将来大陆上的主要势力，因人口和资源的关系，一定是中国而非苏联，这也是可以断言的。（四）张鼓峰局部的战争证明日军在华的方面不足以同时应付两个战争，并且证明了苏联远东军的强大的战斗力。苏联在东西陲兼顾的时代，已能在东部西比利亚配置四十至六十万兵力，后备军照人口比例大约有两百至三百万人，皆曾受精良的军事训练。再加以两三倍于日本的空军，倘能与我国合作，向伪满出兵，必能驱出日寇，恢复九一八以前之状态，解除苏军在东海滨与阿穆尔所受之背侧威胁。这是很可能的，能否实现只要看双方政治家的眼光和态度了。无论如何，苏联已成为远东不可毁灭的势力，日阀欲思将其驱出东亚，实现独霸的迷梦，现在已经太晚了。（五）新加坡军港已于前年年底完成，它可以容纳最庞大的主力舰队，而地理上又处于非常有利之地位；香港、台湾、菲律宾，以至东海、黄海均在其作战半径以内；它又处于东西交通最重要的地点，可以执行封锁的任务。新港完成以后，尚未驻有主力舰队，但据英国海军评论家波华达的消息，英海军部将以五艘改造的超年龄主力舰与相当的辅助舰驻防新加坡，组成英国远东舰队。这个舰队在平时的实力尚不及日本的一半，固然不能击破日本海军之主力（第一与第二舰队），但仍可收牵制与争取时间之效。英国远东舰队迟迟未能成立，原因完全在于欧局的牵制，欧局解决以后，是一定要成立的。那时日本就要失去远东海面的制海权。倘英国更进一步而与美国海军合作，尚可以绝对优势的联合舰队压迫日本作政治上之让步。这是日本霸权没落的另一个因素。（六）美国自日本废约后，扩充海军不遗余力，扩军结果，海军比率自然日益不利倭。今年春美国又决定在太平洋上韦克等十处建筑军港与航空根据地。日本本部离韦克不及二千英里已在该港舰队作战半径以内。此后美国能以更大的海军压力加诸日本，可无疑问。所以就美日的均势来说，近年的发展也是于日本不利的。

日本的霸权日渐没落，则对抗的力量日益增长，须至何时始能恢复均势？总以为恢复均势须有三个先决条件，缺一不可：中国继续抗战；欧局解决；英美合作。第一个条件在我；第二个和第三个条件是必然要实现的。

日寇当然很明白欧战结束将不利于彼，所以在欧战进行的期间内必作为最后的挣扎，但我的对策则为继续抗战争取时间，争取美苏两大友邦的合作，在自力更生的大前提下与列强共同努力，恢复远东之均势与和平。

谈华侨机工回国服务

邓铿章

"七七"事变燃起了我们神圣抗战的烽火,在抗敌的旗帜下,全国军民精神团结,共赴国难,"有钱出钱,有力出力"的口号响彻云霄,远在国外的侨胞所表现的是什么呢?

全民抗战的烈焰照遍了全球,远在炮火线以外的每一个华侨都感受到它的热力,于是大家振奋起来,在舒适安稳的生活中共干起救亡的工作,认为祖国的独立生存全在此一战,要不把顽敌逐出国门,祖国便有灭亡的一天,故救亡工作异常紧张,再加上华侨的天赋爱国心,不旋踵各地华侨的救亡运动便风起云涌,而尤以南洋为最。抗战开始后,侨胞即本长期抗战之旨,除踊跃认购救国公债,慷慨解囊为国输将外,复由各商号各社团及各学校教职员等长期认定月捐,直至战事结束为止,以应祖国长期抗战之需。各地华侨救济祖国难民筹备会的成立,有如雨后春笋,遍布华侨足迹所至之地。举凡婚丧喜庆,莫不以筹振祖国难民为先,各社团机关筹募基金,更非利用筹赈祖国难民招牌无以号召。自战事发动至今,海外侨胞无日不在紧张热烈的救亡空气中生活。今天不是某社团演剧筹款,就是某学校师生粉墨登场为难民呼吁;明天不是妇女界沿街卖花,就是某游艺场报效一晚,将全场收入悉数拨付筹赈会,从早到晚几无间断,"五分钟热血"恐不适用于华侨。有此热烈表现,谁曰中国会亡?在"有钱出钱"这方面,侨胞可说已尽了最大的努力,每月源源不绝的巨额汇款,至足证明。

在"有力出力"方面,自战事发动后,华侨的贡献倒不甚显著,仅有小规模的医药看护人才及少数热血分子回国参战,然而都是零星散漫,没有严密的组织。自广州武汉相继沦陷,战事转入第二期后,益见战事非短期内可能结束,全国人力、物力、资力的集中更是刻不容缓。军事当局鉴于后方军事运输与前方作战初无二致,而我国驾驶人员又至感缺乏,不足以应战时紧急的需要,于是训令军委会西南运输处向南洋英荷两属招募熟练华侨机工回国服务,最初规定名额为一千二百名。南洋华侨筹赈祖国难民总会将西南运输处招募机工回国服务消息刊登报章后,各地华侨报名应征者立即超过原定名额,初时无不经过严格检验,始能录取。当时南洋各地华字报都以特号大字刊出,大事鼓吹,回国服务机工名单及照片,无不刊诸报章,以引起侨胞各界人士的重视,且各地社团多极力提倡,出而领导,热烈欢送爱国志士,有送制服鞋袜者,有报效全场饱点者,演辞激烈,全场空气严肃,盛况空前;在座回国服务机工亦皆以效忠祖国为荣,脸上浮泛着光辉得意的色彩,内心有说不出的快慰。他们憧憬于未来的神圣工作和荣誉的夺取,街头巷尾都有成堆的人在闲论着这种英勇的行动,叹为空前,并为祖国前途庆。新加坡码头数万侨胞的热烈欢送感动了每一个热血的中国好男儿。他们带着满腔的热血,怀着无穷的希望,踏上了民族解放战争的征途。

  旅途上,经过几日船上的振荡,车上的颠簸,他们终于到达了目的地昆明。但车站上的冷落和十数人打着一面小旗的欢迎情景,很使他们失望。他们由救亡运动空气最浓厚的南洋回到冷淡沉寂的祖国,不能不发生一种莫名其妙的心理。他们理想中的祖国已为现实中击破,不复存留。他们不明白何以抗战中的祖国并没有严肃的战时景象,他们不明白何以后方来的祖国同胞那样消沉无生气。他们忠勇牺牲的精神博不到国人的热烈同情,他们自动回国参战的壮举又不为国人所重视,精神上感到莫大的不快,因为祖国人士向来缺乏Romantic Sense能慷慨牺牲毁家纾难的人寥若晨星!与明责任及勇于赴国难的外国人士相较,何啻天壤之别。试看最近欧战爆发后各国侨民待命返国从戎的情形,实够我们愧死。这次华侨机工回国服务,实含有同等重要的意义,不容轻视。这种忠勇见义的行为,不是人人都可以做到的。现在华侨机工回国服务者已达三千人,大多牺牲职业抛弃家庭幸福而回国参加战时运输工作,为国效劳其志可嘉,其牺牲精神尤难能可贵。华侨之所以能有这种精神,不能不说是由于侨居异邦,感受欧风美雨熏陶所致,中国今日难得华侨有这样精神,若不加以珍惜培养,恐怕以后将再不会发现,故华侨机工回国服务,除直接为国效劳外,尚有此更大意义存在。希望政府当局多加注意。

华侨机工甫抵目的地即感失望,人所编队实施军事训练后,再觉精神痛苦,深感事实与宣传不符,烦言啧啧细加分析,原因约有下列数点:

(一)西南运输处所定华侨机工回国服务办法与事实稍不符合,而把理想当事实宣传,南侨筹赈总会接获招募机工公函后,即将办法刊登报章,内论及机工待遇问题,除按月支领薪金若干元外,衣服及膳宿均由所供给。南侨总会亦据此通告各回国服务机工遵照规定各点,嘱少携带行李衣服等。各机工乃遵照总会通告办理一切手续,待至入所受训后,即感事实与报载各点全不相符,以为当局有意欺蒙他们。时过冬季,天气严寒,他们全无寒衣,而所得又因事实困难无法发给,于是不得不由痛苦而埋怨。此不过其中一例而已。意志不坚定的心灰意冷,无心工作,甚至对祖国发生反感,感叹与懊悔乃自然之结果。

(二)南洋文化界中人亦不能无咎。他们热心爱国,至足嘉尚,但因求功过切,往往把祖国过事夸大,并把机工在所受训练情形妄加润饰,把平淡无奇的事务,说得神秘伟大,而华侨机关等又认识不足信以为真,于是不顾一切,依然牺牲安稳的生活,去追求他们的理想。但回国后发现理想与事实相距甚远,深觉受骗而愈感不满,甚有宣誓以后再不返回祖国的,这种华侨将来回南洋后,必把他们的不正确见解宣传出去,华侨对祖国的贡献一定要大受影响。笔者以为南洋文化界中人的宣传方法,最好要采用忠实态度,把祖国实际艰苦的情形详细叙述,以激发侨胞的爱国心,吸引他们回国服务。那么他们将来返国后,虽看到种种不满情形,也不致怨声载道。他们看清了国家的需要,必能努力加倍工作,为国效劳,使国家走上抗战胜利的大道。如用这种忠实恳挚方法,侨胞的怨恨便可免除,因为即使生活艰苦,但是他们自己愿意干的。

(三)生活习惯骤变,自感不适。华侨机工多自幼侨居于英荷殖民地,因为英荷政府经营甚力,一切建设都能赶上现代化的潮流,所以,华侨一向都在过着舒适安稳的生活,沉醉于自由浪漫的空气中,享受着相当好的生活。吃的,穿的,与国内同胞比较起来,自然好得多多。整天无忧无虑,过着一种任性的生活。许多华侨在南洋住惯了,因为天气炎热,常年是夏,难免觉得生活过于单调无味,早就对祖国憧憬着美丽的好梦,适值祖国军兴,需要司机人员甚切,再加上一些夸大和虚构的宣传,侨胞便踊跃应征。后继者见报载先头机工返国情况如何热烈,更觉神往,于是,造成一队源源不绝的华侨机工义勇军,为万人钦仰。但甫抵国门,尤其走入祖国边陲地带,眼见一切建筑设施远不如南洋,脑海中的雄伟中国立刻化为乌有。接着发现衣食住都与宣传不符，更为不满，理想中的国人热烈欢迎也与事实相反，失望之余，加上训导不得法，益增他们的不满和失望。强狡者便潜逃他处或归返南洋，到处散播流言。华侨中热血分子，咸认此举破坏招募机工回国服务工作，乃出而使用武力，最低限度便是使逃跑机工无法立足南洋。这种惩戒行为，结果使归国服务机工进既不能，退亦无路，永远陷于愤慨的痛苦中。在这种情况下，工作效果定然减低，此又非当局所能为力者。

（四）华侨机工回国服务，原为担负后方军事运输工作任务。他们多为熟练司机，驾驶技术亦多不必训练。他们之所以在训练所受军事训练者，大意不外使华侨机工养成一种服从命令，遵守纪律的习惯。但我国军事训练一向墨守成法，不会因对象不同而略异其训练方法。兵士，大中学生，华侨机工等性质，迥不相同，其不能以同一方法训练也明甚，正如一方药剂不能同时医治头痛与肚痛一样。华侨机工担任军事运输工作，至为重要，说到他们要受军事训练一层，实无非可议。但对训练方法不能不稍加研究，略微变通。因华侨机工和兵士训练的意义不同，且担任华侨机工军事训练的军官，因过去身受的训练都是那么一套，所以现在用以训练华侨机工的也仍是那老套，难怪许多上级官长视华侨机工为兵士，动辄施以体罚，致招华侨机工之反感。华侨性情暴躁，但颇豪爽，若能使他们了解清楚，颇易领导。反之，若硬施压力，则反抗愈大，虽以军事机关军纪森严，不能有任何直接行动，但出动时取巧怠工，当局亦无可奈何。如以前每日可修理车辆八十，现以内心不快，马虎应付，日仅修理十数辆车，相差不知几倍？此实国家之大损失。

（五）训练所内组织机构不灵活，过于呆板。效率甚低，一二十分钟可以办了的事，往往因奉行公事，以"不打紧"态度处之，致延搁三数日始行办妥，结果事倍功半，无补于事，甚或功亏一篑。诸如此类易于引起恶感的事情，不知曾发生过多少次，要能免去一般机工的不满，须得从小处着眼。

上述五点大致是促使华侨机工不满的基本原因。一般说来，他们的智识水准都低，能真正了解个人与祖国关系的恐怕是寥寥无几，他们对现状的不满往往要归罪于祖国身上，对祖国印象不佳，他们的效劳热诚必因之而减退，所以，不应把他们看做"理想"的国民，任由他们自己觉醒，自己纠正，而采取不理的态度。他们既未到此水准，自应循循善诱，使他们深切了解本身所负责任的重要。他们的错误见解若不加以纠正，影响侨胞对祖国贡献甚大，无异替敌人制造义务宣传员，希负责当局注意，及早予以纠正，则国家幸甚！

沙坪坝

吴锡泽

抗战以来，有不少的重要的区域已沦陷在敌人的铁蹄下面了。有不少的地域已为敌人的炮火所毁灭了；然而，在内地里，却也有着很多一向不为人所注意的文化落后的地方，竟因此而大大的繁盛起来，一跃而为现代化的市区。就中，沙坪坝就是一个。

沙坪坝原来不过是重庆城北向下一个小小的市镇。说它是小市镇，实在未免有点过分。因为在两年前，当我初到这里来的时候，它一共只有几十户人家，还有摆摊儿似的寥寥几间小杂货店，和一两间灰尘满目的小吃店。在日里唯一的一条寂寞的街道懒洋洋的镇日在阳光笼罩底下静穆地躺着——静，静到令人感觉到如在深山远谷里，甚至连鸡鸣狗吠的声音也不大容易听到。在夜里，那可更令人害怕！黑越越的；阴森森的，仿佛真会碰见什么鬼怪似的。

离开沙坪坝约有四五里路光景，有一个市镇，名叫磁器口，据说是原以出产磁器而得名的，地方比沙坪坝要大得多，也热闹得多，在那里，真是市镇繁荣，人烟稠密，而巴渝公路又是以这里作终点的，沙坪坝不过是这公路当中一个小站而已。你若要买些日常用品，在沙坪坝是简直买不到什么东西，坐在店门口的老太婆，往往自己就会告诉你："到磁器口买去！"你看，沙坪坝那里配称为市镇，磁器口那里有这资格呢。

沙坪坝原只是一个荒凉的村落而已。

然而，今日的沙坪坝却非往昔可比了。

旧的房子大部分已拆改为崭新的建筑物，高楼大厦一座一座在空旷荒芜的地方涌现了出来，一条街道已扩充得很宽敞，两旁的商店密密的排列着。

人是一天到晚的拥挤着，黄包车夫拖着车子不停的在那里奔跑，流线形的汽车往来的驰骋，大有"车鼓声，擦肩摩"的盛况。夜里到了，金碧辉煌的电灯，照耀得全市如同白日，越显出它的繁华热闹。

现在不独是磁器口和它比起来感到瞠乎其后了，就是城里——这迭被围炸后的重庆山城又何尝及得上它呢。

沙坪坝就在战争中生长起来了——它象征着我们后方建设力量的增长，我们生气的蓬勃。

沙坪坝的繁盛虽已超过磁器口，但这一带的商业中心仍然是在磁器口，这大概是因为历史和地位的关系。磁器口可以说是重庆北乡的一个货物集散地，而现在的沙坪坝则已变为新兴的文化区。以现代化的程度而论，磁器口当然是远不如沙坪坝了。

在这文化区里，首先令人注意的是学校之多，如以地方的大小和学校的多寡的比例讲起来，则沙坪坝学校之多，确要占全国第一位。

说起学校，人家一定立刻就要联想到中央大学。当然，以这样一个全国最高的学府，迁移到这么一个小地方来，正如一个落难公子跑到乡下去一样，自然非常令人注意的，而从外面迁进来的学校中大又算是第一个。可是，中大在这里的房舍，实在简陋得很，不独比不上它隔壁的邻居重庆大学，更比不上它较远一点的邻舍南渝中学（现已改为南开学校）呢。

重庆大学，是四川省立的，内分理、商、工三学院，房舍是一种旧式的东方建筑——一种宫殿式的建筑，倒也饶有别趣。南渝中学的校舍，则统统是直线的立体的新式建筑。红的砖墙，宽大的窗户，一座一座屹立着，鲜明瞩目得很，有如鹤立鸡群，返观中大，诚使人有不胜今昔之感——中大以前的房舍不是更加高大雄伟的吗？而现在已为敌人所盘踞，由敌人使用去了！我最惦念是它那个大礼堂，那个最壮严华丽的大礼堂。

此外，还有一个中央工业学校，一个四川省立女子职业学校，又有一个四川省立教育学院，但这已离开沙坪坝较远，较接近于磁器口，应该属于磁器口了。在磁器口，不久以前又新迁来了一药业专科学校，所以磁器口实在也可以说是以商业区而兼为文化区了。"沙磁文化区"，是这里最普通的时常可以听得到的一句流行话。

在这文化区里其次令人注意的是书店和文具店之多，如果把它们统计起来，恐怕要占全市商店的一半也说不定呢。

最先在这里设支店的要算是生活书店。生活书店在我国晚近文化界上算是一个"后起之秀"，它对于文化上的努力，却是无孔不入，原也值得佩服的。自从生活书店开出之后，接着上海杂志公司也开出来了，正中书局也在这里设有分店了，一时书店和文具店遂如雨后春笋般的接二连三的开出来，而商务印书馆则在"五三""五四"城里总店被炸后才迁到此地。

书店多，看书的人也多，可是买书的人却少得很。看书不要钱，可以揩揩油，要人掏腰包，这时候真有些不容易。一方面是因为学生们经济一天比一天困难，而另一方面也因为书价一天比一天加高的缘故。书价最初是加一，现已是要加四加六了。有的书甚至改高原价再加四。有一次我到商务印书店想买一本书，原价七角，临时改为一块五，再加四，一共两块一，比原价竟高出了三倍，这骇得我只得连忙缩手不敢买。书价确是增高得太厉害了。

除了书店和文具店外，其次令人注意到的就是饭馆子之多，而且它们生意都很好，常常客满。"文人好吃"，这句话不晓得能不能够成立，如果能够成立的话，则沙坪坝之所以成为文化区，正可以从这么多的馆子上面看出来呢。不过，话又要说回来，吃的店多，似乎并不足为文化区的特征，凡是往来人多的通商大埠，吃店自然是容易繁荣的。现在百物胜贵，买东西实在买不起，一般说来，还是吃的东西比较便宜些（在重庆是如此，据说在昆明就不能说这种话了），而人们对于吃也是特别感到迫切的需要，更何况我们中国人一向是最讲究吃的呢。所以在这里的读书人，宁可穿破制服，宁可借书看，只要有几个钱，"食堂"是非开不可的。这大概就是沙坪坝吃店特多的最大原因吧。

最初这里有一间专资牛肉的小吃店，价钱比较便宜，满满的一碗清炖牛肉只要一角钱，老板是个中年以上的男子，戴着深度的近视眼镜，他一方面要管账，一方面还要自己兼做茶房的。后来因为生意兴隆起来，牛肉的分量渐渐的减少了，又后来，价钱也提高至每一碗一角五分，老板自己也不再出来做茶房了。他老是坐在柜台后面，眯着眼睛，捏着两撇小胡子，看着满座的顾客，笑得嘴巴合不拢来。怎么会有这样好的生意，他真是做梦也不曾想到。

现在，这间小店更扩充而为应时的饮冰室了，门口贴了一张五彩广告，里面新添了许多新式的背靠椅，和好几把电风扇，四周也装饰得非常的清丽雅致，越显得它的焕然一新了。老板呢，已看不见，大概是用不着再亲自坐柜了。只剩下了他那副近视眼镜，八字胡子，和一口灰黑的牙齿，留给我一个深刻的印象。

这个小店的发展，就是整个沙坪坝发展的缩影。

现在沙坪坝还在继续不断的在生长，在发展，它的前途还不可限量。仅仅只有两个年头，沙坪坝的进步竟赶上了两个世纪啊。

诗

马文珍

闻巴沙龙纳失陷寄怀朱利安培尔

……想着北平蓝色老晴天,凛冽的冬寒,想象你在黄昏骑着小马走着郊外的荒废古道,钟声荡在漠漠寒林里,新月照着积雪的西山。

那里的大北风,会老朋友似的拥抱着你,

又吻你的短腮,与金黄色的美发卷卷,

万年青的大叶,还是那么碧绿,像海水,

把室中暖暖的阳春和你的诗篇送遍人间。

但是你高大的个子在西班牙的战场上躺下了,让夕阳流着无尽的血龙,让星星伴着你长眠;让异邦人的思念,随梦飞到你的坟前……

声

失眠的人歇息,同居者打着鼾,

老鼠轻轻地沿着墙壁爬,

夜猫子在远处呜咽。

玻璃窗上,偶尔敲来一片细碎的丁冬,

淅淅沥沥的洒遍楼外的草原。

更锣又一次飘过荒山的屯舍,

仿佛听见后院的樱花寂寂零落。

草根的虫豸，借着灯光翻了个身。

野犬吠着泥泞中的足音。

（想笠上的絮语凄绝，蓑衣许已湿透。）

本期撰者：

张德昌、洪思齐二先生是西南联大教授。

邓铿章先生是一位华侨，深悉华侨机工情形，所以他的这篇文章很值得主管当局及留心华侨机工者注意。

吴锡泽先生是中央大学的学生，描写一个新兴的文化区——沙坪坝的情形，颇饶兴趣。

第二卷第十五期（1939年10月1日）

时评

中立法的修正与美国对时局的态度

　　欧战爆发后，美国的意向大为各方所重视，诚以美国以其丰富的物力人力，实足以决定一个长期战争最后胜利的谁属。在美国政治上，有一个传统的力量，反对美国参加任何国际的纠纷与组合，以闭关自保的政策为标榜。这就是所谓孤立派，而中立法就是这孤立派取卵翼的结晶品。美国对于国际的态度积极到何种程度，要视乎此派消长的情形，而中立法的保留或修正便是这转变枢纽的第一关。近日修正中立法的建议，甚嚣尘上。一方面，罗斯福的政府已经决定于下届国会中正式提议修改，另一方面，孤立派的领袖也正在多方运动，希图打消政府的提议。现行中立法最初通过时，政府中人就不赞同。通过后，政府也曾想修改。当时欧战未发，一切讨论都是针对着一个抽象的情形。政府的主张失败了。今兹美政府的建议可算是旧案重提。然而现在四周的情形与前不同。欧战已经不是一个抽象的情形而是已成的事实。政府的意见大可以得到较大的同情与帮助。国会讨论的结果尚未可知，然中立法全部的取消虽不可必，而相当的修正是可能的。

　　中立法修正的结果，当然在物质上有助于英法。然而这还不是主要的。主要的是在意义上，借此以决定美国对今日国际的态度，借此以改变前此闭关自保的传统政策。这也就是孤立派与政府派争执的焦点。

　　虽然说孤立派是美国政治上一传统的力量，然而美国政府（至少最近十年的美政府）的对外政策并不与这个传统意见相合。美政府中人是比较注意实际的政治家。他们处负责的地位，高瞻远瞩，深知在今日国际局势之下，美国不能置身于国外纠纷之外。孤立派唯一的目的，是避免卷入漩涡。实则孤立派的主张，绝不能使美国避免战祸，今日之战事，无论在远东或欧洲（虽然二者似若互不相关），实为民主与侵略两集团的争端。此次战事的结局，不但将决定欧亚交战国的命运，也将决定此后这两集团势力的消长。美国是强大的民主国。在道义及情感上，都应协助民主集团抵抗侵略。撇开道义立场而专讲利害，如果不幸在这次斗争中民主集团失败了，美国果然长治久安而不受任何侵略的威胁吗？空言的门罗主义果能永保南北美的金瓯不缺吗？这就是美政府派所顾虑者，而为孤立派所忽略者。战事延长愈久，政府派的看法当愈可证明其不谬。此或尚非其时，然中立法修正之成功与否，正足以观美国是否已开始向正确的路途前进。（山）

发展昆明市

九月二十三日云南省政府决议：昆明市环城马路两旁未经建筑之耕地，应一律由政府收买，公平给价，先行划分区域，绘制图案，定价标卖，任听人民承购建筑。又关于南天台（昆明市的东南）墓地改建新村区，省府规定由市府拟具办法，培植树木，挖平地面，规定建筑，设备交通与饮水供给，然后招标出卖土地，每户以五亩为限，超过五亩，须经政府特许。这二项的决议对于昆明市发展都有很大的关系。

昆明的人口由战前的十五万增加到现在的二十一万，外来的政府文化教育工商业金融等机关数目虽然没有统计，而大家都知道是很大的。昆明市的面积比国内多数其他都市的小，旧有的住宅和他种建筑不够供给这两年来的需求的增加，新建的建筑数目有限。最适当的解决方法当然是扩大市区，向城外广大的场地发展，继续把城外附近占着不少面积的坟墓迁移，把过去人的地改为对活着人和将来人更有用的用途。还需要把那阻碍交通和市区发展的城墙拆去。便利疏散还是小事，城墙不拆，城内和城外的交通只限于几个小门，昆明市发展的基本条件可以说还没得到。拆除城墙在前十几年的中国算是创举，当时各地很有些人，因为思想守旧或怕城内治安发生问题。反对拆墙。但是在拆了城墙之后，城内治安并没有受到影响，而地方经济却因之繁荣，建设因之加快，交通因之便利，人人都得到利益。

所以要发展昆明市，一面我们需要尽量在城外建筑工业区商业区文化区医药区住宅区，一面需要拆去城墙，展阔道路，改良路面，多辟四通八达的大路，以构通室内多方的交通（这是昆明市一个最大的需要）。一个市的发展需要有计划的，计划应该请专家去拟定，现在昆明市里有这种专家。美术、交通、卫生、经济发展各方面的需要，在计划时都要做到。现代都市的发展没有不是如此的。

去年云南省政府曾决议限制人民自由买卖昆明环城马路一百公尺以内的土地，十一月四日在第五八五次会议又决议所有昆明市县区内土地，不论耕地宅地，不经政府许可者，一律暂行不准自由买卖，如实有必须买卖者，须呈由市县政府核准，否则不生效力。现在决议环城马路两旁土地由城府收买，任听人民承购建筑，南天台新村区土地亦得由人民购买。购地限制改轻，是可以促进昆明的经济发展的。同时政府在规定对于收买所给的价钱时，需要顾到这些土地目前真正的价值，出售价格当然可以超过收买价格，而超过的数额应该用在该区道路的建筑，地面的整理，水管电线的布设，以及其他应施的改良用途上。至于昆明市县区内一般土地买卖的限制，过去的经验，因为呈核的手续比较繁杂，土地投机和大量垄断的购买固然因之防止，而对于市县发展的鼓励，工厂的设立，人民疏散所必需的新区建筑等方面，不免有些抵触之处。是值得重新考虑的，使得发展可以加快，而不违背政府所规定的计划。（佶）。

统一招考落第学生问题

本年度国立各院校统一招考取录名单业经教部揭晓，据教部统计，本年投考学生共二万一千二百三十八名，录取者，除辰豁区蓝田分处成绩截至九月二十三日尚未寄到外，共五千零八十五人，占全数应考生百分之二十六。此外，成绩与录取标准相差不远者录取为先修班学生，共一千零二十五人。统计落第者应在一万五千人左右。此中以同等学力应考者闻有五千人之数。这五千人在平时当然仍可回到他们原来的中学去，或另入别的中学，问题本甚简单，但是现在却有一大部分以同等学力应考的学生是来自沦陷区的。他们既已逃脱了顺民教育的桎梏，当然没有再回去的道理，除非甘愿作顺民的人。他们惟一的正当办法就是赶快转入就近一个中学去继续求学,但是内地的中学,或因考期已过,或因人额已满,或因高三根本不收转学生,或竟因程度过低,未必就能给这般学生一个继续肄业的机会。未有中学毕业的资格谋事更无希望。除非教育部就各区处指定若干中学特为收容这种学生,或为他们另辟它种途径,这五千青年只有失学乃至堕落的结局。以本年同等学力应考者被取成分之低,以后是否仍值得因少数超迁分子而造成同样的局面,似乎也是一个值得研究的问题。比这五千学生的情形更加严重的还有那一万名未录取的中学毕业生(其中自沦陷区来者当亦不少)。发榜的日期晚到这样,内地的交通又是这样地不便,他们往哪里去再试考别的大学?少数的也许适合于军事学校及其它有关抗战需要之专科学校,如兵工技术、无线电、外国语文班等等,不过它们的容量究竟有限,结果多数的也必至失学,乃至堕落而已。别种救济方式姑不论,单就继续求学一方面着眼,我们诚恳地希望当局从速通盘筹划一下,在可能范围内,使一般值得继续受教育的青年,在这非常时期中,不失学,不失望,不失掉青年人的锐气。无论是先修班,或补习班,最好是不取"分发"各大学的办法。多半国立大学本身已有人满之患,在管理上,在课业上,已自顾不暇,勉强办来,也绝不会有什么成绩的。与其"分发"给各大学莫如在各区内集中地开办补习学校,另立系统,直隶于部,这是一个办战时教育的机会。(超)

欧战与我国的抗战外交

史国纲

欧战民主国家抱着绝大牺牲的决心，实行反侵略战争，使世界和平及秩序的前途，大放光明，这是近十年来国际政治中最好的现象。而艰苦抗战了两年多的我国，见到暴力有人抗拒，正义受到维护，更觉得我们以往奋斗的有价值，有意义，而一定能够获得我们所期望的结果。不过在混战的时期中，交战国为促进胜利和保障权益起见，常常在国际间进行种种勾结。假使我国不预先防备，或者不采取积极的外交政策，那末极好的机会，难免有错过的危险。

这次英法作战，目的在削弱侵略的恶势力，和我国抗战的使命完全相同。但是这两个战争，在现状之下，事实上好像丝毫没有联系、而这种联系，对于我国抗战的前途，显然很是有利。因此我们应该努力，在可能范围以内，表示我们是和欧洲的民主国家站在同一的战线上，并且使用不损害抗战实力的方法，来援助他们。这样，欧洲民主国家绝不会因自己的战事，就不继续援助我们；而同情于他们的中立国家，见到我国态度更明显的确立，会觉得援助我国，便等于援助欧洲民主国家，愿意尽量接济。否则欧洲及侵略战争的发生，对于我国的抗战，不会有任何益处。

欧亚相隔遥远，要把这两个反侵略战争，在事实上直接发生联系，恐怕是不可能的。但是我们可以采用种种的方法，来表明我们的态度。使欧洲民主国家知道我们对于他们的关切。例如当德国侵犯波兰的时候，我国就应该设法表示我们对于任何的侵略举动都是反对的，并且是不能容忍的。当英法履行诺言，援助波兰的时候，我国更应对维践条约和信义，而愿意流血的国家，表示敬意，同时希望他们对于国际间一切的侵略行为，采取同一步骤，至少不改变以往他们在国际联盟会里和对我国所表示的援助被侵略国的一贯政策。

关于援助欧洲民主国家的方法，也很轻而易举。我们一定记得，在上次欧洲大战里，"华工"曾经建树特殊的功绩。现存国内正进行抗战，要遣派大批劳工到欧洲去，事实上很难办到。不过我国在海外有千百万的侨胞，而在亚洲英法领土以内的，为数尤多。我们固然希望热爱祖国的侨胞，能够回国服务，增加抗战力量；但是因种种牵制而不能回来的，非常之多。因此我国不妨让他们就地对反侵略的义举尽职。凡是不愿意离开英法在欧洲的领土的，可以加入当地的义勇军，巩固各该地的防卫力量，使敌国不敢冒险南侵。对于在欧洲和愿意到欧洲去的，可以鼓励他们直接参加反侵略的战事工作。他们为欧洲民主国家工作，便是间接向祖国服务；因为欧洲反侵略战争的胜利，和我国抗战前途是有很大的关系的。我国这样提倡，不但可以报答以往英法援助我国抗战的盛情，并且还能够增进他们对于我国的好感，对我国的抗战也会表示更深的关切。这样，我国和欧洲民主国家站在同一战线上的事实，就更加明显了。

或者有人怀疑，以为欧洲民主国家在作战时期里，无暇他顾；因此上面的举动不啻劳而无功。但是怀疑的人们绝不能否认，我国和欧洲民主国家站在同一战线之后，至少他们不会在远东和我们的敌人妥协，并且我们知道在上次欧战中，英法帮助的国家很多，这次绝不会没有余力。只要使他们感觉到这是值得做的，他们便愿意进行了。现在我国不但表示同情和敬意，还在可能范围以内促使他们获得胜利和保障在远东的权益，这样还不值得吗？

并且我国表示和欧洲民主国家站在同一战线上不仅仅是希望他们继续援助我国的抗战，还有重大的目的在里面。这次的欧战，依照现在的情形看来，大约不会很长，主要的理由是：（一）希特勒以为波兰不会抵抗，不信英法会履行诺言，想再来一个不劳而获。讵料波兰决心抵抗了，张伯伦的最后通牒也来了，弄得希特勒欲退不能，弄假成真，酿成浩劫。当战事发生的前几天，斯太林和墨索里尼有种种的表示，相信和平是不至于破裂的。那时候，这两个人和希特勒在外交上都有密切的联络，假使后者有作战的决心，他们是该知道的。结果德国的同盟国——意大利，借着很空泛的理由，宣布中立。既使德国的陆空军有他所宣传的实力，也难单独对抗欧洲的民主国家。（二）民主国对德的封锁，虽然不能像上次那样严密，但是德国国内的经济情形，以及作战的经济准备，都远逊于"第二帝国"。（三）全国一致是对外作战胜利的重要因素，而在侵略战争之下，团结是不可能的。德国独立社会党的通电，或许可证明了这点。（四）德国陆军中有反希特勒的分子，国内有对国社党敢怒不敢言的民众；加以新得到的疆土，纳粹德国不但不能利用他的人力，还要派军队镇压。这些都不利于对外作战。由于上述的几个原因，可见德国危机四伏，国社党的寿命是不会很长的。

假使欧战的范围不扩大（依现在状况看来，扩大的可能性并不很大），那末国社党下台之后，战事便可结束了。继着当然有一个和平会议。在这个会议里，所讨论的绝不限于和这次战争直接有关系的问题；凡是与世界和平及秩序有关的，都要在讨论之列。因此，参加会议的也不限于交战国，其他国家一定要被邀出席。如若那时我国的抗战还没有达到最后的目的，恐怕东亚战事的解决方案，要被迫列入议程之内。时事所趋，我国无法异议，敌国也没有拒绝的能力。这样说来，我国趁早和欧洲民主国家取得密切的联络，岂不是很重要的？在巴黎和平会议里，虽然我国在事实上对于那次的战胜国家有很大的贡献，但是因为事前在外交上不积极利用机会，曾经吃了一次大亏。这次我们绝不可再重蹈覆辙。

关于目前的抗战外交，还有一件必须注意的事，就是在这个重要的时期里，我国事事不能再是被动，却应该是自动的；不能够是消极的，却应该是积极的。上次欧战中，英法为了保障远东的权益，曾经和日寇订立密约。因此这次欧战发生之后，国内有同样的疑虑。最近驻英郭大使访问外相哈里法克斯，据说是探询英政府的态度，藉以消除这种的疑虑。不过我国的外交活动，总括说来，应该更进一步。绝不能满意于消极的预防，应当积极的破坏这类事件实现的可能。因为在战争时期内，外交方面的活动是非常秘密的，消极的方法不能防止一切。如若使欧洲民主国家明白我国是和他们站在同一战线上，并且承认我国抗战的成功，和他们有密切的关系，他们就绝不会做出我们所不希望他们做的事情。事在人为，听天由命是无济于事的。

当郭大使访问英外相的时候，哈里法克斯说："欧洲之局势，虽瞬息万变，但英国对于远东之政策，绝不更变。中英两国利益相同，且同在抵抗侵略之认识下奋斗，英国认为系独立繁荣及友好之中国利益所必需，亦且为世界和平所必需。"这几句话好像是我们说的；并且使我们知道和欧洲民主国家发生密切的联系，仅有可能。

至于我国对美对苏的外交，应该乘机更加积极，这是人人所共晓的。否则我们的抗战建国都要因欧战而受到更大的影响。同时对于敌国，绝不能因为他的眼前外交的孤立，就认为他没有活动的余地。我们应把他可走的路完全堵塞住，使他绝对不能乘机取巧。

抗战发生之后，我国为了寻求与国和取得军火来源起见，曾经忍气吞声，对德维持友谊。这种顾虑业已消失了。德国的军火没有再来的可能，而他那种武力侵略的举动，我们更不该容忍。因此现在我国和欧洲民主国家联合，实在有百利而无一弊。再反过来说，纵使欧洲民主国家失败了，我国抗战的目的也很难顺利实现。既然这样，为什么不把我国的命运和他们的命运连在一起呢？

总之，自抗战以来，外交本占着重要的地位，而自欧战发生后，它的重要性更为显著。若运用得法，可以使我国不必只在战场上获得胜利，就能够完成抗战的目的。希望全国上下，注意这个问题，勿错过时机。（九月十九日澄江）

暹罗华侨的教育问题

陈友松

在抗战的开始，有一个中国的友好，美国教育家梅戈登博士（Goedon Meilvin）说过"在危急时，一个人可以同时做两件事，中国亦然，她一方面抗战建国，一方面还要组织训练全世界的华侨，使成为一个坚固的海外阵线，这是中国所必须要做的双重大事之一！"我们如果真诚佩服他的卓见与忠告，应当毫无疑义的把在抗战建国纲领中加上励行华侨教育的普及与改进一条。两年以来，全世界一千万侨胞，对抗战的贡献，无论在财力与人力方面，都有可泣可歌的记载，他们远托异域，寄人篱下，备受凌辱，犹能恋恋不忘故土，实在是我民族文化之优美所致，故摧残华侨文化与教育，实为当地政府最毒辣的手段，这种趋势，近几年来日益显著，尤以在暹罗为甚。暹罗华侨教育问题，是组训全世界华侨问题的一环，是很特殊，很严重，很促迫的一个问题。中央固应有一个通盘计划，先从这个问题下手，以树立组训全世界华侨的楷模，然而教育界人士，亦应详加研究，予以技术上的援助。

暹罗或泰国，与我国本为辅车相依，所谓唇亡则齿寒者是也，我侨胞三百万人，拓殖于斯，一向与泰族和平相处，在经济与文化上的贡献，不可谓不大。理应携手图存，忧患与共，不料自七世皇退位，所谓民党握政权以后，对我侨胞，竟由猜疑而变为反噬。自一九三二年左右，其亲英法政策，一变而亲日政策，为东方法西斯者所催眠，我们不禁太息其昧于世界大势，为亚洲各民族的解放，为一千四百万泰族的前途，捏一把冷汗。最近更变本加厉，完全听虎狼的愚弄，嫉视我抗战的成绩，转嫁于侨胞身上，至生命财产，毫无保障，拘捕驱逐，没收强占，惟其所欲。其惊心怵目之悲惨境地，国内同胞闻之，未有不发指皆裂者。这一二月内，侨胞之被迫返国者，络绎不绝，拥有巨资者，多相率回祖国，寻求出路。青年学子，因失学而抵滇求学者，不下二三百人。他们在昆明市上，昆沦道中的奔走呼喊，是凡属炎黄子孙所应热烈同情而援助的。第一着在为他们谋一息肩之所，加紧生聚教训。问中央及云南省当局，已有具体计划，欢迎他们回来开发开远与车里一带，并投资各种实业。这是可喜的事！然而眼光要放远大些，为五十年一百年后计，从根本做起，必须解决他们的教育问题，查暹罗华侨教育，已有将近四十年的历史，最初仅有私塾，由富商自办。至光绪末年始成立正式学校制度。其后大同（已停办）南美，中华，培元，进德，明德等校，相继成立。民元以后，逐渐发达，女学尤盛，如振坤，潮州，维德，坤德，存真为女校之佼佼者。民十四十五年顷为适应新思潮，曾大加改革，又创办黄魂（即张苏铮先生所长子中学），新民，协益，新潮，三民，华侨，孙夕等新校，极一时之盛。据一九三四，第一次中国教育年鉴统计，暹罗华侨学校，总数为六十七所，其中女学占全体校数百分之十五，小学占全体校数百分之九十五。学生总数共约计一〇三七四人，其中女生约二〇七五人。然据吴体仁先生近著《南洋各属之教育制度》云，一九三三至一九三四年中，华校被迫停顿者约八十余校，可知当在二百所左右，学生当在二万左右，一九二八年以后，暹政府开始严格取缔华侨学校，横加摧残，其毒狠手段如下：

一，封闭。据去岁雨田君报告云"目前暹侨教育是在死亡线上挣扎着，许多有成绩的学校，都被无理的查封了。八年以前创办的有名的光华学校，他曾训练出数百个忠实而英勇的救亡干部。现在大部分华校师资，以及一般文化团体的领导人，都是以前光华的同学，或是受了他的影响而培养出来的……竟被当地政府封闭。华校前被封者已不下六七十所，所余下的已是寥寥无几了。"本年恐怕已完全乌有了。现在有黄魂中华新民三个中学的校长在昆明作证，如果不被封闭的话，他们是绝不会来的。

二，强迫暹化。暹教育部的强迫教育法令，强迫华童学习暹文，忽视华文，其五年之小学课程，合计暹文及用暹文所授之科目，一二三年级每周达二十二小时半，而汉文则仅五小时半，四五年级暹文科目达十六小时半，而汉文则十一小时办。一切课程，须经暹教部审查，并规定侨生，不能有革命之行动与言论。

三，摧残华化师资。侨校校长须由暹教育部委任，聘请暹教师担任，华教师必须懂暹文，自祖国去者，须经考试一次，暹文不及格者不得任教师。还须领得祖国有名初中毕业证书，无形中宣告华校师范班及初中毕业证书为无效。结果是有书无人教，或是图存躯壳，没有祖国文化精神，因此被迫而停顿，与封闭无异。

四，釜底抽薪。暹政府统制华侨商业，致使倭寇商人劫夺种种优先权，侨胞商业，因此一落千丈，流于破产，以前华校之维持，全靠商人之"义捐"，现在成了心余力绌。结果许多学校虽幸而不被封闭，亦因经费困难无法支撑下去，亦与封闭无异，这还是一二年前的事，所说教师们每月领得六七铢的薪水，唱出"吃半肚皮饭去教书"的口号。现在呢？恐怕连吃半肚皮饭或教几小时的书的自由，恐怕也被亚细亚的纳粹徒孙所剥削了！

很显然的，泰国国策一日不变，侨胞的学校便一日无起死回生之望。我们不能让这二万余小学生和千余中学生失学，必须在祖国以内替他们想法子，然而问题特殊。分析来看，有行政组织的问题，包括人事与合作方式问题。有设置范围问题，有教育内容问题，有教育经费问题，有设置地点问题，有师资问题。须立待解决。这些问题之解决，要看计划是永久的抑是临时的。最好先分两个步骤，第一步骤为临时计划。第二步骤为永久的根本计划。首先要解决的是临时的救济。已返国或在途中将返国的中学生。至于永久计划，还待相当时期筹备。国际的局势，变化莫测，泰国目前的政权，因着反对党的活跃，不一定是能永久的，而且日本帝国主义，泰国的靠山，已是日暮余辉，因此暹罗华侨的前途，未必不转变到好的方向，这是我们要考虑而拭目以待的。

一，行政组织问题。教育部一向注意华侨教育，虽办有暨南大学，然而暨大鞭长莫及，除非在西南另办分校，则暹罗华侨教育的行政系统，最合理的还是由侨务委员会侨民教育处负主管之责。教育部仍居监督辅导与辅助地位，侨务委员会之两年行政计划内，对于教育有整个计划。内包括开办华侨中学。据该会驻滇办事处云，将在滇设立侨务局，关于教育行政机构，第三次全国教育会议，曾有议决，确定设立侨民教育专员制度。则是暹侨回国之教育设施，应在侨务局内之专员及视导员管理督导之。在未设专员外，则由驻滇办事处发动之。云南省教育厅与西南联大应在行政，人力及学术上分别尽力予以合作。暹罗仅有一个中学，悉遭封闭，三校校长及学生二三百人已先后来滇，宜以此三校为主体，联合办理，其组织经费及人事方面，可仿照西南联大办法。成立常务委员会，在筹备期内，须有一筹备委员会，以驻滇办事处特派员为当然主席，三校校长为当然委员。另聘若干侨界领袖，及在滇教育专家组织之。联中成立时，须分别聘请校董会及设计委员会各委员。三校原有经费及新筹经费，则由校董会负主管之责。联中须向侨务委员会与教育部二处同时立案。联中将为华侨其他各种学校与社教事业之中心。其整个或永久计划，须由将设之教育专员设计并执行之。

二，设置范围问题。须先根据事实环境，即暹罗与返国华侨社会之目前与将来的需要，与华侨学生身心需要及其兴趣与理想，确定目标。然后决定学校设立之种类及其方式。此点宜由专员会同设计委员会详细规定。

第三次全国教育会议曾建议：

（一）训练师资编订侨校教科书。

（二）设立模范侨民中小学校，以为改进侨民学校之预备。

（三）推行侨民社会教育，以期普达于侨民。

这里已经明示一种范围，首先宜在中学设立附小，以后逐渐增设小学。事实上在暹之小学，已有百分之九十被封闭，小学生必须返国受教育。此外，如开设报馆，及成人学校，举办抗战时期各种特殊训练班，也是要在计划之中的。

三，教育内容问题。小学虽属普通教育，然而教材应有特殊化的补充，至于联中的课程，必须有专门的分析，详加规定。少数可造之青年。宜重升学目标。大多数之中学生训练即必须职业化。此点又分两种，一种是为毕业后仍返暹服务的。应注重侨胞原有的生产事业，主要的是商科工科。一种是留在垦殖区服务的，应注重农村建设，包括农业、手工业及华侨投资各种新兴工业所必须的中级干部人才之训练。因此联中的课程，是多样的。大部分的教科书须重新编著。

四，教育经费问题。经费是绝对无问题的，教育部对华侨教育一向有补助，每年有二三十万。二十三年度曾设有侨民教育部师资训练班一笔经费。其补助暹罗华侨教育之经费，最近二年未发，尚存有三万元，作为联中之开办费。三校原有经费合计至少暹币十万（约为国币六十万）。此后暹罗富商当能源源接济，故经费绝不会成问题。

五，设置地点问题。目前宜择昆明市外乡区为地点，龚厅长已指定三处，且愿拨让省立学校校舍。似已不成问题。若开蒙垦殖区，与车里垦殖区，能早日具体化，则宜迁至垦殖区内。同时设立新村，招徕被迫必须返国之侨胞，然后实行扩大教育事业。

六，师资问题。三校原有师资须重新检定，检定资格，除采用部颁标准外，尚须根据联中特殊课程之需要而定去留。留用之教职员，须由设计委员会，会同三校校长共同鉴定一留用准则。以功绩制度及人才主义为前提。以免纷争。其不合格或不能留用而必须返国者，则举办师资训练班以培植之。最好与联大师范学院或教育厅之讲习合作办理，或资助其分别入各大学继续求学。一二年后，再返服务。还有一部分师资，须在国内聘请者，亦应以需要为前提。至于小学教师之训练可由联中负责，亦可仿中学教师训练办法办理之。其经费可向教育部请求补助，在职教师之辅导与进修，则由教育专员与视导员共同负责。

现在筹备委员会已经成立了。我希望联中早日成立。并希望在暹三百万侨胞一致爱护。爱抒刍议，敬祝联中成为第一个模范侨民学校，负起完成"坚固的海外阵线"之大任。侨胞幸甚！祖国幸甚！

妇女与儿童抑父母与儿童!

陈佩兰

在《今日评论》第一卷十四期读到潘光旦先生《妇女与儿童》一篇伟论，同时又翻到第廿一期张敬女士的《知识界妇女的自由》，拜读之下，还觉有不能已于言者。

潘先生以专家的卓见，鉴于近代妇女对于生，养，教机构的脱节，他养他教的危险，引为民族前途的障碍，国运文化的隐忧，所以主张妇女应回到家庭，肩着神圣的天职，负起教养的全责，用意固善，所惜是站在男性立场，措词不特微有隔靴搔痒之弊。

张女士以女性切身的经验，修举畸形病态的症候，实缘男权高压的可畏，男子二三其德之可伤，不平则鸣，久厌思伸，加以社会的机构，教育的制度，再在可以在成矫枉过正的病因，殊为中肯之言；但对于整个问题的核心尚未完全抓住。所以对于女子应回到家庭，或走到社会，抑或两兼仍怀着疑问而不敢有所建议。

我以为现在不是论男权或女权，而是研究什么是人权，更不是争执着男治外女治内或是女治外男治内，而是推进男女均治的原则。对儿童而言，何必假设妇女与儿童或是男子与儿童，实际上还是父母与儿童。

先说到人权吧！两性除了生理机构微有不同外，是同具着"人"的品格。"人"的欲望，"人"的才智和"人"的壮志。他或她都要过着具有"人"的意义的生活。数千年来妇女所受的待遇，所过的生活是怎么样呢？所以在解放的途中，女性所要达到的目的，乃是在男性中心的社会里来争取做人应有的权利。设使这一点不能达到，在家庭不过是仰人鼻息的寄生虫，即走到社会,不特无用武之地,恐怕也只博取个"花瓶"的头衔。自轻者人轻之,女性应有切实憬悟和奋发,而轻人者人亦恒鄙之,男子似亦不应加以忽视。互相尊重人格,是健全社会的要素。

再看"男治外女治内",本来是个很好分工合作的原则。为什么会引起纠纷呢?难道都是女子的无理取闹,或是不能安分守己麽?这里很明显的可以说有两种动机,一由内发,一自外来,所谓内发者实缘男子向外发展的结果。男子握有经济全权,觉得唯我独尊,他实际上离不开家庭而又看不起家事,需要妻子而又不愿启发其才智,循使家庭变为传舍,而妻子成为附属品及传种机器。至于坐镇家园的妇女所受的教育不是发展个己,而是以男子为主体的教育,所干的工作是以被动式,盲从式,和豢养式的工作,对于家务既乏相当的研究,益感浅薄卑陋的可笑,对于外事,理乱不知,黜陟不闻,且夕只祝福丈夫升官发财,自己便可以过着养尊处优的生活,个性弱的安之若素,个性强的一旦受了社会新思潮的刺激,便有解放的反动。一个笼中鸟突破樊笼,振翅高飞,对于自己从前的井底天不竟失笑。经济能独立的,视家务为畏途;但才识浅的,经不起社会恶思潮的动荡,而放荡形骸了。一般人士竟不察病因反有妇女回到家庭的论调,"家庭即社会","贤妻良母的职务比之总统外交官更有价值"等等好名词来哄骗女子回去,"回到家庭"与走到社会,几成了两派的口号,互不相容,流弊所及,无形中引起社会的不宁。

作者历年在美研究家庭教育,经验所及,略知欧西人士正在极力补救矫枉过正的错误。对于家庭不是谁都不管,而是谁都来管,使家庭和社会发生联系,来推动"男女均治"原则。所谓"男女均治",实足以改变因旧的观念。女子何尝不可以为外助,男子更何避而为内助。合乎人道的观念,践乎人道的行动,肩着人世的重任,干着人群的工作,只想才智旨趣为主题,原无性别之分,既不必强同,亦何须立异。鸿鹄不划,发展之机会更多,愿念一变,合作之成效尤著。所以前进的女子,有理智的女子,应先锻炼独立的个性,建树独立的人格,充实独立的能力,不要避免进家庭去做个现代化的贤妻良母,同时对社会事业,应不失为一个有用生利的人才。在男子方面,务须切实自省,改革一切劣道德,对于家事教育应加相当的研究和积极的提倡。

在妇女社会事业和家务所最感到冲突的,觉为儿童的教养问题。设使男子对于上述根本观念，能有深切的认识，那对于儿童问题可以解决过半了。我现在就把潘先生所提出生、养、教三个字来说明，到底是妇女与儿童呢？抑系父母与儿童呢？换句话说，妇女对于儿童是否有负全责的可能。

"生"，潘先生说"在这上面一点上要讲男女平等，事实上是不可能的，除非有'产公'制度，或是国外生殖。"女子要是从这一点上来争平权，根本是个不合理的事，男子要是根据这观点来剥夺女子的自由，简直是缺少理性的人格。生育是妇女在结婚以后难于避免的痛苦，绝不是男子所可代劳的。但是何以有"生"；"为什么生"；怎么样可以减轻"生"的精神物资的痛苦？负有生育一半责任的男子，似乎不能置之不问。最近在全美"父母教育"联合会中，严重提出父亲对"生"方面所应负的责任。

一，在先天遗传上，要经过医生的检查是否有恶性暗疾。据统计调查报告，婴儿所得梅疮等等恶遗传百分之八十是受父亲所赐的。这一点男子应该特别注意和自省。

二，在怀孕的期间，父亲应负有调护的责任，在行动上要尽量避免给予妻子精神上的苦痛，因而损坏胎儿的健产。

三，在生育的期间——父亲应在可能范围内，在产妇身旁不特可以壮母亲的胆，而予以精神上的慰安，同时可以深切认识生产的痛苦而了解自身的责任，就不至毫无同情地来高谈着"百子千孙"的论调，而诋毁节育为悖理。在科学发明上，也应积极研究可以减轻产妇痛苦的方法，促进妇女的解放。

"养"，哺乳的功能，母亲应是不能放弃；但是父亲所给予精神上的慰安和物质上的调护，对于乳汁分泌的优劣很有密切的关系。自养固然是好的，但是在种种特殊情况下，他养要是得当，也不是绝对不宜的。整天不务正业，同时又把哺乳的功能透之无知乳妇的一般自命为摩登少妇，自应加以纠正，但是环境的驱使，阔绰的鼓动，丈夫亦何能尽辞其咎呢？至于一般的知识界妇女，设使她知道如何分配哺乳时间和营养，同时她们有参加社会活动的体力才智，理想的丈夫应予以囊助和鼓励，不应加以自私的制止。美国儿教领袖谷因伯博士（Dr gruenburg）常告人说，她的丈夫的合作，使她对家庭与社会，均能无怠其职。这很可以供参考的。代乳的研究，是营养学一种大贡献，就算是解放妇女的恩物，似乎不足加以苛责的。所谓"人乳人吃，牛乳牛吃"，那末牛乳是当代妇孺男女老幼的摩登营养品，似此大有举国皆牛的趋势，不亦哀哉？

"教"，教者效也，导也，效就是学习的意思，因为人类的可塑性，实以儿童期为最大，所以学习成为儿教最主要动作的反应。导是导引，婴孩坠地，像一块洁白无瑕的玉，生在满布着足以使这块白璧染色的多种外力的四周之中，设使没有正确的导引就很危险了。

家庭是儿童第一个学习最有效的环境。导引之责，父母要站在同一的阵线，终能收健全的果实。"儿童需要双亲"是全美儿教最近的结论。女诗人渥无丝吐逸（Over Street）说过："家庭是一对男女总不同的先天特赋，和后天的学习，按着同一的目标，和同一爱护，推动的精神下所创造出来的完美融合的环境；儿童是接受双亲同一的赋禀和一致导引行动下的健全产物。"所以教的责任完全委之于父亲或母亲，都难免有颇偏之弊。父教母呦，母教父呦，儿童将莫知适从。何况过去中国的父母教育儿童，根本就没有注意到教育上的方法，更没有顾到实施所收的效果。所用的成法就是把儿童看作具体而微的小成人，硬把他们嵌上自己的模型，自己是这样，儿童也要这样。所用的方法就是"棒打出孝子"，"不打不成才"，教材呢？抽象的教识，并不是取之于儿童生活的周围，我们常常听到人说，外国儿童是伶俐活泼的，中国的儿童是滞钝无生气的。究竟何曾天生就这样。试想儿童本是好动的，父母偏叫他静；儿童本是快乐的，父母偏要打之使哭；儿童对于抽象物体本来没有兴趣，父母偏叫他读。总之，儿童之所好，父母之所恶，儿童在父严母慈，或父母严令督责之下，也只好扼杀了他活泼泼的本性，做一个具体而微的道学君子了，这是谁之过？为着父母对于教育方法的不积极研究，和所采用行动之不一致，结果呢？大多数父母对于儿童教育上的努力没有收到相当的效果，甚至变为徒劳。美国各大学正在着重推广家政学为男女的必修课，而"父母教育"（Parent Education）尤在着着进行，不是无因的。

在我国，"父母教育"尚未普及，他教的机关如托儿所等出而辅导家庭教育之不及，这是未可厚非的；至于儿教机关不完善之处，这里限于篇幅，又当另论。

儿童是两性的产物，是民族的哲嗣，是文化的创作者，是继承前线的斗士。对于儿童生，养，教，不但是向儿童负责，远要向国家负责。这是具有父母资格的人所应认清的现代家庭教育的意义，更不是此推彼诿，或是互相辩难，而是积极提携，在合作途径中邁进，在键产，健育，善教的方法上努力。际兹抗战建国的当儿，不要忘了共同的创造新的后代——儿童。

刽子手

祖 文

"黄族应享黄海权，亚人应有亚洲田……"

一队穿草绿色军衣的，唱着黄族歌，肩上搭着直挺挺的步枪，枪口上插着明亮的刺刀——在夕阳的灰光里移动着。

这就是"战区保安队"，也就是经过敌人改编后叫作"警防队"的。

"肚儿，肚儿"队长吹着哨子。矫正着"弟兄们"的腿；一面用手掌，按着"东洋刀"显出十分神气的样子。

街上的人，听到这歌声，哨声，不用回头看，就赶快让出一条路来；小孩子跑到妈妈跟前，把脸贴在妈妈的屁股上——这真不是好惹的家伙——难道还能吃人吗？小声说！别找麻烦……

前十来天，就在那天晚上，我们村子——在城镇里他们还假装规矩——就叫他们扰乱了个七乱八糟。村长先生挨了十多个嘴巴，捆得直冒火星，至今提起他们还是骨节抽筋；被他们"架"去那个孩子，吓得一场大病，到今天还没有退烧……一进村口，他们就吆喝着："你们村里一定藏着便衣队哪！没别的，搜搜再说……"都穿着"战区队"的制服，带着手枪，先来一个"下马威"，指头一钩，乒乒！乓乓……人们，有爬到大缸里去的，有蹲在炕沿底下的，有跑到高高粱稞里去的……；老村副吓得抖，跌一跤，头上出了个大紫包……细点心吃饱咧，好茶好水喝咧，金镯子要去三四付，盒子炮诈出两支，"大绿票"（伪钞）五百元，"中，交票"八百元……谩骂着，嘲笑着，大摇大摆，满不在乎……后来，十几个人集合在一起，走了……

告状去吗？——哼，跟哪个去告呀！

乡下住不了了。

现在，这么清爽的晚上，我在城里的一条大街上"溜达"着。

"黄族应享有黄海权，亚人应有亚洲田……"张着嘴，鱼抢食似的，莫名其妙地，唱着……步枪、刺刀、皮带……零乱的步子。

"这一大堆王八蛋！"等他们从我身旁走过去，我就在心里解恨地骂了一句。

四外乡村，正在表演着掠夺、饥饿、哭泣、死、逃……这个城镇，因为驻扎着百多个鬼子兵和三四百"战区队"，完全是太平气象。饭馆里的大铁勺叮叮地敲在热油的锅边上；人们笑着，互相推让，走进酒楼；人们出来，用手帕抹着油嘴，点头哈腰，散了。几个胸前戴着"冀东政府"的徽章的，迈着高傲的脚步，隔着眼镜，黑眼球一溜一溜的，羡慕着，垂涎着，时髦女人的发浪、臀波……冷不防，对面蹒跚地走来两个鬼子兵，醉醺醺的，狂笑着。这几位"政府"的什么的，才吃了一顿惊，赶快躲开。刺眼的什么"料理"的木招牌，平贴在这家商店的门旁；玲珑小巧的玩具，香皂盒，牙刷，香水……整齐地摆在邻家商店的大玻璃窗内，吸引着一些口袋充实的顾客。东洋药房的门前，扔胳膊撂腿的日本片假名，在电灯和弧光下，对着一群蠢动着的人们冷笑……无线电放送出粗糙的，颤动人心的"蹦蹦"，"京戏"，"大鼓"……

我杂乱地想着。

忽然，有人在我背上拍了一下；我吓了一跳，回过头来。

"老杨就是你呀！好久没见了。"

他先不答话，只笑着，用他的大手掌和我握手，诚恳而且热烈。

"你的手很暖和呀！"他大声说。

"你的手有点凉呢？"我微笑着回答。

"到我家里坐一会儿吧。老同事，几年没见……是不是？"

他拉我到他家里。

这是一个很狭窄的院子。墙下堆着劈柴，煤末；外窗台上拢着破鞋，瓷罐，空的纸烟盒……屋里只有一张木桌，两三把矮椅。破了很多窟窿的顶棚，是老鼠的家。一股湿潮的土腥味攒进鼻孔……柜盖掀开着，花包袱、旧帽子、花丝葛的夹衣服……都零乱地扔在柜外；许是找出来预备理一下，却还没有。

"老杨,这是跟着赵大队长干事吗?听说你弄得很'红'。"

"别说咧!"他正用手把着茶壶,给我倒水;一高声说话,就忘了手里的事情,一下子,茶水都满了出来,流了一炕席……他继续说:"别说咧!我早叫人'刷'了。脑袋差点儿要下去,你说'红'不'红'?……妈的,真是玩命的事!"

"怎么啦?"

"因为——你喝茶呀——不喝?那我替你喝了吧。"咕咚,咕咚,几下,他就把两盅茶都喝完了;然后,拉着长气儿,哈——表示喝的相当满足的意思。"因为——我毙人出了岔儿"!

"枪子儿错走了路线么?"

"不是……错走了路线,哼,不是跟哥们你吹牛,你只管问,老杨打枪,要哪儿就得哪儿——准保不会错!"

"那么,到底为什么?"

"听我从头到尾告诉你吧——我向来有事不会藏着掖着!——听吧,别打岔……超近说吧——哦,有一天,捉住了一个便衣队——依我看,像是一个老老实实的庄稼人——他们硬说是共产党雇来的便衣队,谁知道是妈的什么?反正送到赵大队长这儿来的。赵大队长那天早上去见日本仔,不知道去商量什么,吃晌午饭的时候坐车回来,进门就没好气,先骂了门岗一顿:'你们这混蛋样子,松松懈懈,瞧东望西,像妈的尿炕里的耗子,哪儿是兵……'瞧见马夫,也心里觉得别扭,'马夫的动作非快不可!不然,马挣断缰绳,扔开脚儿跑了,你他妈的哪儿追的上?……看你这个慢劲儿,不是王八蛋投生的才怪!……喂,你脸色不好看,又青又瘦!抽白面儿吧?——赶明儿非叫你滚蛋不可……,"

"他一定是受了日本仔的气,这才碰见谁跟谁发泄——哈。我们敲老百姓,大队长敲我们这些小官、兵宰子;日本仔又敲大队长……就是这么一回事儿,对不对?那个便衣队,活该倒霉,正赶上大队长气顶着脑瓜门儿……把这家伙押解到咧,你说怎么样?大队长一听到便衣队就火儿咧,眼眉一扬,眼珠一瞪:'这些杂种到处胡闹,惹的日本人找我出气……拉出去……毙!'……这么着,我就有了差事咧。毙就毙吧,当兵的还有自由吗?……七赤克叉!几十个弟兄装好子弹,上好了刺刀。登登登,跳上汽车,把那个倒霉蛋团团围起来……这年头，什么都让快！没有汽车的时候，不都是把犯人捆在大车上（像赶集卖小猪似的），用牲口拉着走吗？那够多慢！从营盘到法场，走老半天，半路上犯人还要酒要肉——人都该死咧，这闹个什么劲儿？酒肉咽下去，也等不了他消化，饭粒、肉块就和肠子、肚子一样咧，慢慢炸了，臭了，叫绿豆蝇吃了，叫蛆抢了……如今，真叫快！汽车的四面八方都站满了护送兵，犯人在车中一坐——十个有九个挤成一团棉花，那么一躺；更不用叫他们有板有眼的，像一个人似的，立着……只要汽车轮子一转，把犯人搁在车板上，颠一颠，颠两颠……得，到地方咧。两个弟兄把犯人推下来，往往是抱下去，或者抬下去；犯人失了知觉，不会迈步咧。挽他老远，抱他老远，砰！你还没有看见冒烟，人早就栽倒咧。真叫快！如今，什么都让快！……这一次，跟往常一样，把那个便衣队倒绑二臂，放在车板当中——他有四十来岁，胳膊头儿倒不细，就是个子太小！一请他上汽车，他立刻晕过去，脸变得烧纸一般黄。'好不要脸的便衣队！这么没有骨头！'一个弟兄笑着说，踢了那家伙一脚……"

"你毙人怎么又出了这岔呢？"我打断了他的话，我觉得他的话是越说越远了。

"别忙等我告诉你呀——许是成了习惯咧；每逢毙人，我总得喝点酒，……毙那倒霉蛋儿那天，我和几个弟兄们在一块儿喝起来咧。——猜拳、唱、嚷、……喝咧！醉倒不至于醉，只是脑瓜子有点儿模糊，恍恍游游的，所以，等到毙人的时候，——砰！……冒烟！……那家伙儿栽倒咧。……可是，啊！脑袋，脖子迸成灰，骨子渣也不知道溅到哪里去了。……倒在地上的，只剩下一个棒木椿似的东西。——你说，怎么样，糟咧！……我酒喝得心里有点模糊了，错用了一个'炸子儿'！——那玩意儿是见血就炸！结果，就把那家伙的脑盖儿掀的没影儿了。脖子也飞咧！……我吓得一惊怔？这才想起赵大队长吩咐的话来，'给他留个全尸，听见了没有？'——'是，听见了'。乓……一个立正！！听见个屁！听见了，又忘了，这可不是听见个屁吗？……其实，大队长才不管你'全尸'不'全尸'的勾当！……那便衣队的老婆，有一个哥哥，在大队部当小差，凑了五百块钱，托区队长中的连队长（自然打个小折扣），中队长再运动大队长（也得打个小折扣），末大队长答应赏他个'全尸'！哈！我这一粒儿炸子儿，把他们大伙儿的面子，都给驳咧。这，……不过这么一说，实在，那时候，我起心眼儿里害怕！大队长的脾气，我知道得清清楚楚；只要他一拍桌子，我的小命就该见阎老六了。这次的人情，他既然答应下来，当然就得给花钱运动的主儿一个信用；不然，以后谁还花冤枉钱给他受用？……我也知道有些不妙，左思右想……得，也来托个人情吧，要不然谁知道我可能够得个'全尸'不？——哈——就是这么回事儿！末了，总算没死，我就滚了蛋，滚到家里抱孩子咧。……哥儿们，你说倒霉不倒霉？"

"那家花钱买'全尸'的，那就算给大队长白进贡咧？"

他拿拳头用力捶一下桌子——

"我这当刽子手的白给他进了贡呀——团色礼，交费了五十多，算是妈的赎罪钱——要不然，哼，小命儿——"

窗外，悄然爬来一层暮色。无形的，铅灰色的网，笼罩了一切，对于老杨所说的，我都觉得熟悉；然而，再想一想，又很新鲜；终于，我迷惘地把眼光盯住屋角缸盖上的一把切菜刀。

"老杨，毙人害怕不害怕？"

"毙人跟挨毙一样：第一次，自然要心跳；以后，毙人的人惯了，癫了；已经毙了的人成了骨头。——哈哈——哈！"他粗爽地笑了两声……过一会儿，他像是忽然想起一件忘却的事儿，说：

"这件事，我还没有讲完呢。我不是说过，那个倒霉的家伙有个老婆吗？——咳！我当了这几年的刽子手，从来没碰见过这样的事。"

"像一个'节妇殉夫'的唱词嚜？"

"哦，并不全像！……别瞎猜咧！听我说吧——咳，一想起这件事我就觉得人活着太没意思！"

"老杨，像你这样哇啦哇啦，横冲直撞的人，也学会一套厌世的词调儿嚜？"

他好像完全没听见我的话，把一脸笑收敛干净，流露出庄重，沉重的神情：

"……我们刚从汽车上跳下来，就听见一个妇人的沙哑的哭声。当兵的对于女人，还用说么？——我顺着哭声一看，她正从人堆里挤出来，手里拿着一块手帕子。她细白的脸皮上，有点雀斑，总有这么三十六七岁儿。

她披散着头发，揉揉哭肿了的眼；几步跑到男人跟前。一脖腔子气，截在子哪儿，冒不出来，她不说话；只看见嘴角往上扯，却没有多大的哭声。

她拿眼瞪着她丈夫。"

"男的早垂了头；略微睁开点眼睛，瞧了瞧女人，又合上。"

"就这么过了一会儿。"

"土坡高处的人，有的低声说着话；有的伸长脖子，静静地看着。"

"两个兄弟架着那个男的，朝着前面一个小土坑走，——那家伙的腿，像屠架上的羊蹄似的，滴拉滴拉的，在地下曳着。"

"忽然，那女人，捆也捆不住，疯狂般，跑到监斩官面前，跪下，"

"——老爷！饶命！……我男人是……哦……哦……，……好人，不是……便衣队！死他一个，就死我们三个……哦……哦……死一个，……就死三个！……"

"——去！去！……过来几个狼似的弟兄。"

"女人退缩着，两双手掌按护住肚皮——老爷们，别碰……菩萨奶奶！……哦，……我就有这么一小疙瘩肉！……一个，……三个！……哦，……老爷，饶命！……"

"砰！……冒白烟！——什么都完了……"

"哥儿们，怎么样？"他拍拍我的背，长出了一口气，又立刻接下去：

"晚上，人都散尽了。就在毙那男人的小土坑旁边，有一棵杨树，女人在枝上挂了一条白布带子，吊死了……娘儿们的老套子，是不是？……后来，听人们说，才知道她肚子里已经怀了孩子，——三个月咧，……'死一个，死三个！'……'一小疙瘩肉！'……当时，连我也没有想到，原来就是这么回事呀……"

呜，呜！一辆汽车从门外驶过去了。卖馄饨的提着嗓子，拉着长调，在墙外叫。对面的绸缎庄开着话匣子，凄厉地，颤动地，唱着："奴本是屈死的冤魂——陈——玉梅——"一整个屋子，都被黑暗所侵袭，占领……老杨扭开电门，就在这电灯突然一亮，黑暗迅速消失的那一刹那，我仿佛瞥见一个披头散发的女人，手掌按着肚皮，一跳，两跳……随着光亮的突现，化成影子，化成风……从门口卷走了。

"咱们这地方，人们死，活——只要赵大队长一句话，对不对？……可是，他就怕日本仔！——前两天，他儿子混充大尾巴狼，仗着老子的势力，在车站上跟日本宪兵说翻儿咧，哼，挨了一顿好打！打得不是人脸，不是鬼脸！还带到宪兵司令部去！他老子说好说歹才保出来……如今这个世界呀，哼——说句俗话——大鱼吃小鱼，小鱼吃虾米，虾米吃紫泥……"

他说完，就沉默起来。

我拿起帽子。

"走吗？"

"走咧。——再晚点，怕到南大街口上你们'战区队太爷'找麻烦。"

"哥儿们，别骂人！我早叫人家'刷'咧！"

"明天见，"

"明天一定来呀！我等你！"……

"大鱼吃小鱼，小鱼吃虾米——"我在归途中思索着。

一阵初秋的晚风，从额头上吹过去；我打了一个冷战。

本期撰者：

史国纲先生是中山大学教授，曾有文章在本刊发表过。欧战发生后，我国应否立即有所表示？究应如何表示？是目前外交上一个很重大的问题，当然需要慎重而缜密的考虑。史先生的意思不过是代表一种主张，值得大家注意讨论。

陈友松先生是西南联合大学教育学院教授，以专家的地位，讨论暹罗华侨的教育问题，提出不少具体的意见和主张，很值得当局及留心侨胞教育者的参考。

陈佩兰女士是闽省华南女子文理学院教授，专攻家政学。

祖文先生是一位青年文艺作家，常有作品在报章杂志上发表。

第二卷第十六期（1939年10月8日）

时评

湘北战事

　　日来中部前线战事又趋紧张，而以湘北为中心。自上月十四日之后，敌人以第三，第六，第十三，第卅二四个师团之众，分路自鄂南湘北猛力南犯，强渡新墙汨罗，取湘阴平江及粤汉路北段据点以威胁长沙。其目的为谋打通粤汉路以遂其西窥之谋者至为明显。而我军方利用险峻地形，步步设伏。与深入之敌人以重大之打击。敌人南侵企图已因此而陷入困境。

　　三个月以前，军事观察家已有敌人将于秋初大举侵犯的消息。侵略的目标有三个：一西安，二宜昌，三梧邕。敌人自己虽然没有宣传他们军事的趋向，然也承认将在九十月有所举动。近日鄂湘一带战事骤紧而华北华南的敌军方坚守不动，这也许是侧重中线而暂时放弃南北线同时进攻计划的表现。因为从其猛扑长沙外围，而同时鄂中钟祥一带的敌人也蠢然思动的情形看起来，敌人此次进攻的目标显为长沙常德宜昌这一个区域。

　　敌人的动机也很简单。中日战事已经继续二年多。从他们所希望的速战速决变成我们的长期抗战。他们陷淖日深，我们信力日强。胜既不能，和亦不可，于是只好再诉诸武力以求一逞，同时欧战爆发之后，欧陆列强无暇东顾。这也是敌人所认为一个良机，以为在外援不可恃的时候，威胁我们，使之屈服。

　　可是敌人这个策略还是不能奏效。战端一开，我们就明晓除以长期抗战来拆服敌人的速战速决策略外，没有第二条路。二年前的情形如此，今日的情形亦复如此，友邦的同情与善意的帮助我们当然感谢欢迎。然而我们的国策，如我们政府当局所时常昭示的，自有其独立的立场。欧陆的国际变动并不能变更我们的立场。即就战事本身而论，敌人倾巢猛扑之势，也许可以达到侵据某一地某一市的目的，然而全面的战争固不在一城一市的得失，况在得失前后，我们忠勇的将士一定要先给敌人以深巨的打击，以消耗其主力部队的力量。当上月十四日敌人开始南犯时，岂非满拟长驱直入，一举而下长沙，胁常德。岂料苦战半月，长沙未得而创伤巨重。这就是一个明证。（山）

德国的"和平攻势"

德国此次发动战事，自始即想在灭波之后，偃旗息鼓，稍带若干时日，再事侵略。近一周来，东线的战事，实际上已告结束，所以希特勒对英法正在作议和的最大努力。从表面上观，德国对西线战事之迄未积极推进，及其空军对英法之未加可能威胁，无非是希特勒仍报求和希望的明证。

上月十日航空部长戈林上将，表示愿缔结"荣誉之和平"，是德国对英法诱和的开端。二十三日意首相墨索里尼发表演说，以战事局部化为言，亦是采取"和平攻势"的一个步骤。二十八日德苏成立新协定，联合签请英法停战，此次德国不惜牺牲若干利益，以达其求和之目的。但英法二国除了重申不变作战决心外，迄今丝毫没有退让的表示。

和议既经失败，依现势揣测，德国只有向苏联再度让步，使其出而斡旋和议。苏联对波罗的海问题，素极关切，暗中必要求德国作更大的牺牲，为赞助德国求和之代价。对于意大利，希特勒亦希望其能从旁推动"和平攻势"。外间传称，希氏即将以"和平计划"，请求意首相转交同盟国，近日意外相齐亚诺之应聘而赴柏林，似与此事有关，颇值我们注目。

希特勒目前极颇避战，希冀以外交为正面，以战事为副面，迫使英法承认武力所造成的事态。此时中立各国，倘出而为德谋和，结果实无异使其侵略行为合法化。就这点言，苏意二国之呼吁停战，诚属不当之举。原则上，英法对真正和平，并不加否认，但对德国主和的动机，却发生莫大的猜疑，所以每次诱和不遂之后，其作战之决心，益见坚定了。纵令德国挟苏联以求和，它们的答复始终是一贯的。英法对苏联本无寻衅之意，而苏联倘以加入德方作战相威胁，那么，扩大战争范围的责任，显然应由自己负之。从其素来立场观，苏联或许不致趋此极端。（予）

统一滇省对外贸易

九月廿四日昆明朝报载中央拟将滇省所产可以换取外汇的物品归财政部贸易委员会经运，售往国外，以货价三分之二之外汇归滇省，余三分之一由贸易委员会以国币结付与云南。十月二日昆明《中央日报》载中央为筹商办理统一滇省对外贸易，近派财政部会计司长庞松舟氏来滇，庞氏于晋谒龙主席商谈后语记者："会谈结果甚为圆满，对于大锡收归中央接办统一对外贸易诸点，原则上均已同意，仅有少数手续，亦时间问题。"

一个国家对其国际贸易采取的政策，放任与干涉间只有程度上的差别。无论施行的只是保护关税，或是限制进出口，或贸易国营，政策的目的都是在使对外贸易能适应整个国家经济的需要。中国以往对贸易无政策可言，那时关税还未自主，当当谈不上贸易统制。后来一面争回主权，一面设立出口货检验制度，关税方面渐渐采取保护政策，以鼓励国内工业的发展。在战前不久，更进一步对主要出口贸物的经营，组织官商合资的公司，或委托政府机关，集中力量从事收购，加工，改良品质，增加产量，维持价格，以及运输销售等方面的工作。茶、植物油、锡、锑等出口货都渐用此法，以求出口数量的增进，供给的集中和市场的扩充。自战事开始之后，我们为谋增加抗战建国的力量，对贸易和外汇施行应有的统制，这种统制的需要是全国人所公认的。

由政府的经营，云南近几年来生产建设的事业很有进展。办生产事业需要外来的设备和工具，购买生产工具需要外汇。如云南出口货品的外汇归省，对于省自国外购置机械，比较外汇悉归中央，省须往返申请外汇，手续上自然便利。但输出贸易集中管理与不集中管理，效能上很有差别。因在销售货物时，供给方面如通盘筹划和经营，自可免去许多机构上和政策上的重复、抵触，或效力的损失。且目前中国主要的输出品大部分需用于友邦交换我们所需的军事和生产器材或抵偿我们的借款，输出贸易的统一筹划和经营的需要因此更大。

现在办法已经拟出，这办法一面能顾到省的便利，一面能适应一时经济的需要。这种调整的成功对抗建大局会有很大的帮助的。（佶）

论日苏关系

王迅中

　　日苏的诺蒙坎停战协定及苏德的瓜分波兰，使我们对于苏俄的外交政策，发生不少的疑虑。尤其是苏俄今后的远东政策是否有所变更？日苏有无进一步妥协的可能？更使我们不得不密切注意。

　　按常理推测，无论就日苏的关系，利害及思想言，似无根本妥协的可能，日本的大陆政策和俄国的远东政策的不能兼容，从过去数十年间的历史关系中，充分暴露出来。日本自阴谋侵略朝鲜时始，即认定俄国之可畏，更甚于中国，甲午战争后的三国干涉，更使暴日痛尝教训。虽然有一部分人鉴于俄国势力之不可侮，认为日本的大陆政策如不得帝俄的谅解，决不能顺利推进，主张忍辱吞声，与俄国妥协。但终以两国的情感难于融洽，而政策亦鲜妥协可能，日本当局终于采取了联英制俄政策，而发动一九〇四—五年的日俄战争。其后直至华盛顿会议时止，日本一贯地维持以对俄为主要目的的英日同盟，甘愿做英国的远东守门犬。其间因恐外力侵入东三省，日俄虽也订立过几次协定，但终未能消除日俄冲突的可能性。且自暴日得志后，野心日趋扩大，俄属西伯利亚也成了大陆政策的目标，一九一九年藉口援助捷克军通过西伯利亚，出兵占领贝加尔湖以东的俄属领土，并掀起庙街事件，占据库页岛北部，同时援助白俄，企图在俄属远东造成一个傀儡组织。一九二五年经加拉罕与驻华日使芳泽的折衷，签订日苏北京条约，虽然解决了这段纠纷，并且恢复国交，但这种阴谋却给苏联留下一个不可磨灭的恶劣印象。九一八后暴日侵占华北，破坏苏俄北满利益，胁迫出售中东铁路，且在伪满边境时向俄军挑衅。苏俄因远东军备未充，且埋首与五年经济建设，一再向日建议缔结互不侵犯条约，均经日方拒绝。暴日更公然以防共反俄招摇，向国内外煽惑，一九三六年复加入三国防共协定，以远东反赤十字军自命。因此苏联的态度也随着国内经济建设的猛进与远东军备的充实，而转趋强硬，日俄的关系骤趋紧张，俄伪边境的冲突不断发生。七七事变后苏俄与我国签订互不侵犯条约，并积极援我，关东军虽一再恫吓生事，张鼓峰事件的教训终使暴日知道绝不能动摇俄国决心于万一，诺蒙坎事件日俄虽签订停战协定，但绝不能视为日俄妥协之征兆。据中央社东京三日路透电："日本陆军省发言人顷称，日苏虽已缔结休战条约，但苏联当局仍派遣大批生力军及飞机坦克车，前往蒙满边境。"益证日俄之根本妥协绝非易事。

其次就双方利害言：日苏政策的根本冲突已如上述，暴日既不能放弃独霸东亚的诡谋，苏俄又未甘退出远东，这个宿命的冲突是无法解除的，所以有人将中日战争看作日俄战争的前哨战。除了这个根本冲突点外，日苏间近来因为北洋渔业，北库页岛石油采掘权及边境冲突等问题，不但在过去几年间不断地引起纠纷，以后更有随时酝酿成大冲突的可能。

日本是一个蕞尔岛国，渔业在民食及输出方面，都占重要地位，自日俄战后，根据朴斯茅斯条约及日俄渔业协定，获得在日本海，鄂霍次克海及白令海等俄领沿岸的捕鱼权，即所谓北洋渔业权，每年平均可获利三四千万元，赖以谋生者约一万余人。苏联政府成立后，虽仍承认日本之渔权，且于一九二八年与日订立渔业条约，但自一九二九年苏俄实行五年兴渔计划后，日本的北洋渔业大受打击，因此纠纷丛生。经日本驻苏大使广田与加拉罕一再交涉，历时十八月，始于一九三二年八月签订日苏渔业协定，但关于渔区及卢布折换率问题，双方仍时起纠纷。一九三六年条约满期，日本赓续交涉，拟定立日苏新渔业条约，这因日德签订防共协定，苏俄拒绝签字，只尤将一九二八年之协定延长一年，附约延长至一九三八年底。去年十一月日本复提议磋商新约，谈判四月，未得结果，苏俄坚持拍卖渔场，并收回军事重要区日方渔场三十七所，双方剑拔弩张，几至断交。后以日方之让步，于四月二日签订协定，纠纷暂告解决。不过冲突的因素并未消除，仍随时有死灰复燃的可能。

关于库页岛的石油采掘权问题，最近也常引起纠纷。缘库页岛自日俄战后，南部归日，但北部藏油量甚丰，日人垂涎已久，庙街事件时出兵占领，日苏复交谈判时，苏联政府允于北库页岛指定地区，许日开矿采油，惟关于地域及业务执行，日人常怨俄国官厅不法干涉，日领屡提抗议，虽未闹至严重地步，但时刺激日俄双方的情感，也是造成日俄纠葛的原素之一。

伪俄及伪蒙边境的冲突，自伪满成立以来，几于无日无之，计自一九三一至一九三六年间，大小冲突共发二千四百余次之多。这些冲突的起因与其说是由于越界事件，毋必视为互相挑衅较为确切。关东军既咄咄逼人，苏联红军亦绝不退让，所以边境冲突随时有演变为大战的可能。尤其自中日战争发生后，暴日为威胁苏联放弃援华政策起见，边境挑衅更为频繁，规模亦远较扩大，去年的张鼓峰事件及今年的诺蒙坎事件，陆空攻守，无异于正式战争。因为双方当局互有顾虑。所以未至扩大。

报载日俄于签诺蒙坎停战协定后，将调查边境划界事宜。但暴日之蓄志侵蒙逐俄，已非一日，双方是否能获谅解，至为可疑。而况苏俄即使稍让步，是否能压暴日之欲，又系一大疑问。星星之火，可以燎原，边境冲突之前途并不能同诺蒙坎停战协定之签订而减少其危机。

最后就双方思想言，亦鲜妥协余地。苏维埃社会主义与资本主义的不能相容，尽人皆知，而日本又是天皇神权主义的国家，与苏俄之阶级斗争思想，更如南辕北辙。自欧战后不景气现象波及日本后，日本当局为挽救资本主义的危机而实行产业合理化政策，结果投出大批失业工人，因此劳工运动为共产主义思想大为昂扬。财阀政客及民间国粹分子等纷起作扑灭共产主义之运动，一九二八年二月田中内阁实行共产党大检举，逮捕了许多学者作家及所谓思想危险分子。此后反动思想日趋激昂，由反共而反自由主义，更进而排斥一切外来思想，而造成法西斯主义的潮流。对内提倡天皇中心主义，日本国粹运动，扑灭共产党主义，排斥一切外来思想；对外则以东方卫道者自任，借口反俄防共，积极侵华。七七事变后因为对华战事无法结束，更以伪满及伪蒙边境冲突刺激厌倦民心，藉口准备对俄，强征人力物力。攻俄防共成了法西斯军阀欺骗国内国外的万应法宝。在这种情形下，日俄能得根本妥协么？

当然，近来国际风云变化奇突，往往出乎一般意料，老奸巨猾的张伯伦卖俄而终被俄卖，模棱取巧的倭寇联德而被德所要，集权国家的欺骗民众，朝秦暮楚，绝非常理所可推测。以目前的情势而论，暴日梦想利用欧战机会，全力解决对华问题。外交方面至少在欧洲战局没有大变化前，对英法虽将极需所要决之能事，尚不至于采取武力强夺之愚策，对美俄亦必极力敷衍，防范援华政策之强化。观于欧战后驻俄田乡大使的活跃以及诺蒙坎停战协定的签订，如果苏俄不卷入欧战漩涡，日本对俄似将暂求苟安。因为东北方面的威胁若能减小，即无异于加强对华进攻的力量。据中央社东京二日路透电：新任外相野村，今日在地方长官会议上，报告外交状况，略谓日本政府根据九月四日之决议，将保持不干涉欧战之政策。换言之，即日本今后将专力于"中国事件"之解决，凡日本之外交政策及其对各国之关系，皆以对中国事件为中心云云。敌人目前的阴谋，显然是急于解决对华问题，日俄的宿命冲突虽然至难幸免，但为目前计，妥协了俄国，便可增强解决对华事件的力量。所以暴日于对俄签订停战协定后之后，更进一步梦想解决悬案，要求减小远东俄军，甚至讨论到对华问题，未必是不可能的。

至于苏俄呢，对于日本一向抱着"人不犯我，我不犯人"的政策，史达林曾说过：敌人若进犯苏俄领土，决予加倍还击；惟敌人如不挑衅，苏俄亦绝不好战。现在欧局紧张，苏俄与德瓜分波兰后，复共同宣言，要求英法停战，虽然未必卷入战争漩涡，但须全力应付欧局，则是毫无疑问的。所以在远东方面应日要求而暂求苟安，并非绝不可能。因为：第一，俄国现正集中军力于西欧，不愿与日引起纠纷；第二，转移日本视线南向，使与英法为难；第三，日人视线如南移，中国之西北地盘当可不受威胁。不过纵使苏俄采取这种政策，也不过是一种暂时的应急手段而已。我们深信苏俄应当知道，暴日年来无论对内对外，无不以反俄防共为标榜，而囊括满蒙。窥伺海滨省，垂涎西伯利亚，更是大陆政策的目标。俄国的援华即所以防日，它的远东政策当不致有所变更，对日的根本妥协恐是不可能的！

解决当前外汇问题的途径（上）

梁子范

一

外汇是金融的一环，金融其他链环如不健全，外汇会露破绽，外汇如起动摇，整个金融必受影响，所以谈金融不应撇开外汇，谈外汇亦须顾到整个金融。本文主要目的，系设法解决当前外汇问题，对于其他金融问题，只在必要时连带提及，不久将另有专文，详加论列。

自从外汇一再起了波动，学者文人就纷纷讨论应付的方法，抱杞忧的固大有人在，献锦囊的也不算少，我们先不问他们的理论及方案如何，但问题未分析清楚，策略不针对症候，却是许多人共同的错误，本文即想添补这个漏洞。

在一个金融已上轨道的国家，外汇市场上一般交易的对象，不外商业或银行汇票。商业汇票固为国际贸易付款工具，银行汇票也大半系银行代进口或出口商周转资金的方法，所以普通说来，外汇常与国际贸易有密切关系。中国的金融本来就尚未发展，不足以应付一个现代国家的需要，而两年来的神圣抗战，更添上许多意外压力，因此造成现下金融失常，外汇与国际贸易脱节的局面，我们现在先分析各方加诸外汇市场上的压力，然后再看是否有方法可以解决这些压力。

（一）敌伪套取外汇的压力

倭寇在沦陷区推行军用票、伪联银券、华兴券，固然可以大量调换法币，而使傀儡组织加增税收，也是他们获取法币的捷便门径。即以南京伪组织而论，现在每月关税收入已在一千万元以上，统税收入亦超过五百万元，而其开支则仅三四百万元，每月可剩下一千数百万元供其主子支配。敌人由上述各种方法及倾销日货得来的法币，即交正金等银行抛卖，以换得外汇，如此施诸我们外汇市场上的压力当然很大。

（二）敌寇统制华北华中对外贸易的压力

自从敌寇在华北对十二种出口商品加以统制以后，华北出口外汇即多被侵夺，现在他们对长江下游的铁砂棉花等产品照样炮制，以致沦陷区出口所得外汇不能用以抵偿沦陷区进口所需外汇。当伪联银券尚与日元有联索关系，华北入超压力，多由日元担荷，自从伪钞与日元脱离关系之后，华北华中进口所需外汇，多以法币在上海购用，无形中又给我们外汇市场上一种极大压力。

（三）逃资的压力

由于敌寇打击法币的毒计，一部分可如愿以售投机分子从中煽惑，有些人对于法币的信心不免稍有动摇。我们虽无数字可考，然而在外汇市场上曾表现着严重的逃资现象，却不容否认。许多自私分子把港沪的法币存款换成港币或金镑存款，或购越币及法郎，连续的给外汇市场上一种带恐慌性的压力，此类威胁实在严重，同时逃资者购买外汇，对急切求速，当场交易，很少有作期汇的，即间有作投机性的期汇，也是赌法币汇价减低的多，赌法币汇价提高的少，由此种趋势造成的局面，可使外汇平衡基金完全失却效用。因为外汇平衡基金的主要用意，在乎保守运用基金或买或卖的秘密。使投机者无从捉摸。要买要卖都不敢放手去做，因此外汇供求可以渐趋平衡，汇兑率也可以渐趋稳定，在现在逃资下的外汇市场，求方远过供方，外汇平衡基金只能"停着捱"，而不能发挥任何反攻的威力，哪有可以支持久远的道理。

（四）后方申汇港汇的压力及外人的投机

因为后方进口商人要由沪港进货，因为公私机关服务人员要接济他们在沪港的亲属，所以发生申汇港汇（内中当然也有逃资），这在本年六月中旬以前甚为盛行。即以成都而论，在申汇未停止以前（六月中旬停止）每人每日可由银行汇沪三千元，由邮局亦可汇沪五百元，汇水亦不甚高（闻系每千元四十元）如此汇往沪港法币的数景，大概颇有可观，因而直接间接给予外汇市场的压力当然不小。自从六月七日外汇紧张之后，银行沪汇已行停止（听说商业银行仍可以汇）邮局也由每人每日五百元先降至五十元，再降至二十元，上海邮局亦停止向内地邮寄货包，所以申汇港汇稍有限制。上面系指公开现象而言，此外暗地里复有所谓黑市市场，那就是在港沪有外币或法币存款的中外人士，将存款在后方高价出卖，从中渔利，以我所知，各地传教士作得相当起劲，其他外人，大概也不会落后。以传教士说，他们将本国寄来的款子，存于汇丰或花旗，然后在后方开两行的支票出卖，称为汇丰票或花旗票，还有Associated Mission Treasure亦发支票，在后方出卖，出卖的价目，看各方需要的程度如何，听说在成都曾卖到一百五十二对一百之比，那就是说，在成都交法币一百五十二元，方可在上海领到法币一百元。如此，现下外人汇款可在中国得到两层好处：在沪港暗示出卖外汇，可得一层好处，在后方出卖沪港所存法币，又可得一层好处，大概只有在中国才能发生这种现象。

上述外汇市场上的四种压力，加上使馆、领馆、留学及后方进口所需外汇，即可代表外汇需求，外汇供给如何？恐怕除掉后方出口，售外汇及一部分华侨汇款之外，其他寥寥无几。外汇供求，既相差悬殊。如不利用适当统制方式去改变外汇供求的关系，以便釜底抽薪，徒想利用数百万镑或数千万镑的平衡基金，去稳定港沪公开市场汇率，实在等于杯水车薪，无济于事。过去平衡政策所以一再失败，由于未认清我们外汇市场上的真实局势，今后我们能否改弦易辙，解决当前的严重外汇问题，要看我们是否可以认清环境，彻底地改变外汇供求关系。我以为要解决当前外汇问题，只有一条途径可走，那就是一面斟酌力量，厘定一个新的外汇法价，一面设法限制外汇需求，并增加外汇供给，以便稳定这个外汇法价，其他都是枝节问题。

二

在未叙述我们的办法之前，我想根据上面分析的结果，先把目前流行的三个主张加的检讨，这三个主张代表国内学者文人的意见，所以值得注意。

（一）以统制对外贸易为解决外汇问题的途径

对外贸易值量的大小，可以直接影响国际收支，也就是可以直接影响外汇供求。所以目前说，外汇与对外贸易，常有密切关系。不过这是普通说法，不能应用在目前中国的局势，造成目前中国外汇问题。对外贸易虽然不无关系，然而逃资，敌寇套取外汇等等，却是主要原因，这些主要原因，决不是用贸易政策可以解决的。试想"八一三"后，香港、新加坡、海防、河内等地华侨增加，何止百万，他们的用费，有的由亲友供给，有的由固有外汇存款支付，但亦有不少系由以法币兑换港币或越币所得之外汇维持，这一类的外汇需求与对外贸易不发生任何关系，如何可从对外贸易设法加以限制？其他逃资及倭寇套取外汇等等，亦同样难以用贸易政策对付。退一步说，所谓统制对外贸易，不外设法鼓励输出，限制输入，然而华北华中大部分的输出早已被敌人钳制，无从鼓励，华北华中大部分的输入，早已压在我们的外汇基金身上，无从限制，据海关最近发表数字，今年上半年全国对外贸易，按法定汇率计算，进口净值七三〇，六八〇，九九八元，出口净值四一一，四六〇，二二三元，入超达三一九，二二〇，七七五元（敌商走私进口的货物，尚未计算在内）。沦陷区之上海、天津、青岛、烟台、厦门等地，系主要入超口岸，后方之蒙自、腾越、温州、雷州、韶州诸关，则属出超。无疑的，这个巨大入超压力，系由法币担负，而更其无疑的，这个沦陷区之入超问题，只可从统制外汇设法限制，绝非由统制对外贸易所可解决。归结一句话，鼓励后方输出，限制后方输入，尚不失为调节外汇供求关系的一种方法，若空空洞洞，侈谈统制对外贸易，并奉为解决外汇问题的途径，则既昧于当前外汇问题的症结，复不明现下对外贸易的底蕴，乃不切实际之论。

（二）隔离汇价与国内物价

有人以为外汇比率的升降本不一定与国内物价，有何等直接关系，但因外汇比率的降落，往往直接会引起人民心理上的恐慌，间接乃亦可影响及于国内的物价，所以他们建议，我们应使外汇比率与国内物价隔离，使外汇比率的的降落不发生提高物价的影响，如何可使物价不受汇率的影响呢？他们以为只要采用苏联德国的成例，即可使法币在国外与在国内的价值，截然成为两事，使法币在国外的降值后，不一定也须在国内降值。这一段隔离学说，有好多人在重庆昆明等地提倡，所以不应忽略。外汇比价与国内物价的关系，系直接由进出口货价支配，并非间接由人民心理造成，这是彰明较著的事情。外汇比价升高了，进口货即比较便宜，因可影响物价（如输入品为制成品，固可直接影响物价，如输入品为原料品，则由此较便宜之原料制得之货品，亦比较为便宜）。出口货因在国外商场价格无形提高，不易竞争,其在国内收购价格亦不得不减低,以便维持固有之国外商场。反之,如果外汇比价减低了,进口货即比较昂贵,进口货贵了,替代品也会因之贵,出口货因在国外商场价格无形减低,销路大增,其在国内收购价格亦不得不提高。所以无论汇率如何变动,输入或输出品的价格均受影响,输入或输出的价格既受影响,国内一般的物价自然也会跟着受影响,要想把外汇比价与国内物价隔离起来,实在是一件不可能的事情。(一九三一英镑贬值后,英国国内物价的变动,似与此节所言相反,实则当时英国的情形十分复杂,不能引作反证,此处仅指出一九二五恢复战前英镑汇率的错误,及一九三二年奥特瓦会议与金镑集团的影响,以资提醒。)对外汇率与国内物价,系现在讨论货币政策与信用政策的两大基本问题,主张先稳定对外汇率,然后再谈国内物价的人很少,主张先稳定国内物价,然后再谈对外汇率的人比较多,主张国内物价及对外汇率均应稳定的也大有人在,唯独主张隔离国内物价与对外汇率,却是最经不起逻辑的证论。事实上德国又何曾把二者真正隔离,(阅《贸易半月刊》第十一、第十二期合刊拙著《德国统制外汇及对外贸易之积极及方法》)冷眼人无从察明而已。退一万步说,即使二者可以在短期内严密隔离起来,也不过把外汇问题暂时丢开,并非把外汇问题真正解决,等到对外汇率跌到无人过问的时候,恐怕即是国内实行以物易物的义皇时代,要谈物价,非另创一种法币不可。至于现时国内物价上涨及应付的方法,当在后面论及。

(三)隔离后方外汇市场与沦陷区外汇市场

将后方外汇市场与沦陷区外汇市场严格分立,以陈岱孙先生主张最力,他在《今日评论》二卷八期曾说:"我主张(一)沦陷区与非沦陷区的外汇应严格完全分立;(二)在沦陷区内,外汇基金应该操纵汇率,以左右沦陷区内的国际收支均衡;(三)在非沦陷区内,政府可以统制进出口贸易,以左右外汇的供求,简单地说,便是造成两个独立的外汇市场。沦陷区的汇市(事实上就是上海的汇市)由沦陷区外汇的供给来维持,非沦陷区的汇市,由非沦陷区的外汇的供给和政府的力量来维持。沦陷区的外汇基金可以有,不过沦陷区的汇率应以市面本来供求的相应,以达成一个天然的水准为原则"。在非沦陷区内是否由政府统制进出口贸易,即可左右外汇,我们姑且不论,而沦陷区的汇市,由沦陷区外汇的供给与外汇基金的运用,即可维持,恐怕难成事实。陈先生的主张,我想应当从两点观察:第一,前面已经分析过，沦陷区的外汇供给太有限，而需求却无穷，以有限的供给去应付无穷的需求，恐怕力量大十倍的政府也无法维持。第二，法币有不可分性，法币在后方即是后方的法币，法币到了沦陷区即是沦陷区的法币，如果法币仍然可以自由跑来跑去，则后方汇市与沦陷区汇市即无从严格分立；如果将沦陷区的法币收回，或使之转到后方，则大势所趋，系取消沦陷区的汇市，而非维持沦陷区的汇市，使之与后方的汇市对立。

绅权制度与地方公益

杨体仁

绅权的背境

绅权制度显然的是中国旧式地方政治的主要特征,不容疑问。在地域上是无分南北的普通存在着,而在时间上也"由来已久"了。历史上的讨论,尽管是理论庞杂的问题,暂且不去提。这里先就现状将以分析。

地方绅权的力量在省的范围算已消减到几乎等于零,可是在县以下的地方政治上则显然还在极端的顽强,对于政府(以国家为立场)施政的关系,在县的一个阶段,尤其表现最大的作用。

普通所指"士绅"或"绅老",大致是指以下几种人:(一)读书。他们自命为四民之首,一般有科举功名而无职位的,几乎以做绅士为职业,读书人只要考上起头功名秀才,便成绅士阶级的当然候选人。近来高初中学业的学生,如不出外做事,在地方上也是当然绅士了。(二)有钱人。所谓文风不大很盛的地方则大地主及商人也是绅士,大地主为神,自然是农村土地集中的结果。再说有些地方"绅商"一名词,已带有些微铜臭气。用漂亮时新的话说,那就是资本主义的色彩。(三)退职官僚或退任军官。他们是以富贵而归故乡的资格出现于绅权舞台的,哪怕在外乡做个芝麻大的官儿,一回家就够资格参与公事的。(四)权贵戚族。这般人父以子(或女)贵,夫以妻荣。不论平时为何许人,一旦与权贵结亲,便可身价十倍。尤其做儿子的任了显职或女儿嫁给了贵人,那父亲的地位便要突然抬高。对地方行政自然亦要干预。(五)流氓地痞。他们出身本来微贱,但靠天生聪明,不择手段的做去，往往造成专横一时的权力。

照以上的分析，则绅权的因素甚多，其形成实非偶然。绅权的主要角色，当为（一）（二）两种人。则士大夫阶级与资产阶级混合组成政治的权力，与整个中国的社会组成体初无二致。若要说他的好坏，却不能一概而论，在没有别种制度替代他的时候，他也会达到为制度应有的任务。

绅权非封建

古代的封建制度的特点，在血统的世袭。而绅权则不然。虽绅权亦谈门户，但非绝对世袭，这是绅权制度开明的地方。又封建与土地分封有密切关系，而绅权则否，故绅权制度也不是绝对依剥削而生存。可见绅不易倒，有很深刻的理由在。举凡地方公益建设绅权制度时常比任何制度高明。现刻做乡村工作的人，一见到寺庙碑文，不能不赞叹过去士绅阶级事业心的雄厚与他们成就的伟大。这都与封建制度建筑在私益的基础上不同了。

绅权非民主

绅权虽比封建略为开明，却绝非纯粹基于大多数人最大幸福的原则。绅权之为害到今日已达极点。推其原因，实因绅权已失其统御。在这里可以从绅权制度与民主制度的区别得其要领。

第一，绅权以少数知识分子及资产阶级的权力为基础，而民主则以多数人民意志的表现为抉择。在民智发达的国家可以行使民主，民智不发达的地方，自然会使权力落于少数人手里。

第二，绅权无权决罢免制度，而民主则有全民做最后的操持。在英国有名的绅士政治其所以无流弊，就是因为他是民主，绅士不行，有国会制裁。在美国资产阶级操纵选政，也可以视为绅权之一，但他是民主的，故只要劳工阶级与农民拥护罗斯福，则窝尔街的银行家也没奈其何。中国的绅权则不然，劣绅横行，老百姓除诉之于官外别无他法，而官与绅的利益反而常是一致的。

绅权与地方自治

地方自治的现状,显然名不符实,无庸讳言。以自治机构说,在省及县还有参议会,勉强撑持。在区乡以下,则名实全归绅权统治。最近国府颁布县各级组织纲要才有保民大会产生乡民代表会的规定。这一项条文关系绅权的转移十分重要,而推行的顺利与否,又视民智的启发以为断。近常经验到合作社开社员大会的境况,深觉此项制度的推行有赖于地方教育及合作指导的方面者,非常紧要,而成就恐亦非短时期所能为力,但此后地方政治的改良则舍此路而莫由,已可断言。

绅权未变前的地方公益

近来谈乡村建设者,每多忽略绅权的重要性。其实多数的地方建设,还须靠绅权才能有所作为。究应以何种方式适应现状,诚为有兴趣之问题。多数地方建设完全因绅成事、绝无组织。惟亦有数少县份感觉组织的需要,遂有建设委员会——如大理昭通——或县财政委员会——农田水利当局所主持——的名目产生,这只不过为绅权制度穿上一件时髦的衣裳罢了。

地方公益由绅权操持是个因陋就简的办法,不合时代犹其余事,最大的毛病在绅之良劣无定评。今日的劣绅可为明日的良绅,而今日之热心公益者,明日亦可变为最可怕的劣绅。例如水利建设一事为近日地方公益中最普遍最重要者,在绅权下举办,往往发生公私混淆,管理不善的弊病。况且近来的绅士对于此等事件亦多怕"负责任",因其为近于"公事"也。

在作者的意思,地方公益,应视为"较多数人的私益"。以现状来看,若由地方自治机关主持其事,民智太低,恐不忙陈义太高。若仍旧由绅权主持,则只可利用捐款等慈善行为,绝不宜再用以管理事业行政。从经验上与理论上觉得合作组织实为最优良的办法,至少在绅权未变以前。是如此。

桃源——火烧的城！

聂 清

稀薄的炊烟，淡淡的，在空中颤抖，看时间也快要吃晚餐了。

漳河里涨了一点豆绿水，河街有吊脚楼的房子，原来倾斜了的木柱，这时被水压得低低的，一长串漩涡赛跑似的一个追赶一个，终于慢慢的缩小，慢慢的依次消逝了。水势似乎不大汹涌，看样子也不会将他们一下子就冲走，因为多年来就从不被水冲走。因此，住在这吊脚楼里的一群小手工业生产者（琢玉石与木工竹工居多），照例成天仍在这儿做活，这儿吃饭，这儿休息。

可是这年头来，被警报夺去了他们大部分白天工作的时间，日子一久，一种反常的劳动，把他们的脸孔由灰暗变成焦黄枯萎的颜色，深陷了的眼睛，也由红肿而渐渐的溃烂了，各人默默地无言，各人心里皆有了一个数目。

娘们儿牵着小孩，成天从大清早出了城，呜——呜——呜——尖厉的警报声叫得怪凄惨，怪无情，她们赶紧把小孩抱在怀中，急促地喘息着，头发蓬蓬的散乱的披在两肩上，向着那郊野的田坑边、山脚旁、树林中、草荆里，一窝蜂扑去。老妇们，可走不得这么远了，在半路便蜷曲成一团，脚呀、手呀，软绵绵的，缩得短短的，脉络跳动得很厉害，且抽搐着无声的气息。

桃源登时被恐怖的气氛笼罩了，恐怖领占了整个空间，除了上流滩头所架设的渔械被水拍击时时发出啰咯——啰咯——的吼叫外，一切如死一样的寂静着。

孩子水汪汪的眼睛，忧愁的怅望着长空，一堆堆的白云，碎棉似的，飞散得很快,牵引着孩子那乌黑的眸子,打着施转。太阳似乎在发愁,白云会心的跑去用那雪玉的温软的手掌抚摸着他的圆脸。时间走得很慢。大地在阳光下挣扎,时而变成阴森迷糊的面目,时而展露清晰明眸的姿态。孩子们的眼睛,被那炙热的光芒刺得发痛,时时用他的小手拭着泪珠,睁眼时,觉得四周骤然漆黑了,他忆起无月的子夜,忆起美丽的星空,更幻想起黑暗里的家园……

  裹在娘们儿背上的小宝宝,从甜蜜的睡眠中,不知作了一个什么古怪的梦,忽然惊醒了,哇——哇——哭得很起劲,妇人一面开背裙,放下孩子,一面露出那干瘪了的乳头,塞进横躺在怀中的孩子的口中去,孩子边吮哄边哭,接着便哭出尿来了,酸热的透流出来,沾满了妇人的双手。

  "真是!又不带来要换的布片……"妇人似乎心里在埋怨着,但口中却嘤嘤的哼着哄小孩子睡眠的莫名其妙的歌曲:"好啊!小宝宝!睡觉了啊!——好!"

  哇——哇——

  许多娘们儿皆为自己的孩子纠缠着,各人心中想象着各种不同的过去与未来,谁也不去注意谁。

  "妈妈,飞机不来了,我们回去吧!"孩子扯着妈妈的衣角,仰着脸儿说。

  "回去,时间早咧,乖乖。"因看到孩子脸上晒出了油,妇人即用手巾替孩子轻轻的轻轻的揩擦。

  每次当儿子催促着回家时,她们心里就好像被什么东西重重的撞击了一下似的,便联想到了家里的一切事情:还有半尺藏布没有织成,三斤多棉花没有纺完,小猪在栏里不知饿得怎样了,临走太匆忙,门上的锁也许关不牢吧!会不会被小偷撬开?那支瘦黑狗,可怜的,莫又偷偷地……

  有谁低着头轻轻地叹了一口气,随手拾得一个小小的石头,用力掷去。

  "妈妈,爸爸怎么不来,爸爸到哪儿去了呢?"

  "爸爸不肯来。爸爸同船老板讲生意去了……爸爸替乖乖买红糖和稀饭吃。"

  妈妈累次劝爸爸出来放下工夫出来走走,爸爸老是不大愿意,虽当前次没有被飞机炸到他所住的地方,但他仍满不在乎,有时被催促不过,面子上勉强来一个敷衍,没精打采的下河码头去,默默的,走到河滩边去站站:瞧着那些大大小小各种式样的帆船和那高矮整齐林立着的桅樯,发生不出什么兴趣。有时或同船老板和伙计们漫无目的的谈着一些神怪战争的话语，口里虽在扯淡，可是一个心子里却仍放置在各种用具上，死也不愿意带在身边。有时警报还没有解除，便悄悄地回到家中，关着大门，积极做着那永远也做不完的工作。妇人回家时，往往看到丈夫这种情景，心里总觉得又可怜又难过！同时又不好过于埋怨丈夫用性命去冒那没有一点代价和意义的险。

可是丈夫常常说，"天天跑着警报，放着工夫不去做！赶明儿一家人吃屎都得不到口啊……妈的，你跑我可不跑！"说时脸红了，脑筋也胀了，仿佛对某种人生了一点气"狗日的日本人，你来好，你来好。"

太阳光线成了斜角，时间快要到下午五点钟了。大家都想，飞机今天总不会来了吧？他们带着怀疑的心情，引着孩子，跟着许多同来的人一块儿进了城。在最热闹的南正街上，有很多铺子，商号，食品店，都敞开了板门，陈列着大堆的什物，市场的脉络又开始跳动了。孩子们沿着每家食品店的玻璃柜边擦过身，用眼睛食着各种各样的可口的清香的糖果和罐头。由于日间奔波了半天，脚力疲惫了，肚子也饥饿了，他们和她们莫不匆匆地各人忙着料理简陋的晚餐，以恢复精神上的已失去的健康。

就在这时候——

上流滩头的天空，忽然发生敌机音响，很沉重。他们赶紧跑出门去仰视着，随时发现一只，三只，九只，十五只……共三队二十七只。有一对往常德去了。转眼间一十八只已到市空了。他们好像故意飞得很慢很低。

轰轰轰……

雷鸣似的机械声震撼着每个人的心灵，银翼下面所涂的日章旗徽，在阳光下反映出来，俨如血红的圆眼，疯兽的圆眼，魔鬼的圆眼。

孩子哭了。妇人茫然的抱他打着旋转。老太婆周身软瘫瘫的，躺在地下发抖，两个嘴角扁呀扁的。且若断若续的呼出一些身边极亲近极熟悉的人的名字。男子的脸变成了铁青色，牙齿咬得死紧，两只充满着血丝的眼睛，对着日章旗射出可怖的愤怒的光芒。狗也不叫了，也呆呆的望着天另一方，狗似乎知道这时纵叫也没有什么用处了。

轰轰轰……

整个小小桃源县城，顷刻间就震动得一浮一沉的，南风吹着太阳向密云里藏躲，大地骤然显得忧郁起来了。

打拉，打，打拉，打……

正街上商店的学徒两只手颤微微地拼命用力在关着铺门。一些老闆们弯着腰，缩着脑子，想溜过街口跑到旷隙的地方去，可是却给巡警拦阻了，枪口且对准着他们的胸口，厉声说：

"不许动。动一动就开枪！"

他们惊呆了。默默无言的静候着敌人死刑的宣布。

轰轰轰……

飞机盘旋向四周绕了一个圈子，接着便——

轰隆——轰隆——轰隆——

嗡——呼朋——炸拉——呼朋——炸拉——

河街上一段房子倒塌了。

轰轰轰……

吐吐吐吐吐吐……

呼朋——炸拉——

嗡——吐吐吐吐吐吐……

法西人民的生命和膏血凝结成的机枪子弹，烧夷弹，重量炸弹，如暴雨和冰雹一样的倾泻下来，如炸雷一般的掀腾起来。在每一颗炸弹堕落的一秒钟间，就有无数的房屋与无数的生命被摧毁，这样竟一直榨干了他们携来自己人民血汗作成的牺牲品，甚至看到各处起了大卷的黑烟，黑烟往上直冲入了他们的腹内，熏毁了他们血红圆眼后，他们继唱着死亡的哀歌，悠悠的消逝了。

太阳悄悄的往西山沉灭，星子出来了，俨然留下几滴亮晶晶的泪珠，悬挂在高空之上。夜风呼呼呼伴着滩水哀嚎，鼓动火光跳舞，火舌愈伸愈长，仿佛舐到了天上的泪珠和水底的鱼虾。满天飞着流萤。烧呀，烧呀……

火身向河街拢动，哗哗剥剥的照耀得那些吊脚楼透红。

"妈妈呀！"

可是他妈妈的身体，上半截已被炸到对街，撕成了肉片，紧贴在高高的墙壁上去了。

这时对岸码头上，有千百只冒着血的眼睛，看到疯狂的火光在漫无止境的燃烧，引起了一片嘈杂的叫嚣声和咆哮声。

"赶紧驾划子过去呀！赶紧呀！……"

"救——命——呀……"火光中传来一丝一丝的轻微的断续的救命声。

"划子！划子！快！快"

逢——哗啦——一股黑烟，一团红火，熊熊地直冲上去，洋油公司爆炸了。

"桃源毁了，桃源毁了，他妈的，毁，毁！……"

有谁扭过脸去，突然看到东北角上的天空全是红色，他不禁怪叫了一声：

"怎么，怎么，那是什么地方也红了！呐，那里，就是那里。"

千百个脑袋移了过去，全往那个地方注视着。

"糟糕！那不是常德么！"

"常德距离这里——九十里呀"

"他妈的，让你烧，让你炸，老子们死也相信最后那一天，要打走你日本鬼子的！……"

烈火延烧到第二天早晨才熄灭，闹市全变成一堆堆的瓦砾，坟坑似的，葬埋着烧焦了的尸体。在残缺的高耸的危墙和石库门面上留下一些某号和某店的招牌的字迹，风过处俨然摇摇欲坠似的。

……

桃源——火烧的城！大火之后已成了一片废墟，可是活着的人，还是会在瓦砾上重新建造起住家的房子和作买卖的店铺的。

诗二首

林 绥

别

送你,五里,十里,
一路看深秋衰草
渐远渐黄;
送你的征骑兽戎影
融入黄昏……
送你远上白云间
几千年的关山古梦。
别说秋老衰扬,
北方蓝天会更青更长,
塞外寒风正挟了胡沙飞。
别后,你不应有寂寞。
含笑地去吧!
来年秋早,愿你带来酡颜,
和战马的好消息。

寻

淡淡的湖山,

仿佛旧梦的遗痕；
满目浓香花草，
化为一把荒烟。
能从记忆里，
捡起昔日灵魂的衣履？
城头上苍茫的暮色，
如梦中烟云。
想那些辽远的日子，
辽远的沙上的足音：
泪落在夜的静穆里。
悲国土如是狭小，
何处去寻轻盈的铃声？

本期撰者：

梁子范先生任职于财政部贸易委员会，他的大作长约一万二千余字，因本刊篇幅有限，所以这次破例地分为上下二篇登载，特向梁先生和读者致歉。

杨体仁先生是富滇银行农村服务部经理。

聂清先生是浙西人，随军驻防桃源，眼见这个理想的美丽小城市遭受敌机轰炸，变成瓦砾荒墟。本文所写即当时轰炸的情形。

林绥先生是新进诗人，现在同济大学。

第二卷第十七期（1939年10月15日）

时评

湘北大捷

　　上月中旬起，敌人以庞大的兵力，猛扑长沙，期于短期内打通粤汉路，以南窥衡桂，西胁常宜。经两星期的血战，大部敌军为我前方忠勇将士所歼灭，其幸而漏网之残部亦奔溃窜退，不复成军，查此次敌人进犯长沙实为实行其预定军事计划之一部，而其部署亦甚详至。从作战经过上看，我们知道敌人进攻部队共分三路，以湘北为主攻，鄂南赣北为助攻。湘北之敌共约三师团，外加若干海军陆战队。此路主攻部队系沿粤汉路直扑长沙，经我军予长湖、福临铺、三姐桥等地节节伏击，死伤累累，后援不继，溃而北退。据军息，此路敌军之伤亡至少在一万五千人以上。鄂南之敌约一师团，由通城东南犯麦市，在桃花港附近为我军三面包围大部被歼。其漏脱之残部复于长寿街一带为我伏兵所痛击歼灭。此部敌军除留守后方者外，可谓无一漏网。赣北之敌约三师师团分由奉新向西，修水向南进犯，而经我军于高安以北、罗圩、上富、甘圩、黄沙桥、大瑕等地痛击后，亦因伤死甚巨，退败东窜。

　　湘北胜利是台儿庄及随枣战役之后的大胜利。敌人夺取长沙的计划，当然因之而失败。然而湘北胜利的重要尚不在于长沙一地的得失，而在于其对于整个战局的影响。在上一期本刊时评中，我们已经指出，在现阶段全面抗战局面之下，我们军事的策略不在于死守一城一地，而在于以机动的战略，达到消耗歼灭敌人的目的。一城一地的得失并不就是军事上的成败。如果在两星期前，我们因战略的理由，退出长沙，像我们前此退出平江湘阴一样，而我们最后仍然达到此次歼灭战的目的，这个胜利也不因之而减色。湘北胜利之所以宝贵是因为他证明敌人斗力已颓，愈溺愈深，而我们军事技术，战略和作战的精神则愈战愈强。并且这个敌我的异势不但是湘北一部的情形；湘北战事的收获实是反映全部战局的形势。抗战必胜的信念当因此而益坚。

还有一层，湘北大胜以前，前线战事相当沉寂，而敌人卵翼之下的汉奸方大肆活动，做作谣言，以为欧战发生，外援必微，我们的内部一定发生动摇。而敌人遂于此时奋力猛犯，希图一逞，以打击我们的士气。湘北的胜利，不但有军上的重要性，而且给敌人汉奸妄想谣言的一个总答复。（山）

敌外务省纠纷

敌国是一个工业国家，靠着对外贸易，维持国家的经济命脉，但自对华作战以来，除了军需品输入外，其他无论是输出输入，均是萎缩的现象。对华战事的消耗已使敌国当局捉襟见肘，而对外贸易的衰落更增加了日本经济的严重性。所以扩充生产与振兴贸易成了日本朝野一致的要求，关于贸易的调整和统制，敌国当局虽也想尽种种办法，由输出入品的统制而实行连系贸易制，但终未能挽救萎缩的厄运。因此很多人主张专设一机关管理和振兴贸易，因此有贸易省设置的拟议。现在对华战事既入于长期战的阶段，贸易振兴刻不容缓，而欧战爆发又给敌人不少的幻想，所以阿部内阁的政纲中亦说明应"扩充生产力以实现重要国防资源之自给自足，同时强化适应新情形之贸易体制"。现在日本内阁果然决定设立贸易省了。

贸易省的设立，在事权方面，对于原来管理，当然要发生妨碍，最受影响者当推外务省的通商局和商工省的贸易局。所以自内阁决定增设贸易省后，外务省通商局长松岛及该局六科长下级职员等，即呈请辞职，省内其他高级职员一百五十人亦起而响应，痛斥野村外相无信，迫其辞职以谢全省人员。野村严词拒绝，认系越权行动，因此双方坚持，风潮更趋扩大化。外务省大小职员三百余人联名呈请辞职，派代表四人见野村，声明贸易省之组织，实属忽略对外贸易与外交政治及经济之不可分性，请野村重行考虑，并在阁议中坚持外交上之统一，反对设立贸易省。野村因众怒难犯，虽于七日向反对派代表十八人提出折衷计划，谓内阁之决定不可变更，惟为容纳省内意见计,贸易省之设置可暂缓。电讯虽一度传称此项纠纷即将解决,但据中央社东京九日路透电:"昨日外务省辞职人员开会后,一致决定拒绝野村外相之折衷案,据朝日新闻称,某外交家或将出面调停。报知称枢密院对外务省有将采公正之措置。国民新闻载称,外务省人员已接到各地之日本大使馆、公使馆及领事馆来电,一律持彼等所持之立场云。"然则双方仍在僵持之中,而反对派因得驻外使领馆之赞助,态度亦将更趋坚决。

根据以上所述,这次纠纷的主要原因是在反对设置贸易省。一国的外交机关向来在国务机关中占着重要的地位,日本亦然。但自九一八后军部猖獗,外交横遭干涉,实权早已由霞关移到三宅坂,外务省尸位素餐,已经显得非常可怜。自兴亚院成立后,又公然将外务省的主要任务的对华外交权,大部剥夺。广田外相曾为此事与军部力争,宇垣外相,亦因此而消极辞职,但终未能奏效。现在又要设贸易省,剥夺外务省的对外贸易管理权,不但通商局大可关门,驻外领事亦将无事可做,外务省真可对门大吉了。客串的野村外相虽甘尸位,以外交事业为职志的外务省官员其何能堪?并且外交需要专门智识和训练,所以历来敌国外务省的人员大部由本省长期培植,依功递升。但迄最近,宇垣野村等军人当起外务大臣,大岛做起驻德大使,军权已经公然侵入外务省,外务省出身的人物反相形见绌。这恐怕于这次纠纷也不无相当关系吧!

总之,一切说明了敌国政治的失常,内部冲突的尖锐化,外务省纠纷不过是其中一例而已。(迅)

英美对我新贷款的希望

十月四日昆明《中央日报》载重庆消息:英国于八月谈判借款与中国三百万磅一事,近将完成,美国三万五千万元第二次借款,不久即可提出谈判。这两项新借款虽然都尚在接洽之中,此时我们于希望其成功之外,想讨论这进行中贷款的更大意义。中国经济落后,资本缺乏,在平时已很需要外国资本和技术上的帮助。在目前战时,金融需要维持,交通工矿各产业建设的推进,比从前更感迫切。虽然自己应该在增加生产节制消费方面努力,而因为后方工业没有基础,现代生产工具和材料大部分不能自造,发展经济必需由友邦输入器材,方能迅速树立我们的交通和其他现代产业的根基。与其说我们现在需要外国的资金,不如说我们需要他们的铁路材料,工矿业的机器设备和技术方面的帮助。要满足这些需要，我们对于利用友邦的资本和技术应该有个新政策，应该利用今后的贷款来推行这新的政策。

这次复兴贸易公司聘请了三位美国专家来中国实地调查，他们不但注意中国的公路运输问题，亦注意中国西部此后的经济开发，他们的报告将来将为美国方面借款的参考。我们谈利用外资已久，很少人反对，但除了规定华资须占总资本二分之一以上，和管理权须在华方之外，对于外资利用的其他问题，很少加以研究。我们只定出在什么条件之下我们肯让外资进来，而没有顾到在什么条件之下外资才肯进来，什么条件是会阻碍外资进来。对外资我们需要一个现实的方针。在中国经济发展的长期计划里，我们应把外国资本和技术的利用列为最主要方针的一个。外资政策，如国营民营政策一样，需要早日定出，早日推行。利用外资不是战后才会发生的问题，战时吸引的成功，战后进来更要多，中国经济发展更要快。机构方面，尽量利用现在已有的机关，如对美我方有复兴贸易公司，国际贸易公司，美方有进出口银行，美国专家已请来几位就地考查，把我们的需要和他们所能给的帮助研究清楚，应该求将来的借款不只为供给我们购买载货汽车而已，而对我们铁路的建筑，水电的开发，矿业和重工业的兴办，亦都能得到他们资本和技术上的协助。对其他各友邦借款亦同样办理。如我们采取这过大的目标来进行目前的借款，则它将来的成功要比过去的贷款有意义得多。（佶）

暹罗与日本

陈序经

一

　　暹罗与日本虽远隔重洋，却有好多类似的地方。在幅员上，两者都比较的狭小；在人口上，两者也比较的稀少；在体格上，两国的人民又比较的矮小；在文化上，这两个国家都没有什么固有的文化。两者直接上都曾深受中国文化的影响，间接上，也深受印度文化的滋育。日本的佛教是由中国传播，而暹罗的佛教，主要却由缅甸与柬埔寨传播。虽则好多考古学者断定，暹罗在西历五六世纪的时候，印度的大乘佛教曾直接的输入暹罗，可是这种佛教在暹罗，早已消灭，而现在所流行者，却为间接由缅甸与柬埔寨所传入的小乘佛教。

　　因为这两个国家都没有什么固有的文化，所以对于采纳外来的文化，都较为容易。在以往，他们虚心接纳中国与印度的文化，固不待说；日本自明治维新以后，暹罗自拉玛第四以后，对于西洋的文化，都能积极的提倡，积极的接受，而且两国的领导西化运动的人物，多为皇室与贵族方面。

　　此外，在语言文字方面，暹罗与日本也同样地受了中国的影响；可是两者都经过改革运动，而趋于易读。又如日本的神道教与暹罗的佛教，在派别上虽是各异，然而对于人民生活的影响，却同样的有了很大的力量。日本政府与暹罗政府都能利用这种宗教的势力，去统治人民，去统一国家。他如日本之外出喜带剑，与暹罗人之外出喜带刀，也是风俗上的类似之处。

　　上面所说的类似之点，虽然是偶然的，并非因暹罗与日本有了什么关系而致此。不过亚洲只有三个独立国家，除了中国以外，这两个国家却有了这么多的类似的地方，这是值得我们注意的。

而况，近来不但在国内政治方面，暹罗与日本一样的偏向于法西斯帝国主义，而且在向外发展方面，我们的南邻的野心，并不下于我们的东邻的野心。日本人的大陆政策，要想并吞整个中国，暹罗人的大泰主义，也未尝不想竞劝暹罗以外所有的泰族。大陆政策与大泰主义，名称虽是不同，实际没有什么区别，两者都是侵略的口号，两者都是错误，两者都是妄说。

然而从中国的立场来看，我们对于两者都要留意，对两者都要防备，我所以常常提醒国人不要蔑视我们的南邻，就是这个原因。

二

暹罗与日本的关系，据说在日本是始于庆长、元和、宽永之间，在暹罗为希啊呦他亚王朝时代（一三五一至一七六七）。日暹关系，比之中暹关系较晚得多，而且最足以使我们注意的是，那个时候的日暹交通，多依赖于中国的船舶，而且日暹的国书，多有汉文的本子，故中国不但是日暹关系的物质方面的媒介，而且是日暹关系的精神方面的媒介。

暹罗与日本在那个时候的关系，主要是在贸易方面。从日本运去暹罗的物品为金，银，铜，雕刻品，金屏风，绘画敷物，铜器，漆品，磁器，太刀镫，枪，伞，扇子，硫磺，麦粉之类；由暹罗运去日本的货物为花，毛毯，木棉，绉更纱，鲛皮，黑糖，鹿皮，象牙，象皮，犀角，漆，漆器，烟，硝锡，槟榔，子藤，乳香，金刚石，珊瑚，琥珀，珠蓝，水牛角，紫檀，黑檀，白檀，火榈，伽罗，沉香，麝香，冰砂糖，西洋布，铁炮，铅，生丝，绢织物，此外又有鸟兽，如鹦鹉，孔雀，驴，马，野牛，猫等。

日暹贸易的货物，在数量上如何已无从考据。但是若单以种类上来看，由暹罗运去日本的东西，比由日本运去暹罗的多得多。我以为假使暹罗人能闭着眼睛去回想那个时候日暹贸易的状况，再来放开眼睛看看现在日本的货物之在暹罗充斥城市，深入乡村，男女老少，日常所用的，以至一身所穿的，几无一不来自日本的情形，那么他们免不了有今非昔比之感。而且必能感到所谓日暹亲善者，不外乎是暹人代日人畅销货物的意思。

据荷兰人享弗利佗的《暹罗国志》，在日本宽永年间，日人之居留暹罗京都者，有六百人。日本人之在暹罗最著名的为山田长政及其子阿因。据说他们对于暹罗皇室都有很大的帮助。至于暹罗使节与译官之到日本者为数也在不少。至一八九八年，日暹又互订通商航海条约。

三

暹罗与日本在欧战以前，除了商业的关系外，在政治上以及文化的其他方面，可以说是没有什么特殊的关系。欧战时期，日本虽乘机积极的在暹罗扩充其经济势力，然在政治方面，尚没有什么活动。

九·一八以后，日本除了经济上的南进以外，在政治上也极力拉拢暹罗。其目的无非使暹罗表同情于日本对中国的侵略，以免在国际上处于孤立的地位。在国联会议谴责日本占据东北四省的表决中，只有暹罗一国弃权，暹罗当局在当时虽宣称这种举动并非对于日本有所偏袒，然而暹罗亲日排华的政策，已很明显地暴露出来了。

同时，日本又向暹罗租借克拉腰地，希望开通运河，使英国在新加坡的军事根据地，失其重要性，同时也能争夺英国在马来半岛的经济势力。此外，据说日本又曾向暹罗政府要求在大城（希啊呦他亚）租借地方，以为日本移民区。我个人因为好奇心所驱使，三年前游暹罗时，曾特地到了这两个地方调查，结果虽一无所见，然而日本并不因暹罗不答应租借这些地方，而停止其拉拢暹罗的举动。比方日暹协会主席曾明白的指出，荷兰与英国能否长久的占有他们的殖民地，都成疑问。他又指出，现在正是日本南进的好机会。在南进中暹罗最为他所看重，因为暹罗不但是有了丰富的资源，而且对日亲善。又如东亚文化协会的主席也说："安南与暹罗人民未享有他们所应当享有的待遇，'东亚新秩序'是包括这些地方在内。"其实这种妄说，不但侮辱了暹罗政府，而且侮辱了暹罗人民，难道日本人不知道暹罗是一个独立国家吗？暹罗既是一个独立国家，暹罗自己会为人民谋幸福，何苦日本去担忧呢？

不但这样，去年年底日本曾派一个海军大将到暹罗去游说，要求暹罗与日本缔结攻守同盟。同时，日本又极力引诱暹罗加入防共协定。暹罗对于攻守同盟，业已拒绝。可是对于防共协定，据说曾有参加的倾向。有些人且说已都秘密地签字了。然而无论如何，自德国与苏俄订结互不侵犯协定与共同瓜分波兰之后，暹罗人应该明白参加所谓防共协定是上了大当。日本人自作聪明却上了德国的当，暹罗又上了日本的当，这岂不是上了大当吗？而况数月前，法国报纸曾揭载日德曾签过一种瓜分亚洲的密约，而暹罗也包括在内。

日本人的"东亚新秩序"，已给暹罗一种侮辱，日本的防共协定，又使暹罗上了大当。日德的密约又要使暹罗成为刀上鱼肉，日本要亲善暹罗的用意很为显明，可是暹罗去亲善日本的政策，真是其愚不可及。

四

然而为什么暹罗还要与日本亲善呢？照暹罗人的看法，他们亲善日本，对于他们也有好处。比方：暹罗的人士与学生之赴日本者，得到日人的盛大欢迎，暹罗的海陆空军之积极扩充，又得到日本的很多帮助，同时日本又派送了很多军事顾问与供给不少的工业资料与暹罗。暹罗在军事上既素来薄弱，在工业原料上又很为缺乏，日本既乐意帮忙，暹罗也乐意接受。然而暹罗人好像忘记了这些小便宜，远抵不过日本货物在暹罗畅销所得的利益。

此外，暹罗人受了近代国家主义与民族主义的影响之后，存了很大的野心，怀着很多的妄想。他们以为缅甸之东，安南之西，马来半岛之北，在历史上有的时候曾被暹罗所征服，暹罗人觉得应该夺回这些地方。我记得在暹罗东部边境有一个地方叫作乌汶，在县署的门上与好多地方都挂起"抵御外侮"的口号，贴了"收复失地"的标语。我又记得三年前经过暹罗与马来半岛的边界时，见到暹罗在军事上做了不少的准备，与六年前我经过那个地方的情形很不相同。我们知道东部边境的口号标语，是针对法国，南部边界的军事行动，却是针对着英国。暹罗既非英法的劲敌，同时又要夺回所谓历史上的属地，那么非借日本的力量是不成的。

暹罗又以为在安南，在缅甸以至在中国，还有好多泰族的支流。暹罗人自称为泰人，对于暹罗以外的泰族，自然很想联络起来，而成为一大泰民族。所以暹罗在今年六月间曾改国号为泰。其用意我在本刊第二卷第一期所发表《暹罗与泰族》一文，已经申述。我们在这里所要注意的是：暹罗人这种用意，是早在我们意料之中，所以暹罗改国号为泰后，暹罗政府与学界曾宣传收复泰族已失的土地，建设泰族的国家，可是暹罗人要想达到这样目的，非借日本的力量是不成的。

暹罗既有了这种野心，怀着这种妄想，日本人又从中煽动，结果只有使暹罗的国家主义趋于帝国主义，暹罗的民族主义趋于侵略政策。这种帝国主义与侵略政策的趋向不但对于英法很为不利，就是对于中国也有害处。假使这种主义，这种政策实施起来，那么法属安南的柬埔寨，英属缅甸与马来半岛的一部分，都要让给暹罗，同时中国境内的所谓泰族曾经占据过或尚正居住的地方，也要让给暹罗。

理论上，这种主义与政策的错误，我在《暹罗与泰族》一文已经说过，我现在所要指摘的是实际上，这种主义与政策是一条行不通的路。

暹罗要想实现这种野心与妄想，故不得不排英法与中国，同时又不得不亲善日本。然而暹罗好像忘记了假使日本能帮助暹罗去打败英法，而夺取这些地方；假使日本自己能占据英法这些属地，日本也能占据暹罗。暹罗之于英法的属地正是"辅车相依，唇亡齿寒"。何况暹罗之所以能成为一个独立国家，完全依赖英法二国以这块地方当作缓冲地带。英法过去既因权利冲突，而给暹罗以独立的机会，英法现在若利用联合战线来压迫暹罗，即使暹罗有了日本的帮助，也毫无济事。又况日本的"东亚新秩序"，防共协定，日德密约，无一不是当暹罗来作一种牺牲品，我上面所以说暹罗亲日的政策是愚不可及，就是这个意思。

至于暹罗排华也是错误的。中国与暹罗并不接壤，暹罗要想重回他们所谓的南诏祖国，与泰族故乡，那么暹罗非借日本力量先占据英法属地不可。可是这么一来，结果是正像我在上面所说，不但此路不通，恐怕暹罗本身也先受其危！

其实，暹罗排华，至多只给在暹罗的华侨吃亏，可是华侨吃亏，恐怕对于暹罗不但没有好处，反而有害。暹罗的经济权大半操在华人的手里，暹罗人，而尤其统治阶级，时假法律以抽税，用政治力量去剥削他们。假使华侨通通被迫而破产，通通被迫而逃跑，暹罗人这种闲坐而吃的权利也没有了。因为暹罗人直到现在，不但没有力量去创造华侨所已经造成的经济基础，而且没有经验去维持华侨所已经造成的经济基础。一个国家的经济基础，是与一个国家的本身成立有密切的关系。暹罗压迫华侨，结果也不过是损害了自己罢！

企业家的精神

张德昌

中国历史上有过一些工商业家，留心社会需要，抓住机会，自己任能，竭力，"以得所欲"。这一般人并没有受政府的鼓动。而是自动的"不召自来"，"不求自出"，"日夜无休时"，拿全部精力来做。这种人的精神，是西洋社会企业家的精神，他们的风度，是企业家的风度。这一类的人在中国历史上似乎在汉代以前颇多，愈到近代愈少。明清之际的海商，康熙以后的行商，道光至清末的山西票庄商人，是几个可以举出的例子。以我们现在对于工商业界的认识，同古代的中国人相印证，再和近代国家的工商业家相比较，我们觉得这种精神已慢慢地从中国社会里消失了。

简略的说来，中国人的逐渐的失掉了企业家的精神，政治的阻力是一大的原因。古代中国人的经商，代表的是一种公平的精神，最终之目的在求社会秩序之得安定。其思想与西洋中的古之职能社会（Functional Soicety）相近似。当时的治者阶级把最足以积富的盐铁等事业置于官管之下，那一般人还能表现"士"的，"君子"的精神。到了后来，便不同了，治者阶级虽仍旧看不起商人，把商人置于社会的最下层，但是同时他们又感觉致富之需要，于是自己来做商人所做的事情，有人曾把宋代官吏经营工商业的事情做过一番简略的研究，指出当时的官吏，除了上奏章，作诗词外，颇热心于利得。当然官吏之经商并不自宋代始然。明代的官吏所做"生理"的范围更广，士或君子之精神早不存在。最可注意的是连皇族也染指于生财事业，与"庶民争利"，明代的皇庄、皇商，就是假官家的威势，做生财的勾当，满清入统中国以后，满洲的贵戚，甚至皇子、高官，也不肯把发财的机会放过。清初西洋人来中国通商，遇着这一般皇字的商人都蹙眉。雍正以后，一切政归已具，皇商似乎渐敛迹了。可是私人的工商业家，在这长期的积压下，已慢慢的失去他们当有的企业家的精神。

民国以来，工商业家渐渐得到了解放，但是经了长时期的贱视，抑制之后，这一般人脆弱无力，不能同外国工商业家同进并抗，沿海沿河去处，中国商人所操的都是次要的"生理"，甚至靠洋人吃饭。帝国主义者的资本家与我们的工商业家对立而争业务，我们的工商业家感受到大的威迫。所以帝国主义的罪恶，成为现代中国人妇孺皆知的口头语。但是平心静气的看，中国的工商业家也从帝国主义的工商业家沾了一点光，讨了一点便宜，这是说接近帝国主义者的沿海沿江口岸的中国工商业家，以日久浸染之故，把他们已失掉的企业家的精神又从洋人学得了一点回来。学得的这一点精神，应用发挥之后，已有可观的成就。截至抗战发生以前止，东南沿海已薄薄的具有新式工商业的基础。虽然尚有很多的困难，不易同先进国家的工商业对抗，但是有几样工商业已牢稳的立定脚步，粗具发展的规模。试随便举几个例子：火柴之不再依赖日本输入，是中国工商业家企业家精神的表现，而并非排挤，贴标语喊口号打到日货之成绩。平常穿的橡胶鞋，一向仰给于日本人，日本国内原有四十家以上的胶鞋厂，是专做中国生意的，中国的工商业家振作起来以后，日本的胶鞋厂，先后停业关门。其他如热水瓶的供给，也一向以日本为主要的制造者，但是经中国工商业家努力的结果，日货之销路一落千丈，不能在中国市场立足。凡此种种，都是学得了一点企业家精神的表证。战前东南沿海工商业的小小成就，是经过了一番努力的。政府在战前并无一贯的工业政策，商业政策来推动工商业。国内各省在政治上经济上尚未成为一个单位。交通的发展尚在开始着手。在这种种不顺的环境下，能有那样成就，充分表示经营工商业者的新精神，这些人肯留心观察，一遇到机会就不放弃。在各种困难之中，为了求"得其所欲"，所以能硬打出一条路来。

抗战两载以后，沿海工商业被敌人摧残几尽。后方的西南顿成经济重镇。现实环境的逼迫，使我们必须建设一经济基础，政府首即注目于是，有明定的建设工业方案，有促进商业的机构，有协助手工业发展的专门组合。凡可以便利工商业者，政府都在请求。此外，后方的人口的增加，形成一有力的市场？在西南外国资本家并无设厂开铺，没有大的投资，以前的竞争威迫，现在均没有；现在中国货币情形又极端不利于外国货之大量入口；在这种种条件下,西南的工商业应欣荣迈进了,但是事实上并不如此。稍知名的新式工业,大部分都是政府主持。手工业作坊的数目,并未应市场之迫切需要而增加。自日常生活用品以至少数人要的奢侈品,都感奇缺,都感昂贵,现成的市场在那里拢着,可是大部分的工商业经营者似毫不觉痛痒的漠然视之,固步自封,不扩大规模,不改革陈法,让机会白白的走过去。最使我们不明白的,他们不但不能乘时兴作,扩大产量,供给在膨胀中的市场的需要,而且似乎连已有之市场都不能确保信用,已有的销路也不求保持。这一般人不但缺乏企业家的精神,而且还失去了老式中国工商业所讲求的信用。道地的老铺子,讲求他的出品的"个性",他们总设法维持信用。在仿单上告诉你标记,门号地点,以免假冒,用意在保证对于顾主的信用。在现工商业界,有一大部分,都抱着"推出门,就不管"的原则,使我们时时发生一个疑问:"什么时候这些,继能重新获得企业家的精神?"

现代企业家的趋势,已不仅以满足社会原有的需要为足,他们更进一步来创造需要,增加需要!煤气有商用价值后,他们便使千万个素不知煤气为何物的人,一变而用煤气取暖,用煤气造饭;无线电收音有商用价值后,他们用种种技术,使每一个工人家里都购置一个收音机。但是对于一个社会,小作坊的出品不知请求"个性",大工厂不请求"标准",商店不知吸引顾客,谈创造需要,增加需要,自是渺茫迂远,不着边际。

当然我们同时会考虑到,要求一个社会的工商业发展,不是单单工商业家有企业家的精神就可做到。在中国社会里,工商业经营尚未形成一个有力的阶级,他们仍是需要社会环境的培养,扶持,尤其是在现在抗战时初,如果政府能予以指导、方便、诱掖,必定可收相当的功效。政府可以做的事情也很多。工商业发展第一个条件的交通,是政府职权范围以内之事。由原料地至制造地,由制造地到消费地的交通,如果尚未开辟,政府应当尽心举办,这种事情不可让当其需要的个别组合来自理,也不当把这种事业给私人去办。从前在内地有些新式工厂,常须自置枪械,雇人保卫,公共的治安,要私人来维持,对私人说是过重的担负,对国家说,这种大权不能授予私人。赋税征收之组织及手续,应力求简单、快捷。三里一关,五里一卡的情形今日即不存在,但政府人员办事仍当力求办事敏捷,费事。这些都是消极方面的。政府如能利用现有的各地方机构,调查各地的资源,做各种经济统计,经济情报,供工商业家的咨询,备投资者的参考,对于工商业的发展,更可予以积极之推动。在这种环境下，企业家的精神可以刺激起来，工商业可以欣荣发展。抛开工商业发展与抗战建国关系不谈，专就对于政府财政的收入说，亦有种种好处，这是不用说的。

把我们的目光稍微放远一点，鼓励企业家的精神，是赞助私人资本势力的发展，重走别人走不通的道路，这大非本文之主旨所在。这里我们提倡企业家的精神，有两种用意：第一，在抗战期间，发展私营事业，是政府已定国策之一。政府着手的事业较之战前已增加了多少倍。但是事有轻重缓急，政府只能择必当为者为之，其民生需要，日常用物，绝非现在政府所能一一顾及，应当尽量使民营事业发展，以弥补政府能力之不足。现在各地物价昂贵，供不应求，而工商各业仍墨守旧规，不乘时发展，在根本上是缺乏企业家的精神，我们应当从这一点讲求。第二，一种经济制度的发展必须有基础，必须经历一培养和训练的过程。无论在自由竞争的社会里，或是在计划经济的社会里，技术的条件是相同的。一个集体农场的经理，和一个推销组合的主席，他们都当有因时计利的合理化的精神。两者之不同，不在技术之差别而在运用技术的之最后目的。企业家的精神的树立，是发展民营事业的第一步。有企业家精神的事业，可以培养出工业社会所必需的技术条件。对于不知任能竭力勤业乐业的工商业经营者，我们提倡企业家的精神，有其必要。

米价高涨，农民还是照旧耕植，没有人向农村作推广耕地面积，增加产量的投资。油盐糖醋、柴油布料，样样供不应求，没有人利用机会，乘时建业。纸价与时飞涨，没有一个大资本家及时创办纸业，供给需要，一切的物品都需要增加产量，但是需要的力量不能推动工商业者，使之乘时迈进。我们不禁疑问："什么时候这些人能重新获得企业家的精神？"

解决当前外汇问题的途径(下)

梁子范

三

把外汇市场上的实情既加分析，把流行的三个主张，亦加检讨之后，我想进而讨论我们的办法。我以为要想解决当前的外汇问题，并厘定一个新的外汇法价不可，而要想维持并稳定这个新的外汇，法价，非设法限制外汇需求并增加外汇供给不可，所以下面先讨论必须厘定一个新的外汇法价的理由，然后再谈如何可以增加外汇供给及如何可以限制外汇需求。

(一)厘定一个新的法币汇率

自从财部规定凡申购或结售外汇，须按照中交两行挂牌价格缴纳或领取挂牌价格与十四便士半法价之差额以后，法定汇价名义上虽仍存在，实际上却已失效用，而且恐怕也没有人主张再恢复这个旧法价。今后的汇价政策，有两条路可以走，一是严格政策，即斟酌情形，重新定一个法定汇率，一是放任政策，即任其所之，听其自然，使"达到一更佳的经济水准"，然后暂时予以维持，整个汇率问题，等些时候或等到战后再说。主张汇率放任政策的人，容或有其他理由，但以林维英先生提出来的，最为得体，他在本年七月十六日昆明《益世报》的星期论文里，《调整贸易与稳定外汇》曾这样说："一国货币政策之运用，原为维持国内外经济之均衡稳定，绝非机械式维持一固定之汇率。要在机灵的上下汇率，使其适合国内外经济之需要。若不愿国际之环境，国内之实况，牺牲一切，死守一固定汇率，充其量不过是一种外汇钉住政策，谈不到稳定外汇而其结果往往归于失败。反之若为计划国情，适应国际需要，变更汇率，使其趋于自然水准而不坠，那才算真正外汇稳定政策。因为要外汇稳定，必须以国际收支平衡为前提。最近对于进口外汇，废止法价，改用市价，固为调整贸易之步骤。只要对外贸易能因此加以调整，国际收支因之恢复平衡，法币地位只会更加提高，法币信用更臻巩坚。"林先生这一段理论，如果写在一篇讨论不景气或经济恐慌的文章里，我不但没有异议，而且颇为赞同，因为欧美过去八九年的经验，曾给这个学说一有力证明。但如果要想把这个学说应用在目前中国的局势，而且引为汇率放任政策的基础，我想至少有下面两点，应当特别加以考虑：

第一，当前外汇问题的症结不在一般所说的国际收支不平衡，也不在一般所说的对外贸易失调，而在非常时期的逃资及倭寇打击法币。在这种状况之下，根本谈不到"针对国情，适应国际需要，变更汇率，使其趋于自然水准"，因为八便士半或六便士半是被动的水准，而不是我们的"自然水准"，将来任其所之的四便士或三便士的水准，也是人家逼上头来的水准，而不是适合国内外经济需要的"自然水准"。设若仍继续地听从汇率贬值，恐怕坑了辛辛苦苦创造的法币之后，还是找不到"一更佳的经济水准"。

第二，就沦陷区说，对外贸易久已受倭寇操纵，我们的汇率贬值政策，恰好鼓动倭寇在那里倾销，并便利他们统制输出。就后方说，因现下统制及运输等关系，对外汇率高低，不见得在短期内于进口贸易有显著影响，主要出口产品桐油、猪鬃、矿砂等，享有左右世界商场的地位，汇率高了，不会抑制他们的出口数量，使之大减，汇率低了，也不会刺激他们的出口数量，使之大增，反之，进口如医药、机械等日用及抗战建国必需品，伸缩性也很少，汇率再予贬低，应输入的还是得输入，所以想从汇率政策去调整对外贸易，诚如林先生说的"在平时其作用已极间接迟滞，在目前特殊环境之下，更难得到充分的有效"，因而现下想从一再贬抑汇率以求国际收支平衡，以求稳定外汇，也是一件不可能的事情。

在现时情形下，汇率放任政策不但难以找到"自然水准"，不但无法稳定外汇，而且恐怕因为一再贬抑汇率，人民对于法币的信心，更容易动摇，敌寇破坏法币的毒计，更容易实现。所以今后如果仍采取汇率放任政策，实不啻火上加油，助长敌寇及投机分子在外汇市场上的气焰，使困难重重的法币和外汇问题更难解决。

汇率放任政策既不足以解决当前外汇问题，采取汇率严格政策，即可以解决一切么？问题自然非如此简单，不过在现在飘摇不定的时候，如果重新定一个适当的汇率，并坚决予以维持，无疑地，系解决当前外汇问题的主要步骤。理由有二，一则因为国内物价的变动，并不需要汇率贬值；二则因为外汇市场上的压力，惟有借赖汇率严格政策方才可以解决。我们先检讨国内物价和汇率的关系。

汇率的高低，可以影响国内物价，前面已曾述及，反过来说，国内物价涨落，也可以影响汇率，因为在一个固定汇率之下，如果国内一般物价由于特种原因（例如工资提高或工作时间减少）涨高了，本国货在外国即比较昂贵，外国货在本国即比较便宜，因而入口势必增加，出口势必减少，为的调整对外贸易起见，遂不得不贬抑汇率，反之，亦可以提高汇率，所以汇率与国内物价是可以互为因果的。过去各国金融政策，不主张先稳定汇率，而主张先调整国内物价，使适合国内外经济需要，其道理即在于此。现在后方物价大率都是上涨，上涨的原因虽然很多，归纳起来，不外下列三个：

（甲）汇率贬低

汇率一再贬低，进出口货价因而受影响，国内一般物价因而亦受波及，前面已曾论到。

（乙）法币数量

由于贤明当局知道恶性膨胀的弊害，抗战后，增发法币的数量大概很有限。假设沿海及临江繁华区域尚未失陷，增发些许纸币，对于物价大约不会发生显著影响。事实上，沦陷区的法币，有不少随着军民移到后方，后方的生产力虽然较从前增加，然而以西南西北的物力和人力与现在流通在后方的法币数量对比，恐怕有点相形见绌，所以现在物价上涨，法币数量当然不无影响。

（丙）供求失调

由于后方运输困难，由于后方物力人力不十分充裕，各地物品供求关系往往失调，各地物价也往往参差不齐成意外高涨，四川因为连年丰收，米价并没有怎么涨，西南因为不产棉花，各处棉花的价格竟比战前高到好几倍，重庆虽然连续被炸，但房租甚高，适当的房子还不易找着，同样的女工，在成都只须给工钱三四元，而在重庆则非八九元不可，其他因各地供求不均而造成的物价不齐或物价高涨等情形，更不胜枚举。此外当物价上涨的时候，卖方因为希望价格还要涨，当囤积居奇，待价而售，买方因为恐怕价格还要涨，常长期打算，平素只买一条毛巾，现在买三条五条，平素只买半尺布，现在买两尺三尺，弄得大家更感到供不应求，弄得物价更格外飞涨。

上述三种物价上涨的原因，第一种带来永久性，事实上无从隔离，要想杜绝，只有不再贬抑汇率；第二种第三种原因，系暂时的，系抗战胜利之后，交通曾渐渐复常，供求会渐渐相应，现时流通后方的法币也会慢慢散布在全国各地，因而物价也会不久平抑下去。目前应付法币数量引起的物价上涨，最好是仅发行公债，一来可以使政府收回法币，二来也可以使人民真正有钱出钱，为国纾难；应付由供求失调而引起的物价上涨，最好是设法增加运输力量，使各地供求关系得以直接间按调节，所以无论从哪一种物价上涨原因说，均没有借重汇率贬低政策的必要，因为把汇率贬低了，不会使法币数量缩小，也不会使供求关系谐和，更不会刺激生产，刺激出口使国际收支得以平衡。因此我们断定，现下客观的经济环境，并不需要汇率贬低。

客观的经济环境并不需要汇率贬低，固可引为应行汇率严格政策的理由。而现下维持一个新的法定汇率，能解除外汇市场上的主要压力，更可显示汇率严格政策的必要，由本文前段的分析，逃资及倭寇直接间接套取外汇，系外汇市场上的最大压力，逃资也许有别的原因，但主要原因，确系对法币表示怀疑，这种怀疑态度如果普遍传播，有机会换外汇的固然要利用机会，没有机会换外汇的，也往往争着买动产或不动产，以图丢开法币，所以为巩固法币，制止逃资起见，最好是设法恢复人民对于法币的信心，而恢复人民对于法币信心的最好办法，系重新定一个外汇法价，并坚决予以维持，新的外汇法价维持到相当时期之后，人民对于法币自然发生新的信心，逃资现象自然会随着绝迹，旧的逃资也会慢慢归回。所谓重新定一个汇率，自然非任何一个汇率，所谓维持这一个新的汇率，自然不是用从前平衡基金的办法。新的外汇法价也许只当旧法价百分之四十，也许只当百分之二十，但无论如何，在未决定之前，我们必须参照现下外汇市场的实情，并充分考虑我们今后维持并稳定这个新法价的外汇供给力量，和抗战建国的外汇需要程度。我们的外汇基金尽管不可以仍然存在港沪纽约等地，但统驭的力量，须操之在我，移到后方发挥，所以维持这个新法价的中心地点，既不在上海，也不在香港，应在后方一个重镇，大概最好设在重庆。新的外汇法价及新的金融中心决定之后，一面即应按法价满足后方正当的外汇需要，一面即应设法使沦陷区的法币随人和机关大批向后方迁移，并停止在沪港运用外汇基金，以制止敌寇在沪港套取外汇。外汇基金既然退出沪港，黑市必愈益下跌，到了相当时期，当局即应决心以少数外汇收回沦陷区的法币，但为防备投机分子从中取巧，我们应仿照德国的办法，严禁后方的法币带到或汇往沦陷区去，沦陷区的法币在指定日期之后也不准自由向后方移动。不过上海有不少工商业，系为供养后方而设，所以那里不能不筹特殊办法，经登记的工商业所需外汇应该可以请核，他们与后方的金融关系，也应按照他们请核外汇的数字予以维持，些少牺牲及不便，当然不免，外商银行或者我们的银行如能在上海发行一种带地方性的钞票，对于上海的金融，大概不无补益。

（二）统制外汇

既然决定了新的外汇法价及应付暗市方策之后，我们必须起始严厉统制外汇，以维护并稳定这个新的外汇法价，所谓统制外汇，不外设法增加外汇供给，并减少外汇需求，以便使二者只少可以相抵。各国统制外汇的先例很多，法令条例繁复不堪，有的我们可以采取，有的我们不必采取，我们参照现下的情形，指出一些纲要如下。在增加外汇供给方面，我们认为除收集国内金银，鼓励后方输出，并严令各地商人按新法价结售外汇外，应当实行下列办法：

（甲）限期令后方银行，公私机关及私人结售所存外汇及外币证券，并严禁后方私自买卖外汇。

这是统制外汇的起码条件，我们统制外汇已有年余，外汇市场一再紧张，而这一条还未实行，以致沦陷区有外汇黑市，后方也到处有公开外汇黑市，驯至日前"九·一八"那一天，还有人敢在重庆一个最有声誉的报纸上登"收买港币"的启事，这在德国不但要下狱，还要担当巨数的罚金。"亡羊补牢，尚为未晚"，我们如果要认真统制外汇，这是必须毅然实行的事情。

（乙）当局应设法收回香港河内等地的逃资

当前些时候我们商洽国外借款，有外人投函香港《南华早报》，谓"中国只知利用外国的金钱，不知利用中国的金钱"。据该报六月二十二日所载消息，国人在香港外商银行所存款额，共有港币三万万六千万元，其中个人存款超过一百万元以上的，有三百人左右。当国家危急万分的时期，这些人应当知道"皮之不存，毛将安附"的道理，尽量为国家帮忙，退一步说，按照新的法定汇率结售外汇，这些人也没有什么吃亏。

（丙）严禁外人在后方出卖汇丰票或花旗票

在某时期以后，外人进境，只准携带少数法币，所带外汇须结售中央银行，或须登记，交中央银行保存，以便陆续结售。外人到达后方之后，严禁出卖汇丰票或花旗票，国人如有向外人购买沪港存款情事，即予以严厉处置，教会及文化机关收得之外汇亦须按数结售。

（丁）鼓励华侨汇款

使设立海外之国家银行，用不取汇水或手续费等方式，鼓励华侨汇款。

（戊）设法取得货币借款

当英镑汇率现在也遭受意外压力的时候，新的外汇法价不应奉英镑为标准，应与美元联合，并应设法取得美国货币借款。以前解决中国的白银问题，由美国担承好多责任，将来美国要解决他的白银问题，也须靠中国合作，所以美国不应坐视中国的货币动荡不问，

在限制外汇需求方面，对于下列三事，应特别注意：

（甲）限制输入

除抗战所需军火及日用必需品外，其他输入，概应以缩减为原则，即不在禁止之列的输入品，请核外汇，亦应从严办理。为防止请得外汇之商人操纵物价起见，当局应责成组织完善之政府机关，兼办输入事项，以便与商人竞争，并平衡物价。如能在后方大规模制造替代品则更系减少外汇需求的良善办法。

（乙）设法使沪港等地公私机关服务人员及眷属减少至最低限度

为节省不必要的外汇糜费起见，港沪等地公私机关服务人员及眷属应大批迁到后方，务求减少至最低限度而后止，盖国民多用一元越币或港币，即多添数元之法币外汇要求，在沪多用一元法币即多添一元供敌寇攫夺的机会，所这个办法对好多妇孺虽然不便，却是敌我金融斗争严重时期无可奈何的事情。大家不要藐视这一点，抗战后，香港，河内，新加坡等地华侨增加，当在百万以上，假若每人每日平均只用港币一元，每月即需港币三千万元，何况每人每日平均不止用港币一元。大概最好的限制办法，即停止向沪港等地汇款，并由政府限制强令公私机关服务人员的眷属迁移后方，但政府应当设法减少旅行困难，并妥筹住居等问题。

（丙）限制国外旅行

凡公私人员，因要公须有国外旅行，必取得外汇统制机关的允许，不然就不准出境。

四

上面所述厘定一个新的外汇法价及严格统制外汇等等，只不过是解决当前外汇问题的途径，要实行起来，非采取好多详密法令及条例不可。详密的法令及条例固然是成功的前提，彻底执行也是成功必须的条件，所以政府及银行负有莫大责任，以往我们的政府尽了责任没有？无疑的，有好多人在那兢兢业业的干，但Guenther Stein在《法币问题检讨》一文里所说的一段话，未免令人失望，他说："我们应该特别注意，何以中国政府一面在上海限制提现，一面仍有人能以大量的法币来购买外汇？其原因有二：（一）中国政府，本来有权可以限制提现，但似乎中国政府对于法令之执行已经大大失败；（二）中国似乎有一部分投机家，他们有获得法币现货的特别便利，这班人重庆政府是可以直接控制的。"

最近法币跌价，我们得到第一个教训，这便是，此事系关乎中国官吏之本身。

中国的官吏，似乎不大晓得财政的危机，会影响到抗战的前途；更会影响到本身的职位。他们今后应当就他们本身能力所及，来维持中国金融的危险。

这次法币的风潮，是开战以后最严重的事体，中国政府应该求本身机构的改良，以资应付。中国现在有平衡国际收支的机会，其关键纯在中国能否建树健全的财政经济政策而已。

我们姑不必问中国有无向外国取到经济援助的机会，我们只知道中国政府本身有了改良，才可以向外国求援。本身尽了力量，然后责望人家，方是合理的办法。（阅《财政评论》第二卷第三期第一一九页）

连限制提现一件比较简单而易举的事情，都不能彻底做去，其他繁复百倍的外汇统制事项又怎能希望可以彻底做去，统制不彻底，还不如不统制！我们不应以破落户自居，事事撒烂污，事事说没有办法；我们应鼓起朝气，励精图治，秉公守法，取信于民，然后才可以真正抗战，真正建国。我们再看我们的银行如何，我们的银行，近几年来有长足的进步，系无人能否认的事实，然而在去年起始统制外汇前后，银行不能与政府合作（阅去冬孔院长在中国经济学社之演讲词），实是一件令人极抱遗憾的事情。要知在现在信奉经济时代，无论什么金融政策都需要银行作后盾，作媒介，假如银行本身的组织不健全，他们根本就负不起金融政策所赋予的使命，假若他们另有立场事。事多与政府对立，国家的命令阳奉阴违，或者根本就不懂为国民经济事务的责任，那虽有至善的金融政策也不能行得通，因此我们希望，政府在设立四行联合办事处之外，还能进一步调整金融机构，奠定银行制度，以便使当前统制外汇及今后其他金融政策，均可以畅行无阻。一年来统制外汇的经过曾造下许多不可逭的罪孽，今后大局如此严重，金融如此紧急，希望政府和银行，真正可以循着应走的途径，将当前的外汇问题，通盘筹划，彻底解决。

中甸十记

李霖灿

一、金沙江上

到丽江后不久，我便计划着上中甸去，一来是想到古宗人的生活中心去考察他们的艺术，再者是想替徐霞客先生完成他未了的心愿 当日木土司因为路上有古宗盗匪曾阻止了这位伟大的旅行家的行程。现在时过境迁，我反而随着一群古宗朋友同道走进横断山脉。

第一天宿阿喜，开始了帐篷生活。从此上去山势更伟大，人口更少，每天都得"打野"（露宿）。所有一切饮食用品都必须由丽江带来。当我由西岭上过来看着西北两面一层一叠的山头心中不觉地说："呵，这才是山！"

阿喜就在金沙江边，对于横断山脉我从小的时候就对它神往，尤其是由横断山脉中下来的金沙江，这是长江的上流，我对它有更亲切的思慕。第二天，当坐着渡船在急流中轻轻滑过去的时候，我曾想到这水是要流到江南去的，因之也想到不少的往事。

过金沙江后便到了玉龙雪山的后面，横看成岭，侧看成峰，从丽江看上去是那么峭拔的雪山，现在真是玉龙一条蜿蜒地隔江横在我们面前。在玉龙山的对面，就是中甸的哈巴雪山，金沙江便在这两座终年白头的雪山中急驰而过，这是有名的虎跳涧，得名的来源是说两山狭处虎都可以跳过去。浩荡的金沙江被缩挤到这么狭，其中该有多少惊心动魄的奇景，看着两座雪山的异峦奇峰便已默默许下这个心愿。

江边热得厉害，白天逼得我去江中游水。在水中看着江上玉龙山云中出没的白雪,心中自以为这也是奇观之一。

金沙江上的明月凡是看过的人从不作兴忘记的。白天就是夏天的江边,夜里倒清凉得很可人,吹过江上的风好像还带有雪的气味。天蓝得像普鲁士的天空,加上两座被银光披蒙的雪山,哪里还是人间的境界,像一个北冰洋清凉的梦。

江的两岸,微风低涛声中传过来悠远漫长的歌声,我们都不禁走出帐篷坐在月光中静静地听,慢慢听得出这些情歌的词句,他们也在歌颂金沙江的美丽:

雪山不老年年白,江水长流日日清。

二、海拔一万尺的草原——中甸

在金沙江边走了三天,便沿着硕多冈河向中甸上升。由丽江到中甸要升高三千多尺,所以一路上都是极大的坡坎。在最高的红石哨一带,因为森林密茂湿气又重,便成了可怕的蚂蟥世界,在这一带旅行,药皂是必不可少的。

红石哨过后便接近这个海拔一万尺以上的大草原。到小中甸坝子里,你便会发现你自己真的在"花花世界"中了。五月间水草长得有两三尺高,一片绿的原野中到处开着奇怪的花,各依自己的颜色自成一丛,这样紫的一丛,黄的一丛,蓝的一丛,红的一丛,织成一个最大最美丽的大地毯。我来时庐山植物园有一批人员正在做采集的工作。

在中国的大草原里你会自然而然地想到骑马:眼看这一望无际的绿草,自己预先就疲倦起来,以一个渺小的人什么时候才能走出这草的世界,着红衣黄帽的喇嘛,在草上纵马扬鞭的姿态,使我对于骑马发生极大的兴趣,结果这一片绿野教会了我骑马。中甸县长对我夸口,在中甸你要几个飞机场都容易,天然的就是。的确,也只有中甸县可以作这豪语。

中甸城中虽然也有许多汉人在做生意,但却是蛮家的中心(古宗自称蛮家,称我们为汉家),在这里生活情况无论衣食住行都不同了,衣服穿笨重的楚摆,至少有十多斤重,像一个极大袍子而把袖子上半截拴在腰中,走起来一摇一摆,别有一种稳重的感觉。吃酥油茶和"糌粑"(糌粑就是炒面),把一种像大麦的青稞磨成面粉,用酥油拌着吃。酥油茶是把茶中加上食盐、酥油（由牛奶中提出）掺匀而成。初吃很多人吃不惯，但是一旦知道它的味道时便再也不会忘记，有人说这就是"醍醐"。衣食两方面都给"行"以很大的方便，楚摆穿起来下雨都不怕，口袋中只要装上糌粑，带一块酥油、一块食盐，便可以走路。

中甸的房子大都用木板盖成，屋顶也是木板用石头压住，因为每年有一半时间在雪中，瓦反而没有木板合用，分上下两层，上层住人，下层住牲口。这也与气候有关，中甸蛮历六月间我才看到牡丹花开，一年四季寒冷居多，所以下层住牛马，也可以没有气味。用一个短梯由院中搭在楼上，因此你在中甸可以看见许多女孩子用大木桶背水，这又是因为挑水上下楼梯不方便的缘故。

语言在中甸城中汉话还可以勉强通用，因为做生意的多是丽江、鹤庆人，可以讲汉话，但仍以蛮话为主。假如不懂蛮话那根本不能来这里赚钱。你在中甸很难找出一个不会说蛮话的人。

在这里还不使用法币，因为蛮家再也不懂同是一张纸怎么也可以作一块钱又可以作五块和十块。蛮人多疑，法币力量到底伸不进来，现在通用的是一种川洋，比云南的半开银币大一点，上面铸有前清四川总督的像。一个川洋作七角计算。在丽江这种钱的暗盘要两块半法币才能换它现金一元，所以我们进中甸时这一兑换就吃了很大的亏，辅币用铜元，十个铜元算一角

鞠躬、握手等礼节在这里也不通用。两手平伸面前算是致敬。对于最尊贵的人见面要用"哈达"，是白丝绸做的长条，送"哈达"等于我们的"挂红"。对于外边新鲜的东西，如假铢子、针线之类他们都很欢迎，而且蛮人礼重，你决不要担心会吃亏，回礼一定是多于你所送的价值的。有时他们会留你住下来一直到他采办到回敬你的礼物时才放你走，所以给蛮家送礼，情义和回礼会一道回来的。

中甸有五六个月被雪封着，一年四季屋里都生火，阴历二三月间地才开冻，一年只能收一季青稞，但是一片草原稍加人工培植便是最好的牧场。在中甸种田实在不如牧畜的利益大，除因牧畜出产牛乳酥油外，中甸还很丰富地出产贝母、金子、麝香、冬虫夏草等珍贵物品。看着它那地广人稀的大平原，移民似乎是不可再缓的工作。

三、伟大的喇嘛寺

中甸的喇嘛寺是云南和西康边境上的奇观。

这个伟大的喇嘛城是由八个大寺组成，一切全仿效拉萨，规模也与拉萨的大寺相差无几。这是他们宗教的中心，也是他们文化的中心。若拿中甸城来比喇嘛寺，就像个叫化子站在阔少爷的旁边。只要想到这里有两个金顶大寺，大殿的房顶全部用镀金的铜瓦盖成，就可以知道这工程和费用的浩大。每一个大寺就是一个堡垒，外面再加上一个那么坚固的城墙。中甸喇嘛城从没被人攻破，喇嘛兵团的武力也是远近闻名的。县政府每年按他们喇嘛的职位发给他们钱粮，中甸县政府顶大的工作便是每年替他们向民家收粮食酥油再发给他们。蛮家固执得很，若不是迷信喇嘛寺那什么都不肯拿出来的。这样每年县政府要发给他们一千七百石的青稞，酥油一万多斤，另外像灯草、绳索一类琐碎的东西都有规定，合算起来至少也值国币六七万元，用来办一个很好的中学是有余的。

我也初步地知道了一点喇嘛寺的组织，这里边顶难安置的就是活佛，活佛本是至高无上的，他说城中那所小太阳宫的方向不对，大家就得动手把它整个地搬过一个方向。去年他偶然说一句"我不喜欢你们杀牛"，全喇嘛寺立刻禁止杀牛。然而他既是活的佛爷，人间俗事又是不屑意去管的，大寺中的一切全由"康普"（掌教）去统制。在大典礼一同念经的时候，掌教就正坐在佛像的前边，活佛反而在他的旁边，这样似乎活佛的地位在寺中又不如掌教高。掌教是喇嘛寺中最高的领袖，他终日关门念经不能离开大寺一步，遇有大典方才出来念经，普通人很难看到他。

喇嘛官可以分作两部分，一部分专管宗教，一部分专办行政，都以掌教为首领。

关于宗教方面的僧官，在掌教之下有"格喜"，相当于我们的"博士"，非在西藏留学十年是得不到这名贵的学位的。他们的任务便是解释经典，是一种很荣耀的终生职位，"康普"就是由"格喜"中选出来的。

其次是"格规"，我们都喊他作"铁棍喇嘛"，因为在念经的时候他老是手执一条大铁棍森森地站在那里。这是教中的"执法官"，无论哪一个有不规则的行动，他便以铁棍打去，他有格杀勿论的特赋权力，就是活佛不念经他也要去质问活佛的师傅的，这个职务每年换人，因为这是最得罪人的一个位置。

"英者"翻译过来是"掌堂师",这也是西来学位之一,专门管今天该念什么经,每天三次念经,一千个喇嘛都得等他先开口。就是那么隆重的大典礼中,他不开口连掌教、活佛都不能先出声的,因为他是专门学者,所以也是终生的职位。

和"英者"、"格规"、"格喜"可以并列的是"格刚",这是每一个大寺的寺主。中甸这座喇嘛城共有八个"康产"、两个"德昌","德昌"指的是中央那两个金顶大寺,"康产"是普通大寺,"格刚"就是普通大寺的主人。

把他们在宗教本身的组织系统列一个表:

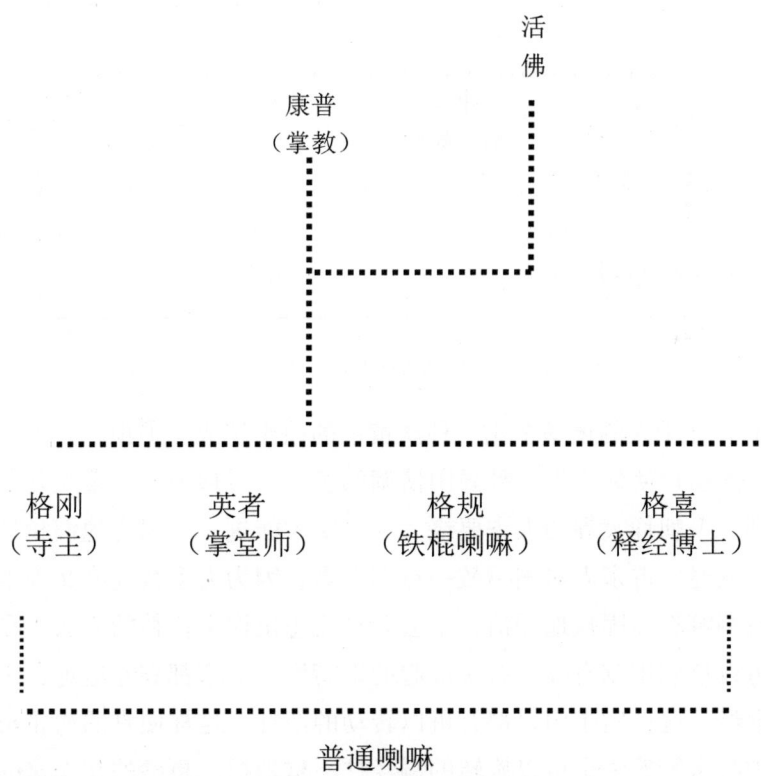

行政方面也是以掌教为首领,不过遇有重大事件便和八个大寺的"老僧"商量,所以在掌教之下有一个"老僧会议"。在大金顶寺的第三层上有一座八大老僧会议室,这些老僧终年坐在那里吃糌粑、喝酥油茶,一切行政方面的事体都由他们主持。活佛是世外人,喇嘛在他面前杀了人他都不看一看的，所以行政系统中并没有活佛的位置。

"香椎"是副官长，内政外交都需要他出头，有极大的权力。"钟意"是掌教的秘书长，一切事情都由他经手写出。"业哇"相当于我们的"财政部长"，掌握经济大权。军政方面有"百长"。现在把他们的职务列表于下：

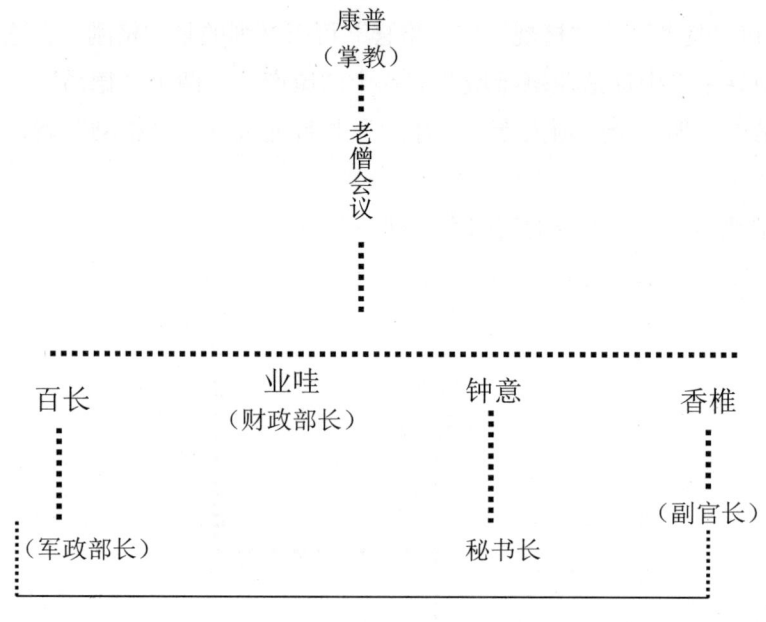

这能容几千人的堡垒全用一种淡黄色的白土筑成。平顶，开上那么多的红黑两色的窗户使你产生一种异国情调的感觉。金顶大寺的金光几十里外就可以看到。来朝拜大寺的人先要绕大寺三圈才能进去，因为他们相信走一圈等于念一遍经。古宗人对喇嘛教一点都不懂，因为大多数连藏文都不认识，但他们对喇嘛教却固执地相信，不会念经便想出许多代替的方法：在大路上你到处可以遇到用刻有经文石块堆起的喇嘛堆，大家都靠左边走，来回一趟也等于念经一遍；庙宇门口都有可以转动的经柱，这样便真的法轮长转；老年人手中时常擎着一个可以旋转的铜经柱不歇地摇；更妙的在人家的窗户上也会发现这样的经轮，四边装上风叶，风一来便转起来，据说，转一遍也等于念一卷经。

喇嘛寺使古宗人的人口再不会增加，因为大家都以当喇嘛为光荣。家中有三个儿子便两个儿子当喇嘛，假如还有一个女儿便招一个女婿进来，索性三个儿子都去当喇嘛，因此形成现在中甸一带地广人稀的现象。

然而说起来当一个喇嘛何尝容易，仔细算起来，修到一个喇嘛比我们在一个大学毕业用钱绝不会少。几年的苦修苦炼还必须进西藏一次才可以得到证明文件。这去西藏一趟来往费用就很可观，在拉萨住上几年这又得多少钱；十年寒窗得了一个学位回来，大寺中给你一个较高的位置，你就必须对全体喇嘛一个一个送礼，假如没有几千两银子实在铸不成一个喇嘛。

在这座喇嘛城中在政府备案有名位的喇嘛共一千一百二十六个人。

四、松茂活佛

蛮家对于活佛迷信到不合情理，尤其关于他们所谓转世的神秘更使人不可解，于是我决意亲自去拜访这位神秘的人物，我选的对象是全中甸最大的松茂活佛。

松茂原是一个地名，因为这里出了一个顶有本领的喇嘛，他死后便说他已成为活佛又转世了。我去拜望的这位松茂活佛已经是转世第五六代了。

他们以为最大的转世证据是能认出前世自己用过的木碗等用具。这些隆重的典礼可惜我没有遇到，不过我想活佛既这样的受人顶戴也许会有一点异于常人的风采，等我真的走进活佛的楼上时，我无疑的是失望了：松茂活佛在我这俗人眼中看来是一个十足的普通人。

我带了一点茶和一幅表示最高敬意的"哈达"走进他的寝室，学蛮家的规矩大家盘膝坐下，翻译告诉我，这位活佛很通达汉理，于是我们很家常地谈起来。我给他画了一张速写像使他很高兴，而且他希望我再来中甸时给他带一点颜色来。

怎么能使人相信这就是全中甸顶神秘的人物呢？然而又不能否认，他住的这座楼就全部是用扁柏盖起来的，扁柏的地板既光亮又有香味，这些珍贵的木头都是由西康运来。试问谁有这么多的钱能买得起，又何处去买这么多？然而活佛要修房子，自然会有人老远地由"草地"搬运下来敬奉。

活佛有四个寝室，哪一季睡哪一个都有一定。他的一切用具都是专利的，别人决不敢动用，他用过的东西都带有神力，哪怕是破鞋蛮家有人得了都会很珍贵地藏在身上，说是可以避枪炮。

假如活佛在街上走过，每一家都烧藏香敬奉，沿着活佛走过的路整整齐齐地跪下两行，头上顶着金子、酥油等珍贵的东西供奉活佛。假如活佛用马鞭或用脚碰他们一下，那再荣幸没有了，这几年内一切都会顺利的。

基督教徒那种牺牲的精神也没有战胜古宗人的固执。在巴塘一带基督教徒曾把古宗小孩从小就摆在自己的监护下，一直到受过洗礼，然而他一见活佛便又自动地去跪下礼拜。

人家都说松茂活佛有一个"护法"随身保护他，这当然不是我们所看得到的，然而他有一个有趣的传说，姑妄听之地写在下面：

从前某一代的松茂活佛在拉萨大寺时，有别一个活佛的护法去戏弄他，他一巴掌把这护法打倒在地下，这护法就化作一洼油，于是火着起来，松茂活佛就把这油抓起来装在他的皮靴中。后来有一天，各活佛都集合自己的护法，那一位活佛念了三遍咒语护法还不见来，于是便去菩萨面前打卦，说是装在一个皮的口袋内。松茂活佛知道装错了赶快放出来，但从此和这位护法有了仇，松茂活佛便赶快回来，那位护法追赶他到阿墩子，一个乌鸦替松茂活佛说了一句谎话才瞒住那位护法，使松茂活佛能到这里来开山，结果到现在松茂活佛到西藏受戒，在拉萨不敢停过三天，就是怕这位护法再来寻仇。还有一件奇怪的事，就是西藏没有乌鸦。据说也是这位护法恨乌鸦替松茂说谎话，便把乌鸦悉数赶出西藏。（下期续完）

本期撰者：

陈序经先生是西南联合大学教授，对于暹罗问题向有深刻研究。在本刊第二卷第一期，曾发表过《暹罗与泰族》一篇文字。本期又承其于百忙之中撰成此文，深为感激。

李霖灿先生河南人，毕业于国立艺专，最近单身入滇西丽江中甸一带作艺术考查。此文所涉及的方面甚多；尤值我们注意的，是古宗人喇嘛寺的组织和金沙江上的民间疾苦，全文共十段，本期因篇幅的限制，先登头四段，余六段下期续登。

第二卷第十八期（1939年10月22日）

时评

意大利与巴尔干集团

日来欧洲电讯称意大利现正努力怂恿巴尔干半岛暨暨多瑙河流域诸国组织中立集团，一方维护和平，一方反抗共产主义在政治上或在思想上向各该国伸张势力。其中匈罗两国正在南斯拉夫拉拢之下进行谈判。此即组织中立集团之第一步骤。罗保两国则当在短时间内进行谈话。届时意国当居于重要地位。按意国所拟定之广大计划，西班牙亦当被请加入此集团。此举若果见诸事实，则东自巴尔干半岛起西至地中海西部止，行将组成反鲍尔希维克主义之规模宏大的中立阵线。

在欧战以前，德意轴心，在思想上的敌人是苏联，而在实利上冲突的对象是英法。因为要削夺英法的势力，以达到侵略波兰的目的，希特勒不惜牺牲反共思想的立场，与苏联成立协定。虽然德国事前也许曾通知意国，事后也郑重声明不妨害德意反共协定的精神，而在意国的立场，这现实主义式的倒戈，确使意国彷徨不知适从。战事发生后，意国能够无须履行前此德意协定，而决然宣布中立，未始不是根由于此。

波兰被瓜分之后，意国更看出本身的危机。德国虽然得了波兰国土的大部，但其所付的代价是相当的高，并且此后恐怕还要继续支付更大的代价，索取代价者便是苏联。苏联不但轻描淡写的割取波兰的东部，并且轻易的囊括了波罗的海的霸权。无论此后战局胜负如何，苏联在东北欧的势力将坚不可破。这个教训太深刻了。苏联不能忘情于巴尔干本为意大利向来的顾虑，月来苏联南进的企图也已相当的露骨。意若果卷入战事的漩涡,则巴尔干必无疑的,继波罗的海诸国之后,入于苏联之势力范围。就这一点看,除非墨索里尼是个笨伯,意大利不至于在这个时候加入德国,与英法打仗,为意大利本身利害计,当然要极力与苏联争取巴尔干半岛以及东南欧的势力以固其围。此乃巴尔干集团之说所由来也。英法既不愿让意大利加入德国作战,又不愿苏联势力扩及于东南欧,则意所拟定巴尔干集团之计划,当不难得英法的支持。英法更非不可能以巴尔干的特殊的利益给意大利以为不参加战事的代价。巴尔干诸国中有若干国家,如南斯拉夫等,原来反对鲍尔希维克主义。如果意大利真能挺身作盟主,这个新联合阵线未尝不能成立。所以只就环境论,巴尔干集团的计划很有成功的希望,现在只看墨索里尼的手腕与苏联的决心如何。(戈)

改进川政

最近国民政府发表以蒋委员长兼任四川省政府主席。以军事最高的统帅,在抗战正亟的时期,兼理一省的政务,不能说不是一个空前的措施。于此我们可以知道中央对于川政的重视。明令发表不久,蒋委员长即躬自赴蓉坐镇。近且于蓉党政军联合扩大纪念周中以十事训诫所属,以为布政的准绳。于此我们更知道中央对于改进川政,并非托于空言,而实有决心与具体的鹄的。

从民元起一直到前几年,四川的政治,之不能使国人满意,无庸讳言,对全国,过去的四川处在不即不离的地位。几以域外自居。而在省内,各派政治势力复消长排合互争长雄。抗战前两年这个现象逐渐消失。我们还记得当时中央当局,对于四川政治的明朗化,曾认为全国政治统一过程中一个重要的进步。抗战以后,四川对于抗战确实有很大的贡献。东部沦陷之后,四川变为全国政治的中心,抗建的大本营,而川军的战绩复啧啧人口。在今日,四川可说是对国家尽最光荣的责任。

然而我们现在的抗战已经进入第三阶段。我们的国策是长期抗战,我们能否达到驱逐丑虏,还我河山的目的,要看我们能否尽我们的力量,支持这个局面,愈战愈强,以实现我们的国策。一方面,当然要看我们前方将士的努力,而另一方面,也要看后方政治与经济的改进。在华北,华东,华南沿海各省沦陷之后，我们战前所谓富庶之区大部沦于敌人的后方，于是支持抗战的后方责任不能不变为西南西北各省的担负。四川号称天府之国，然过去政治未修，交通不便，货弃于地者比比皆是。今日时势之推移，既已赋四川以后方巨大的责任，则如何开发四川，建设四川，使其果能负此责任而无亏，自是当前之要务，而庶政之改新，实为开发建设诸计划之先决问题。中央既然重视川政，我们希望真能本不示小惠，不施小恩，不避劳怨，不沽虚名之旨，以奠复兴之基，以兆抗建之成。（山）

昆明的米价

二十多万人所怕的事情现在又发生了——昆明的物价又涨了。本月初到最近，在半个多月的时间里，米每公石由三十元涨到四十元，炭每六十公斤由十三元涨到二十元。这回的解释是水灾，是天雨运输因之困难。这些若真正是主要的原因，我们对于民生的前途还可以不用太发愁；新米就要登场，雨季已经过去，但是前不久（八月里）的每公石三十元的官厅最高定价现在已改为三十五元，假若此后市价不听命令，还超过四十元，几个月后最高定价会不会又要改高五元呢？

半年前（本年四月里）我们表示希望政府最低限度把昆明米价平抑到不超过二十元一石，并且说，如能平到十五元左右，更是都市人的幸福（本刊，四月十六日）。在米价二十元一石的时候想到五六元一石的价钱，觉得那是黄金时代；在米卖四十元一石的时候，我们只想它能低到三十元一石，已要谢天谢地了。这不过是物价继续上涨时一般消费者自然会有的心理。虽然消费者对于高价可以久而惯之，虽然一部分人的收入能经过时间而得到调整，而物价像近半年多来这样地飞涨，对于大多数人的影响是它们生活水准的减低，痛苦的增加，身体康健的低落；社会治安问题要增加严重。

我们相信米商和有钱有势人的囤积居奇是一年来昆明米价猛烈上涨的主要原因。因为不但有的米商在干这种缺德事，而还加上有钱人亦做这勾当，所以昆明和附近各县的米被这些人低价收买囤积起来的数量特别大，所以去年在秋收不久后反而发生米价高涨的情形。今年米价最近的高涨发生在新米快要登场的时候，不是没有意义的。米商目前的抬价也许是它们预期本年有钱人又要大量收买的一种标示。除害需除害根。公米价钱现在还能维持在二十二元一石,是个成就,那是没问题的。上米的最高价定为三十五元,办法是不错的。但是不想法对付那些大量收购,大量囤积,看见米价愈高愈觉高兴的人,三十五元的最高定价将来怕还需更改,民生困苦还要增加。(佶)

苏联与波海霸权

王赣愚

综观近日欧局,苏联政策显然是"武装的中立"。在巴尔干及黑海方面,既不断扩充势力;在波罗的海沿岸,又积极树立霸权。此种政策实现之后,德国东进的范围,自然大为缩小。不过德国既诱和不遂,对苏联只得听其所为,免生于己更不利的变化。近日来,苏联在巴尔干势力之突然膨胀,实得希特勒之赐,即其在波罗的海方面之顺利进展,亦何尝不是如此?苏联对波海的安全,向来极表关切,暗中必要求德国作更大的牺牲,为赞助求和之代价。

苏联趁此欧局混乱之际,从北欧直至土耳其,积极布置防线。在波海方面,尤希冀以外交为手段,达到军事目的。日前既已与爱沙尼亚,拉特维亚及立陶宛,先后订立互助协定,近日又要求芬兰派代表赴苏举行谈判。苏芬谈判现仍在进行中,结果如何,不久当可分晓。同时,芬兰全国已转入动员的状态中,军队之调动,极为严密。不过,此举似为警备办法,双方仍企望能早日成立协定。

战后波海沿岸的新国,俱是旧日帝俄之疆土。当日列强所以赞成这些小国独立,其最大用意乃欲使它们来隔离苏联,以防共产主义之蔓延。然它们对此果有何贡献,到今仍不敢断定。平心而言,自希特勒掌权后,德苏交恶,波海小国为其"缓冲国",在使战事缓发之各种因素中,它们实占着相当地位。

海军在苏联国防上,本是不甚重要,所以它在波海所有的港口实在很少。但近来为防备德国进攻起见,苏政府对于这一带的守御,自然大加重视。这次欧战发生以前，英国在策划中的集体安全制，仅限于黑海沿岸，而波海的安全却为苏联所深切关怀。在无效果的英苏谈判中，对于波海保证问题，双方意见枘凿，使苏联原议无从实现。到了最近，苏联在波海的新发展，尽人皆知其已改变作风，乘机造成独霸之局。情势所趋，波海四国的独立，虽可暂时保持，然实际与保护国相差无几。当然，这些小国当前遭遇种种压迫，是受到波兰沦亡的影响。

苏德瓜分波兰后，德国为协约所束缚，对苏联在波海的活动，丝毫不敢阻挠，英法忙于应战，亦鞭长莫及，且波兰不保，波海四国大有唇亡齿寒之感，联合以抗苏，实在戛戛乎其难。

苏联是波海四国旧日的主人翁，现在的强邻。它们对苏向来都怀着疑惧的态度，这最少是一种潜意识的作用。此际苏联为布置防线计，只有在"带甲的拳头"之下，先后逼他们应其所求。彼此关系既进入现阶段，实在不必勉讲亲睦，只须以具体条件和周旋。爱、拉、立、芬四国虽处境相仿佛，然就往事观，其对苏联的关系，究有互异之点。这里让我加以一番论述。

在波海各国中，爱沙尼亚乃是最小的一国，历过去数世纪之久，沦为群雄角逐之场。自十八世纪初叶始，该国受帝俄政府之压迫，种下了大战后民族运动的根苗。爱沙尼亚宣布独立，即在布尔什维党勃兴之时。一九一八年秋季，中欧同盟国挫败，德军被迫撤退之后，俄国的势力便侵入爱沙尼亚。因为先有芬兰及英国的声援，继有"白俄"的臂助，爱沙尼亚人卒将布尔什维党人逐出国境。直至这次欧战爆发以前，这个小国始终是反赤的重要根据地，其政府对付共产党，一向采用高压手段，虽然对苏联政府仍维持着友好关系。就外交上说，该国与英国的关系最为亲密，对外一切措施，几乎惟英国马首之是瞻。

苏联对爱沙尼亚，素加十分重视，因为它位居苏联西北大工业中心区之边境，与列宁格勒相距不遥。爱国的首都兼主要港口里伐尔，也是苏联输出的孔道。爱国介于苏德之间，在可能范围之内，必须保持中立态度。但自纳粹德国东进以后，英苏曾企图接近，而爱国对苏德嫉怨，亦因之渐见消除，当时倘使必须选择与国，则其必为苏联而无疑。

最近苏爱签订互助协定及商约，是这两国消除隔阂的重要步骤。上月二十七日，爱海岸那瓦附近，原发现怪艇击沉苏轮，致苏爱关系一度恶化。苏爱协定成立之后，爱政府允许苏联在境内设空军根据地，且商约中又规定将两国贸易总额增至四倍半,苏联货物经爱国口岸转运之范围,亦大为扩大。这样看来,爱国既入苏联怀抱中,殆已不能主宰自己命运,对于战争或和平,自然失掉选择之自由了。

次言拉特维亚。它如爱沙尼亚一样,在欧洲势力平衡上,实无重要可言。但它拥有利堡,温多及里加三大港,久为苏联所垂涎。拉特维亚人以勇敢善战著称,在上次欧战中,为俄军中之劲旅,其后,又为初期红军之骨干。以战略地位言,因其与苏联接壤,与德国隔离,又因其沿波海有较长之岸线,假使德苏交战,拉特维亚终不免有德军袭击海岸之危险。所以它为自己安全计,力谋超然立于欧洲任何集团之外,即使战争发生,亦必维持中立,但事实上,交战国肯否尊重其地位,却成一大问题。

纵使能够避免卷入战争,恐怕也难逃胜利的苏联之报复。原来拉特维亚人对苏抱着极大的恶感中,度过战后的二十余年。一九一七年布尔什维党革命以后,他们在英国领导之下,揭起反赤之旗帜,从此苏拉间的隔阂日益加深。

不过拉国之厌恶苏联,完全系欲保存其现时之经济社会制度,惟其近年来之畏惧德国,则完全系欲保持其国家之独立。权衡轻重,他便知中立之决无可能了。苏联是比较满足的国家,其领土的野心不如德国之大,所以现时拉特维亚有此种考虑,愿将其国家命运付诸苏联,这是时势使然的。

本月初旬,苏拉互助协定成立后,苏联在拉国境内获得海空军根据地,并得在指定地点有驻兵之权。虽然协定中规定从此苏联不得干涉内政及须尊重其独立,但今后拉国是否处着较稳的地位,能否在强邻卵翼下永远安全,依国际现势观察,我们不能不怀疑。

再谈立陶宛。立陶宛原是帝俄版图之一部分,到了一九一七年,继宣告独立而成一国。自一九二〇年波兰强占维尔纳城后,立苏两国境界已不接壤,双方关系渐见疏远。但就史实观,立陶宛人因在一九〇五年叛变未果,触怒了帝俄政府,从此横受压迫。宣告独立后,为了争夺维尔纳城起见,又与俄国作过好几次的战争。战后关于立国的划界,最初用意即在使立苏两国隔离,以免必然的纠葛。一九二〇年,苏联进攻波兰不得逞,而不愿维尔纳入其掌握中,于是将该城奉还立陶宛。但波兰卒以武力夺取而据为己有。这种侵略手段,到了一九二三年,"大使会议"竟认为合法,正式将该城划归波兰。立陶宛自然不甘心承认此种事态,对波之愤恨,支配着一九二〇以来整个的外交政策。不但如此,因立波不睦,致使其他波海国家莫能结成一气。

波兰所夺取之地，适居立苏之间，立波交恶，苏联就能操纵其局。一九二〇年苏立签订合约以来，这两国的间的交谊，所以比与其他波海诸国间的交谊都要亲密，大致就是因为由于苏联对于维尔纳城问题的态度所致。立陶宛对德关系，自始未能上常轨。维尔纳城沦入波手后，立国为取偿东境的损失，遣兵强夺美米尔，此事发生于一九二三年，当德国力量最弱之时，亦是法人占领鲁尔之时。此后立德两国遂结不解之仇，到了今年三月间，希特勒借着并奥灭捷余威，将美米尔区收归德国版图，立德亲睦更为不可能。前此立德每有纠纷，苏联都表深切关怀，设使立国横受袭击，势将不能坐视。老实说来，立陶宛本身的力量，简直不及奥捷之强，专靠自己实不能夺回维尔纳，又不能保护美米尔。此外，该国恰居东普鲁士通达莫斯科之大道，苏德如有战事，它必身当其冲，所以既与波不睦了，只有与苏联切实求联络，这点是很显明的。

立陶宛本身虽然是个很保守的国家，但战后在外交上却认赤色苏联是利害与共的友邦。在一九二〇年既有和平条约的签订，在一九二六年又有互不侵犯条约的成立，且立国对于苏联所建立的"民族联邦"，也心为之向往。近些年来，在混乱欧局之下，立国所采取之途径，必然是结苏以抗德，同时亦必然须严密注意波兰所处之地位。这次欧战发生不久，波兰为德苏所瓜分，不啻替立陶宛消除一个世仇。苏联占领维尔纳城后，即准备让予立陶宛，以偿其夙愿。本月初旬，苏联竟以此为饵，要求立陶宛签订互助协定。在尊重领土完整的条件之下，立国到今已入苏联怀抱中，与爱沙尼亚及拉特维亚俱处同等的地位了。

就常情论，立陶宛以一城之得失，弃波亲苏，此种态度犹嫌其不自然。波兰本是波海各国中的强国，该国沦亡后，立陶宛固可沾沾自喜，但此后自身处境未必较前为优。依照最近苏立协定，苏联在立国取得海空军根据地，为增固国防起见，又可完全置该国于军事控制之中；所谓尊重主权，所谓保持完整，将成今后苏立关系上的极不重要的原则而已。

当前悬而未决者，即苏芬间日来新起的纠纷。这里也来一番讨论，以明其症结所在。

原来芬兰为苏联西陲之屏障，其东境与列宁格勒相距咫尺。苏联在波海的出口，几乎完全在芬属岛屿的控制中。所以苏联与欧洲任何一国签订互助条约，每每想对芬兰的领土安全，加以切实的保证，这种态度，亦于最近英法苏谈判见之。

芬兰在波海小国中，为比较的强国，其军备规模之宏大，地理形势之优越，均为蕞尔邻邦所未有。因为离开欧洲政治涡漩相当遥远，它向来对于战争或和平，操有选择之全权。严正的中立，是芬兰外交的上策。芬兰介于德苏之间，为自己安全计，只得左右交欢，双方亲睦。上次大战期中，它因何不能保持中立，迄今仍无可见之理由。苏联对它的希望，也不外是保持中立；只有如此，不但列宁格勒可免外来的袭击，而且与北欧西欧的交通线亦能维持不断。

但就传统友谊上观，设使德苏交战，芬兰果须参加，则或将加入德国之一方；因为事实上，它对德并无旧怨，对苏则有宿仇。芬兰自有史以来，虽曾与德国发生一度龃龉于一九一八年，此为德国干涉其对苏发动之反共战争；然因为有了该次战争，芬兰获得自由与独立。德军撤退之时，芬兰人反表无限谢忱。其实，他们对德存畏惧之心，要算在希特勒东侵之后。捷克的灭亡，美米尔的收回，予芬兰以当头一棒，从此始知德国的欧陆霸权与自身的独立，是绝对不相容的。

平心而论，芬兰对德畏惧，却不如对苏之深。帝俄时代，芬兰的自治政府突被取消，而降为帝国之一省。一九一七年克伦斯基政府之迟不承认芬兰独立，亦是增加苏芬传统嫉怨的一种原因。上次大战后，苏俄政府拟以武力征服芬兰，最终又给后者恶劣的印象。战后的芬兰，惶惶自危。对苏一向存有戒心。往事是仇恨的标志。

除传统嫉怨外，苏芬结仇，还有政治上的原因。一九三〇年以来，芬兰受世界经济恐慌之影响，既深且巨，国内因而有法西斯运动的酝酿。左右两派，倾轧不已，直至经济复原，始稍缓和。近几年来，该国政府为避免内争起见，决然采取超党派的态度，其所反映于外交的，是远德国、反苏联，远德国，所以示好于新起的劳动群众；反苏联，则所以拉拢大多数农民及中产阶级。然平情论之，多年来苏联对芬兰只企望其中立，从未揭露领土野心，而芬兰一端猜疑，似非合理，在最近夭折的英法苏谈判中，芬兰对他国保证表示冷淡，也就是传统的嫉苏心理之表现。

眼前苏联为布置北欧防线计，预料其必要求芬兰不在埃伦特群岛设防。埃伦特群岛形势险要，位居波的尼亚湾之角口。就地势上言，一旦该岛入德国掌握中，便可划为潜艇活动的根据地，借以控制苏联在波海之海军。

一九二一年在国联主持之下,列强曾与芬兰签订一种协定,相约不在埃伦特群岛设防,但此后芬兰受瑞典之赞助,屡作废除此项限制的要求。虽然若干签字国(连同德国在内)已表赞同,但是苏联自始即阻止国联准许此举,以致该岛设防屡议无成。坦率地说,苏联之反对设防,不无理由。其中最有力的理由,就是鉴于芬兰在该岛设防之后,未必即有力量抵御德国之侵袭。结果恐怕德国反将坐享其成。

这几天,苏联当局已正式向芬代表提出要求,其内容虽不可知;但预料埃伦特群岛问题,必在要求之列。据报载,关于若干小岛之让与一层,芬兰准备持以宽大,与苏方进行谈判,惟对于本国领土的完整,包括埃伦特群岛完整在内,若果受有妨害,则决然予以抵抗。苏联对芬兰的要求,当然是海空军的根据地,埃伦特群岛亦当然是其最大目标。若果达到目的,则列宁格勒便没有被敌人在芬兰港施行封锁之虞,而苏联波罗的海舰队之出海路线,亦可得一保障。以往苏联倘要求埃伦特群岛,必定遇到德国之反抗,因为该岛足以控制德国与瑞典间之航线,而瑞典所产之矿物,乃德国军事工业所必需。但最近德苏新协定成立之后,苏联独霸波海之局已成,而德国只得听其为所欲为了。此时苏联若坚决要求埃伦特群岛或其他岛屿,纵使依靠外交不成功,援用武力总可以得到。芬兰虽拥有强大之新式军队,然究竟能否予苏联以有效的抵抗,我们不能不怀疑。

不过,苏联在力逼芬兰退让中,对瑞典与美国的态度,势难漠视。芬兰与瑞典俱是北欧民主集团的中坚,彼此关系素极亲密。苏联进攻芬兰,则瑞典必受威胁,且埃伦特群岛安全,瑞典向来保护甚力,视同己有的属地。战后的芬兰,对美国战债如数偿还,在欧洲树立了好榜样,深获债权国的欢心,且在战后它能保持进步的政治组织,对民主政治的信仰始终不渝,这又是美芬邦交辑睦的一种因素。此次苏芬纠纷发生,美政府自始即表深切关怀。如苏联尊重美国善意,当不会强逼芬兰太甚,以致间接阻碍美苏邦交。

总之,苏联对芬兰果欲何为,刻下尚不得而知。依现势揣测,在维护领土完整原则之下,芬兰必能满足苏联之要求;因为当和平可以维持之时,共天然之愿望,自在保持和平。今番苏芬谈判,不啻是"东方大熊"在波海扩充势力之最后一着,当兹欧局混乱之际,其收获之大,殆可断言了。

论政风之培植

樊星南

修明政治和培植政风，具有不可分离的关系，欲政治修明，必先培植政风，但欲培植政风，则亦必须政治进步到某种程度，才谈得到。

近三十年的中国政治史，在北伐以前，谈不上政治。一切问题，都以打的方式解决，连年内战便是没有政治意识的表现。这时候当然谈不上培植政风。北伐之后，虽仍不免有以打为解决的例子，但军阀之打如群犬争骨，完全为的一己之私。北伐之后的每次打，则私人争权夺利的动机少，而求一个政治问题解决的因子多，每次打，对阵双方，至少都有旗帜鲜明的主张和立场。但政争归于兵争，且其结果，往往不从问题正面下手，只从侧面求得一个平衡，预伏下次翻脸的种子，故离常规的政治尚远，政风的培植，仍旧言之过早。西安事变是中国政治史划期的转变，在内政上中国终于解决久待解决而无法解决的问题，且问题的解决多从正面下手，已非"嗾使出洋考察"这一套了，中国政治，这时候开始，才显出政治的本相，只要在政风培植上，多下一些功夫，前途实在未可限量的。可是，惟恐中国不乱的日本帝国主义者，决不让中国埋头向上，于是便发动了七七事变。但日本帝国主义终究迟了，从十二月二十五到七七的半年中，中华民国加速奠定了抗战的政治基础，三年来一面抗战一面建国。全民族沉毅的奋斗，证明任何人阻止不了中国的向上，半年的努力表现出非凡的成果。但是，惟其由于只有半年的机会，在政风培植上，下的功夫还嫌不够，因此在抗战过程中，仍不免有汪兆铭叛国一类的不大不小的乱子。当然汪逆叛国，对于抗战建国不至发生了不得的影响，但为了抗战力量更加增强，建国基础益臻巩固起见，我们不能允许再有类似的丑事发生于中国政界，固不论其为战时或平时。从这方面来讨论政风之培植益感其切要，益感其迫急。

政风培植这一个题目，讨论得本已很多，归纳起来不外三个方面：

第一从事政治者要勉力做一个真正的政治家；

第二中央政府应维持纪纲；

第三舆论要毫无顾忌地督促政府；打击政棍。

为政治家下一个定义，不是容易的事，但政治立场的一惯性，为政治家必要条件，则为众所公认。以之来衡量汪逆一生，"娼妓政客"的恶证实不过于严刻。一个政治家可因其政见特异，不为世谅，坎坷终身，而仍不失其为政治家者，如孔丘，孟轲，王安石等便是。从另方面看，亦惟有坚定其政治立场的政治家，才有成功的希望，中国的孙中山先生，俄国的列宁便是例子。而吾今日全国一致拥戴的领袖，更是以坚毅不屈闻名于世的，以前在内政表现上如此，现在在对外抗战上也如此。见异思迁、顺风转舵、耳根软、眼光短，都非政治家的本色。至于出卖民族利益，投奔敌党，认贼作父，像汪逆之流连政客都说不上了。还有，一个从政者要常常记得自己连带地做着一个教育者，政教永远不能分离的，没有一个地位高的从政者，其行为不影响社会的。尤其是人格型未定的青年，常常在追求一个具体的榜样，这一个榜样往往可以影响许多青年的一生，中国不幸而有青年惑于汪逆的甘言蜜语政治伎俩者，其贻害于未来中国政治实在无穷。我们今天来提倡培植政风，这也是重要原因之一，希望从政的先生们多方警惕，慎言其行，让青年们看看好榜样。

但是，以自我的道德意识来自勉做一个真正政治家，不是人人能做得到的，法律的制裁便补足了这缺陷。道德是法律的基础，法律是道德的强制执行。对于庶民如此，对于衮衮诸公也如此。这才是民主，这才是法治。而代表全民执行法律的最高机关便是中央政府。中央政府的威权有一部分实树立于这个执行的基础上的。若中央政府有法而不能执行，或行而不严不公，则中央政府威权势必下降，因为这一方面助长恶势力的蔓延，一方面失去人民的信仰。我们仍以汪逆为例，有人说笑以为汪逆每叛一次国地位便随着高一次这话倒是事实，在政治上轨道的国家，像汪逆这种人，不待今天听其为汉奸后才一致声讨，其实早就不该让他侧身于中国政界。由于这次教训，政府当凛于姑息养奸的殷鉴，抱定择善固执的决心，对于汪逆不待言已按法通缉，对于类似汪逆的政棍，也当严伸纲纪不稍宽假，我们也很谅解抗战前的中央政府的苦衷。少数地方政府的隔膜，内部又乏一致拥戴的领袖，而其所秉承的建国最高原则三民主义犹未被全体人民一致接受，但在抗战的今天，上述的障碍，大体上已经去掉，政府当利用此最佳时机，树立起严整的纲纪，培植高尚的政风，相信有利于国家的一切，纵受少数人一是的阻扰，也必为大多数的人民所拥护，千万别再迁就少数的政棍。大团圆是一个甜蜜的理想，但大团圆绝不是一时的拉拢，应该是有机的融合，对于此点，我们绝对主张法治，反对用情。

单靠从政者本身修养和中央政府整饬纲纪，政风的培植犹未能尽，我们主张第三方面代表民意的舆论也尽一部分责任。在军阀时期说不上舆论，因为笔杆抵不住枪杆（即此也有例外）。在过渡时期，由于客观环境的限制，舆论虽较开放，仍有不能畅所欲言之苦，一到政治上了轨道，舆论便不当再受钳制。这在民主国家固然如此，在集权国家也如此，因为在无论什么政制之下，政府钳制舆论，实表示其权威不稳固，故只要政权稳固，集权国的舆论也相当开放的，今日德意俄诸国行政效率不因独裁而减低者受赐舆论实多。以吾国来说，抗战后的政府，对于舆论反较战前开放，照我们刚才的理论这是必然的。而舆论界本身也当攫住这个机会言其所当言。一方面帮助政府宣传抗战，一方面督促政府整饬纲纪，而予认贼作父的汉奸，动摇不定的政棍，以无情的打击。这次舆论界对汪精卫的一致声讨不过是培植政风的一个开始，此后在这方面舆论界待努力者尚多。只要不违背建国最高原则，只要不违背"事业道德"，就事论人，使贤者安其位，不肖者得其罪，舆论界不当放弃这一个职责。

孟子说："天将降大任于斯人，也必先苦其心志，劳其筋骨，饿其体肤，空乏其身，行拂乱其所为，所以动心忍性，曾益其所不能。"个人如此，国家民族何尝不如此。中华民族正受着一个极严厉的道德测验，民族之能否嬗延，全视民族正气民族人格之能否保持。政治家之一举一动，往往代表全民族的精神所在，风格所在。我们要培植真正的政治家，我们要切切实实的培植政风。也唯有此时此地的中国谈得上政风，也唯有此时此地的中国迫切地需要培植政风，此文的最大目的，就想抓住"这个问题""这个地点"的意义，虽是老生常谈，想来不至落空吧！

暹罗华侨问题

林兴育

无论过去或现在,华侨汇款在中国整个的国际收支中,都占极重要的位置。数十年来,每年侨汇平均达两万万元以上之巨。战事发动后,华侨对祖国的捐款,据报章所载,已达五六万万元。即战时或战后国家的建设,一部分也要靠华侨的投资。这一点政府及社会人士早已注意,对于侨资利用办法亦已有讨论和规定。但有些特殊的问题,仍须政府及社会有力人士作进一步的有效措施。例如最近归国的暹罗侨胞,便是一个值得注意的严重问题。

过去由于我国国势的积弱,政府对于侨胞未能予以必要的援助,使其在海外受到种种无理的限制或苛待,但其严重的程度,还没有此次旅暹罗侨胞所受者为甚。

暹罗原为华侨移殖的自由之邦。潮汕一带的贫苦同胞,由于政治、社会或经济的原因,在祖国无法立足时,便到这个举目无亲的异国,勤劳刻苦地创造他们的新世界。但一九二七年,暹政府第一次颁布了他们的移民律,规定入境华侨须缴纳六铢五十丁的入口税和手续费。一九三一年又将应缴的数目增至十三铢五十丁,此外又须加上居留税三十铢,离暹者还须纳两年期的回暹护照费五铢。一九三三年移民律经过第二次的修改,居留税增至一百铢,回暹护照费增至二十铢,期限改为一年。去年更将入口税,居留税等之总额增至二百铢。十一年之间,暹罗忽在一般贫苦的同胞面前,建筑起一座一千元以上的高墙。

至于已入暹境的华侨所受的限制,亦日趋严重。如一般华商米业公司(火垄)所用的工人,半数须为暹人;普通商店的管账员亦须用暹人;原先户口登记姓名非用暹文者,不许开驶汽车;华侨不准经营屠宰业;华侨商店招牌用中文者,每方尺左右年须纳税一百丁,用暹文者十丁,中暹文并用者五十丁。种种花样,层出不穷。今年四月(暹罗用佛历,即其一月),暹政府公布所得税法,规定米业抽净所得百分之二,干果业百分之二十,药材业百分之三十……目前虽尚未实行,但华侨以为至年终实行时,即罄其全年所得缴纳此税,尤虞不足。因一般营小本生意者,账目多不完全,年终净余若干,当事者亦不大清楚,抽税时用什么做根据,诚属难题。但华侨所传,则以为暹政府将按个人资本之概数,估计其净余数目而收税,因之岌岌不能自安。今年七月以后,因"七七"纪念献金过于热烈,暹政府认为此举有碍日暹邦交,发动空前的排华运动。华侨广东两银行被封;中国,《华侨》,曼谷,《国民》等日报被封;新民,东肇等学校被迫关门;负责征收救国捐者均在被捕之列。

　　旅暹侨胞自抗战后之救国工作,似须在此略为述及,以明彼等处境之难,爱国心之热烈与对祖国贡献之大。抗战以来,暹罗华侨的爱国运动,辄为暹政府法令所不容,故一切活动,俱在秘密中进行。譬如募捐,彼等既不能正式开会举行,又无人敢出而公开负责,结果只有暗中由同业或熟识商家,商定每月负担数目,由一"不敢露面的负责人"将个人认捐之数作为欠账,用私人名义交银行转汇国内,另一方法是,由同业间暗中规定捐款数目,如火垄公会规定卖米每包抽捐七十丁(约等于国币五角);银信局每寄一侨批(信)抽十一丁,一丁为办事费,十丁缴汇祖国;杀猪一头(最近华人已不许业屠宰),抽五十丁,橡皮每售一担(约三十余铢),即须按售价抽捐百分之一;侨商对华工月抽其工资百分之五或十分之一。如此零星筹集的捐款,有时即用旧报纸登记个人捐缴之数转汇祖国。

　　暹罗华侨捐款的数目,因不敢公开之故,无法得到精确的统计。但据曼谷熟识其中内幕者所言,暹罗分为七十府,曼谷而外,即较偏僻之内地,华侨人口常占当地人口的大多数,如佛统人口二十万,华侨即占十一万,各地捐款均自动由曼谷汇寄,暹罗南部华侨捐款则至槟城等处转汇。据谓每月曼谷由各种同业公会主持之捐款,例如米业公会约一万铢,米郊公会(专做出口生意者)约一万铢——最高时四万余铢,药材业约八千铢,银信局八千铢,屠宰业八千铢。香叻汕郊(专营香港新加坡及汕头货物者)三万余铢,如加上无从估计之同业公会之捐款,自由约定按月的捐款,一切杂物如纸烟生菓之捐款，曼谷以外各府之捐款等等，平均每月可得四十五万铢以上。再加以各个纪念日之临时募捐或献金（如今年"七七"纪念曼谷一地各得献金一百数十万铢，合国币在一千万元以上），则估计旅暹华侨捐款，每月平均当在六十万铢之间。旅暹侨胞数在二百万以上，以各地侨胞捐款之热烈情形与各种救国捐款范围之广看来，平均每月每人捐款三十丁左右，自属可能。暹罗华侨捐款，若按月计算，要以今年七月数量最大，但七月二十七日以后，广东及华侨两银行被封，暹政府对华侨捐款严厉取缔，募捐运动，几乎完全停止。故估计旅暹侨胞捐款，只能以二十五个月计算，约共一千五百万铢左右，若以最近汇价计算，当在一万二千万元以上。以二年来中暹汇价估计，当近一万万元，若华侨自抗战以来捐款总数达五六万万元数目可靠，则上面估计数目，应不致相差太远。

潮汕沦陷后，侨汇虽通，而暹汇则又逐渐高涨，故旅暹侨胞曾一度大量买进国币。彼等之见解以为平常一铢只能换得一元余，今则可换七八元。将来抗战胜利，国币恢复以前价格，公私皆得其利，否则又何在乎私人之损失。日人曾见有机可乘，将在中国沦陷区中所吸收之钞票，运暹兜售，而华侨则以日人所得国币，号码不相连接，相告抵制。此种号码相连之国币，曾由香港中国等银行多次用飞机运载发售。其数额之巨，据称约达一万万元（其中包括一千余万元之救国公债）。

旅暹侨胞既受暹政府种种压迫，又以故乡消息不通，对于祖国抗战胜利之希望遂因之愈切。故有时对于购售敌货之分子，动辄加以严厉制裁，而三民社中又被发现有参加暗杀行动之分子，暹政府因此公开宣称，拟将被捕华侨送回汕头交与日人。在此情形之下，彼等对于旅居暹罗之前途感到绝望，无时不期望易地谋生。同时又因国内外对于欢迎华侨开发西南各省之宣传太甚，如"国府最近宣布在六个荒僻省份开放六千三百万英亩的土地，以供难民开垦"，"泰京到佛海路费只约暹币二十二铢"，"云南耕地只售国币四五元，米每担只售一二元"等等。所以他们有的竟将在暹产业变卖一光，而回到祖国。

他们受尽了痛苦与折磨，走进祖国的怀抱后，发现六千三百万英亩的土地，化成为一个月须用多少钱租来的一个小房子，二十二铢的旅费扩大到成千的国币。祖国看不见他们，他们亦找不着祖国。有钱的发现他们的钱在云南无处用武，又因法令关系不能将现款带回家乡，同时又鼓不起深入川康的兴趣，结果只有带着一册东方汇理银行或中国银行的存折失望地走了。大多数则因参加"七七"献金运动，恐怕被捕后送回汕头，仓皇出走，所带二三千元之"开拓费"，因此行结果，约用去一半，剩余一半亦只够往香港惠州至潮汕之费用。多年刻苦奋斗之结果，回到老家，势将变为一原来之"我"了。

有钱的侨商，生活上尚无问题。但是"我们要记得，旅暹华侨，不必人人是有产者，这般贫苦侨胞，数目既多，最值同情，也最需要救济，政府应该速定完善办法，切实推行"；"现在对于暹罗华侨的救济工作，正是表现政府行政效率的一个好机会"（见九月二十一日港《大公报》语）。我们的希望是：

（一）政府目前正在执行着神圣艰巨的抗战工作，中暹又无条约上的关系，对暹政府之正式交涉，也许不会发生什么实际上的效果。但从港《大公报》给暹政府之"敬告"的回响看来，正式给以一个忠告，或可和缓其排华之气焰，因在銮披汶之下的暹政府的政治领袖，以及政界中的前辈，亦有不少会看出中日战争之将来而同情于中国及华侨的。

（二）希望地方当局及有力人士认清华侨开发云南在经济上及农业上之重要性，即刻派干练而肯负责的人员，指导华侨在中央所指定之开远、车里、芒市等地的垦殖事业。

近一个多月间，暹罗华侨汇滇款项达国币数千万元，但因垦殖事业无从下手，致汇回祖国的黄金，多数寄存东方汇理银行，除一部由汇理银行重新汇走或存中国银行与华侨中私人临时所办的钱庄外，该项资金大有扫数被他人利用的可能。且华侨由汇理银行汇入后又再汇出，一转移间，即损失不小汇费。倘云南省能尽量利用此种流入资金，使其得到正当的出路，则其流入的数量，自然会大量增加，云南省的经济的发展，必然大见活跃。

目前华侨所希望的是可供他们垦殖的土地。就目前中央所划三个垦殖区域而言，车里在滇南，芒市在滇西，均系边远之地，原最适于华侨之开垦，但佛海及车里等地，一部旅暹侨胞已计划于秋凉之后，雨水较少瘴气稍杀时，将穿暹北经越境而往，费用与旅程，均较由昆明转往方便。芒市地方，假使中央或地方无切实办法（如车辆及汽油等问题），则划地开垦的计划，必无法兑现。

笔者认为目前较轻而易举且最有效之办法，莫若由省当局派人指导，协助华侨前往开远划地垦殖，规定每人承领耕地之最高限额，由彼等自行组织，自行经营。省方则给以各项垦殖工具购运上之便利。

（三）希望政府除发布命令外，更注意实际措施之推动。此事似应令侨务委员会负责切实办理。若一纸命令之后，毫无下文，不独无以报素来辛劳奋斗热诚爱国之侨胞，即对于抗战建国之大业亦必受到影响。

最近此辈华侨，虽沉浸于苦愁与失望的气氛中，但仍热烈捐助前线战士棉衣，彼等此种为祖国奋斗之精神，政府应予以特别重视。

侨委会对彼等关于垦殖问题的询问的复函中，对彼等目前之处境表示同情，并谓对此正在考虑办法中。但空有同情究竟无益于现实，只想办法而不实行，亦于事无补。华侨大批来滇，至今已近三个月，侨委会方面，似应派能干人员来滇负责处理此种非常的侨务事宜，最少应使华侨离境时在签发护照及少数汇款上不致到处碰壁。目前侨委会在滇之侨务工作，并未能令人满意。

（四）大多数华侨抵滇后所余款项既然不多，但出境时因受法令之限制，不能全数带出，寄存银行又感不便。且有时恐所带款项不敷回家之费用，势必将余款汇寄广东梅县，经过梅县时再由银行提取应用。此种款项平常皆由中国银行汇寄，但中国银行以在梅县存款无多，大批汇寄自感困难，故每人由昆汇款，数额只限一二百元。笔者曾以实情向中行说明，代一部分华侨要求将汇额提高，此事已得圆满结果。又闻中国银行主管者对此问题已加以深切的注意，对于侨汇在其他方面亦已努力设法加以帮忙，实值感佩。我们希望行方对此种汇款能设法提高汇额，以解决他们当时一部分困难。

中甸十记（续）

李霖灿

五、中甸的土官制度

统计中甸土官共有二十三员，据段县长说，这是全国县份中土官的最高记录。

蛮家在精神上信奉喇嘛教，在行政上便服从土官。蛮家除了有多疑的特性外还固执守旧，因为土官比县政府旧，便相信土官而不服从县政府。

土官的组织最高的有营官两个。这是从前"守备"的位置，名位虽是最高，但并无实权，因为他没有直辖的人民，自从把两个营官的年俸大部分拨作教育经费后，每年只剩下一二十石青稞，一点点钱更简直变成了虚名。

中甸县分作龙多、格咱、龙巴、本寨、江边五境，共设五个千总，名分虽在营官之下，但掌握着一境的人民却有绝大的势力，这一境中的诉讼案子都要在他这里办理，也可以不通知县政府自由征派民夫。

千总之下有"把总"，把总掌握他小小的区域，在他的地界内也算一个土皇帝了，但有诉讼案子得到千总处去销案。

这些是有名位有年俸的土官，计营官两个、千总五个、把总十六个，共二十三员。

把总之下，还有"伙头"，是一种专管派伕派马的人，因为公家不给年俸所以不能算土官。五境中以江边境接近丽江所以文化程度较高，已渐渐有了保甲制度的雏形，千总也是汉人，其他四个千总两个营官都是蛮家。中甸无论有什么事都不能不先得到他们的同意。

不能取消这些土官的原因，虽由于蛮家人固执地相信他们的土官，但主要的还是言语的不通。我们的公事到这里都翻成藏文然而也没用，普通的蛮家哪有几个识字的，所以他们只好听千总的一句话，有什么命令交给千总后，千总派人用言语去传谕他的境内人民。

千总在他境内有绝对威权，普通人见他的面都是要立刻磕头的。他们出来的时候，一大群蛮团卫士跟着，个个穿着紫色、红色、黄色的楚摆，背枪挂刀，用银带背起护身佛的银盒，既威风，又美丽。

假如两家发生了争执，原告便到千总处起诉，千总听清楚后便把他的马鞭交给原告，意思就是鞭策催唤。原告把千总的马鞭交给被告，被告就立刻恐慌地把马鞭送回来。千总再听到被告的诉辞，于是就下裁判，到底哪边有理，哪边没理，该打打多少，该罚罚多少。原被告既不在千总面前对质，法警也不到乡下传票催人。

这些土官大半不会有大的眼光，在地面上相当蛮横，偶尔有到县政府去诉讼的案子，他们还会硬要提回去自己办理；又时常借题敲诈勒索，百姓没有办法，县政府也没有办法。听说从前还要厉害，所以他们有个比喻说县长是流水，土官是石头，水绝冲不动石头而且水是流动的，石头却是坚固地站在那里，水对于石头又有什么办法？所以现在这一帮像石头的土官仍然占据着整个的中甸。

六、县政府

一座怪凄凉冷落的边城衙门。

门口没有卫兵，段县长自撰的一副门联冷冷地挂在那里。

"国家治乱，但看五境诸民族。

边疆治乱，系此一座冷衙门。"

大堂上虽也写着"法院"两个大字，但公堂桌上积着很厚的尘土，记得还有一些鸟雀的爪印。惊堂木似乎根本没有，别处正是"是非焦点"的法庭，这里却有"庭可罗雀"的感觉。一边门柱上写着"宫斋无事，时闻佛号与钟声"。

另外一个边门上写着：

囹圄草长讼庭冷，
糌粑味永酥油香。

啊，原来这是一个监牢，那小院中青草长得可以藏得住人了。

说实在话，我对于这座冷衙门倒有点喜欢。在这里当当县长是不会妨害"静坐"的，平常都是幽静得像一座尼姑庵，只有四天一班的邮差，才会带了些一月以前的报纸来。

我想，假如把陶渊明先生放在这里呢？那也许我们没有眼福看到《归去来辞》这篇奇文了。清静到这个地步正好安心饮酒，反正出了事自有千把总土官自己料理，乐得不闻不问。深深地藏在横断山脉中，像督邮一类的官又谁肯深入不毛来视察，绝不会有为五斗米折腰的窘态。像现在段县长这种"终日独醉又独醒"的享受，渊明先生在地下亦难免羡慕吧。

这里很可以放一个专门学者来做县长，想来绝不会妨碍他的研究工作的。会写字的段县长，就正在写着《中甸县志稿》，而且和我说自从雍正二年设治以来，中甸的确有四五任县长都是文人学者。

段县长治中甸有两个原则：不欺蛮家，不怕蛮家。无为而治，想不到现在还可以在中甸看到。

七、白水台

杨振华先生和我出发得很秘密，等我们一起离开了中甸县城时，他才在马上告诉我此地仇杀的事情很多，不得不如此防备，此地重要的人物都是这样行踪飘忽的。

在中甸东南三日路程的北地，是么娑人"东巴教"的发源地，要成一个东巴（巫师）都必须来这里受洗。这是一个应该去的地方，那里又有白水台名胜。由北地下去又可以绕哈巴雪山而至虎跳涧，恰巧哈巴的杨振华先生来中甸县有公干，我便决定和他下北地绕虎跳涧一行。

第一天宿大宝寺下的一个"伙头"家里，大宝寺是全中甸唯一的红教庙宇，风景极好。

第二天在雨中出发，伙头的妻子女儿都跪在泥里磕头送我们，结果这一天顶苦，在松林中遇大雨，衣服行李都湿透；晚上虽然蛮家用竹子搭成帐篷，但因雨太大，三个帐篷都漏水，大家只好放弃睡的希望，在雨中生起大火。我提议唱歌，先唱了一段京戏，使他们高兴了，便把他们会的蛮家调、罗罗调、江边调、龙巴调、阿墩子调、么娑调以及青年男女围火跳舞的"跳古装（？）调"……都一个个大家唱和起来，像在原始森林中开了一个原始人的音乐会。由歌声中分明觉得粗野的血在流。我想假如有一个音乐家能参与这个森林中的音乐会，那这一晚上定会有了不得的收获。

两天后到了北地，我赶紧去看白水台。

白水台离开北地不过一两里路，远看是一个白水瀑布，等走到跟前一看这瀑布原来是石头的。

世界上哪里会有这么白的大石头，原因是水中含有一种特殊成分，一见空气日光便渐渐沉淀凝结起来，于是便生成了一种半透明的固体，像水锈，像石钟乳。

水量很大，于是一层一叠地凝固起来，白水真的成了台了。这是水云流动的固体模型，立刻激起我一个幻想：画家不是正在发愁没法描画水云变化的动态么，这里可以容你面壁十年地来仔细体会。是谁一声神奇大喝，遂使万斛水云一时都凝？

白水凝成一层一叠的台。正像下面绿色的梯田．所以有人说这是"仙人遗出"，当初人民不知耕田，仙人特意先做出一个模型．使人民好去模仿。

对于太过于奇怪的东西要把它传达给没有见过的人是困难的。白水台不但照相不能传达出它的真相就是用最惟妙的笔画出来也不可能，因为没有见过白水台的人仍然不能领会。

像是一层一叠的白玉，给匠人用造化大刀削成流水的形样，因为台在每年增高，水便东西南北地乱流，流过的地方便穿上白的外套，不流水的地方经日光晒又渐渐黑起来，等别处台增高了水又流过来，重新给它制一副新装。

在这样的白玉世界中，你可以恣情跳跃。有些白玉像是大力士吹的大气泡，在这些水泡会使你更惊奇地发现它上面一层层布满了半环状的连续凸起，所以虽然是一个怪危险的陡坡，但很少有滑下去的可能。我在这个神仙世界中赤着脚走了一个上午。

假如白水台在昆明，我相信全世界都会知道它了，然而也许吧。造化把这样的奇景，放在横断山脉的深处是有深意的。

八、虎跳涧

虎跳涧是中甸和丽江两县的大名胜。丽江方面搬出一架玉龙雪山，中甸方面抬出一座哈巴雪山，把金沙江束得像一条蛇在中间急驰而过。这两座雪山看守一条金沙江的长滩共有四十蛮里，使我整整走了三天。

在丽江这一方面因为玉龙山太削直了，从没有人起意去开一条路，由北地过来便绕着哈巴雪山走。经过世外桃源的哈巴，便可以望见虎跳涧了。

我们上升到山的半腰，石径似乎最近有人修理过。据说从没有人敢在这里骑马；跟我的人告诉我说坐"滑竿"（轿子）的人到这里也自动地下来步行，不过我想，坐滑竿的人恐怕也不到这里来了。

迎面是一群苍耸翠连高不可止的奇峰，连城夹嶂地列成一个山屏，这是玉龙雪山被削断的地方。往下望着像一条白带的江水在翻滚奔腾，有时江风卷上来一阵吼声，有点像是钱江的八月潮的怒涛。虎跳涧的江风是有名的，在冬天的确会吹倒人，不过像他们传说的鸟都不敢飞过却未见得是事实。

领路的人告诉我，山中坡坎大，哪有什么里数？有一天我只走了七里路。有一个地方名叫深沟，名副其实，一上一下足足一个上午。景色也奇绝了，瀑布应该就在我们的脚下却看不到，实在也不敢看，只望那深入地中的削壁，头也有点晕起来。

过了深沟，便可以望见真正虎跳的地方，像一个门，江水被挤得狭，虎能不能跳过是一个现在还不能解决的问题，因为到现在止，这传说虎跳的峭壁从没有人能走拢它，险到这种程度也真使人神往，洛克虽也打过这个主意，但终归失败，后来他只好雇一架飞机在上面飞了一趟，了此心愿。

像《丽江县志》上所说那么神秘却没有，金沙江也没有变成一个大瀑布倾流而下，然而虎跳涧也实在可以雄视世界了：试想一条江在两架雪山中驰过该是怎样的壮观？

看过虎跳涧后我有一个感想：像这种伟大的景色，照相、绘画都没有能力表现，在这里实在需要中国画的方法；看过之后把它一齐融化，然后再把这整个的印象在纸上表现出来。然而最要紧的，看虎跳涧，必须先有像孟夫子那股浩然之气才可以，不然不但融化不动，反而会觉得蛮山蛮水并来欺人，使你无余力去欣赏，毫无得获地归来。

九、民间疾苦

　　民间的疾苦非你亲自看到绝难以想象：一层一层的剥削，更是我们所梦想不出的。在由中甸回来的路上，仅仅是在民间走了一趟便使我有点悚然！

　　去年老君山的教匪沿着金沙江边作乱，我在千把总家里还看到当时入会的执照，这不过是一片满纸荒唐言的破纸而已，但这一张纸中实在有不少的血和泪！

　　在会匪来布道惑众的时候，这样一张会照要两三块国币，老百姓愚得可怜，情愿忍痛把自己血汗换来的钱来买它。念经入会已用去不少的钱，等到教匪作乱，又被胁迫参加，这已经给会匪把家糟蹋一次了。等到会匪到石鼓被军队蛮团打散，蛮团因为金沙江边多是汉人及么蛮，便把牲口器物抢劫一空，这已经吃了两回亏，差不多家产荡然了。最后公家在事平之后来收会照，往土官处交一张照谈何容易，没有几十元国币他不肯收，在乱后谁又有这力量，然而不缴又会说你通匪。据老百姓说当日起会，土官不是不知道，而且有土官给会匪送礼的事，但翻过脸来又认为这是一个要钱的机会，一点不肯放松。听说，田产卖得净光的到处都是，再没办法，便卖儿女，儿女不够，便卖身为奴，许多人把自己和儿子一齐出卖，最长的竟有到十年之久，不过是为一张纸。一直到现在还有许多人为它在作牛马生活，在流汗流泪！

　　"放茶盐"是另外一种剥削的方法。中甸除江边境外其他四境都是蛮家，蛮家人多便欺负江边，到江边来放盐茶，不过值两角钱的茶，但说明将来麦子熟了要一斗，还得自己备牲口送到喇嘛寺，或其他指定地点，又不敢不送，蛮家人多会下来作乱的。一个领路的人和我说他刚把自己最后的一斗麦子送去，现在在吃豆叶，明年春天要饿死了。说起来中甸五境中，江边境太吃亏，其他四境的负担都要由它一境担负，蛮家不时又来敲诈，风俗习惯又近汉人而不是蛮家。从前有人建议把江边境划给丽江，实在深有它的道理。

　　我经过的时候正在办户口移动、调查，又是要钱。不怕你户口没有什么移动，每一个门牌两毛，假如家中死去一个人那便是四毛。人死也有税，在这年头，简直死的自由也没有了！

　　沿着虎跳涧那几天行程中，我没有看见他们哪一家在吃米。有一次夜间赶到一个甲长处换马，竟使甲长大为其难，因为他家中连点玉蜀黍的面粉都找不到，幸亏我自己带有米，不然不但他着急我也要挨饿。这还是一个甲长家，至于普通人，我实在不忍说他们在吃草，豆子和豆叶在一起蒸熟，大家便抓起来吃，这里面能有多少养分！我看到他们饕餮地吃到七八碗时，自己忍不住也落下泪来。

十、归途

云南无论在哪方面都丰富得惊人，中甸的旅行使我有进入异国的感觉，因为一切生活情况都不同了，有多少我们梦想不到的事物都给我们发现，在中甸的东北几天路程就是。"木里王国"现在还在有名的木里王子专制的统制之下，在那里当然又有不少的东西等我们去发现。我在归途中已和中甸定下后会之期。

由丽江到中甸共走了九天，是随着那一群古宗朋友前进，和他们日夕相处便多知道了一点他们的生活，但对于喇嘛寺，除了看到它的外表外，别的知道得很少，因为蛮人多疑，他藏的宝物都不肯拿出来看，这个需要事前多多准备，希望下次再来的时候有较好的成绩。

古宗人的银器可以专门地来研究，装护身佛的盒子是一大类，另外装饰的银器如戒指、耳环又是一类，这里面都有各种形式和不同的纹样。这一次上中甸原不过是作初步的观光，将来时间准许我愿意在这方面下点工夫。

在归途中知道了一种与旅行人极为方便的制度，很像从前的驿站，出发时，一个土官派一匹马一个人来送我，这当然是必需的，因为我不但路径不知而且言语不通，假如没有本地人的顾应，目的地走不到是小事，恐怕饭也找不到吃。对于他的盛情我很客气地领受下来，想不到的是从此永远有了马骑，有了人送。

这里的规矩是这样"见人送人，见马送马"，在应该是一站的地方，都设有"伙头"，这是本地面上的官，他的任务就专是派人派马。我一路上都在这种土官处换马，你一切用不着担心，靠了这种制度，不用花你一个钱就会把你送到目的地的。

这种制度蛮家叫它"乌拉"，说是从清初就设立的，这两个字的意思解释起来是"备马"。"乌"字他们说没有意思，"拉"是"派马匹"，到底是不是这么讲，蛮家自己也说不清，不过我却靠了这方便的"乌拉"制度一直回到丽江。

本期撰者：

樊星南先生在本刊第二卷第六期，曾发表过《欧洲法治精神之由来》一文。樊先生现服务于重庆中央政治学校。

林兴育先生自己是一位暹罗华侨，现在昆明某研究机关服务。

第二卷第十九期（1939年10月29日）

时评

苏德的结合

德苏协定一宣布，德国便放胆侵略波兰，与英法挑战。前此讲阵线主义的理想家，对此现实外交的演变，只有瞠目结舌，莫名其妙。然而，现在我们所应该注意的，是苏联是否将尽力帮助德国抵抗英法，他们的结合是否有限度的，甚至他们所谓合作的条件是否与德国有甚大的利益。

或者希特勒曾希望苏联果能与德国在军事上密切合作，与英法对抗。这也是一般关心世界者所最焦虑之点。然而近日莫斯科和柏林方面所传来的消息。似乎都证明这个幻想之难于实现。虽然目前希特勒致史达林私函的内容与史达林复函的内容为何，我们无从知道。然从柏林官方对于希特勒私函的期待，与对于史达林复函的失望，我们可以猜测德国一定有希望苏联与之作进一步结合的建议，而是项建设没有为苏联所采纳。就苏联立场说，最有利于他们的办法当然是现在这种的武装中立，让德与英法拼个死活，两败俱伤，以坐收渔人之利。只看开战还不到两个月，苏联已经占有波兰的东部，囊括波罗的海。苏联又何必真的以死力帮助德国，打倒英法。果然英法为德国打倒了，德国卧榻之旁岂有苏联酣睡的余地？

至于经济合作，两国间的协定大概可以成立。在德国这是军事合作奢望之余退一步的要求；在苏联，这未始不是暂时维持交战两方战斗力均势的策略。此项合作谈判的进行已历两三星期。德国主要的目的是要能由苏联供给以煤油、铜、铁、矿砂、磷酸盐、小麦、木材、棉、麻各项原料品与粮食。如果德国能得苏联在这一方面的帮助，作战的能力与持久的可能性当然要大大的增加。然而德方现已承认苏联所予接济，倘欲求其充盈，务须假以时日并改善运输，方可有济。而尤其重要者，德国将以何种方式偿付是项物品。苏联断不会以大量物货借与德国。在协定上，德国当然是以机制品输入苏联作交换。然若战事旷日持久，德国是否有力继续偿付是一个疑问；如果不能以物品来偿付，德国是否要以其他政治的权利让与苏联作抵偿也是题中应有的考虑。苏联无所爱于德国，然亦无所爱于英法。英法一下子把德国打服了也未必是最有利于苏联的局面。供给德国以相当的物力，以抵抗英法；置身漩涡之外，以坐视双方之俱敝并困，这似乎是苏联现在所采取的国策。（山）

格鲁大使的演说

十月十九日美国驻日大使格鲁在东京美日协会餐席上发表演说，中谓美国人民有维持在华地位的决心，不同意日人的"东亚新秩序"的办法，并对日本军队在华的行动和妨害美侨权益的事情，非常愤慨。美国采这样一个外交举动充分地表出美国民族的率真坦白和维护正义的性格，亦表示美国政府的远东政策是一贯的，和它们早已觉到对日本写照会的日子是过去了。

照会的往来是寻常外交所用的方式，却是在一个像日本的国家里，军阀专政，国内人民对世界情形局势得不到真正的了解，写照会是白废纸张的。格鲁的演说发表在日本国内广众聚会中，它公开地坦白地把美国对远东的立场和决心让日本政府和人民知道。它虽然是以个人的资格，说明个人所持的观点，而很显明的是格鲁的发表是美国国务院所赞同的，它所说明的意思是代表美总统罗斯福的感觉，表示美国政府已准备于必要时取有效的方法制止日本军阀的行动。

从时机方面看，格鲁的演说是发表在他由美国回任不久之后。在他与罗斯福和赫尔离别不久之后，亦在德苏缔定互不侵犯条约成立不久之后。时间的选择，如前数月美国宣告日美商约的废止一样巧妙；那次废约的宣告恰在英日东京谈判谅解的次一天，这次演说的发表是在日本外交最孤立和日本在上海正图占取越界筑路区主权的时候。格鲁演说之后，跟着有美国国务卿赫尔对美国拟各方面与上海工部局取合作的表示。

至于反应方面，美国国内的舆情对格鲁的演说和对日美商约废止的宣告一样，事后不但毫无非难，而且一致拥护赞许，即孤立分子亦无表异议者。美国人民对国际情形的感觉和对政府外交政策的谅解，一向需要相当时间的经过和情绪的成熟，方能赶上实际，而赶上实际之后它能坚强维持。因此要期望美国对远东采用更有力的举动必需时间，必需适当的局势。日本此刻外交上已到了最孤立的时候，经济到更加脆弱的时候，美国国内主张禁止原料输日的人日见增加。明年一月美国国会复会，同时日美商约开始失效，正是对日施行经济制裁的好时机。日本此后必鼓吹国内舆论攻击美国，宣布废弃九国公约，但日本无论采取何举动，它们知道对付美国不是可用武力的，即如美国对付日本不愿用武力一样。双方不至用武力，而美国却有经济力量能制裁日本，现在美国既已屡次表明立场，"有效方法"的采用只是个时间的问题而已。（佶）

敌国政党活跃

据东京二十四日路透电：国民新闻宣称，自沈阳事变后，日本国内政局之最后总改革期，业已降临，今后局势之发展，各界极加关注。据最近情形观察，国内政党较前尤为活跃，似即可获得政权，而反对政党团体之势力，因政局关系大见消灭，阿部内阁之力量又极为脆弱。据接近天皇之政治家观察，阿部内阁之成立，原为一时权宜之计，其立足之机会即将消灭，今后局势之变迁，经过若干时日后，政党政治即有重新恢复之可能云。

这段新闻，初观似觉离奇，法西斯军人借口非常时期而推翻政党政治，现在时局的严重更甚于九一八事变后，为何容许政党的活跃，其实政党的重行活跃，并不始自今日。当平沼内阁登台不久，因缺乏革新勇气而不满于舆论时，民政党总裁町田即大为活跃，作继掌政权的准备，政党活跃的原因，可从三方面解释：第一，是军部声望跌落，九一八后军部利用国民对于政党腐化的厌恶，借口内外情势的严重，而将政党内阁推翻，其后少壮军人领袖虽格于情势，未能拜命组阁，但实际上，政府当局事事迁就少壮军人的主张，实权可以说大部握在他们手里。不过这几年来日本国内外局势的严重，不但未曾缓和丝毫，反而更趋危迫。而少壮军人的娇姿狂妄，再增国民的反感,人民对军部由拥护而冷淡,现在起反感了。第二,是因为对华战事无法速决,军人的颜面扫地以尽,而人力物力之强制征取,对于国民生命财产,更予以致命的威胁,物价的高涨和生活的不安造成了举国的忧虑与苦闷。第三,是国际环境的恶劣,军人所赖以自慰而求谅于国人的,厥惟一国防共协定,现联德而被德所恶,军人将何以对己对国民?欧战的发生,并未能如理想地改善对美俄英法的关系,狂妄军人所造成国际孤立将无法改善。

物极必反,现在轮到政党向军部反攻了,法西斯政治的失败引起的政党重行活跃,不过少壮军人野心未驯,决不甘引咎而退,政党在刺刀的威胁下,谅也不敢过露行迹,政党政治的复活恐尚非短期内所能实现,不过说明了敌国政局的不安和外交的日趋危迫而已。(迅)

中国应该站在哪里?

樊德芬

第二次欧战已经爆发了。未爆发以前,早已风烈云暗,酝酿有年,其中心人物,便是德元首希特勒;前者英国保守党元老包尔温爵士从欧陆归返英国时,就曾本其游历观察所得,公开地指明欧洲的和战关于希特勒一人之身。英首相张伯伦一向是主持绥靖政策的;这政策在后半段的演进,就是组成和平阵线连环监视德国以维持欧洲的秩序。在英法波三国互相保障成立以后,英法与苏联结成同盟,实是和平阵线最有力的表现方式;若是这个同盟能顺利订成,欧战何至于发生?无奈双方对于利害的认定,彼此不同,历时虽久,终无成效。予德国以可乘之机,俄德互不侵犯的条约因而出现。和平阵线本是组成一个圆环用以监视德国的方式。现在苏联站开了,而波兰只是一个二等国家,就不啻环上缺了一节,那冒险家式的希特勒遂即拔刀而起冲进波兰来了。

现在的世界政治和世界经济一样,彼此的利害都是息息相关,有前波推动后浪的影响。吾人立国于世界,须能善于选择自己的立场,以为后日发展的张本。这次欧战,在现在的发动,虽是局部的,但是暗中的牵涉以及将来的发展,必为全面的;这从它的范围上及参战国的精神意义上可以推测得到的。我们中华民国应该采取什么态度,公开地作什么表示?自是目前最重要的问题,必须急待解决。这个问题如何解决,自然须从是非利害上着眼。本文即为此而陈是非说利害。

自从二十世纪的高度科学发明应用于军备上,谁都知道现代战争是如何地残酷和剧烈。那些科学发明应用到生产活动上,谁都知道已将各国在生产和消费上织成一个密集的网络。所以在政治上的利害表现，便成了和平不可分。上一次的欧战，俄国的革命，西班牙的内战，中日的战争，都向世界人类表明近代战争摧毁性的强烈，当事者牺牲的重大，人类所受之影响的深刻。除了东方的日本，曾在数十年前侥幸地食了胜利的果子，有一部分人便相信他的陆军是永远不会败北，盲目地听从军部的领导发动中日战争外；只有希特勒和墨索里尼利用各国人民不愿发动战争的心理，屡次演出武力要挟的拿手好戏。但是一方武力要挟，一方尽力忍耐，都不是没有限度的。因为凡尔赛条约处分德国有欠公平，所以希特勒能够内以取得德国人民的拥护，外以取得英法的让步。但捷克何罪而亡国？波兰的国家生存是否就应为德国的光荣而牺牲？德国冒然开战，有何正义的立场？各国人民，谁能同情？就是德国人民自己，自国社党秉政以后，一方面德国国际地位提高，精神上固然应得相当的满足；但另一方面却自由全失，扰攘不休，日常生活日趋困难，在他们听饱"光荣"的喊声之后，又何尝不明白实际生活所最需要的，不是过度的光荣，而是起码的和平。国社党的青年虽表现着兴高采烈，但是具有上次欧战痛苦的人们还有很多生存着。德国人民闻悉开战消息之后，未曾表现出一九一四年的热烈情绪，那是自然的事情。人心之向背，为决定胜负的重大因素，古今无殊。墨索里尼的学识和政治经验，究胜于希特勒，不惜解散轴心，毅然决然地宣布中立。国社党这回作战，真是彻底的孤立，恐千夫所指，终于不义自毙而已。我们中国应该采取"吾从众"的态度。

　　自从日本军阀侵略满洲，国社党的德国脱离裁军大会以来，一时天地晦塞，风雨满楼，好像立国的意义只在于自私自利，人生的原则，只是弱肉强食，毫无公理。举凡人类自从宗教改革以来，所辛苦经营缔造的各种维持和平保存人类的国际道德正义制度法规等等，均成纸上文章，视如儿戏。试问世界国家林立，谁无主权？若俱恃强凌弱，投机取巧，蔑视一切，唯利是图，不但人类将惶惶无宁日，而近代灿烂空前的文明，亦将堕入深渊。日本军阀曾喊出"东亚新秩序"，希特勒也喊出"新的欧洲和平计划"，但考其骨髓，均充满了自居主人臣奴其他民族的臭味。他们想将这种人类在未脱野蛮时期的陈旧观念，以开倒车的方式用于二十世纪的人类，其人们所能甘心领受？凡对此加以制止者，均系为基本的正义人类的和平近代的文化而战。和平不可分，和平战线亦不可分；我们抗日是在拒任这条战线的东面，英法波抗德，是在担任这条战线的西面。彼此的国际立场和精神意义既正相同，正应公开地声气相通，分工合作，振我国之体面，壮世界之精神。近代的国家真正不幸，被短视的政治家和黩武的暴徒们装点成一幅自私自利的丑劣面貌。将来和平战线胜利后，人类利害一体的真理，必获昌明，损人利己的国家，必连自己国家利益的老本都贴赔上去。

希特勒悍然孤行，究有何恃？仗恃德意轴心吗？他并吞奥大利时，已触墨索里尼之忌，希氏虽向莫氏郑重道谢，但墨氏却悻悻然对意国人民高呼曰"吾人坐待德国之谢意，见睹具体之事实。"而并吞捷克之后，德在多瑙河又有威胁意国利益之趋势。德意两国的利益，并不一致，轴心的成立，端在彼此利用，增加声势，掠夺英法及诸小国的利益。但意大利帮助德国摇旗呐喊则可，帮助德国作战则不可。德败固连累及意，德胜，意国亦只成牛后。两国的利益，在历史上一向是冲突的；在神圣罗马帝国时，皇帝与教皇及意大利各小邦就彼此不能相容；一九一四年时，意虽在三国同盟之列，但战堂一启，意政府即发现为德奥作战，在意大利是不合算之事。现虽时隔二十余年，但形势无殊，凡德国所能予以意国之利益，英法均能优为之，意又何苦作战？且意如助德作战，即有被英法首先解决的危险，而德国先吞波兰，焉有雄力援意？意之宣布中立，在战事初开之时，即在吾人意料之中。

希特勒一向是用惯了威胁手段，不战而获。他灭亡捷克，就是一面调动大兵，一面约请捷克当局亲到柏林，胁迫其签了亡国条约。此次又思重演故计，于剑拔弩张之下，约波兰政府立派全权代表，到柏林作最后的谈判。波兰警心往事，岂肯上当？希氏计诱不成，而大兵已动，遂即恼羞成怒；于是以武力着人者，为形势所迫，不得不真正诉诸武力矣。希特勒戈林之徒，常夸其兵强将勇，渲染其威胁政策；又极力扩充兵额提高军器的产量，以为威胁政策的工具，盛嘘其人民团结政权稳固，以示政治组织的力量。实则其十万国防军固然训练精严，人材美备，但国防军与国社党之间的隔阂，究未因效忠于希特勒的宣誓，一扫而空；而扩军以后，国社党的冲锋队并入国防军，二者因习惯训练及精神不相同，始终未能水乳一致；且新扩充的军队，在质量方面亦较低劣。至于德国军器制造，其规模之大，产额之巨，诚然超出他国；但是他所付出的代价，却是日用必需品产额的限制，对外贸易的低落，税收的增加，通货的膨胀，原料的缺乏，人民生活的艰难。人力物力两俱不敷，以至工厂因过度运用和缺乏修理而日改旧观，铁道亦因此故而时常出轨。这些经济艰窘的祸根，都种在扩张军备上面。慕尼黑四强会议时，张伯伦所以对希特勒作重大的让步，良以张氏以为德国一切不满现状的心理。从此当可告一段落，而欧洲整个的局势，可希望以外交的方式，归纳到和平线索之中；而张氏后来且说过，还与希氏当时已有此种谅解。希氏能发不能收，不知乘此良机，改弦更张，挽救国本，一味恃强贪进，使德国的经济困难，愈陷愈深。他这次悍然作战，也是受了经济的压迫。今春以来，他曾公开地要求德国人民加紧团结，以度过严重的经济难关；又喊出"我们不能出口就要死亡"的呼声。这种情形，张伯伦自然明白，他在战事发作后，曾以德语向德国人民广播，指希特勒为一行险侥幸之赌徒，谓"此赌徒原已陷于绝境，乃不惜牺牲德国民族，以求一逞。"希氏是一个充满神秘性的妄想人物，常思以迅雷不及掩耳的闪电式战争，向东欧推进，使西方的英法不及赴援。据传他在慕尼黑会议结束后，曾私下向人表示他有意发动一短促战争以增高德国人民的自信心，这次事机危迫时，张伯伦函警希氏谓："英对波兰所负之义务，并不能因德苏条约而有所改变，若德国认为战事一旦发作，可以迅速结束，实系错误。"希氏何以迳行不愿呢？是否短时期内就能吞灭波兰，再应英法？波之对德警戒，早已准备有素，又是一个饱尝亡国痛苦的民族，其实贵国家的生命，自不待言，而疆土和人口都不算小。希特勒未免太自信了。德国的经济能力势不能供养时期较长的国际战争。至于国社党政权的稳固，人民和政府的一致，自表面观之，印象实佳；但是德国人民的驯服和批评的缺乏，是蕴藏着高度的不得不然的因素。秘密政治警察的无处不有，他们行动的迅速和横暴，迫得人民不得不缄口结舌。人人心怀恐惧，彼此有话不敢实说；说它是人民团结一致也好，说它是精神暗中解体亦无不好。德人对外诚有一致的精神，但是希特勒如将德国的命运，愈陷愈深，他们是否能一致的跟随他到底？

　　反观英法的人力物力，又是如何。他们所拥有的人力物力，工业的设备经济的资源，真是取之不尽，用之不竭。英国自从上次欧战以来，因为慎重地保持自治殖民领地的同情和拥护起见，外交上的行动，取极端稳健的态度，这次对德宣战，各自治领地果然一致拥护。这是世界上最雄大的势力，散布最广的阵线。张伯伦对德不惜再三地退避三舍，现已收了效果。英国的海军当然可像上次欧战时一样将德国封锁；而现在主持海军部的大臣邱吉尔又是一个最有远见和行政能力最富强的人物。上次欧战时，英海军之所以能打破德国潜航艇的威胁终克维持海洋交通，就是由于他的领导。法国的陆军总可与德国势均力敌，何况又有英国来补充？希特勒戈林常夸其空军优良，然英法的空军技术和造机的力量，其下于德？何况又具有美国的同情？现在他们全国一致，人心奋发，堂堂之旗，正在之鼓，精神物质，均胜于敌人。

我们无论为是非为利害，均应响应英法。我们可以原料和人工接济他们，他们可在军备经济上交通上辅助我们，彼此正可组成一条广大和平战线。这战线东部的对象是日本；苏俄虽与德国订有互不侵犯条约，然在东亚制止日本扰乱和平，与德国无干，并不违犯俄德间已成条约。中国是个大国，在国际上应与其他大国取得平等的地位。参加英法的和平战线，正是我们取得国际上平等地位所应取的手段，这与加富尔参加克里米战争正是一样的作风。有人以为英法对德作战，在东方或将与日本妥协；殊不知国际情势，今昔已大不相同，英法的远东利益绝不轻于牺牲，英日同盟不会复活。我们要远应英法，近联苏美，强使日本军阀从噩梦中醒觉过来，达到我们坚守正义抵抗强权的初衷。至于英法远东的利益，那除了我国外，还有美国在那里监视着，日本若加以侵犯，岂不虑美国明白地卷入漩涡？英法当不至于如此短视苟安，不欢迎我们的同情合作吧？

英法土互助公约

王赣愚

本年五月以来，英法土三国在原则上，即已赞同彼此互助，其后经屡次谈判，久延时日，未见三国公约之产生。此项公约，忽然于本月十九日在土京签字，欧洲局势顿时为之改观。

该约内容，据报传载者共有三点，其大要如下：（一）土国倘被侵犯，或因地中海东部战事而卷入漩涡，英法应予援助；（二）如欧洲任何国家，在地中海东部作足以引起战事之攻击，或英法因保障希腊及罗马尼亚之故，而不得不在地中海东部开战时，土耳其担保援助英法；（三）如欧洲任何一国危害他国之中立，而其独立乃三签字国所认为极其重要者，三国政府应即确商联合攻击之法。该约成立之后，英法在欧战中制德之力量，无形中已大大增加了。当然，从土国方面看来，该约性质专为防御，除非遭受外来攻击时，不能发生若何效用；但从英法来论，它的应用范围似较宽广；英法两国倘履行一九三九年四月向罗马尼亚希腊两国所提供的保证，致扩大欧战的范围，则土国亦不得不予以军事上的援助。更进一步言，如果德国侵犯任何第三国之中立，也有使土国加入英法作战之可能。由此而观，该项公约，不但给予地中海安全以更大的保证，并且从此足以遏制德国，对东南欧侵略的倾向。

综观近日欧局，三国公约的成立，在国际间所引起的反响，显然是意大利的彷徨和德国的失望，意大利以为土国与英法接近，或许使其在地中海的地位发生动摇；但同时因为有了这个互助公约，意国对苏联势力侵入东南欧的忧虑，却逐渐消释了。至如德国，自与苏联成立新协定后，暗中怂恿苏联在巴尔干及黑海方面，扩充势力，以为保持中立之代价。殊不料三国公约产生之后，德国南进之路既被阻挠，苏联设防之计亦不得逞，而英法收获之大，反出人意料之外。战后土耳其所嫉恨的，首为意大利，其次为纳粹德国。它在最近苏土谈判中，曾坚决宣示，意国若果加入战事，则它将出而协助英法，由此可证明其不愿意国在东南欧树立霸权。现在土国与英法成立同盟，决然放弃中立地位，以致意国在地中海的利益，大有受危害的可能。然而，我们亦不能因此而断定意国必对英法土集团作战。眼前意国外交实在已到左右为难的境地了。

近些年来，德国对土耳其亦尽过拉拢的能事；但它自身不愿遵守国际信义；先后并吞小国，却使土国人士不寒而栗。倘德侵略气焰莫由阻遏，则土国终久将受重大威胁。今番土国加入英法同盟后，德国的国际地位已受打击，所以日来拟在外交上积极行动，图谋有所弥补。这是极值我们注目的一事。

最近英法土公约，对意对德既有牵制的作用，它对苏联的影响如何，似亦值得讨究。须知三国公约的成立，显然是近日苏土谈判失败所促成。上月中旬，土耳其外长应苏联邀请，赴莫斯科商订互助协定。但谈判约历一月之久，未闻有何结果。前几天，土外长突然离苏返国，恢复商谈恐尚有所待。

苏土谈判搁浅以后，即有英法土互助公约的成立，两事相继而生，似含重大的意义。英法土三国磋商互助公约，为时已半年，骤然于本月十九日在土京签字，此举不啻共同给予拟诱背约弃盟的苏联以当头一棒。这三签字国在东欧与地中海所企求的理想和所保有的利益，并无二致，此时相约而加以证实，确是适合机宜的举措。然英法与土国订约，未必即促使苏土交恶。此次互助公约以外，这三国另行签订议定书，规定该约所载义务不得强制土国采取任何举动，致与苏联发生战事。欧战爆发后，土国对苏联势力之移向东南欧，深呈惶惶不安。巴尔干各国组成任何集团，倘由苏联操纵其间，绝非土国所能赞助。此次土国断然拒却苏联要求，就可证实其不愿接受苏联在东南欧企图建立之霸权。原来土耳其地位的重要，不只在中东，而且在巴尔干。近年来巴尔干团结运动，均系以土耳其为领袖。从这点上说，这次三国互助公约的成立，确是为巴尔干安全树立坚固的新基础。

在苏土谈判中，苏联所提出之要求，与土国对英法所负的义务相冲突，倘冒昧予以接受，实属得不偿失。从其外交立场观。土耳其只顾在不违背现行国际义务范围以内，与苏联成立协定，以谋必需时之互助。它始终认与苏联接近，是保障黑海流域现状与维持欧亚和平的重要因素。但苏联在现势下对土国的外交政策，则在限制其在巴尔干半岛所保有的势力，使之在欧战中不能积极援助英法，并且促其代负保卫黑海之责任。至在地中海方面，苏联并无直接利害关系，尽可让土国尊重关于该区域所应有之义务。换言之，土耳其在地中海之措置，苏联不予何种束缚；仅求在达达尼尔海峡，避免军事行动。

苏土谈判中的最大暗礁，就是达达尼尔海峡问题。苏联本来坚决要求土国封锁海峡，避免英法海军由黑海进攻之危险。达到这个目标之后，在高加索东海岸的巴库城，才得切实的保障；因为该城煤油产额，居世界第一，不啻为苏联富庶之区。土耳其以掌握海峡之故，便能控制黑海的门户。在上次欧战时，德国突然封锁海峡，轻易地断绝俄国在黑海之出口，因此在战事初期中竟得操纵其局。战后关于海峡的处置，系规定于一九二三年的《洛桑条约》。依此条约，土耳其不得在海峡设军备，须尽量供国际通航，不过军舰的通过而稍受限制。但海峡的废除武装，在新兴的土国看来，是有碍自由独立的办法；所以在一九三三年的国际军缩会议中，呼吁恢复海峡的武装；次年加入国联，又重申这项要求。一九三六年四月间，土国决然单方废止《洛桑条约》，遣军开入海峡地带，从事设防。关于此事，各关系国曾于同年七月签订《蒙特娄公约》，对于各国军舰平时或战时通过海峡办法，详加规定。在现在欧战期间，交战国军舰通过海峡办法，照理应以《蒙特娄公约》为根据。此次苏联拟诱土国弃背条约，封锁海峡，居心显然是要折断后者与英法之联系，此举必惹起英法的嫉忌，因为尊重约束，原是它们这次作战目的之一。

苏联趁此欧战机会，从北欧直至土耳其，积极布置防线，其收获之大，已出人意料之外。但在黑海方面，它的困难实在很多。依照苏联计划，企望土耳其于英苏交恶时，截断英国海军之进口。这个制英的防线，如果顺利完成，对于帝国的安全未始非重大的威胁。苏德协调后，外间亦疑惑苏联此举是为德张目，其理由以为苏德商约中规定，苏方当经由黑海及多瑙河，运输大批货物赴德；而欲履行此种义务，则禁止英法利用海峡，确有其必要。三国公约成立后，苏联所企望封锁海峡一点，已告失败，出入黑海之门户，仍然受人控制。此即苏联方面所受之最大打击。

英法土公约的成立，就事实言，并不是应付危急情势的暂时措置，却是三国决心长期合作的具体表示。本年五月以来，互助公约虽迟未成立，然三国间之意见，并无实际的变易。原来土耳其在外交上的企图，是造成和平的环境，以利己国的彻底改造。循此目标以进行外交，其接近英法两国，几成一定的倾向。

英国在欧战后本是土耳其的最大仇敌。在《色佛尔条约》下，土国的丧权失地，自始即归咎于英人的主使。在希土战争中，英国之左袒希腊，更使土耳其人不易忘怀。一九二五年以后，克特人的屡次叛变，亦有认英国为其幕后主动人物者。然民族仇怨未必永远无从消除。试看近几年来，英土二国邦交日臻亲善，几乎使人疑惑不解。事实上，近来因欧洲战云密布，土国以和平建设为上策，而英国在意亚战事发生以来，亦何尝不想与土释嫌修好，以求共保地中海的地位。自一九三五年海军协定谈判的过程中，在蒙特娄《海峡会议》的席上，英国所持公允的态度，又为土国人士所钦仰的。嗣后两国聘使往还颇密，过去隔阂渐除，其友谊之日益加强，已成有目共睹之现象。就地中海利益言，英土二国此时固亟须设法协力合作，即就巴尔干安全而论，亦不无共同防御之必要。所以，英土之成立互助协定，可说是彼此相需相求的一种表现而已。

法土邦交，向甚笃睦，未曾有过英土间的旧怨积恨。在土希战争中，法土友谊已达沸点。法国是大战前土耳其的重要债权国之一，其在大战后对土的外交方针，虽不能像苏联一样有急骤的变更，然法土之间足以阻碍友谊的因素却不很多。近半年来，法土互助协定谈判中，亚历山大桑岬克区问题，成了最后的障碍。法国在现势下期望土国的援助，似乎较他国为殷切，所以自始愿将桑岬克区让与土国，俾使法土已往纠纷根本消除。本年六月间，这二国既在巴黎签订《互助宣言》，又在土京另订关于移交该区的协定。由此可证法国企求与土合作，是具有莫大决心的。

法国在叙利亚向来地位孤立，其所以愿负"代管"任务的动机，似乎在谋地中海东部之一立足地。须知地中海是法国与北非属地的交通生命线。前此法国为着此航路之保持，不知受了多少虚惊。所幸者德国于地中海无根据地，少发展力，但法西斯意大利咄咄逼人，却能予莫大的威胁，首当其冲者虽为英国，为土耳其，为巴尔干诸国，实则法国亦无时不在其列。地中海上的势力，当然以英国为最雄厚，其次为法。英国此时为保卫海上安全计，既已与土国协力合作，而法国处现状下亦只有与土国竭诚接近，以求必要时之互助。从客观立场上看，法国之决然放弃蕞尔的桑岬克区，以换较大的安全，在国家利害算盘上，并非说得不过去。

英法土三国互助之议，酝酿已有半年，所以迟至最近始得成立公约，并非因为这三国利益之不易调协，实系因为它们之慎重其事。坦率地说，在混乱的欧局下，虚若委蛇的"互助"结合，殊无补大局。英法土在半年来的谈判中，力求消除最后障碍，竭诚促成真正团结，这是极值我们称羡的。

然就地势上观，土耳其既与英法接近，又不得不与苏联，求联络，图协作，这几与十九世纪情势相仿佛。在欧洲现势下，土国睦苏联，亲英法，纵然感两全之难；但为自身安全计，亦不能不如此，这次三国互助公约成立后，苏土友谊，仍可维持于不坠，这是我们可以断言的。

今番土外长之突然返国，未必即苏土谈判无从恢复的明证。原则上，土耳其在海峡方面，始终要保持自由行动；对英法两国又信守约束，不愿投入德苏怀抱中。但站在这个固定立场上，土国决不肯放弃十五年来对苏的亲睦关系。就往事言，帝俄原是土耳其人的眼中钉，其参加上次大战的主要目的，显然在占领君士坦丁堡与各海峡。可是到了战后，苏联却大反所为，最先对土表示放弃领土的野心。从前阻碍两国邦交的泛土耳其主义，战后亦似无复萌的征兆。土苏真正接近，要算在一九二〇年开其端倪。在土国复兴建设过程中，苏联毅然给予物质上及技术上的大援助，两国友谊上，又因之增加了一层保障。

当然，国际的友谊，最终是基于利害观念的。为苏联自身计，一个位居黑海门户的强大的土耳其，是可以保护其国防最薄弱之处，至在土耳其估计中，结交苏联，亦可使自己无后顾之忧；否则腹背受敌，必陷于灭亡之境。这两国最初为了一致对付西欧列强侵略而促成友谊，虽然其所要抵抗的威胁渐已消灭了，但至今最少还要保持着消极防御的性质。因为苏土双方均须维持长期的和平，才能从事宏大的建设。这个共同的需要，使这两国接近起来。除非苏联恢复大斯拉夫帝国主义，而对土加以侵略行为以外，苏土邦交是不会受到若何阻碍的。纵然经过了这次谈判失败，这种可能性仍然是不存在的。苏联对于黑海的安全，素较波罗的海关怀尤切，因为乌克兰的仓库，与高加索的煤油，无不有因黑海不保而受威胁之可能。事实上，为谋黑海安全计，与其援用武力强加保护，倒不如让亲睦的土耳其代其防御。这点苏联政府当看得清楚。

土耳其跨处欧亚两洲,对外关系素甚繁杂,其决策定计,颇足左右欧局。当此英法发动反侵略战争之时,土以地位之特殊,自应本一贯和平的主张,积极给予英法以最大可能的臂助。愿土国人士为己为人计,勿失此良机。

西北的新认识

张之毅

在西北西南的比较上，王卓然先生他指出。

"西北在今日竟显得地老天荒，土是瘠的，民是穷的。政治经济文化交通比较国内其他各部皆落后很远……至于西南各省，情形则显然不同，开发虽迟，而进步甚速，比较西北各省，雨量是充足的，土是肥美的，百姓的生活，比较西北，大有天堂地狱之分。中华民族之发祥在西北，中华民族之复兴在西南"（《西南导报》，一卷四期，《要应用科学来开发西南》）。

这是对西北的普遍的认识。作者新从"地狱"南来，认为西北有再认识的必要。肥沃的黄土地、横贯关中的陇海路与万里长城先后媲美的万里国际路线，青山绿水的陕南……这些，似非落后西北所应有，却都是铁般的事实。

西北通常指陕西、甘肃、绥远、宁夏、青海五省而言，有时把绥远除外，加上新疆，面积计一，四二五，三六〇，五六〇亩，人口计一九，七七六，二九四人。西北仅仅是一个地理的名词，在自然条件和社会组织上，它是多种多样的，它并不是一个单纯的经济单位，科学的研究只有划分区域才有可能，水的供给在中国生产过程上具有决定作用，所以我们把它来作为分区域的标准。这样，西北至少可以分为：

一，干旱区——包括河西、河套、宁夏，人工灌溉，形成农业荣枯的条件，河西灌溉田地有一，〇〇〇，〇〇〇亩，河套有三，〇〇〇，〇〇〇亩，宁夏有一，〇〇〇，〇〇〇亩。

二，旱农区——包括陇东、兰山、绥东、榆林，雨量不足，是一个春麦区。

三，寒温区——包括洮西、青海，雨量充沛，需种耐寒作物（如青稞）。

四，温和区——包括关中、陕南和陇南，是西北的精华。

旱农区是地学上所谓的"分割高原"（Dissected Plateau），英地质专家Riehardson认为兰山，陇东等地原是一片平坦的高原后经侵蚀，所以变成现今斜甚陡的方邱（Mesa）和圆邱地势多在二千公尺以上。气候寒冷，兰州全年平均温度为摄氏十度。雨量缺少，季节分配不均，兰州全年雨量计三七八点二公厘，八日降雨计一八四点五公厘，约占百分之四十，在这月，交通完全断绝。森林毁灭根致剧烈侵蚀，英人Buxton曾有内蒙沙漠南移之说，现在西北农学院齐敬鑫民的研究，证实了这个不幸的推断。耕地稀少，而人口稠密，民生贫困，已达顶点。旱农区的确是一个经济落后的地域。

除旱农区外，西北其他区域都相当富庶。干旱区是中国水利最有名的地方，自然条件虽苦恶劣，但人民用人工灌溉克服了它，发展了农业生产。最值得称道的是渠工并不假手于工程师，完全用集体开渠的老法子；民十八年外国工程师塔德开启民生渠，费洋八十万元，反因设计不当，归于失败，从此可见中国旧有人工灌溉技术的优越性。种植作物，麦稻为大宗，收获良好，无干旱之虞。

寒湿区不缺雨量，灌溉需要不若他区之迫切，不过排水问题则苦严重，仍属水利范围。最近天水行营委托西北农学院教授多人组织西北农业考察团，远赴青海调查，据该团土壤专家周昌芦先生谈，青海柴达木盆地，土壤肥沃，排水洗硷后，可容纳数百万人口。这区地广人稀，适于粗放的畜牧经营，洮西数县几全属畜牧区域。从事畜牧者概为番子（西藏）。以慑捆为经营单位，汉人则收买贩运，赚取商人利得。国人对西北畜牧，期待甚殷，不过畜牧供养人口远不及农业（英经济学家R·H·Tawvey阐述甚详）。除洮西外，其他人口稠密地域畜牧事业之发展受经济上莫大之限制。

至于温和区，陕南陇南属长江丘陵地带，大部种植水稻，惜山地过多，山货又出产无几，经济情形近似贵州，关中是西北的门户，同时也是西北的经济中心，所以单独提出，作一个比较详尽的介绍。

关中包括同州、长安、凤翔属四十四县，渭河横贯，划方河北，河南两个农业经营区域，河南区地势低洼，灌溉便利，经营较为集约。关中古时沃野千里，天府之国，郑国开渠，民无饥馑。唐后政治中心东移，民初军阀攻战，水利废弛，民十七年空前旱灾，元气大伤，近政治安定，水利工程先进李仪祉先生返陕兴办水利，渐恢常态。

关中自然条件非常优越。地势海拔在一，〇〇〇公尺以下；地形有头道原，一道原，三道原之分，高低不等，形式梯形，不过各原平坦，宜于耕作，非丘陵或浅丘可比。农业文化产生在平原上，关中便是一片广袤无垠的大平原。

土壤是著名的黄土，是Rich thofon和Madlar诸氏交口称赞的黄土。黄土属钙层土（Pedoaal），未经或略经雨水淋洗，还有充分碳酸钙和其他成分。据地质调查所报告，淡栗钙土（黄土之一种）的全氮含量为〇八〇七%，全磷酸量为：一六九%，钾二氧为二点二二%。按照Wobitmann氏土壤肥力等级表，关中黄土含钾，含磷都可列为最优级，含氮正常，关中平原北部边缘的黄龙山，因尚未垦种，杂草丛生，枯叶败枝，分解为腐殖质，含氮也属最优等。关中耕作多不施肥，而收获量超出郑省，丰年收获足供三年之食，土壤肥沃，概可想见。

气候温和，冬季较北平为暖。以西安言，全年平均温度为摄氏一四点五度，在十五度以上适于耕作的月份有六个月，空气干燥，晚春初夏，天高气朗，阳光充足，适于小麦和棉花的种植——丰年可收购的麦棉，大部分是来自关中的。

全年雨量在五〇〇公厘以上，尚称充沛。不过季节分配不佳，七、八、九等三个月降雨约占全年雨量的半数以上。无疑的，这是关中自然条件最脆弱的一环。李仪祉先生倡水土经济（Wasser Boden）说，意谓农业生产基于土壤水利的配合，关中肥美的土壤，须要跟良好的水利配合起来。水的问题，在关中具有决定的意义，水的供给是关中经济结构特征之一，陕灾发生后，朝野重视水利建设，陕西水利局，华洋义赈会，经济委员会等机关积极开渠，先后完成泾惠、洛惠、渭惠三渠，经过十余县，灌田一百七十余万亩，近年关中每岁丰收，奠定西北抗战的经济基础，不得不归功于水利设施。作者亲莅泾惠渠，沿渠棉田，生长茂盛，收获特丰，生产变率也小，农民歌颂李公（仪祉先生），视若神圣。将来"八惠"告成，农业更将繁荣了。

社会组织也比较健全。尽管有人说关中民气闭塞，文化落后，但在这里，没有严重的社会的分化，没有豪绅的横行跋扈。关中佃农只占百分之二三，原租佃关系较为发达，但佃户成分也未超过百分之二十。武功全县百亩以上的小地主，只有六七户，多数农村是皆一色的自耕农。高利贷资本似乎还没有侵蚀生产过程，豪绅在关中是没有地位的，政治力量可直接达到农民，农村合作社也很少外省少数分子把持渔利的现象。关中人民体质稍弱，工作能率较低，近年烟毒禁绝。短期内不难恢复往昔勤劳耐苦的坚强体格，负起时代的任务。

关中有煤无铁，建立重工业殆不可能。不过纺织，榨油诸种轻工业很有发达的可能。

关中兼备物的条件和人的条件，这是中国富有希望的一个地域，我们不要错认了它。

风　箱

白平阶

何玉生赞成跟三蛮翻猴子岩石嘴那面去开路；小七五和罗二由棚里洗完碗刚跑到，不分青红白也要跟去；鸭子不用说，三蛮近来常夸耀他是自己的"二把手"，大伙儿却讥讽他是三蛮的老熊尾巴。

交代好胡二爷管领留在原处的一群。

铁匠石匠是民工技术人才，石匠都跟了三蛮去，铁匠陈忠的风箱难得扛着爬坡，和胡三爹留在一起，他们要修钻凿，也只好让瘦猴儿小七五来上下跑腿了。

小七五挤挤眼睛答应下。卷起裤腿就预备爬坡。

猴子岩如一个铁铸的鹰嘴，直伸向江心。石色被终古风雨打成黝黑，不长树木，不生草，似乎连泥土都从来不曾在高头站过脚。山上人说只有太阳出山和太阳落山时候，是"猴子晒屁股"好地方。白天风来，莫说山树黄叶落不住脚；石嘴上每一个缝隙，每一个小孔，都被风刮的学鬼叫。江水由石嘴脚流下，季节不过立夏，没有淫雨山洪缠挟细沙黄土染出"桃花水"，水色还蓝得润眼，如一片晴天。江面不见波涛，只在水流相遇转不过身时，打起许多回纹；看似平静的表面下却埋的是滚挤翻腾的激流，四山头就震撼着不平鸣的呼声。人到此以至江岸，不时会停脚望望江水，挑柴赶马的都会变得有心事起来。

猴子岩工作，确是"难吃的果儿"。可是这地方的青年偏是不知天高地厚，吃硬不吃软的蛮子。他们心想一不做二不休，由两头拼死把猴子岩这一坡石方突破后，两旁沙泥出坡，就遇立夏雨水落地，也可以将就着动手。

三蛮他们由猴子岩旁右面坡爬上去，攀着青藤，拉着树根。枯叶和泥沙被手脚撞着连串滚落下来。罗二手粗脚笨，爬爬去又滑下来。小七五背着钻凿篮子已快到山顶，罗二还拉着一根青藤挂在山腰，沙又迷了眼睛，他心里可还满高兴：来了一半路，迟早要到山顶的，妈的！性急的人命短哩。

胡三爹他们担心的在下面望着，紧握着拳头。

陈忠置好炉，装妥风箱，生了火在炉里，抱起手来人丛里张望。抽大烟把脊骨都蜷屈成驼背的王明顺，刚好站在陈忠前面，王明顺后面被驼背累赘着，前面还捧着一个大竹水烟筒，昂头看着罗二，又低头咕噜咕噜吸两口烟，不时还侧眼去偷看陈忠一眼，那高壮个儿怪腻人的！

罗二爬到山顶，汗都来不及揩，看看三蛮他们已快翻过石嘴，他笑着望望下面；两手把要脱的裤子左右向上一提，身子扭动一下，裤脚两管就被提的飞起来，转头蹦跳着追三蛮去了。

下面的人们也笑着起了骚动，各人心里都在说：我们要行动呀！

胡三爹张着缺牙嘴巴点名发领钻凿锤子。王明顺几天来又为驼背累着，不便在石壁上竖着使锤，派他跟陈忠拉风箱。王明顺黄姜面皮，紫苏嘴唇，眼睛惺松的由烟筒口抬起来，隔着青烟轮了胡三爹一眼！也好！使锄头要弓腰，挑泥土要挨肩头，打石眼更不是人活路，四肢五官都要用足力。拉风箱这差使却是坐着干的，坐着的人当然就不比站着的人，大体坐着该是劳心的，站着该是劳力的。孟子曰："劳心者治人；劳力者治于人"。王明顺觉得自己似乎有与人不同的地方了。

陈忠挥起他肌肉棱棱的两臂，老实地喊：

"开动！我们开动……"

他把三个钻凿放进火炉，手拉起风箱把柄。一拉吸足气，一推了往火炉那边送了。炉火殷红的燃起，火星哗剥飞溅着，风箱在陈忠手下变了一只夜半在村庄周围呼啸寻母的豹雏。声音坚决而怕人，王明顺就老捧烟筒又不放手，他仅用斜眼瞅着陈忠还拉着，自己也就乐得趁空多吸几口水烟。

陈忠用火钳把钻凿挟了一个去打，顺势向王明顺招一招手，刚巧王明顺的眼睛瞅过来看到，干咳了两声，捧着烟筒来到风箱边坐下。左手搭上风箱把柄去，懒洋洋推拉着；右手还捧着烟筒，纸条，烟丝，一大堆。烟筒接在他嘴巴上，聚精会神，用丹田气往烟筒里吸，烟是成灰了，需得另装，他左手正做着事，就空吸他两口，逗惹烟水打个觔斗，发个笑声。"声水烟筒"

呢！有名的秦委员换给他的，秦委员只穿了他父亲遗下的一条八成新团花酱色缎面裤儿。

　　好个时辰，王明顺一想起就拉的，一共拉了三四下，炉火都松下气来了，红炭上包起一层白灰。

　　陈忠只看见王明顺吸空烟筒，说：

　　"王明顺！一心不能二用呀。"

　　王明顺抬头看看陈忠那个肥脸，汗流满面；不好意思的把烟筒纸条烟丝都放下了，换右手去搭搭把柄，像真有一番精神可以振作，风箱炉火都多少带了点儿劲。王明顺不愿意被人瞧不上眼的：任婆娘在外面跳皮，总无人敢在他面前说个不是。他也有自己的苦衷：比如在金缸子，婆娘每天多带给他五分烟，他还是病的死去活来；跟着跑到猴子岩山高风大处才好点。始终不成，使锄头大家手上只会磨起老茧，偏偏自己手上磨起了血泡；要去挑土，肩上又没有卖马草人肩上的那两团肩包肉，只两个灯挂骨光贴着皮面；用铁锤钻凿打石眼，铁锤太大，钻凿震手；脊背脚杆站不直，立不稳，算为自己不是，在烟床上弯着躺惯了。人家是男儿，自己不是汉子？王明顺正还二十六七年纪，不是想不透的；而且抽烟都还是十三岁那年患痢疾，祖父喊他开始学抽"玩烟"医病的五六年玩烟都不会上瘾，到祖父父亲相继在一年内逝世，刺激太大了！他自己想死去，他早知田虽多，死水不经瓢打，朋友才劝他"开灯"消遣，置起抽烟灯家具在屋里。俗话说：气恼伤人！真是真是。英雄好汉谁不想？身体不行吃饭抽烟都嫌累！有甚法子。何况来山上做这样吃泥啃土工作，根本自己也就不是三蛮小七五他们那份吃粮人；也不是胡三爹罗二一班老粗；幸得婆娘在外面玩玩笑笑没关系，可没有在自己上变心，待丈夫挺好！

　　"王明顺，怎的想呆了！不拉风箱？"

　　陈忠喊醒王明顺，王明顺又想起振作精神了。

　　陈忠把打好的钻凿放到木盆水里，正要来另挟一个去打，在炉里烧着的两个都冷却半截。他过来接着把柄替王明顺拉风箱，王明顺这时手膀骨节恰巧酸痛得很，正需要一点休息。陈忠拉拉风箱把柄，一蓬火星就随着白灰溃出来。

　　陈忠回头问王明顺：

　　"你今早没抽大烟？"

　　"抽啰！——还多抽二分。"

王明顺又要表示给陈忠看，他做事是随时"加油助劲"。忙由怀里掏出红色戒烟丸来，放在手心里五颗，提起陈忠土瓷壶里冷开水，当着陈忠面前就吞下肚，抹一抹嘴角，然后又提了大竹烟筒和纸条子炉边引火吃水烟。看看炉里烧的钻凿，他嘴还硬气地说：

"拉不起风箱？铁钻凿都给烧红大半截了！"

陈忠只笑不言语。

王明顺却以为自己做事已无愧疚天地：提心吊胆，随时加油。睡之前，醒之后，就不会一刻放松了烟枪，何玉生和鸭子们还时时跟他嚷，甚么战事工作呀，想想就在后方，自己也算得埋头苦干了。就如有晚烟灯罩被罗二来跟他捶背苏筋时，笨虫睁了眼睛作瞎子，一脚踢他个粉碎。山上固然寻不出这玻璃玩意，婆娘又远在城里。无法立地喊她向那几个卖"洋杂"的掌柜揩油去；也就学了施九麻子的办法，把个半节鸡蛋壳锥通一洞顶，罩上臭油壶灯不也是灯罩，于是继续埋头工作。早饭午饭开完，没多大闲暇，就得排队，为争取时间计，他就改吞烧好的"烟泡子"，加一碗清茶，算得省力方便。若平常在路上当众人面前，既不要耽误时间，又不要露痕迹，他就大大方方拿出红色戒烟丸来，戒烟丸要比"烟泡子"和"糖烟"都过瘾的，只因公卖价钱太那个点。许多人不抽当然不知道。也许还以为连抽烟人都为战事工作而真的"埋头工作"了；甚至有人见他涕泪交流的吞下红色戒烟丸，好心肠的送给他一个梨子，或一个麦饼，那才使他名利双收！有时他也故意跟人家开个玩笑，掏出点"耳屎"裹在戒烟丸上，这并不就是毒药，据抽烟人只说是耳粪渗大烟，一口就上瘾。这样成的瘾还一辈子无法断掉。抽烟人是够朋友的，王明顺就咧着紫黑嘴皮，劝他在路上新交的朋友：

"来一颗吧？鹿耳高鹿参炼的，好戒烟丸最补神呢！"

陈忠知道，抽烟人都是"有嘴无本事的英雄"，他追问王明顺：

"既说烟提神，怎么你还一副死相？"

话中有只马蜂，抽烟人天生没有嘴上吃亏的道理。王明顺有些儿不平。

"你陈忠粗壮了不起？那是把吴八大人家在后园门外喂猪的碎米糠偷吃多了！神气什。你知道西太后封鸦片烟是福寿膏吗？"

陈忠是打铁人，不懂那些"书语"，自个儿打着哈哈，意思说：没福寿也没甚么了不起。挟起一个烧红的钻凿打去了。

王明顺吸着水烟，想把话头引开去，他的两臂还正酸痛，要再待一会儿：

"秦委员跟我说：天地间躺睡着吃的东西，只有大烟一样！你想够不够福分？……"

看陈忠不理，他竖起大竹烟筒，摇着拴在铜箍上的一段银链子，说：

"这支'响水烟筒'，都还是秦委员送给我的！……"

王明顺没有提起团花缎面裤儿那些话。秦委员是有身份的人，有身份人说的话有道理。秦委员看得上才把个响水烟筒相送给他，他也相当有身份，有道理，自不用说。

陈忠管不着，脑里虽隐约记起那个矮胖子秦委员，真个常常出进王明顺家里的，外人对他婆娘和秦委员关系，传言就有点儿不大正经。自己打铁是要趁热呢，锤起着，火溅着，汗流下，鼻孔哼呀哼的。王明顺看着陈忠这份老实相有点好笑，风送来胡三爹一伙叮当声响，看去就乱得如一窠土蜂。吃苦的都是犁牛，有福气的人就不用吃苦，安安稳稳躺在家里。但听说日本鬼子一到来，有福气的也可不成，大家正动手去阻止；觉得自己蹲着抽闲烟，多少有点难为情，臂儿可仍还酸痛，决定转个弯再把龙门阵摆下去：好打岔陈忠心情，别尽打完一个，忙换一个；也别让陈忠看自己呆闲着；胡三爹就在远处看来，也还以为王明顺在为陈忠作主出意，蹲在旁边也不是用力的！

"大爷！你知道新换来的指导员姓什么？……"

"是赵技监的大舅爷儿呢！……"

陈忠不耐烦的停手去问他：

"我大舅爷又干我屁事？"

王明顺见陈忠停一停手，断定陈忠也已无力，想歇憩；而且陈忠这家伙大，婆娘却又细又小，二舅子做贼关在牢里，大舅子是逃兵，这下搔着陈忠痒处了。

"新指导员三十大年纪，这白白嫩嫩一张脸子，小妹儿可不差呢？干着……"

"干么？你离开风箱了！"

王明顺，率性高兴地走近陈忠去，想画块蜜糕投进他怀里；不料陈忠无情的举起铁锤照着王明顺脑门，似乎迎面就要摔碎在高上去，眼睛睁得圆圆，骂说：

"……跟我一块是少说闲话呀！……"

王明顺装着鬼脸,脖颈一缩,背儿一耸,你假装正经,梦想做圣人!他跑回风箱去了。

陈忠也引得发笑起来说:

"不听到我们是在做战事工作?王明顺!都像你,这懒骨头,战事可早完了!……"

王明顺刚有满肚皮牢骚要回敬陈忠一通。看见小七五由坡坡转回来了,他就把话头勒住,不敢再言语,小七五这群小无赖,时时在欺王明顺软。他们同住家在那个几十里见方的山丘上,彼此虽有城乡之隔,也就知道三蛮小七五闹乱子是不分远近的。人们都喊三蛮是大鬼头,小七五是小鬼头。三蛮年纪大了,又走了些地方,近来做事已多凭经验定取舍,多少人已经对他增加点好感,只小七五还是那一股横牛劲;一心耿耿要凭不要命去打出个好世界来!于是永远被人仇视着。因此他多年来也就当兵,爬龙背,做弹神,现在还跟摆赌吃饭的一个哥哥要着光棍。做事任性的,事物都起来跟他作对,这是活该!王明顺不知不觉中去放下了烟筒,纸条,烟丝不及藏好,他爽性用屁股把烟丝坐在木凳凳上,才伸手拉了风箱把柄。

咦——呜——!风箱冷冷的叹息起来了。

小七五到来,跟陈忠打了个招呼,把篮里七八个用钝的钻凿都丢进火炉去,又捧了一大堆炭放上。手脚衣服全是灰土,也不打理;左脸颊像刚才下坡被刺刮破一大口,血冒在破口上,他好似也全没这件事。车转身看见王明顺的竹烟筒。走来和纸条拾起,不见烟丝,满不客气的就向王明顺问:

"烟丝呢?"

"没了。"王明顺低声答。

小七五不信。伸手一把去提着领子把王明顺抓起来说。

"我要搜口袋!"

柳州烟丝黄生生一起由凳子上粘着王明顺的裤裆爬起来了。小七五看见,笑了一声:

"嘛!——欺祖……"

然后一起去摘了下来,手捧着烟丝在王明顺头顶上饶了两个圈:意思是把王明顺屁股上的甚么不吉利,都让王明顺自己的头顶了去!

小七五一旁燃火吸水烟。

王明顺偷看了他一眼:怪厌人的,肩背瘦削削,身体比自己强不了好多。凭什么他可以要人怕？能文还是能武，恐怕扁担大的一字都读不来！甚至连指导员督工员乡长那些斯文人都怕他？不要命就可以充怪人，怪人原来并不值几个铜子。心里一不高兴，气力也没有了，两臂还有点麻。但他不放手，心里数着一只手拉三下，换着休息。右手拉三下，交代左手，左手拉到第二下，已软得不听命，赶紧伸右手去帮忙，右手帮了人家半下忙，到本面上无论如何只剩两下的力了。简直就改了一只拉两下，也不行；爽快就一只拉一下，还是不行；干脆两只手和衷共济，一起推拉。脚干，脖颈，驼背，头顶，四下子都帮连着气。眉毛上都挣出汗来，驼背上猛地挨了一拳，王明顺吓得脑袋和屁股像反弓弹起来，注目看是小七五干的歹事！小七五看着炉里永没有火焰，等得难耐，他喊王明顺让开自己来跟他替手。王明顺离开风箱如脱了牢，四身有点飘飘，记不起驼背上那一拳，他走开去捡了烟筒，另装上水又吸起来，哑悄悄自个儿望着远方。

太阳晒起了一层灰色"旱气"，笼着山脚坝子。江水闪烁薄雾里看似草上牧羊女面网下的黛眉——铁桥两岸民工点点，大小只如昆虫，活是上辈人说下的蚂蚁子搬倒泰山故事。对面山长着一林红栎，被风由山尖摇的叶舞枝斜。王明顺觉得路线要有那面经过，那只用砍倒一棵红栎，红栎倒下，一棵压倒一棵，平行顺山压倒下去，自由大道不就成？不比这面山石方土方，费事无益。幸喜小七五平日称怪人，今天是阎王发善心，不请自来的帮他一手。王明顺想回头去跟小七五去"款闲"，不然人家以为自己不懂人情的！

"七五哥！猴子岩怎么不见猴子？你看对面山……"

"看什？祖公就在这里。"

糟糕，犯了讳，小七五绰号不正是瘦猴儿？小七五却当真生了气：

"跟你拉风箱，你倒向我开玩笑？把你婆娘背来跟我一块睡觉！……"

陈忠听得小七五声气变了样，惹反他可真不是玩儿。陈忠拉转口风说：

"小七五！说玩说笑不生气的，一天这样多年轻人和炸炮声，猴子要吓跑，大鬼头小鬼头都要吓跑的！"

陈忠说完，自个儿傻笑；小七五没有笑，他回声：

"王明顺这乌龟！正月间我跟三蛮跑到他婆娘房里，他婆娘灯笼得好高，瞧不起人！……"

王明顺急了，三蛮和你都会进我屋里？才是笑话哩！看陈忠态度又维护自己，他就认真起来：

"七五哥！你乱造谣言不成，名声是第二生命的？"

"说了！人人知道：王明顺婆娘跟野男人！"

"……你说话要不改口！交不出证据？……"

王明顺有点气阻。

三蛮和小七五正月十六唱花灯晚上，确实跑进王明顺婆娘房里去的；然而好不呕人，撞了一鼻子灰……

"王明顺，你夜夜天明才回家去，为什在前门外故意倒一板——去时樵楼三鼓打，归来东方把白发……三姐开门来！……"

小七五挤眉弄眼学着声气……

王明顺吃瘪了。

他脸上有点辣乎乎，耳朵更像是要烧焦；怎么底底儿都给他捣通了？

陈忠打完先烧的三个钻凿走过风箱来，看得王明顺青嘴绿眼，像发了一夷方摇头摆子，好意的说：

"王明顺，请胡三爹调你下边挖土方去吧？"

王明顺失神地抬起头来答：

"我使不动锄头。"

"挑土呢？"

"也干不来。"

"还是打石眼去？"

"啊！我都干不来。"

"不做工不成的！"

王明顺愤愤的说：

"我自出娘肚皮没干过这类不是人的生活！"

他多少还有点自负：祖父父亲在生时，日子是大红大绿的。数祖辈先人如此如彼，还使人见笑；就是王明顺自己，也并不比人弱。他跟何玉生一块下州城读过洋学堂。何玉生只为多读了几句洋人话，好预备二天在缅甸的一采花洋官。来游历，可以吃卢比薪水，跟着跑地方；王明顺也写得一手秀丽小楷，临三希堂的时候，位位老师说有"手聪"。来自写杜契田地纸给吴八大人，不曾稀罕谁代过字。而且王明顺知道自己"个性强"！不像何玉生那份，人家打屁他都"和声"，跟了三蛮不红不白瞎撞。不为国家要强迫修路，八人轿也不能抬他到这地方来，还要同这群牛马关在一圈？这个所谓的国家也真有点古怪，他祖父父亲就已帮"国家"办了多少事体，屋里还留下许多"民之父母""国之干城"的匾联，为甚么此刻不能看在他祖父父亲面份上，免一免他的苦工呢？管算婆娘心好：鸦片烟多多带来助劲外，还有香肠腊肉，也不时带来。自己就算靠婆娘吃饭，但与世无争，与人无怨，怎么碰头的不是坏坏，就是不如意事！想想婆娘一个妇道人家，单身空手供两口子，衣食无缺不用说，烟钱递递他还要闹点小别扭。不是个女中丈夫可真不能这样！他起了一丝顾惜婆娘的心情。

陈忠无端笑起来：

"好吃懒做，畜生的想法！"

小七五放下风箱把柄，跳起来，指了王明顺：

"拉风箱是你的份，乌龟头！祖公不再替你来；你不作工就是汉奸！"

"甚么叫汉奸？"

王明顺忍不下这种气。

"背了婆娘姊妹去外人胯下，磕头磕头！讨碗闲饭吃的就是。"

王明顺头垂下去了，全身像结了冰，心儿摇摇欲坠，耳里虫子哄叫着，眼前是风漫着黄灰，细沙都被吹起打着他的脸颊。

小七五离开风箱走来，一手捏住王明顺肩头：

"不工作，祖公回去就要花你婆娘的"盘子"！看你婆娘像祖公这张脸子，你还吃什？……"

小七五不好意思的去摸一摸他自己破着血口的脸；拉起王明顺要到风箱座位上去。

王明顺慢慢扬起头，竖直身子，他摔开小七五捏住他肩头的手，踏着坚实的步子走拢风箱去：被你小七五欺定了还是人；我断烟，喊婆娘断路，试以后哪家骨头多经熬点，……

嘘——呼——！风箱青牛似的喘息起来了。

本期撰者：

　　樊德芬先生是武汉大学教授，本期承其惠寄关于我们对于欧战态度的一篇文字。本刊曾发表过几篇类似的文章，希望读者将樊君此文一并细阅，以资比较。

　　张之毅先生新从西北来滇，曾在西北农学院任教，现服务于中央研究院社会科学研究所。

第二卷第二十期（1939年11月5日）

时评

欧洲战事沉寂

近数星期来，欧洲西线的战事沉寂得很。战事初起的时候，法军曾经一度取攻势，向德之萨尔区袭击，哨骑出入于萨尔不律根附近。然自波兰破灭之后，德国重兵西调，数日反攻的结果，遂将法军驱出于前所占领区之外。此后双方除若干炮战外，皆严守防线，各无进展，而日来气候的恶劣亦是不宜于任何大规模进攻的借口。

就英法联军立场论，在最近短期间，大举向德进攻，希望一举而击破德国的实力，恐怕不是一个可能的事。虽然这一次欧战与一九一四年的欧战有种种不相同之处，英法联军的战略恐怕不会有甚大的改变。各方面的情形都指明速战未必能达速决的目的，而封锁政策与持久战争，至少在最近期间，是有利于英法的。自慕尼黑会议之后，英法始懔于战事之不可或免，而努力于军备的扩充。今日英法的军力自非一年前可比。然而今日英法今日的军备以之防守则有余，以之大举进攻则颇虞不足。在最近数月内英法自是极力补充准备。在准备完成之前，大举进攻自应从缓计议。再则德人对西格弗利防线已经营数年，此时大举进攻，果能突破此线与否，实为一大疑问，而联军之必受重大牺牲，似是必然的结局。德国的国力虽不及英法的雄厚，然战事尚在初期，德国物力尚未衰竭，困兽犹斗，今日苦战英法未必能操胜利之左券。况英法联军统帅甘末兰将军向有持重之称，在德军军事尚在无懈可击之时，断不愿轻将联军作孤注之一掷。所以我们猜度，在短期内，英法联军的策略当只有试探的攻击，而未必有大举进攻的行动。

德国之不利于持久战而利于速战，是一般所公认的事。这三数星期，他们方注意于两种活动：（一）军事与国；（二）经济协助。意大利之宣布中立，虽非希特勒意外之事，然确能予德国以重大打击。因之希特勒不得不东向求欢于苏联。苏德军事同盟之说虽尚时有风传，而成否实不可卜。经济协助活动的成效较大。苏德商务谈判已有相当结果。德当可以从苏联得到不少的粮食和原料。然而这些物品都必须以代价换取者，则此后苏联供给之多寡，须看德国偿付能力之大小。所以这问题还不是苏德两国的物力与英法两国物力的比较，而还是德国一国物力与英法两国物力的比较。苏联的协助固然给德国以方便，而德国的困难依然没有根本的解决。在这情况之下，德国军事的策略有两条路可走。一条就是倾国内可作代价之物让与苏联，以偿付苏联所供给的粮食原料，与英法以守势相抗。如此则战事将延长甚久，两敝俱困，而德恐先不支。还有一条路就是于物力尚足，斗志未涣的时候，与英法决一雌雄。如此则西线不久将有一个大规模的恶战，马奇诺防线之不可轻视，德国统帅部知之綦详。则这个大规模的恶战，很可能的，不在于马奇诺与西格弗利两线之间，而在荷比中立国国境之内。这个速战的策略是否与德国有利，是一个大大的疑问。然而现在这沉寂局面的打破，大概要看德国此后战略的倾向。（山）

美倭会谈

近来倭国的外交渐趋活跃，陷于停顿的苏日谈判拟移东京举行，英日东京谈判即将恢复，倭外相野村亦有与美使格鲁会谈的消息，敌人显然梦想利用欧战的机会，诱胁列强让步，以冀导引对华事件于有利的解决。欧战发生后，英法苏等国均无暇全力东顾，美国在远东的地位更趋重要，因此美日会谈的消息，尤值得我人注意。

据敌报《朝日新闻》讯：（中央社东京廿九日路透电）日外相野村与美大使格鲁之会谈将于下周举行，谈话要点系关于处理中国事件及重订美日商约二问题。关于前者，朝日新闻中说得很明白："因阿部内阁成立之时，即明言新内阁之主要政策为解决中国事件。美日之会谈亦可认为系日本新内阁第一次在外交方面所表明之态度，其重要性或将超过日前之东京英日会谈。一般的问题如美国在华权益问题以及长江珠江问题，亦将提出讨论。总之野村与格鲁或将提出各基本问题讨论，在必要时尚有组织技术委员会可能。"简言之，敌人将以尊重美国的在华权益，欺诱美国承认日本所造成的既成局面。关于后者，敌寇梦想续订美日商约，消极地减小美国对日经济压迫的可能，积极地图向美国购买工业及军需原料，以谋发展对外贸易及扩大军需生产，解救因对华战事而引起的经济及军事危机。阿部内阁所发表的新政纲中曾言及内政方面将注全力于扩充生产，振兴贸易及充实国防。但以原料的缺乏，不得不仰给于美国。最近将日圆贬值改与美金联紧。表面理由虽系恐英镑因欧战关系而涨落不定，实则图谋便利对美输入，亦为主要原因之一。

但是倭寇的梦想能达目的么？美国的远东政策一贯地坚持信守《九国公约》，反对以武力造成之任何局面，十月十九日美国大使格鲁在东京日美协会餐席上的演说，更率直地抨击"东亚新秩序"阴谋，指斥日本军队在华的暴行，重申尊重"日美条约及日美共同参与之国际条约及协定"之决心，反对任何以"武力改变国际关系"之政策，这篇演说虽系格鲁以私人资格发表，但得国务卿之同意，且适在由美返任之后，当然反映美国对日所持的政策。暴日既执迷于"东亚新秩序"及"既成局面"，美倭会谈徒然暴露它的焦灼与乞怜丑态而已。（迅）

苏德军事同盟传说

本月二十九日柏林合众社的消息，传称苏德军事同盟，不久将成事实。自欧战爆发以来，外间频传这类消息，但一般人士始终半信半疑，以为比时缔结军事同盟，于德于苏，利弊显明，究非相需互利之举。

日前德方宣称，苏德军事同盟的可能性增大，其所持之根据有二：（一）苏联定于下星期二召开最高苏维埃会议；（二）苏联赴德商务代表团所受命之任务甚广，谈判范围似将扩充商务问题以外。凡留心苏德关系的人，都了解军事同盟是德国目前所抱的最大愿望。它竟肯出重大的代价，促其早日实现。近来德政府所能做到的，仅仅限于苏德间的经济协作；至于更一步的互助，根本还谈不到。在平时，经济协作，苏德双方既均获其利；在战时，于德则成绝对需要。不过就现势言，苏德在经济上的提携，倘不加上军事上的互助,则在作战中的德国,虽能持久战事到若干时,惟在战局中仍未必能取得优势,此理不待言而明。

依现势观察,苏联纵使在经济上尽力协助德国,但是其协助之程度,亦必受自己的需要所限制。先己后人,乃属常情;所以德国在战期中的需求,恐难全靠苏联而得满足。事实上,苏德间的真正经济协作,非待军事同盟成立后继得以实现。

欧局转瞬万变,我们不敢断定苏德同盟是绝对不可能。但近日德方举上述两事,证明军事同盟行将产生,则我们却不能置信。一则因为在苏联,签订同盟的大权,实际上操于独裁者之手,事后固须得最高苏维埃之批准,事前却不必待最高苏维埃之议决;二则因为苏联商务代表团赴德,本来负有扩充对德贸易的广泛任务,甚至拟与德方磋商让售商船事宜;不过因此而认他们将进行签订军事同盟,这确是是无根的揣测。

总之,在欧洲现局下,苏联的政策,显然是武装的中立。此时果欲与德缔结军事同盟,实无异参加德方,而与英法作战。苏联倘出此一举,在自身利害算盘上,最少在现刻似乎说得不过去。明眼了当知军事同盟传说来自德方,自始即有其宣传作用存在。(予)

关于妇女问题的讨论

潘光旦

本刊第一卷第十四期里，作者供给过一篇稿子《妇女与儿童》；随后在第二十一期，二十三期和第二卷第十五期里，先后读到张敬女士的《知识界妇女的自白》，林同济先生的《优生与民族》，陈佩兰女士的《妇女与儿童抑父母与儿童》等三篇文字，都是对拙作的一种答复；抛砖引玉，问一得三，真是不胜荣幸之至。

拙作《妇女与儿童》原是一篇应时节的文字，三月八日是妇女节，四月四日是儿童节，拙作是四月二日发表的，为的是要把这两种人物联系起来。把他们原有与应有的有机关系指点出来。任何两种人物之间可以发生联系，也多少总有几分有机的关系可寻，假定儿童节前后有一个男子节，或丈夫节，或父亲节，我们应时说话，也多少可以把男子、丈夫或父亲对儿童的关系，指点一些出来。固然，我们大都承认，那几位答复拙稿的作家也未尝不承认，这种关系，比起妇女、妻子、母亲的来，不免要疏远一点。这一层应时节的微意，三位作家里的两位似乎都没有能充分的理会；所以张女士一则曰，"潘先生忽略了病因……囫囵的把错误……推在妇女的身上，这一点不能不辩"；再则曰，"……维系民族健康的枢纽，不能说全在妇女一身"；陈女士也说，在"男女均治"的原则之一，"对儿童而言，何必假设妇女与儿童或者男子与儿童，实际上还是父母与儿童"；又说，对于儿童生、养、教的义务，"是具有父母资格的人所应认清的现代家庭教育的意义，更不是此推彼诿，或是互相辩难"所能解决的。其实作者在《妇女与儿童》里实际上所说的是：生、养、教之事，"生，显而易见是妇女的责任居多"；

"养，至少是初期的养……当然也是妇女的一种辛劳……子生三年，然后免于父母之怀，虽则父母并称，终究是母的责任重大"；"教……就在以前，儿童最初八九年里生活训练与习惯的养成……是在母亲的手里……没有女子教育的时代犹且如此，有了女子教育的今后，我们对家庭教育的期望不应该更大么？"作者并没有把生、养、教的责任完全推在妇女身上，更没有意思把不负这种责任的罪过全都归给妇女，而认为男子可以置身事外，是显而易见、不容误解的。作者是一个已婚而有子女的人，实际上分担此种责任者，亦且有十多年的历史，理论上固未尝推诿，事实上更不敢推诿；自信在这方面的主张见地大部分是从经验中得来，与高谈理论者稍有不同，这是要请读者与几位作家谅察的。

《妇女与儿童》一文无疑的牵涉到整个的妇女问题与作者对于这问题的通盘的见解。不过周刊的文字不但最受时间的限制，也受空间的限制，三四千字的篇幅里，这种通盘的见解，当然是无法介绍到的。作者不能不假定，一般的读者，在他们的常识里，多少也有这种见解，或对于作者十年来在这方面所尝再三论到的，已经有过相当的认识。如今这几位作家的文稿既已多少证明这假定是一厢情愿的，作者很愿意再借一次《今日评论》的篇幅，把他对于整个妇女问题的见解简括的说明一番。

大约五年以前，北平各界的妇女团体成立一个联合会，联合会开成立会的时候，曾约作者到场讲演；那一次讲演的大意多少代表着作者对于妇女问题整个的看法。人有人格；人格不是一个笼统的东西，它至少有三个方面（近草《青年与社会思想》一稿，亦即以此为出发点）：一是一人所以同于别人的通性，二是一人所以异于别人的个性，三是男女所以互异的性别。一个健全的人格是这三方面有均衡与协调的发展的人格，社会生活的健全的程度便视这种人格的多少为转移。通性、个性、性别是尽人而具的，不过三方面的先天的禀受与后天的培植又往往因人而异；就某一个人论，也许三方面都有充分的天赋与发展，也许三方面之某一方面或两方面特别发达，是一种偏倚的现象；偏倚的人格是不健全的，这种人格多的社会也是不健全的。偏倚的发展到达相当深的程度以后，尤其要是这种发展是由于外缘的压力，例如由于文教的强制，社会就不免发生问题。

妇女问题就是这样来的。妇女是人，自有她的人格，这人格当然也有三方面，通性、个性、女性。妇女中的女性固然需要发展，但是她的通性与个性何尝不需要发展？在中古时代的欧洲，宗教曾经一度怀疑过女子究属有没有灵魂，这在宗教会议里提出讨论过。许多宗教始终把妇女看作魔鬼或与魔鬼类似的东西；基督教有一度便有这种看法；在中国，戒淫的教门把女子看作"带肉骷髅""蒙衣漏厕"，相去也不很远。把女子看作魔鬼的文化，也曾一度大反其所为，把女子看作天仙与安琪儿一流的东西，从而加以顶礼膜拜。无论把妇女当作神仙，或当作魔鬼、蛇蝎，与缺乏灵魂的东西，总是一样的否认了她的通性一方面的人格。

在西洋与中国，女子的个性，除了绝少数的例外外，也曾遭遇到抹杀。这在女子教育方面，当然是最容易看出来。也是谁都已相当的承认的，可以无庸再事解释。

通性的否认与个性的抹杀终于引起了近代很大的一个社会问题，就是妇女问题。一个完整的人格，到此只剩得三分之一，其余三分之二完全为社会所漠视，并且长时期的一贯的受漠视，而受此漠视的人数，在任何时代里，要占全人口的半数或半数以上，试问问题的发生又如何可以始终幸免。

讨论到此段落为止，作者以为答复《妇女与儿童》一文的几位作者都不难表示同意。张女士明知故问的说："女人若是仅为生小孩，养小孩，教小孩而活着，何必深求造诣，何必博学多能！"不错，女子不仅为生、养、教小孩而活着，女子也有其深求造诣、博学多能的必要，正因为她有她的通性和个性，林先生的话更暗示着女子同样的有通性与个性，不宜忽视。他问着说，"中国民族的生理与心理，颓萎到今天的田地，是不是直接间接都与个性的被压——尤其是女性的被压——发生最根本的因果关系呢？"我们对这问题很可以作一个肯定的答复，不过"女性"二字，若改为"女子的个性"字样，便妥贴了。林先生又说："民族健康的推进，大前提还是女性的解放。根本的原则是人格尊严的树立与社会机会的平等。不消说，所谓人格尊严绝不是女性男化；所谓机会平均并不必是男女同工"。这话说得最好，林先生不但注意到通性的存在，并且又承认了性别之性的不可抹杀。陈女士再三申说的"人权"是兼括通性与个性而言的；"先说到人权吧！两性除了生理机构微有不同外，是同具着人的品格、人的欲望、人的才智和人的壮志。他或她都要过着具有人意义的生活。"两性的生理机构究属是微有不同或大有不同，我们姑且存而不论，陈女士的其余几句话是谁也不容否认的；所云品格、欲望，与人的意义的生活，大抵与通性有关，所云才智与壮志则与个性有关了。

不过下面要说的话，几位作家，尤其是两位女士，怕就未必十分同意了。近代的妇女解放运动，不用说，是为解决妇女问题而发的。不过因为它犯了和历史刚好相反的错误，它表面上虽对妇女问题不无解决之功，实际上却只是把妇女问题改换了一个方式。问题的存在还是和以前一样。以前的错误是只看见了妇女的女性，妇女的性别之性，而漠视了妇女人格的通性与个性；解放运动发轫以来的错误是单单重视通性与个性的部分，而忽略了妇女所以不同于男子的性别。陈女士的一稿里有"矫枉过正"的一段观察，所指大约就是这一点。她在评论张女士那篇文字的话里说："女性……缘男权高压的可畏，男子二三其德的可伤，不平则鸣，久压思伸，加以社会的机构，教育的制度，在在可以造成矫枉过正的病因"。又引西洋最近的经验说，"欧西人士正在极力补救矫枉过正的错误"。从只承认性别之性到几乎完全否认性别之性与其涵蓄的种种功能，岂不是一种矫枉过正，而"过"的错误与"不及"的错误等。不过陈女士虽有此种认识，而本人依然不免于蹈袭此种错误，便令人难以索解了。她讨论所谓人权的时候，便说："两性除了生理机构微有不同外"云云，微有不同的"微"字是很成问题的。生物学家告诉我们说，男女两人的分别，是深入腠理的，男子身体所由组织成的细胞便和女子的不同；又说假若以普通生物分类的标准相绳，男女简直不妨分为两个不同的种！所以，微有不同的判断，如其解作"即极微处亦有不同"则可，解作"不同处至为微细不值得深切注意，便不为事实所许可了。陈女士又说："合乎人道的观念，践乎人道的行动，肩着世人的重任，干着人群的工作，只凭才智旨趣为主体，原无性别之可分……"——这更不是一派十足的只承认通性与个性而抹杀性别之性的矫枉过正的话吗？林先生所了解的"人格尊严，绝不是女性男化，机会均等，不必是男女同工"。毕竟要和平中正一些。

总之，目前的妇女问题绝不是一个单纯的问题。我们尽管承认，就一部分的妇女而论，解放的程度还不够，通性与个性的发展还受着严重的桎梏——到如今依然成为问题的一部分。我们也不能不承认，就另一部分的妇女而论，解放的程度也许够了，也许已经过了火，通性与个性发展的结果竟然把女子所以为女子的事实都给一笔勾销了——这又何尝不成为问题的一部分？同是问题的一部分，认识前一部分的人尽有，而窥见后一部分的人还少；问题的严重性一半也就在于此；就一般的社会说，以至于就受过高等教育的一部分人说我们对整个的妇女问题，至今还没有充分的认识。

这种不认识是无庸讳言的。当代的所谓女子教育便建筑在此种不认识之上。就忽略女性之性一端说，我们对当代女子教育下一个"无知"或"盲目"的评语，也不为过。陈女士是家庭教育的专家，所以我们在她的议论里，还寻到一两句"……社会的机构，教育的制度，在在可以造成矫枉过正的病因"的话；至若张女士，在这一点上的态度就比较不易捉摸了。她说，"我国现今的大中学女生，她们所学得的，多半和男生一样……她们用了多年的光阴，学成以后，莫非无所应用、无所表现的就归隐了不成？"这是问得很对的，不过张女士根本没有说明，这种女子教育究属合事理不合事理；就她全段文字的语气说，似乎她也未尝不感觉到此种教育实在有些不大合理（观段末"潜心学问也许能将天赋的妇女母性通通斲丧了"之语，益信），但就"归隐不成"一类的语句说，她又似乎很有些将错就错的意思。无疑的，今日知识界的妇女，尤其是那些能作自白的妇女，多少已经自觉，她们像希腊神话里的赫居里斯（Hercules）一样，已经走上了一条歧路的岔口，所以才会有这一类彷徨的语气。

根据人格三方面的理论，作者决不会主张"把妇女，受了教育，尤其是受了高等教育，连同在社会上好不容易才挤得一个小角落立足的妇女，统统赶回家去，关在家里，让社会上一切的事业完全归男子一手来经营"。这是大可以请张女士及其它知识界的妇女放心的。事实上，在《妇女与儿童》稿里，作者也似乎没有妄作主张到此种地步。不过，站在民族健康的立场说话，作者不能不希望一切优强秀异的妇女，像同样的男子一样，能走上婚姻生育与教养子女的一条路；她们在走上之后，能否兼筹并顾到社会事业或文化事业，那就全凭她们的兴趣与精力，任何人都不能加以理论上或事实上的限制。上文也说过人格三方面的禀受，因人而有强弱的不同；一个通性、个性，女性或母性比较平衡发展的妇女当然是比较难得的健全分子，民族希望她要"有后"，是极有理由的，因为民族自身的"有后"就建筑在此等人的"有后"之上。一个女性或母性特强的妇女也许用不着什么外力的诱掖，便会踏上婚姻与生、养、教的路；反之，一个个性特强的妇女，即有有力的劝诱，怕也不生效力。这都是很自然的，张女士也曾很有见地的讨论至此。不过就民族前途的需要来说，假若所求只是人在数量上的增加，则只须母性特强的妇女人人尽她的天职，于事已是；但若所求为人口品质的提高，则最大的问题便在如何运用标本兼治的方法，使个性强而母性未必强的妇女也能把子女的生、养、教认作她们一生最大的任务。这是目前优生学的很大的一个问题。

即不为民族前途设想，而为知识界妇女阶级的将来设想，为妇女解放运动的命运设想，上文的一段推论也是很适用的。知识界的妇女不要增加与扩大她们的力量则已，妇女运动不想维持其活力于不败则已，否则第一个条件便在永久培植有高级智能足以获取知识而推进运动的妇女种子。根据物从其类的原则，此种种子的维持，一小部分固然可以靠征求吸引，一大部分总得靠知识界妇女自身肯不躲避生、养、教的艰辛任务。换言之，个性特强的妇女总须能稍稍抑制她们的个性于一时，才有希望遗留与维持此种个性于百世。设或不然，也许这一世代里，妇女的知识活动与争取公道的活动，虽盛极一时，到下一世代，忽然销声匿迹起来，而奄有天下的，像运动未发轫以前一样，依然是女性与母性特强，在男子手里受尽了委曲不敢喘一口气的女子，这又何苦来呢？作者以前曾经有机会讨论到这一点，也曾经在妇女出版界方面挑起不少的反响，不过，无论反响如何，知识界与有领袖才力的妇女总得同时认清与力行"运动不忘生育"与"生育不忘运动"的原则，妇女问题的解决与民族健康的维持，才得有所利赖。

谈欧洲大战

许汝祉

一八七八年七月，英国首相培根斯菲勋爵，参加柏林会议以后，回抵伦敦，对狂热欢呼的群众演说："我此行把荣誉和和平带回给你们。"三十六年以后，全世界卷入了一场四年的战祸。去年九月三十日，英国又一位首相张伯伦参加慕尼黑议会以后，飞回伦敦，对高唱"张伯伦是老好人"的群众演说："亲爱的朋友们，在历史上这是第二次，我们把荣誉的和平，从德国带回唐宁街。我相信，我们这一代，可以安享和平了。"才十一个月以后，全世界约近七万万人，复演出血肉横飞的大悲剧。

德国兴衰的历史，值得世人兴叹。德国好比希腊神话中一位不幸的天神，被派定把一块巨石，从山脚下推上山顶。等待费尽力气，推上了山顶，恰又一道滚下来，一切要待重头做起。这次战争里，德国到底可以安坐在山巅，或再度被推到山脚下，我们不愿轻加预测。然而，日耳曼人是世界上公认的优秀民族之一，就其人口分布的区域论，以及每年的生殖率论，德国应该是欧洲大陆上第一个强国。但是战后初期的法国外交政策，不断摧毁了魏马共和国脆弱的生命。十五年来六千万人的羞辱怨恨与愤激，终于化身为一位狂热的爱国主义者希特勒，用六年来煊赫的反动统治，答复十五年屈辱的历史，这是历史上何等狰狞的自然法则。抛开纳粹的内政不论，六年来，希特勒声嘶力竭的呼号，岂尽是没有缘由的狂吠。民族主义可比为魔术。百余年来，多少皇朝都倾覆在民族主义的高潮之中。而今，希特勒既是跨上了民族主义的高潮，又何怪乎伦敦巴黎在他高呼中不寒而栗。魏马共和国夭折之后，纳粹政权竟完成了统一日耳曼民族的大业。

这位奥地利人希特勒，其实是被派定来担当一幕悲剧中的角色。他在一阵愤激声中步出舞台，着实卖足气力，演了一幕悲壮的事迹。尼采的超人哲学，菲德烈大帝政治的雄心，以及华格纳悲凉的音乐，都由他明晰的表现了出来。而今，剧情正在发展到最高点，全世界的观众，都在紧张的期待着，屏息静气，看他如何收场。这在希特勒本人，也足以自豪哩。

希特勒本人反动的思想，与粗暴的性格，使他不能像令人尊敬的的马萨里克，演出了一幕悲壮正大雄伟的戏剧。他在国内的设施，与对思想家的钳制，丧失了全世界进步人士的同情心，以及国内一部分人士的拥戴。从希特勒秉政以来，抛开其内政上的设施不论，其在外交上标榜收复失地的主张，是无可非议的。可惜他前次收复苏台区，连带囊括了捷克本部，铸成了大错。希特勒为并吞捷克而提出的理由，恐怕不是未来历史家所能接受的。

如果《我们的奋斗》，仍然能保持德国圣经的雅号，如果希特勒自己的论断，至今仍然可以适用，我们可以推定此次战祸爆发前的德国外交政策，终究是一场惨败。前次欧战时德国首相勒斯门霍尔威的仇英政策，希特勒曾斥之为愚蠢的政策。六年来，希特勒的成就，也无非是靠英国人撑腰。然而，曾几何时，我们又目睹希特勒重蹈先人的覆辙。岂是因为今昔的情势不同，苏联中立以后，纵然同时对英法波作战，不能谓东西两线同时作战？岂是德意已经有默契，由意大利保持中立，代为看守德意边境，德国国防，较意大利的实际参战，更来得巩固，岂是德国必能从苏、意、匈、罗、南，取得食粮资源，前久欧战中毒辣的饥馑政策到今已无法实施？

更岂是德国外交上的决策，可以靠军力上的优势来抵消？今昔的情形，诚然已经大不相同，此次东线上并没有帝俄五十五师强兵的威胁，西线上三百公里的西境大防线，可以扼住英法的攻势。说到德国西线防御的实力，西欧各国报章所载的西格佛里防线严格说来，不甚确切。所谓的西格佛里防线，原来是前次欧战中的德军在法境内所筑的临时防线，位置在法国索姆防线Sorri Me Line前，起自圣昆丁St Quentin以至拉翁Laon，目的在掩护德军的退却，缩短防线。虽实力已极巩固，仍然不能与西境大防线相比。西境大防线，其实不是一条线，而是德国西陲的一个大要塞，深度达五十公里，除最易遭击的一带工事在一九三四年就开始以外，其余全线工事，都在一年半以前才动手。所用人工，何止千万，日夜赶造，全线满布钢骨堡垒、钢骨小型堡垒、地下室、大炮阵地、战壕、铁丝网。此外，还有飞机场几处，不惧炸弹的地下格纳库,以及水决堤洼的设备,不一而足。防线之前,有所谓的Tan Khindernis,阻止坦克车冲锋。大防线内,有一万七千个固定的大炮阵地,全线三百公里,平均每公里有七点五升的大炮五十二尊,其余平射炮及小型炮尚不算在内。据德国方面的估计,全线只要调集全德军队四分之一,就可以坚守德境。其余四分之三,可以调至后方休息。并且全线南段有莱茵河为界,敌军不易飞渡,劳特堡至卢森堡一线,距离既短,易守难攻。据德国军事专家估计,攻破这一防线的可能性,为一与一千之比。此次希特勒的所以不愿在外交上和英的国策,不愿在军略上的力避东西两线同时作战的要诀,断然以一攻三,孤军作战,大概就是由于国防军确信西陲大防线的实力所致。德国兴衰的机运,大概也要取决于这一个重大的估计吧。

希特勒对波作战的演说,显得愤激而焦躁,张伯伦的宣战演说,则极矜持。矜持的人,往往属于实力优越的一方,至少限度,属于具有优越感的一方。张伯伦从乞克斯乘火车归来,并未携带他著名的洋伞,继而果然作风大变,迭次发表正大演说,高呼"我们作战的对象,是压迫,是残害,是背弃信义,正义定能获得胜利",引起了全世界的喝彩声。然而此次主张对德宣战的人,谁预料就是去年九月携了洋伞飞往慕尼黑的人,这真是现代历史上一个谜,谁能猜准这一个谜,谁就能握住战后外交史的经验。

为了猜准这一个谜,政论家已经绞尽了多少脑汁。有人说英国是一个倔强的民族,你做错了,只要大家相信你自己认错,幡然改得过来,你就可以做下去,所以张伯伦的协和政策,纵然失败了,他在三月后能够毅然,实行包围政策,内阁仍旧可以不倒。这自然是指出了一部分理由。其实比英国为富翁,是最确切的譬喻。决定英国国策的是两院六百几十位议员同两院所产生的内阁。英国议员,除了少数是地主与独立的思想家以外,多数以上是全英各银行各公司各企业的董事,一人身兼几家公司的董事,绝不足怪。企业的利益,与国家的利益是一致的,就是要靠和平贸易,航运,殖民地资源,其余中产阶级,工人的福利,也莫不与航海出口贸易联起来的。政府要确保和平贸易,航运,殖民地资源,在外交上自然就推行欧陆均势与海上霸权的政策。维持欧陆均势的政策,加上英国传统上同情弱者的态度,以及恐惧国社党失势以后德国赤化的心理,造成了德国今日的地位。英国一手培植起来的国家,反转来咬恩人一口,这在英国的政治家实在足引无限慨叹的。其实英国如果早有目光远大的政治家,以六年来对德的协和政策,施之于一九三三年前的魏马共和国，加以白里安斯特斯曼的协力合作，欧局哪会糟到如此地步呢？不幸，英国的政治家忽略了时间的因素。时间的因素是最无情的，英国在国社党上台以后，方始推行"协和政策"，已经太迟了。无怪乎克莱武登别墅内贵宾们虽然老谋深算，也只落得一场幻灭，一场浩劫。

六年来德国每一次提出要求，国际间就引起一阵喧闹，这同富翁看家产的习惯，毫无二致，不过，小惠到底无伤大雅，战争又非英国的福，所以富翁仍不失其矜持的态度，甚至去年九月悲剧中的捷克，张伯伦也仅仅轻描淡写，称之为"在一般英国人心目中，只是一个辽远不知其名的地方，犯不着为了它流血"。幸亏英国不仅是富翁，还是英勇的斗士，英国眼看德国占领苏台区以后，更进一步囊括捷克本部，转而东向，欧陆均势岌岌可危，由是从三月起断然放弃协和政策，转采包围政策，两周前更进一步拾起希特勒掷下的手套，断然作战，英国前后政策，虽然不同，目的仍是一样的。慕尼黑会议以后，英国政客财界以及报纸，称张伯伦路线为唯一合理的路线，未尝与逻辑不合。至于内阁制的责任问题，自然更谈不上。记得前次欧战英国宣战以前，外相格雷的演说内中有云："假定法国被打败，比利时也陷入于他国的势力之下，然后荷兰丹麦，依次遭遇同样的命运，试问为英国利益着想，是何等危险"。格雷外相的演说，是阐明英国均势政策的杰作。此次张伯伦演说中所称"而今，德国领袖的诺言，不再可信，各国人民，也不再有安全之感，我们现在决心要针对这种状态"。真实也就是格雷演说的另一种说法而已。

英国首相宣战演说中，没有涉及"国联"两字，甚至抽象的"集体安全"也没有提到，上次大战中"为民治安全而作战"的口号，现在也索性不谈了。这时，"为民治安全而作战"的口号之下所产生的国联，正急匆匆疏散职员，把卷宗从瑞士移到更安全的中立国去。国联大会同行政院也已经宣布延期开会，据消息灵通方面推测，前次欧战中一千万英俊子弟的生命所换来的和平机构，恐怕是要无限期的休会了。八年前潘阳的枪声，决定了全世界今日的命运，然而八年前各国的政治家，既然没有能够深谋远虑，默察及国际间机运的推移。到今日，欧亚两洲，已经同时卷入了弥天大祸，还不能促使贤明的政治家们早日觉醒，人类接受历史教训之难，安得不令人慨叹。

前次欧战四年中，曾经有过不少次和平运动，这次或者也不会例外。然而英国在保持均势的原则下，不见得再有中途妥协的余地。英国自从推行欧陆均势政策以来，先后打败西班牙荷兰，赶走拿破仑，威廉，从来没有一次失败。现在轮到陆上"英雄"希特勒受海上霸王的测验了。此次测验的结果，自然会决定欧洲几十年的历史，胜负的究竟谁属，我们不愿加以预测，不过，人性中原有倔强、野蛮、好胜，不屈服的天性，这一幕自相残杀的悲剧，恐怕不是短期间内就可以终了的。

华侨返国服务问题

马扬生

根据报章的记载,和在街道上的所见,返国华侨比以前增加了很多,而增加的速度也比以前提高了好几倍。当这举国上下积极从事抗战建国工作的时期,尤其是正值国内朝野欢迎华侨对祖国尽其任务的时候,这种飞速增加的速度,确是个好现象,我们因之至感兴奋。然而,返国华侨人数为何增加这样快呢?其中最重要的原因,是抗建工作发动后,华侨返国尽其"有钱出钱,有力出力"的需要,由于政府和国人努力宣传和鼓励,更为显而易见。由于政府和国人宣传和鼓励,特别在海外侨社创办抗建文化教育以后,抛弃物质享受,而依然返国服务者,日见其多。最值注目的,侨胞对返国服务侨胞,都能予以最热诚的援助,因此,发起返国服务者,正如云起风涌。

华侨寄居海外,经营各种实业,或为出入口商,或为厂主店东,或为土产巨贾,或为外商买办,其中富有资产者很多,自抗战后,西南西北诸内地,向以物产丰富著称,政府一再鼓励并指示华侨,投资开发,加以连年海外商业不景气,促其返国另寻出路。侨商受这两种力量的推动,所以准备挟其余资或结束产业,愿意返国经营者,为数颇不少。但为慎重其事,侨商又组织了考察团,以便返国考察商情及富藏。胡文虎先生等的最近返国,是个先例,今后接踵而至者,一定不算少,在国内,近来也有考察或投资性质的团体相继成立。

上面已说过:连年海外商情不景,所以华侨富贫,都遭受影响,生活各有苦衷;特别是再如居留地政府之虐待华侨,也是华侨返国人数增多的另一个原因。实行排华,敲诈欺凌兼施,侨胞苦莫言状,富贫都不得安居乐业。

在这种情形下，富的比较无问题，大可返国投资，积极经营其事业；但是贫的要返国可就难了，只有尽其能力，弄得路费，准备至国内寻求职业。在暹罗变本加厉的排华之下，我们相信这种带几分冒险，返国谋解决切身问题的，一定不会少。所以返国华侨的人数增加，在时代洪荒冲击和环境压迫之下，却有其必然性的。

最近返国华侨中不少知识分子，除少数负有职务外，其余俱是被环境压迫而返国求学的青年。这些知识青年，多半来自暹罗；因为自暹罗实行排华后，华文报馆被封殆尽，华人学校也全遭封闭，无数的报馆编辑和记者，无数的学校教师及学生，都发生了生活问题。更可痛心者，他们无时不刻不有被捕或被监视的危险。他们本不甘心受无谓牺牲，更不愿在非法排斥之下，过着不自由的生活，所以都决心先后跑到国内来。因为地理的关系，他们到昆明来的特别多。跟着昆明市人口的增加和屋主的居奇抬价，他们的住的问题也难于解决了，至于食的方面，当然也因百物昂贵而感困难，这是不消说的。他们有些想办学，办报纸杂志，又因有障碍而迟迟未能实现；有些想升学，又因各校满额或是考期已过，或学力不足而未能偿愿，有些想找职业，又因人地生疏而没有机缘。所以好些有为的华侨只得终日闲游，出没于街头巷尾。他们上真是流亡的一群。

海外华侨中的富贾，返国组织考察团，现在受政府的指导，顺利进行工作，或已开始投资。但其中有一部分华侨，因未请示政府或已请示而未有具体结果，或因尚有诸多不便而未着手营业，遭受这种种困难者，依私人考察，为数实在极多。他们精神上所受的的苦痛，也是值得我们表同情的。

华侨在海外学习机会较多，所以其中颇多技术人员。抗战后，我国政府已积极招募，以为抗建工作之助手，但自暹罗加紧排华以远，离暹华侨中也很多技术人员，他们被迫弃业，挺然返国，携有机关团体介绍书者，返国后固可被取录用，未携有介绍书者，尚多苦无门而入。他们就是失业华侨群中的一部分，

除了上面三种华侨外，还有一部分并无专门技能，也未有资产的华侨。他们寻得路费返国后，想寻业谋生，也因言语，生活习惯的不同，不知多少仍窘处于失业之苦境。

华侨是我们开拓海外的英勇先锋，是我们的同胞。他们受异邦政府的统治，受尽种种磨难，祖国观念特别浓厚，满心热望对祖国有所贡献。孙中山

先生曾誉华侨为革命之母，其命意即在此。抗战以来，华侨对祖国的捐助工作，也并不后人，加以建国时期，尤须华侨返国协助，所以我们应欢迎华侨毅然返国，对于已返国的华侨，也应赶快设法予以安置。笔者以为对知识分子，应即让其筹备办学，或让其办报纸杂志，只要不会违背抗建原则，政府应予最大可能的援助。至如有志升学者，国内学校应尽量予以安插，甚至开设华侨班，供侨生升学或补习也未尝不可。关于这种工作，教育部应负相当的责任，使他们不至于彷徨无告。其次，商富巨贾，有志从事考察，政府亦应予以有力的指示及应得的便利。他们成立团体，负责协助华侨返国投资事宜，也是值得政府特别鼓励的。对技术人员，政府除应饬所属各机关，尽量容纳自动投效的技术人员外，还当积极进行招募设法妥为分派，或设班加紧训练，俾其技术更有深造。至于一般无专门技术或知识的失业华侨，也应火速设法救济，并解决其生活问题，使每个返国华侨，不致大失所望。关于此层，政府须对返国华侨作有系统的登记，以为安置华侨之参考。

最后，成见的存在，是造成彼此分裂隔阂的媒介。抗战以后，国内各党各派，都在民族抗战统一战线下，实行和衷共济的合作；国共两大政党，尚且如此，则国人彼此间所存的成见，实应予以根除，而实现"精神集中"和"力量集中"。华侨返国后，对于所住地方的经济，容或有很大影响，例如华侨存款的巨量增加，及生活程度的提高，都足以引起地方经济的很大变化。我们断不能埋怨，这是外地人增加的必然结果。本地人纵然蒙受生活上的种种困难，但对最近人数骤增的华侨，却不宜妄加仇视或排斥，不但如此，我们反应该欢迎他们来繁荣地方经济，来开发后方的富藏。至如华侨也应破除轻视本地人的成见，图谋中华民族共存共荣的福利。所以我们从返国华侨问题着想，更感觉加紧团结的需要。

放任与管理

吴景岩

学校若是对于学生采取督促和管理的态度,一定乐于过问学生的功课,因此干涉比较多,考试比较繁。在这种情形下,学生既经过教师细微末节的指示,又经过若干大小的考试,一般的成绩不会太坏的。这种办法若是应用于训练技术人才,诚有其不可侮的效力,但是若搬过来也应用于大学教育,却有很多可以批评的地方。

大学教育不是专门训练技术人才的,大学所要求的也不应止于成绩优良的学生。生活的态度,思想的方法,研究的精神,这都是大学应该尽量给予学生的宝物,因此学校不应该鼓励学生单纯的为成绩优良而努力,更不能因为校内学生成绩优秀,便自诩为大学教育的成功。

现代大学生在中国出现还是很近的事情。四十年前,我们只有散处各处的书院,没有像现在这样的大学,一个书院住了学生极多而教员极少,事实上教师无暇对学生一一加以管理和督促,因此在当时的书院里倒真流行着自由研究的风气。我们不要忘记,在这种风气下也曾蕴育过不少的人才,可见人才也不是专待督促和管理然后可以产生的。

主张管理学生的人以为没有督促的力量学生的工作会懈怠下去。此处所指工作当然即是功课。他们以为教师若不指定参考书,学生就不会念书,学校若是没有考试,学生真会不来上课。这一种说法是值得讨论的。我们须分别清楚大学不是工厂,而学生也不是工人。工人为着工资进工厂做工,工作对于他并非出于情愿,因此他把工作看成苦痛。学生是为着满足自己的求知的欲望而进大学的,因此工作对于他是自愿的,是一种兴趣,也是一种满足。所以工厂为求生产效率起见，不得不时时督促着工人，而大学却实实没有督促学生的必要。当然我们也不否认在每一所大学里也真有若干学生，不是因为考试，他们绝不读书，不过这类的人物究竟是少数而且也值不得关怀。普通人进大学以后，年龄都在二十以上了。若是廿岁以上的人还不能对自己的工作发生兴趣，虽然学校对他加以督促，又有什么用处？在他本身看来就是一种麻烦，在督促者这一方面也是一种热心的浪费。

所以就念书一事而言，学校没有督促学生的必要。学校只要能做到启迪诱导和帮助的工作，便算尽了最大的责任。其次，我们须注意大学的任务并不止于知识的传授，比较重要的还有风度的养成。前面曾经说过的生活的态度，研究的精神，思想的方法，这些都可算作一种所谓大学风度，这一种风度是每个学生日后研究学术的重要工具，处理实际事物的一种凭依，而这一种风度的养成又绝不是用督促和管理可以做得到的。

我们若是希望在短短的四年内给予学生风度的训练，学校必须要充分赋予学生的发展的自由，然后他才可以体验到自我，才会利用自己的才力做自己的事情，才会有余暇和心情来考虑周遭的事物，管理和督促若是紧紧的跟着他，他的行为无形中受着管理者的支配，因此他是为着要看完指定的参考书而上图书馆，为着明早的考试而在半夜"开夜车"。做所做的事仿佛是在完成一件义务，反而不是在满足自己的欲望了。在这种情形下，学生在学校无异于工人在厂中，每人的工作不是自己的事情，而只是某种代价的换取。工作对于他，不能再说是兴趣，只能说是苦痛。

因此，我们不应该主张大学再来干涉学生的功课，更不要主张大学以督促学生功课为他的唯一目标。大学只要能养成风气，充实设备，即使对学生完全放任也无妨碍。譬如一群山羊自由的生活在草地上，只要有人注意草地的培养，供给羊群以充分的食料，那些羊就可以自然而然的吃胖长大，完全用不着操心。其中如果有一两只胃口不好或是先天不足的病羊，不能好好吃草因而消瘦饿食，这个与大局无关。如果有人要用科学方法把草地分成若干部分，再计算规定每只羊每天须吃草若干，而且非吃不可，岂不是多此一举？

目前学校督促学生所采方法不外两种：（一）由教员指定参考书若干页数，限学生在一定时间内统统看完；（二）考试。就第一种办法而论，指定数量有时过少有时过多。同一数量，阅读能力较好的学生认为很少，而阅读能力较差的学生认为太多。如果限定他在一定时间内看完，为了时间逼促，他只好涉略而过，无暇考虑书中内容，一阵生吞活剥看完了事，谈不到兴趣，更谈不到研究。至于考试制度本身已有着若干的缺点，本不足以测验学生的心得。狡黠的学生猜度中一两道题目，虽然全不费力也可以侥幸过去，天资较差的学生从早到晚预备考试，唯恐不及，几乎成了考试之奴。更有一部分教师出题偏重于细微偏僻之处，影响所及，使一班学生拼命地去记忆偏枝末节，事实上究竟有何益处？根据我们自己的经验，大概可以分别出来曾经考得很好的功课往往不是自己最有心得的。学校用考试方法管理学生，学生用各种应付考试的方法应付学校，除了训练学生记忆能力而外，考试制度再收不到其他的效果。考试制度使所谓大学训练成纯然的记忆训练，说起来宁非可惜的事情？因此我们可以说，即使上述两种方法也还不能算作最理想的管理学生的工具。

用这两种方法管理学生，事实上忽略了学生的兴趣，时间和精力。每一个教师都希望学生把大部分时间花在他所教的功课上，因此指定书籍格外多，考试格外严。每一个学生要选习四五种以上的功课。为了应付他那四五个热心的教授，须得花去他全部的时间，牺牲他所有的兴趣。若是没有余裕的时间和相当的兴趣，想要考好一门功课不算难，想要念好却真是不容易。近代学术分工日趋细致，每一个人只能把他时间花在他最有兴趣的功课上，他才可以稍微找得一点点心得。在督促管理的淫威下，学生的时间和兴趣都不是自己可以支配的东西，所以他最多可以得到一点普遍的均衡的训练，谈不到稍深的研究。不过，也许有人会这样说：大学教育也就只在于普遍的均衡的训练。这种说法是很值得怀疑的。在中国目前情形下，大学教育是一个人所受教育最后的一阶，在中学既已经接受过普遍的均衡的训练，若是在大学里仍然得不到一点点自由研究的机会，仍然不够资格对一二比较爱好的功课作比较深的研求，那么，究竟什么时候才是他真正可以自由研究的时候呢，什么时候才没有再普遍的均衡的训练的必要呢？

为了实现自己的理想，管理者但求管理之有效，是看不见被管理者的疾苦的。在目前的大学里，学校用奖金和分数远挂在前头当钩饵，用参考书和考试高举在后头当皮鞭，在这种情形下，学生好比一条牛，前头有东西吸引着，后头有东西威胁着，鼻孔再穿上绳子，可怜巴巴一步一步往前移，移完四年的路程，学校说："得，你毕业了！"若是从鼻孔里去掉拉他的绳子，后面再放下赶他的鞭子，那时候也许他四顾茫然，莫知所措，因为他是一向被人拉着走。从来没有单独走过路的。

过于放任学生的结果可以使学生成绩参差不齐，不过这只限于学生在校的功课成绩。出校十年廿年以后，学生所表现出来的成绩究竟如何，似乎不会因为过于放任的学校生活而受影响。大学既不是专门培植学者的所在，那又何必分重视学生在校时课本的成绩？比较重要的的是风度和能力的养成，这才是离校以后表现成绩的基础。一个大学如果能在百年千年内培植若干有益的社会人物，岂不比每年培植三个四个成绩考到百分的学生更强吗？

以放任和管理作比较，也许两者都不是理想的办法。但是就个人主观好恶而言，前者究竟优于后者。目前"管理"风气极为流行，但不能说每一种管理都是必须的而且是有效的。如果真要认为管理学生有一定的理由，至少须承认现在所采用的管理办法还不是最好的办法。

我们希望能有一个较好的办法出现，这一个办法要能达到管理的目的，但是同时又不至于伤害学生自由发展的生机。

红灯照

陆 嘉

谁会在无月无星无灯的夜里去探问过旷野上的黑暗，心脏被那青铅样的暗夜紧紧地压着几乎要哭出来。在那无际的旷野上展开了无际的夜的暗海。黑暗不留一丝缝隙，又简直像从希望里跌出来似的。谁又曾在这样黑暗的旷野上失迷了回家的路，踟蹰在蹎顿的小路上，像一个小孩子深入了阴暗的松林，东一棵树西一棵树，这时旷野上的夜也布置了迷阵，使人辨不清来踪与去路，谁会在旷夜上被黑暗所恐吓，像幼时听过鬼的故事，把头蒙在被窝里，风、草、树梢全幻成鬼魔吓唬这胆小的人。

那没有被黑夜所恐吓，没有独自探过夜路的人有福了。

沙漠上迷途的旅客渴望棕榈树下的清泉，黑夜踟蹰在旷野上的人渴慕一盏灯该更甚于此吧。试想无际的黑夜上，一盏透红的灯慢慢地浮起来，摇曳的，却是坚定的灯光。予人以安慰，以光明与希望，指示迷途人的方向。

旷野上的旅客该怎样述说他的感谢。

愿安慰属于旅人，愿祝福降给那点灯的人。

我曾是走夜路的人，渴望那夜海中透红的灯光。

虽然是黑夜，却还得关心刺刀尖，准星尖上擦起的闪光。在小灌木丛里掩藏了自己的身子，留心刺刀鞘和衣裳磨出的声音，甚至把呼吸都屏住了。生怕不远的地方，甚至就在同一个小树丛里猫一样开着窥伺者的眼睛，而一个不留神冷冷的枪弹就透穿自己的身子。

因此夜风与林梢的微语，小草喋水的声音都会使人疑为伏兵，疑为窥伺者的脚步了。

心跳的声音在沉寂的原野上像夏午接续的闷雷。努力抑压着不使它跳出声音来，却也就更响更速了，简直要跳到口腔里似的。这带来以更大的不安。

　　还得逼紧眼光穿破黑暗的重幕注意那红灯将示起的方向。不远，溶在黑暗里的城堞头上更鼓一声声传过来。

　　焦急燃烧着心脏。再度看看腕上的夜光表。是近时候了。可是城那边依旧是浑沌的黑暗，没有一丝动的征兆。遂担心那点灯者的命运，担心是一个阴谋，担心……

　　背后突然响起窸窣的脚步。侧耳听着，脚步踏着落叶索索地越走越近了。呼吸喘迫起来。把手紧压在枪机柄上准备那反身的一刺。

　　准备那反身的一刺，我猛地转过身去。一只竹鸡擦着脚跟穿过去。一颗心握在手心里又滑出来，不禁哑然失笑这一场虚惊。

　　又一声更析沿着城堞头过去了。小城沉睡在黑暗里像一个沉在梦里的人，没有一点儿动静，也想不到下一秒钟的命运。又如一个阴谋家，埋一个险毒的阴谋在心里，在脸上却显出慈善和和蔼来。

　　再看腕上的夜光表。夜光表跳动如自己的心。长针逐渐拢短针而将在十二上重叠了，还有一分，四十秒——是时候了。

　　是时候了，等那黑夜上升起的一盏红灯。

　　在正前方，黑夜吞没了这座小石城。没有灯。人都在梦里迷了路，那么熟地睡着正如这座熟睡的城。唯一醒着的该是老更夫和他的更声。绕着城根脚一步步地走着，也没有手灯，凭烂熟的记忆他可以闭着眼睛摸路。他绕了城走了一圈又一圈，敲着寂寞的木桥，走过了一更、二更，老更夫似乎也要睡了，那么不经意地敲着更点；更声也像要睡着了，爬过几座黑屋脊便懒懒地跌了下来。

　　更声走过一家黑漆大门，又走过一家，又走过一家古旧的砦堡。更声沿着壁藤爬上石壁，爬进砦堡顶层的窗洞，老更夫抬头看那黑窟窿灯的窗洞，心想关在这窗洞里的一条娇嫩的生命（这女孩子好容易才会有一个安静的睡眠呵）！不想惊扰这女孩的梦，便压低了脚步，停了更声悄悄地走过去。

　　即使更夫压低了脚步，停了敲更，那幽囚在砦堡顶楼上的女孩子却依旧徘徊在梦的外沿，石壁上浮着的绿苔在黑暗中泛着惨青的光。躺在冰冷的床铺上，用一双冰冰的眼睛探测着穹形的屋顶，从屋顶一盏古老的油灯垂下黑色的璎珞。一只蝙蝠从铁窗棂外飞进来了，绕了油灯蹁跹着。随着蝙蝠的肉翅黑暗就从黑的窗洞泄进来，充满这所石屋。

躺在床上，想用平静的心情等候那预期的更声，可是总不能安静，如刑犯在等候法场的炮声。觉得时间是蜗牛样地爬，在心上爬得不耐烦起来。很想跳起来跑到窗口上看看原野的动静，可是又抑制着躺在床上让时间熬煎着。

壁龛上立着了那盏灯。黄铜色的灯身在黑暗里古怪地闪着光亮。那灯蕊不会有什么阻碍吗？一盒火柴不会遗失吗？伸手到枕头底下，火柴小小的长方盒还安稳地躺在那里。想站起来检查一下灯里的油量和蕊子，深恐那预期的柝声突然在堡下想起来，而自己的灯却不能在预计的时间燃起来。

更鼓遥遥地递了过来，心突然紧缩了在喉头那儿急骤地跳起来了。细心听那柝声：一更，二更。柝声逼近窗口，她突然从床上跳起来，奔向窗口，手把着窗棂往下看，又侧耳细数着更声：一，二，是二更。想还有些时候，便又回到床上。

手把着床沿坐着。细细想起那和灯一块儿递进来的纸条，是二更还是三更，不会看错了吧。现在真有点懊悔那时会那么胆小，把纸条咽到肚子里去，不然现在不是可以拿出来看视吗？记忆更在二更三更间犹疑起来。几乎要"一定是二更"跳起来奔向那壁龛上的灯了，可又迟疑起来。觉得像是三更。对的，一定是三更。那么就算是三更吧。管不了这么许多，到三更的鼓声敲起来的时候就点上作为暗记的灯，而将其余的一切交给命运。

又像是二更。

用一些大的努力，扔下这些疑虑，另一些又升了起来，几乎是按捺不住的。不要城外的人延误了时间，甚至失信了，那么一切心思都将变为白废。

更声又绕向城那边渐渐迷糊在黑夜里了。石室压在黑夜下有窒息的沉静。坐在床沿上注视窗洞裁入的一片暗，思想深海上的波涛一样地汹涌起来。

想起这些被幽囚的日子，想起那天黄色野兽蜂拥进城后的屠杀，自己的贞操就是那时被撕碎了的。醒过来不是躺在父亲的血泊里而是已移到这所砦堡的木床上。铁窗棂隔断了外面的自由，像被关在笼里的小鸟，等待那不可测的命运。不仅要逃出去是徒然的，就是寻觅死也不可能。窗口那粗大的窗棂隔断了外面的青天，看不到一个人影，也听不到人声。下面的青石板地上终日有靴的声音镇压着砦堡里的一片静。每天有人从那木窗洞里递进饮食来，晚上还照例送来一盏灯。随着盛饮食的木盘出现在窗口的是一个有白髯的老人。他放下了木盘又用微怜的眼睛注视一下女孩子憔悴的脸，便匆匆地阖上壁洞走开了。这一个慈祥的面容和怜悯的眼睛也就是女孩子一日的慰安了。

被幽囚在这所石屋里等待那不可测的命运，并没有一点侥幸的希望。因此思想沉静得如已死去，没有去想一想父亲的死，因为说不定轮到自己身上的残酷是更甚于此，于是也没有失去父亲的悲哀；更没有心去想堡外的情形，自己的家宅如今变成什么样了。

真想不到希望在眼前开了一线的缝。今晚小洞开了，从外面黯淡的黄昏里一只强壮的手递进一盏灯，还有一盒火柴。一开阖之间她看见窗外嵌了另一副面容：深锐的眼睛，熟悉的轮廓和曾经压在自己唇上的热烈的嘴唇。虽然是一瞬间，虽然那脸遮在一顶毡帽下，却立刻认得出那是以前常坐在她磁色的裙下唱歌的。她想喊，可是那窗洞外的人作一个眼色把食指压在嘴唇上。于是窗洞徒地阖上了，切断她的视线。

像从梦里跌出来，她呆呆地立在阖上的窗洞前，没有思想，没有悲哀与喜欢，神经中枢一下子崩溃下来似的。突地伏在窗洞上，久已枯干的泪泉复又涌出热辣的泪珠。她站起来又看那盏灯，那盏灯底下露出一个小小的白纸角，急忙抽出来，穿过泪雾看到小小字迹：今晚三更正，红灯照。切切！

心别别地跳起来。她看窗洞，窗洞严紧地关着；俯在洞上听，也没有人的声响，于是把握在手心的小纸条又拿出来。

今晚三更正，红灯照。

嘴角漾开了笑，她明白这是什么意思。

谁不曾在祖母膝前听到过红灯照的故事。说女人驾了符咒带了红灯笼飞到半空里，女孩子幼时曾听过这故事长大便会在自己闺房的小窗口用红绢蒙起一盏灯光作为幽会的暗记，而那泛滥着月光的原野上，小恋人也就越过小树丛，穿过独木桥一匹小马样地跑到她身边来了。

想不到这红灯照的故事如今又会拯救自己了。

坐在床沿上，嘴角又漾起苦味的笑。真想不到他会乔扮了轻易投到这虎口里来送这一个消息，又是怎样能遮过下面警卫的眼睛的。古堡上等候死的日子，几乎把他忘记了，可是今日窗口突然的一现，从心上又起新鲜的记忆。在床沿望着窗口严密的黑夜，似乎看见他在原野小城间奔跑着，传递消息，似乎看见他矫健的身子穿过一层层危险的网奔向自己这儿来。遂为他的安全担忧了。这秘密不会被人识破吗？不会有暗探追踪他的脚迹吗？她似乎看见他吊在空房里，黄色的野兽抡着沾了水的皮鞭在他背上抽着，血沾着鞭痕渗出来了。

几乎失声叫出来，她从幻想的噩梦里跌了出来。头上已迸出冷汗。站起来走到窗口吸一口清冽的空气。

原野静静地躺着，没有一点动静，很想能看见原野上一点火花或是蠕动的人影，就可以更安心些了。可是原野像一个阴谋家，包藏一个阴谋在心上，在面上都不露声色。

小城也是寂静的，从梦里醒过来的人突然睁开眼，看到涂在眼前的一片暗，突然觉得这夜暗得有点奇怪，突然恐怖起来。

更声由二更转移到三更，老更夫仍旧沿着城根脚走过一家家严紧的黑漆大门。老更夫也觉得今晚有些怪。在城里打了四十几年的更，今晚闻到空气里久不闻到的气息，似乎有些征兆。黑夜挡住他眼睛，夜直在面前翻滚，这黑夜黑得有些出奇。不远，石堡的黑影子矗立着，他似乎看见一个黑影子闪过窗洞。想响亮地打两下更柝，惊醒睡在梦里的人，敲了两下，觉得这木柝今晚有些沉重得奇怪。这世界原本有些怪，他想起那些黄色的野兽，便又放轻了脚步，掩了更声走过这所砦堡。

听见三更的柝声，是时候了，那孩子反射似地从床上跳起来。心轻速地跳着，手也颤抖起来。不知道是不是应该就去点上灯子还是先探探外面的情形。她跳到窗前。原野上依旧没有动静，从楼下的小路，老更夫拖着歪斜的步子走近来。今夜老更夫的更声仿佛有些怪，像怀着阴谋。更声时重时轻地交替着。仿佛老更夫已经看见了自己，甚至已经参透了这秘密，因更声作暗号指示给埋伏的人。迅速从窗口躲回来，倚在室角上听老更夫点着脚步走过。这老更夫一定是晓得了什么，才故意悄悄地掩了更声走过的。于是更不安起来。走到壁龛前拿起灯却又放下了。她简直不想去点灯了，让这机会溜过吧，让命运来支配自己的明日吧。

从壁龛前又折回自己的床沿，真想就此坐下来了，自己关上自己希望的门。

突然更声又响起来：一下，二下，三下，那么清晰地落在心上。似乎看见那一双发亮的眼睛在暗夜里望着她。

今晚三更正，红灯照，切切！

伸手到枕头下面又摸到火柴盒子，她毅然站起来，跑到壁龛前嗤地擦亮了火柴。火光照亮了他印着齿印的嘴唇，照着她颤抖的手慢慢接到灯蕊上去。

黑夜的原野上看见一盏红灯坚定地升了起来。

本期撰者：

  本刊自登载潘光旦先生《妇女与儿童》一文后，先后接到许多篇质疑或答复的文字，足见国内人士对此问题具有相当兴趣。本期特请潘先生撰成此文，予来稿诸君一总答复。本刊因篇幅有限，惠寄此类稿件，未能一一刊登，殊为歉疚。

  许汝祉先生现在重庆中央通讯社服务。关于《华侨返国服务问题》的文章，近来本刊已接不少，只能刊登马扬生先生的这一篇。吴景岩先生是西南联合大学的学生。陆嘉先生肄业于同济大学。

第二卷第二十一期（1939年11月12日）

时评

敌人外交的苦闷

　　阿部内阁成立之时，即明言以解决"中国事件"为新阁主要政策：解决的办法就是一方面以全力应付战局以求速决；另一方面，运用外交的策略，修好于美、英、俄诸国，希望美、英、俄诸国能坠其计中，对于中日战事置身局外，听其为所欲为，这两个月来东京方面外交的活动都是以这个局势为目的。近日美日会谈、英日谈判、苏日谈判的风传甚盛也是根源于此。然而针对着这种种的风传，和敌人的希望，美、英、苏的态度都不见得有亲日的倾向，所谓美日、英日、苏日各谈判更不见果能达日人所期待的结果。

　　在美、英、苏三国中，美国的态度最坚决而坦白，本月四日美驻日大使格鲁与野村的会见，虽为非正式之性质，而各方面俱认为调整美日关系之初步会议。在这次会谈中，格鲁大使曾彻底说明美对于日之态度，其大意与其在日美协会发表之演说（十月十九日）大体相同，而特提出数点唤起日本之注意：（一）若美日关系再不好转，则更有恶化之可能；（二）美国会将于明年一月开会，若届时两国间之关系已趋恶化，则国会有通过封锁日本议案之可能；（三）日本应即在消极方面及积极方面均有所表示。消极方面，应即停止反美运动；积极方面应对改善美日关系有具体表现。本月七日华盛顿的电讯亦称，美参议院外交委员主席毕德门对新闻界有云：美政府为制止日本在中国之日占领区采取反美行动起见，明年一月开会时，或将通过对日实施经济压力之决议，或由国会授权总统，对主要军需品及原料停止对日输出。在远东目前状况之下，日美成立新商约殊不可能。国会如将对日之议案通过，日美关系将大有神益。虽格鲁与毕德门俱以制止日本在华之日占领区反美行动为题，而其针锋所对自是日本二年来侵略的行为，与所谓"东亚新秩序"。美国的立场既然是如是坦白坚决，而其意见又绝不是日军阀所能容忍者，则美日关系的调整岂是容易。

英日关系，自天津问题谈判搁浅后，一直是冷淡得很。日人很想借欧战的机会，胁迫英国承认其东亚大陆的特殊地位，所以最近日方曾表示希望续开谈判，仍借天津问题为扩大要求条件的阶梯。日来伦敦方面消息，虽谷正之与克莱琪一度接洽，因双方意见相去甚远，谈判续开已无望。且津英界封锁之未解除，沪西区警权的争夺，都是给英国以不断的刺激。英国，在正有事于欧陆的时候，当然不利于在东方加一个敌人（这就是欧战初起，英日谅解谣言之由来，与日本以为可以用为胁制英国的工具）。如果苏联果然加入德国，对英宣战，则为维持其远东利益计，英国也许会忍痛对日屈服。然而近来国际局面似已较为明朗化，苏联虽然以经济资力资助德国，而不至加入战团，美国则显然愿意，替英国负起看守太平洋的责任，而日本绝不敢冒昧对英国开战。在这些情形之下，英国又何必向日本屈膝。我们以为此后英国对远东的政策不应有很大的变更，而对日的态度还是消极抵抗，以待欧局的解决。

苏日蒙边作战协定确与日本以若干的希望。日前苏驻日大使到任时，苏日谈判之说甚嚣尘上。日本当然希望能与苏俄缔结一个类似德苏协定的盟约，以便其专致力于中国的战事。这个希望更不易实现。苏联东方的强敌当然是日本。日本果然霸占东亚大陆，苏联岂有安宁之日。故苏联之援助中国，即就其本身利害而言，亦责无旁贷。苏联以武力助我的希望是个幻想，而苏联袖手旁观的忧虑也不合于现实。苏联对于远东战事的策略还是一贯的：本身不要加入战团，而以相当的军械资力供给中国继续抗战，以削弱日本的力量。即使苏日果然缔约一个不侵犯的协定，这个政策也不见得会修改。

美、英、苏三国各有他的立场和政策，国际的形势并没有变到使他们必须更改他们政策的地步，东京尽管运用他们的外交手腕，其结果还是徒劳无功。（山）

苏倭将开谈判

苏倭自签订诺蒙坎停战协定后，复进行划界谈判，解决两国间边境纠纷，但以双方意见径庭，陷于停顿。其后传说将移东京举行，未能证实。十月三十一日苏俄人民委员会主席兼外交委员长在苏联最高苏维埃会议席上演说，论及苏日关系，谓苏日"双方若均能出以善意，则划界谈判自可产生良好效果，且有举行商务谈判之可能。"根据今（十一月七日）报载：苏联新任驻日大使史梅丹宁偕随员及眷属于六日晨抵东京，倭外务省发言人谓倭政府拟同时在莫斯科及东京谈判各项问题，包括经济问题在内，果而，则苏倭即将开始谈判，至值我人注意。

所谓"将谈判各项问题"，到底是指哪些问题而言，现虽未便预测。但依常识判断，苏俄的目的当不外边境问题及莫洛托夫所表示的商务谈判。倭国的期望恐不止此，据敌报对于莫洛托夫演说之批评，谓商务妥协不能谓为彻底改善日苏关系，必须苏联撤除在华权益，方能改善云云。目前阿部内阁的外交政策，力求与列强妥协，以期对华战事早日解决，所以关于对华问题，或将提出若干要求，亦在意料之中。但我人深信关于边境问题，日本如不作干预苏俄远东驻军之非分要求，或有妥协可能，因为日本的不敢对俄挑衅和苏俄的不愿对日作战，同是妥协的要素。关于商务经济谈判，对于经济窘困原料缺乏的暴日，当然是利多弊少，不过苏俄是否不提出他种要求，很是疑问，所以谈到前途恐不能顺利进行，至于牵制对华问题之要求，苏俄必严加拒绝，鉴于诺蒙坎停战协定后苏俄之继续援华，可知日寇之诡谋决无遂行之可能。

综上以观，苏倭会谈对于我国的抗战前途，决无丝毫影响，关于边境问题，苏倭即使有妥协可能，但一纸文书能使关东军安心撤退三十万边境防军么？苏倭商务谈判如若成功，无异助敌资源，对华固不利，对俄亦未尝不增加威胁，锐敏之苏俄当局谅计不出此。至于苏俄之援我抗日为年来一贯之政策，反对帝国主义之侵略战争更为共产苏维埃之信守原则。共产国际于苏联革命廿二周年纪念前夕（六日）发表宣言，其中对暴日两年余来侵略中国之罪恶，力加抨击。所以我们相信凡不利于中国抗战之暴日要求，苏联决无允许讨论之理。而且无论就苏倭两国的思想，国策及利害言，决无根本妥协可能，苏倭谈判即使对于不重要之枝节问题，能获相当谅解，也不过是暂时的

权宜之计而已，苏倭远东冲突性绝不能因此而解除的。（迅）

国联开会问题

据伦敦上月三十一日合众电，国联行政院定十二月三日开会，国联大会则定同月四日召开。据称本届会议主要工作，仅限于通过下年度预算案，而对于欧洲战事绝不涉及。但本月四日忽有日内瓦电讯，据称国联鉴于目前情势特殊，常会讨论问题，恐将牵涉过远，乃决定暂不召开。又依七日电讯，据国联人士称，此次会议或可如期召开，但无政治议题，其讨论主题，厥为国联财政预算案及选举海牙法庭案。

本届国联常会，纵然定期召开，其困难不一而足。依一般观察，在议席上如何应付苏联与意大利，是最大之难题。波兰沦亡后，英法坚决承认其存在，此为苏联所不赞同。波兰倘参加国联大会，英法与苏联必因此而引起争执，致陷会议于僵局。其次，意国之吞并阿比西尼亚，英法业已承认，但阿国现仍为国联会员国之一，倘允许其参加大会，则将开罪了中立的意国，此又是英法所不愿为。此外一般人又揣测，"各会员国中之守中立者，均不愿因国联之机构，而卷入漩涡"，是本届国联考虑开会的主要理由。我们亦作如是观。现在各中立国都认识国联是英法支持下的政治机构，此时英法正在对德作战，果决召开国联常会，其在外交上必作于己有利的活动，但从各中立国看来，在会场上纵能审慎持重，终久亦难逃瓜李之嫌。大国如苏如意，处境较优，尚能进退自如；但其他欧洲小国，则正在惴惴自危，惟恐卷入战涡，参加国联大会，自然有所戒心。

自欧战爆发后，在战云笼罩下的日内瓦，殆已入于半生不死的状态之中，许多人以为国联就此寿终正寝；但我们不以为然。英法现对德作战，其用意本在予破坏和平机构的祸首，以严厉的惩罚。德国屈服就范了，其他黩武者莫敢放肆恣。在现势下拥护国联的国家，尚不在少数，如果国联不因一二黩武者之攻击而夭折，则必定因多数爱好和平者之保卫而存在；所以在欧战期间，英法既以实力抗德，扫除国联的障碍，而其他会员国亦似应努力劈划，使国联由另一种形态而转生。国联是上次欧战的产物，而这次欧战当是改造国联的大时候。（予）

宪政问答

罗文干

客问：何谓宪政？

答曰，宪政者，国政之组织法也。一国之内，其行政有一定之组织。用人不得凭在上者之好恶，兴革不得任在上者之喜怒。其立法有一定之组织。法求其能守，而法之能守与否，非一人之事。举国上下，皆负其责。故国人皆曰可。然后法乃可行；国人皆曰不可，即有法亦成具文。更甚者，恶法有时可以致国家于乱。司法亦有一定之组织。冤狱平反，曲直公辩，则人民之权利义务所有保障。上下相安，人无怨愤，否则智者诈愚，强者凌弱。是故宪法者，国法也。万事皆归于一，百度皆准于法，不任术不任势之谓也。国法不可失因术造非一人也。英法语称宪政曰Constitution源于拉丁文Constitutio英语齐整之意。（Setting in Order）其动字Constituere英译树立坚强之意。（Establish Firmly），故英语称身体健康，亦曰（Constitution）。故一国之又有无宪政，亦犹人之有无健康也。

客问：施行宪政，与人民之程度究竟有无关系？

答曰：此语吾少时曾闻之。清末，革命保皇两党，皆以内忧外患，思有所以改革图强。革命党主从根本入手，推翻异族，然后变政。保皇党主从枝节补救，倡言党政。岂料满清两者皆非所愿，对革命党则治以极刑，对宪政派则诿之民智未足。及吾壮岁，辛亥革命，国会召集，议员无耻。袁世凯又借民智未足之名，解散国会，阴谋替国。此十年间，北伐告成，以党治国，又闻民智未足，只宜训政之说。卅年来，自清末以至于今，千篇一律，民智不足。果其然乎？抑别有用心乎？吾尝读英法历史矣。英国占士一世，推翻宪政，厉行专制，曾痛痛快快曰。我专政之权，天赋者也，（Divine Right）。戈林威尔实行独裁，颁布政府纲领（Instrument of Government）老实不客气自称，护国至尊（Lord Protector）。法国路易十四亦毫不虚伪曰：我即国家（lietat cest moi），拿破仑公然自称皇帝。宪政果善乎？独裁果恶乎？此是一事。西洋人真小人乎？我伪君子乎？此又是一事。大抵古今中外。独裁宜于处变，宪政宜于处常。我国执政者，其环境或与占士一世路易十四科林威尔拿破仑相同；其志趣更或相合。惜无彼四民之胆，欲擅大权而诿过于民。吾国民智遂永不足矣。夫议员无耻，可以改选之；选举法不善，可以变更之；国会权力太大，政府权力太小，可以调剂之；宪法繁琐，可以删改之；议员人额太多，可以减少之。虽法令者治之具，而非政治清浊之源。有良法而乱者，或亦有之；而法虽不善，则犹愈于无法。故我敢曰。人治法治或互有短长。而谓民智未足，不能实行宪政，是似是而非之说也。

客问：民国施行宪政屡次失败，何以故？

答曰：辛亥革命，改建共和，乃集各共和国宪法条文，择其不利于袁世凯者而成南京约法。一面采责任内阁之制，而一面不许政府有解散国会之权。议员事事可束缚政府，而政府无法裁制议员，卒至国会解散，袁氏另订新约法。袁死后，国会重开，政府与国会因对德宣战问题争持，卒至南北分裂。十一年国会又集于北平，其后竟至贿选，廉耻扫地以尽。民国宪政，至是亦寿终正寝。十七年北伐告成，党治代宪政而兴，至今十余年。二十五年始颁布宪法草案，今秋乃有宪政期成之议。是故三十年来，吾国所谓宪政者，非真宪政也。苟议员知责任，识廉耻，虽政府万恶专擅。何能为患。苟政府奉公法，废私术，虽议员甘做猪仔，亦虽为害。政府国会彼此舍法以行其私，此宪政之所以屡败也。管子有言"弃法而好行私，谓之乱"。

客又问：实施宪政，政府究应如何？议员究应如何？

答曰：既行宪政，则政府不可不守法。辛亥约法，起草者固以防袁，袁亦明知而敷衍。彼此各私，信于何有！故约法之不能致国家于治，有由来也。英国以最善宪政者，然读其过去历史，自大宪章以致人权请愿，几经波折，始稍就绪，无私之约条。守法之难尚如此，奚况南京约法。若谓英国宪政谓其能行，与其谓为出于立法之力，毋宁谓为英人守法之功。例如国会不信任内阁，内阁应即辞职。如不辞职，则应解散国会，另行新选，苟新国会再不信任，内阁再无解散权，如仍恋栈，则国会可以不通过Mutiny Act，陷内阁财政于绝境。内阁制度，十八世纪以来，上下共守。其始也发生于自然，其继也成为习惯。假使有人焉，不顾习惯，故敢违宪，则恐宪政亦成具文。反抗之法，无非大乱，无非革命。查理士一世占士二世，足为明证。管子曰"不为君数变其令，令尊于君"，又曰"明君置法以自治，立仪以自正"及"禁胜于身，则令行于民"。故政府守法，为施行宪政之重要条件。

议员捣乱，非我所专。宪政最善之英国，亦曾有之。故克林威尔解散长期国会，英人歌功颂德，不以为罪。按我国乡选里举，其来甚古。汉文帝诏举言官，以贤良方正直言谏者为格。民初选举，选人被选人资格，似太宽泛。故滥用选权，多所闻见。议员既花本钱而来，则必求获利而去，理固然也。于是出席索费，议事索费，赞成索费，反对索费。应人请托，视为寻常。以与我昔之以贤良方正直言极谏为限制者，不同远矣。日前参政会决议宪政案时，当局仍以旧国会恶风为虑，是故不行宪政即已。苟行宪政，英之长期国会，我之旧国会，可为前鉴。必人人有士君子之行（英语Gentleman）方可以言法治，不然，国家仍乱而已。故议员知耻，又为施行宪政之重要条件。

客又问：宪政实施，宪法应如何规定。

答曰：宪法不是装饰。宪法之能行不能行，一以会国懂民俗为准。商君有言，不观时俗，不察国本，则其法立而民乱。

英国宪政，举世皆知其善也，而吾人试读英国宪法，则仅仅数大典章。每典章条文则附寥寥几条。而自有历史以来，则每章每条，无不能守。例如非经国会同意，不纳租税，不论经如何阻碍。至Ship Money案，今无敢违之者。又人权保障诸条，虽亦经种种阻碍，至Shabeas Curpus Act 颁布后，今无人敢非法逮捕他人者。又行政与立法冲突时，无人敢违背宪政习惯者。故英制不重条文只要能守之精神，我不可不学也。自南京约法以至各法各草案于今三十年，起草者字斟句酌，虽或尽美尽善，而试问经颁布各法，真能守者几条。又英国意法，但问事实，不问理论，吾人亦应效法。例如三权分立。是法儒孟德斯鸠批评英制之言。故英之司法独立，英宪章只见于Act of Settelement之规定。草草一条。而英国法官之公平，英国法院之尊严，世所仅见。我自南京约法以至各法，皆言司法独立。试问民国以来，我之司法状况如何。恐法律规定为一事，司法独立与否又为一事，又英国宪法精神，有需要然后有法律。例如言论自由及集会自由，一以归之于普通法，而其自由则绝非他国所能及。故英制不求名而求实，与我之但求应有尽有之精神，又大异矣。

　　有以上三者，故英人常自夸谓：英人立一法必有一救济（Ibi jus ub-remedium）。诚哉是言。故我之宪法起草，应（一）易简不易繁；（二）重事实不重理论；（三）不必应有尽有。但求能守。斯可矣。

国际现局与我国抗战

燕树棠

本年八月二十三日，俄国同德国缔结了附有秘密条款的互不侵犯条约。这是这几个月以来国际社会里边一件大事。这件事的重要性，不在那些头脑简单的思想家与主义者惊异两个多年水火的国家能够亲善，而是在俄德两个强国携手之后在国际上所发生的局势之变更。

第一，俄德的携手破坏了国际和平阵线。自从意大利吞并阿比西尼亚以后，"抵抗侵略"与"制裁侵略"，就成为国际上的大问题。随后，德意干涉西班牙的内政，日本对我国实行侵略，德国并奥、灭捷，意大利灭阿尔北尼亚，国际上对于侵略之恐惧与不安，更是日甚一日。现在世界上有五十多国，其中只有英，法，美，俄，德，意，日，七国是强国，也只有他们七个国家有左右国际局势之力量。于是国际上，就把德意日三国认为是"侵略国"。英，法，俄三国领导反对侵略，德意两国组织"轴心国家"以对抗英法；德意日三国组织"反共集团"以对抗俄国。这三个侵略国渐次形成"侵略阵线"之组织。而领导反对侵略的国家——英法俄又加上了美国——这四国就在正式或非正式的，及有形或无形之间，也就形成了"和平阵线"的组织。因此这两个大阵线，就成了对垒的形势，造成了均势的局面。自从国联的集体安全制度丧失效用之后，这种均势的造成本可以暂时避免世界大战的爆发，借以维持一时之和平。

英法美俄四国标榜的和平阵线，虽无正式的组织，实有切实的谅解，其用意就是在镇压德意，使他们不敢发动世界大战，世界和平才能维持。在这个和平阵线之中，主张压迫德国的，以俄国为最有力，在侵略阵线之中以德国为最强悍。在这两个阵线之中,俄德两国的敌对,期间最久,程度最深,他们竟能亲善的携手,破坏和平阵线,发动世界大战!侵略阵线之自乱本是一件好事,和平阵线之中出了汉奸,有了倒戈,实在是国际社会的很大的损失!

　　第二,俄德两国无顾忌的推行他们帝政时代的帝国主义。欧美的历史家常说:十九世纪是民族主义时代,廿世纪是帝国主义时代。他们的意思是说:十九世纪是欧美各民族争取自主,自谋统一,抵抗外族的统治,自成民族国家的时代;廿世纪是已成民族国家之民族为谋自身之发展而在政治上,经济上,军事上,直接或间接统治其他弱小民族之时代。现在世界上这七个强国,无一不统治其他民族,既无一非帝国主义,方法不同,目的则一。德国的帝国主义:自从比斯麦铁相的铁血主义在一八七一年战败了法国,引动了威廉皇帝大帝国主义的野心——要想东征俄,西克法,踏平巴尔干,伸足小亚西亚,踢翻大英帝国。结果是一九一四年的欧洲大战。德国,从前是德意志帝国,现在是德意志共和国。希特勒元首与威廉皇帝,他们对外的思想与国策,并没有大区别。希特勒也是要东进,西进,南下,那一套的主义,已经是做到了并奥灭捷,征服了波兰,现正对英法打战。至于俄国呢?这几年我们中国受了宣传的蒙蔽,差不多的只知道苏联,不甚知道苏俄了,更不知道帝俄了,尤其不知道苏联的帝国主义了!俄国在一九一七年革命以前,经沙皇们一百多年的经营,首先树立了斯拉夫民族的民族国家,随后吞并了四围的不少弱小的民族,因此成立了地跨两洲,边临两洋三海的大帝国。一九一七年的革命推翻帝制,成立共产主义的政府,这只是俄国内部政体的变更,他们对于国内的弱小民族的统治,并没有放弃,对外的发展,与从前同样的努力。俄国共产主义的政府得到政权以后,对于国内的非斯拉夫民族,运用"欲擒先纵"的手段,大费苦心。当时发生革命,帝政崩溃,全俄境内的各民族纷纷独立。共产主义的布尔希维克党及社会主义的孟恩希维克党所合组的临时政府还拒绝各民族之自决,只允许他们地方自治。后布尔希维克党独掌国政,见大势不佳,才正式承认他们的自决权,随即承认他们那些小共和国,随即请他们那些小共和国派遣外交代表到莫斯科京城常川驻在,随即请那些外交代表共商国政,随即同那些小共和国缔结合作的条约,随即同他们联合起来组织苏俄联邦共和国,颁布新宪法,允许各小共和国加入及退出之自由。可怜那些弱小民族,实际上不敢不加入,也就不能退出了,俄国的共产主义的政府用这种手段,把那些要想独立的弱小民族,又都一个一个的收抚回来。斯拉夫民族的莫斯科因此又把那些弱小民族重新统治起来了！这不是帝国主义吗？现在俄国的共产主义的政府又派大军压境，威吓了波罗的沿海岸爱，拉，立，三个小国，分别的同他缔结条约，允许俄国在他们的境内驻兵。这种条约名为"互助公约"，其实是那三个小国向俄国称臣的降书。九一八事变以后，倭寇压迫我们的政府同他们组织成中日满三位一体的集团，订立防共协定，也都是这样的名异实同的把戏。尤其是俄国同德国瓜分波兰，表演欧洲国际上极端的马奇维离式的外交手段，最近又要用公民票决的方法决定波兰并入俄国之厄运，用尽欺世盗名之大诈。波兰是二千万的文明民族。在一百多年以前，俄、普、奥三国的帝王三次瓜分波兰，欧美的历史家大书特书的加以谴责，说那三位帝王犯了人类的极恶大罪。现在俄国共产主义政府的领袖史太林及德国民族主义政府的元首希特勒，同一百多年以前的封建制下的帝王犯了完全同样的极恶大罪。俄国如同倭寇在中国树立伪组织，而在波兰用公民投票，强奸民意，恶极！此外，俄国在北压迫芬兰与它缔结割让土地及其他丧失主权条款之所谓互助条约。现俄国与芬兰正在谈判之中。美国大总统罗斯福氏虽曾致函俄国名义上的元首——中央执委会主席加里宁氏，劝俄国对芬兰勿为过甚之后，表面似少和缓，但近日俄国对芬兰又表示强硬。俄国在南压迫土耳其承认封锁黑海，放弃英法合作，以遂其独占黑海，及与德国平分巴尔干之要求。凡此种种都证明现在俄国共产主义的政府正在一步一步的推行着压迫弱小民族，并占据他们的领土，以及统治他们的政治和经济生活的俄罗斯帝国主义。这共产主义的帝国主义与帝政时代的帝国主义，实无二致，不过颜色不同而已。俄德两种帝国主义这样的携手，波罗的海沿岸，东欧，东南欧，那些弱小民族可就从此入了厄运，英法与德俄对垒的冲突也就从此增加了！

第三，俄德两国的携手加重了英法美三国的负担，给予了意日两国的投机的机会。这次世界大战，本来是英法俄三国预备抗战德意日三国。现在俄德勾结起来，德国没有了东顾之忧，可以专力攻击英法。俄国本来是东怕"狼"，西怕"虎"，要约会英法在欧洲围攻德国，在亚洲合打日本，意大利那样的"狗"，原不足畏。忽然间，俄国用了一个"纵虎归山计"，把狼也吓住了，狗也不往前进了。目前的结果，俄国得意，英法自然要吃些苦。但虎虽猛，终究是要被人打死，狼和狗终究是要被人利用，将来谁被狼狗咬伤，还得走着看。英法虽失掉了俄国的合作，但他们独挡德国，绰有余裕；

我们要知道：英国除法国同他唇齿相依而外，他的背后还有加拿大、南非联邦、新西兰、澳洲，四个自治领及印度半自治的殖民地。这五个地方实在等于五个国家。那末，英国的当局常说：长期作战，要达到最后的胜利，实在是有所恃而云然！英法早已在地中海用了大工夫，又在波罗的海暗布了防线。在地中海的东部，土耳其非同小可。上次欧洲大战，土耳其被德国拉去，英国在军事上吃亏不少，英国政论家把那件事认为是英国外交的大失败。这次英法把土耳其拉住了，去月十八日英、法、土三国正式成立了互助条约，是英法对付俄德南略的一个大关键，防阻俄德侵入巴尔干，防阻俄国占据黑海，防阻俄国威胁小亚细亚，防阻了意大利威胁地中海的安全。土耳其虽得到军事、政治、财政各方面不少的优越条件，而英法为对抗俄德及防范意大利，从土耳其所得到的援助，更有重大的价值。在波罗的海方面，英国向与瑞典、挪威、丹麦三国保持友好关系，这三国和芬兰四个斯堪的纳维亚国家现在都是中立国，都是英国对俄国的缓冲地带。适才闭幕的北欧四国会议在表面上宣称严守中立，斡旋和平，而骨子里实在是商议合作自卫预防俄德。至为昭然。欧洲变成这样的局势可以说是英法对德俄的大包围，业已完成了十之七八。

意大利在欧洲历史上是向来一个投机的国家，向来是要跟着英法走，乘机获取些便宜。八十多年以前，英法联合对俄的克里米亚战争，当时意大利内部统一甫成，随着英法摇旗呐喊，战胜俄国。上次欧洲大战，意大利背弃德奥同盟，投入英法方面，战胜德国。这次欧战，意大利虽先吃了德国一摔，但他究竟是帮德或帮英法？起首仍不肯明白的表示；战争自九月一日爆发，已经打了两个多月，到这十几天来，意大利的态度才鲜明些了。他一方面知道他在地中海已经被英法的海军包围，他再一方面感觉到俄德联合的势力要向巴尔干进攻，对他有了威胁。他大概算计清楚了：他联德已无利可图，抗英法即刻就吃眼前亏。去月底意大利国王向法国驻意大使声明：他在位的期间之内，意绝不对法作战；数日前意驻英大使公开演说，说明意大利要反共到底。现在意大利的态度很明显了：对俄德可以打仗；对英法可以联盟。随俄德，害处多；随英法，好处多。意大利这样算计清楚了，态度随着鲜明了。

日本这几年在国际上作了混蛋，现在又要想着投机，但是实际上他没有便宜可找！现在世界上就亦有这几个强国，哪一国先开战，哪一国一定吃亏，因为先动者先受制于他国，因此就先丧失活动之自由。日本在远东作了混蛋，德国在欧洲作了混蛋，都是骄兵悍将，利令智昏，使着他们轻举妄动。日本在我国七七事变抗战以前，怀抱着不可一世的野心：以为灭亡中国，占据西比利亚，驱逐英法，然后一举而扫荡美国在太平洋的势力，即可称雄东亚！但是"事与愿违"，我们抗战力量，愈战愈强，日本的野心已经变为梦想；俄德携手，日本也像意大利吃了德国一摔，更觉泄气！这两年日本因军事和外交两重的大失败，现在日本已经不像从前那样的骄横了，但他在外交上却想利用欧洲战争，混水摸鱼，乘机找便宜，所以他的外交政策很显然的是和缓俄国，献媚美国，压迫英法。

日本想和缓俄国，必定收效甚微。日本在历史上对于俄国是恐惧，因恐惧而怀戒心，而有警备，而出以打击。这是日本对俄的心理状态。再加上思想上的冲突，以及实际的满蒙边境上两国现有的摩擦。这些情形使日本虽欲对俄和缓而有不能和缓之势。俄国方面因内部党派的纷争和较低的文化水准，别国对他的兵力的估计，并不甚高，他的领袖当然也有自知之明。所以他对日本在这廿年来只有消极防范，并无采取积极攻势之意。什么张鼓峰的两国冲突，什么朱蒙坎的两国大战，都是彼此试探，双方均无扩大之意向。由此可见日俄两国近年的关系是巫鬼双怕，彼此戒备而已。过去如此，现在仍然如此。所以日俄国交的和缓之程度亦只能限于武装冲突的停止，一定做不到军备的撤除，更达不到彼此的合作。况且日俄若合作，于日有利，于俄无益而有损，所以日俄现在决不能像俄德那样的携手。日本对俄，若是效法德国，其所收获，一定是微末而不足道。

日本献媚美国，其用意之要点，在离间英美，以便用其所谓各个击破之策略。这种策略已是徒劳。在欧洲战事爆发以前，远东的国际政治是英法俄在正面对付日本，美国立于协助的地位。欧洲战争爆发以后，美国一天一天的走上前来，要在正面对付日本，英法俄退处在次要的地位了。美国的外交政策，向来对欧洲是消极的，对远东是积极的。上次欧洲大战之后，欧美的政论家就预言第二次世界大战一定发生在太平洋。美日两国在太平洋的海军竞争就是两国开战的主因，华府会议商定了美日间海军的比例，及限制在太平洋的设防地带，太平洋才得暂告太平。华府会议海军条约失效以后，日美海军又恢复了竞争的自由，两国间战争的暗云又随风而起。七七事变以后，远东风云日紧，美国舰队集中太平洋，重整夏威夷，增防菲律宾，以及联络新加坡。去月底美国驻日大使格鲁氏述职返任之后，不用委婉的外交辞令而在公开演讲席上坦白的谴责日本在中国之暴行，率直的否认日本在远东"树立新秩序"。美国对于日本所采的军事的布置及外交的表示，逼迫的一天比一天紧。这差不多的是等于美国代替英法在远东填防。现在美国要在远东出任艰巨，是有历史的背景，并非偶然。在这种情势之下，日本虽欲献媚而不可得。最近日本前外相名外交家芳泽氏谓"日美关系目下极为严重"，日本之焦虑由此可此一斑。

日本压迫英法，目的在讲条件，但亦不能生效。英国现在对日本不能让步，原因不在帝国政府之本身，而在澳洲及加拿大两个自治领。英国为防俄，自从一九〇二年，同日本缔结了军事同盟，到现在经过了三十七年，英国帝国政府始终不肯完全放弃日本，始终对日本持妥协的意态；在上次欧洲后的巴黎和平会议是如此，在华府会议是如此，关于九一八事变也是如此，一直到现在，但是英国因为对美的关系，不肯冒犯美国而与日妥协，并且因为对帝国内部加拿大和澳洲，不敢与日妥协。英国政府在华府会议，受了美国和加拿大的压迫，不能不放弃英日同盟。近年来，澳洲对日本怀抱很大的恐惧与戒心，这种情形也使着英国政府不敢妥协。加拿大和澳洲虽是大英帝国的一部分，但是对日的国防上，以及彼此的经济上，与美国的关系特别密切。所以加拿大和澳洲对日本的态度，反倒与美国一致，而与其自己的帝国政府有些不同了。况且，九一八事变，英国对日本太妥协了。当时未与美国表示同样的强调，以致后来有噬颈之悔。加以日本年来嚣张过甚，要想把英国在远东的势力扫除净尽，已使英国很难忍受。凡此种种都是使英国对日的态度不敢，也不肯再让步了。近来美国对日的态度转超强硬，英国虽有欧洲方面战事的牵扯，在远东方面对日自然不会让步。法国是以英国之马首是瞻，在欧洲如此，在远东亦然。英法在香港、新加坡、安南，各海陆根据地，联合抗日，亦有相当的力量，再加美国的合作，对付日本，是确有把握。在这种局势之下，日本想乘势投降，压迫英法，讲讲条件，决不能成功！

第四，俄德亲善以后，国际局势的变化，于我，对日抗战，并无不利之处。我们要注意：凡是中华民国的国民谈中华民国的对外关系，决定对外的态度的时候，我们是知道中华民国是在各种帝国主义之间自求民族的生存与自由，我们是中华民国的国民，我们要以兴复中华民族之自任，不要以当外国奴才自居。我们中国现在正在对日抗战，日本帝国主义是我们唯一的敌人，其余的国家，无论是帝国主义或不是帝国主义，我们一律认为是友邦。帮助我们的固然是友邦，不帮助我们的也是友邦。就是对于友邦，我们也必须认识清楚，我们才不致于像日本军人在希特勒背后逐臭，做了国家社会中的混蛋。我们必须具着这种态度，才可以谈国际问题，才可以得到对外的适当态度。

我们中华民族对倭寇抗战，是争取民族的自由和国家的独立，不欲国灭种亡。打仗是自己去打，不能希望别国来代打，所以我们要"自力更生"。但是现在的人类是国际社会，当然要寻求与国，获取外援，才可以加速我们胜利之实现。友邦对我们帮助之大小，道德心和同情心自然都有关系，但主要的原因还是靠他与我们的利害共同的程度及其力量的大小。倭寇对我们发动战争，他们的野心与目的是所谓"树立东亚新秩序"，他所谓的"东亚新秩序"是要想组织所谓的"中日满集团"，"三位一体"，他的意思是把我们中华民国如同满洲国那样的成为他们的傀儡，受他的统治，他才可以在亚洲称霸，在世界上争雄。首当其冲的是我们中国，直接为他的障碍的是英俄两国，所以日本想吞并中国，一定要同时扫除英俄在远东的势力，因此中英俄三国即刻对日就处于利害共同的地位。自从七七事变，我们对日抗战以来，英俄对我们的援助为最多。主因在此，其余的情形都是末节。英国对日既不能再让步，虽受欧洲战事的牵扯，他一定继续援助我们。关于这一点英国当局业已声明援华政策并不变更。俄国方面既不易同日本妥协，更不易同日本携手，他一定还要继续援助中国。英国援助中国，由我们的力量消耗日本的国力，日本对英的威胁自然减少，这是于英最有利的事。俄国援助中国，其理正同。俄国与德联手，其意是在一面消耗英德的国力，减少对自己的威胁，一面瓜分波兰，获取不劳而获的利益。假若俄国与日本携手，结果是增强日本的力量，而却不能得到瓜分中国的好处。有人忧虑日俄联手，那真是杞人忧天！美国最近对日强硬，主因是太平洋问题，不在中国问题，但美国对日施行压迫或打击，总是于我国抗日有利。再加以，日本自丧失德意声援，在国际上完全处于孤立的地位。日本自身的内忧外患相迫而至！我们中国抗战最后胜利，将要提前实现！

论公务员服务法

靳文翰

国民政府本月廿三日颁布了《公务员服务法》，代替了旧有的《公务员服务法规程》。关于公务员的义务与责任，本是行政法上重要问题之一，而现行公务员服务法，对这问题的规定，便颇足我们的参考。

严格言之，现行的《公务员服务法》，与原有的《公务员服务法的规程》相比，除前者条文较多，与其规定较详外，二者间并无多少不同。形式上姑不具论，精神上二者虽同被目为实质的法律，但却同具有极少的法治精神，这也就是最值得注意的一点。

何以公务员服务法缺少法治的精神？如果法律的内容可以解释作具有义务的性质的话，则在行政意义上的法治，便可以解释作：公务员活动的范围，受法律上的限制。这种限制是确定的，是具体的，因其确定，故公务员的活动有了范围；因其具体，故公务员在其活动范围内，便有所遵循。

但统观公务员服务法全体，对于公务员，只有一味地加重其义务的规定，而无实现其责任的方法。即使依照该法第廿二条规定："公务员有违反本法者，应按情节轻重，予以惩戒，其触犯刑法者，并依刑法处罚"。所谓触犯刑法依刑法处罚，固是赘文；而依情节轻重予以惩戒，归总说来也不过是依该公务员的上级公务员的主观自由心证判断曲直，顶多这只能说是法律原则上的范围，谈不到法律事实上的限制。结果，倘若上级有自由裁量权的上级公务员是严阿正直，则这条规定，纵不致为虎作伥，也会成了具文。

事实上，公务员任用法中，不止仅这一条是这样的规定，例如：第一条所谓的忠心努力；第五条的所谓的诚实清廉，谨慎勤勉；第七条所谓的力求切实，等等诸语，全是一方面的冠冕堂皇，另一面又同时是本法中最重要，最基本的规定。最重要，因为这是本法的宗旨所在；最基本，因为这又是决定公务员义务与责任的标准。但是，细一观察，这些话的本身却未免都有点模棱两可，可东可西，可南可北。何谓忠心努力？怎么样便称得起诚实清廉，谨慎勤勉？到了什么程度便算力求切实？谈起标准，种种都成了问题。而确定这问题者，不是法律，法律也不会抽象的给它一个规范，结果，最终的权威，还是解释或执行法律的公务员。以人绳法，而法反不足以绳人。轻言之，这是过于广泛的自由裁量；重言之，这是理治，不是法治。

换句话说，所谓法治者，法律的规则具体的限制了自由的范围。所谓理治者，自由决定了法律的内容。在现在这公务员服务法下，法律并不曾具体确定了公务员的义务与责任。反之，公务员的自由有时却决定了什么是法律的规定。这种办法是否可取，便极有商酌的余地。窃以本法的目的绝不是注重制裁，或宣示公务员服务的原则。依条文观察，其目的不外在讲求行政效率的增进。但是，不讲法治而讲行政效率，则所谓行政效率应作何解释？而法治与行政效率的关连，在此便大大生了问题。

固然，讲理治同时也讲行政效率，这种办法在目下也许是一条唯一走得通的路。不过，在理治之下，道德的因素重于法律的因素；在行政效率之下，法律的因素重于道德的因素，两者合讲，法律与道德便混而不分。而法律的效力便无从发挥，不是法律名存实亡，便是法律成了具文。中国不是没有法律，但是在行政法学上，中国缺少法治内容的法律。有法等于无法，此《公务员服务法》怕就犯了这个毛病。

我以为现下各机关既有各机关自己的办事细则和服务规程，关于公务员服务法的规定，便不应再过分笼统与宽泛。太笼统则只尚空言，与其下面的办事细则和服务规程漠不发生关系。太宽泛则到处不着边际，反要予上级的公务员以操纵事实，颠倒黑白的机会。最好的办法是：公务员的责任与义务，大体上应有两方面的规定，在一方面，公务员服务法虽然不妨仅为原则的规定。但这些原则应当是相当的具体与确定，使公务员的义务有一定的范围，与可以遵循的途径；使公务员的责任也能完全的实现。我们应当努力使《公务员法》作为法治的工具，而不是理治的借口。其二，在各机关办事细则及服务规程上面，应当对各种具体的事实，多多加以详细的规定，如此，公务员的义务才能具体实现，不容苟且；公务员的责任才能负担，不容推诿。

法律是活的东西，要适应社会的情形。适应社会情形，有两种意义：第一，法律的规范，应与现存的社会秩序相融合；第二，法律的内容，应代表社会的理想。就第一点来说，《公务员服务法》可以说是宽厚有余——宽厚到了因人而异的程度；就第二点来说，《公务员服务法》便与厉行法治的理想，事实上便不能不有所差异。

　　此不过仅就法律本身立论而已。在实行上，公务员的义务与责任还是员吏制度自身的问题。我以为目下专讲公务员的义务与责任，或专注重行政效率，或着意于法律的规定，反不若整个的在员吏制度本身上图改进，似乎更基本，更有益处。

他卖了他的松树

祖 文

在这村子里，正像我的家乡的情形一样，大庙的功用真是不可轻视的。既是庙，自然是留作善男信女焚香祷告，叩头敬神的地方；可是自从民国开办了学堂，庙又移做教育村中子弟的处所；而且，因为乡村也要讲自治，庙又增加了他的重要性，他成为全村的政治中心，不但议会、结账，在那里举行，就是聚众吃酒，下象棋，打麻将（自然只限于保长和其他办官事儿的老爷们）……大家也都公认大庙是最妥当，最合宜的地点了。现在，小学停课，倒并非为了歇暑假，却是因为村里要"做会"，念书是为了人，念经是为了神，在村人的心目中，人和神一比，当然是人比神低下得多。于是，往常小学生的高声朗诵，"我们——要破除——迷信！"——这些有如盛夏的苍蝇，嗡嗡乱飞的闹声，便教响亮的锣鼓声和"弥勒磨勒"的念经声所代替了。

正殿上贴着红红绿绿的长短纸条，还轻垂着许多布幡，再加上高高地悬挂在梁柱上的金字匾，看去很有点辉煌的气概！神像尊严地伫立着，香烟裹着灰烟慢慢地飞升，慢慢地分散，整个大殿的空气，都显得神秘、渺茫……法器叮当响了，接着，响声刚停道士就一面敲着木鱼，一面拉长声音，开始念经。老太婆跪在蒲团上，深深地拜，深深地拜……这真是顶虔诚的朝拜啊！——本村里的人（特别是妇女，老年的妇女），固然不必说；就连离此十多里路的小村子里的妇女们，也要换好簇新的衣裳，毫不吝惜她们的无力的小脚，一步一步地，走到这个大庙里来，——许了愿，得还愿，可是，来了，并不当天回去，她们都带了铺盖，有钱的老太太更带了绣花的白布帐子，在庙里的厢房里歇宿；一住就是六七天，每天到佛爷面前，烧香，叩头；跪着的时间相当长，茫然地听着道士念经。饭由庙里供给，虽然是素食，菜却很够吃：一碗豆腐，一碗面，一碗……都用木盘端来；一开就是五六桌。——当然要花钱哪！

昨夜那场雨已经收歇了。太阳抬起头来。做会的老太婆们更显得愉快了；安详地坐在饭桌旁，彼此低声地谈着论着……

庙里的另一间房里，有的人倒在床上酣睡；有的人在聚精会神的打着麻将，这场麻将，还是从昨晚六点钟开始的，干了个通宵，又一直到今天八点，战士们的脸上，虽然已经显出疲惫的样子，但依然继续着，不时张个呵，或伸一个懒腰。照他们这样打法，是很难终局的。一个人坐了四圈或八圈，来够了，或是输光了（输光了的时候多），拍拍屁股走了；他的位置，立刻由另一个人填补上；像这样，轮流着输，轮流着赢，八圈，十六圈，三十二圈……整天，整夜，甚至整年，时光溜走——其实，这时光也并非全部消耗在赌钱上，人们也睡觉，睡得很香甜；也吃茶，喝酒；也吸鸦片，嗞嗞，嗞嗞，嗞嗞！喷了一口白烟……

一个小伙子乒地一下，把牌推到，大声嚷道："两翻——红中一翻，本门风一翻！……"他得意地卷卷袖子，两眼一翻一翻地向其余三个人扫视了一下。

数钱声，洗牌声，同时并作。

我踏进了房门。

"你家起得早哪。"

我向四位战士点点头，走到靠墙的那张床前，撩起帐子。

"尹保长！"

尹保长推开被；原来他昨夜睡觉没脱衣服，这样，今天早晨就可以省去一层穿衣服的麻烦了。他坐起来，用手背揉着疲乏的眼皮。

"尹保长夜里可曾打牌？"

"没得。"他咳了一口痰在地上，用两根手指提着鞋跟。"我不会打牌，——哦，也不喜欢打牌！……不过，夜里睡得也晚的很；下了几盘棋，——下几盘，输几盘！……老了。眼睛也花了；照不上去了。"

"今早出了太阳。"我说。

"是啊，好天气。"他回答，叠起棉被。

"今日可要陪我到山上去嚒？"

"科呢，科呢。——等一下，等一小下。"

他擦着洋火，触了灯芯一下，灯罩里显出豆一般大的黄色的光；他斜着身子躺下来，手里握着烟枪……

我和尹保长认识了不久。半月前，为了买木料，我们才由生客变为熟人。在离村不远的一座山坡上，有他一片松林；松木的长度，正合我的需要，我就和他立好合同，打算先砍一百棵，每棵洋二元四角，先交了一百元的定钱，剩下的那一百四十元，等到把那沙松统统砍伐，马上把钱交清。合同已经定好了十来天，到今天才能邀他一同上山，由他指明哪些树是他的，我就可以用磁油画了号码，以后，由工人照着号码砍树就得了。

尹保长的心肠很好，跟他共事，是不会受骗的。他告诉我，先前他家里很有几个钱，都是他父亲做买卖赚来的；轮到他，"我从小就特别喜爱大烟"，他很坦白地说："喜欢那盏刻得精致的玻璃灯，喜欢那又光滑又细腻的竹烟枪，自从十五岁那年上了瘾，一直到今日，也没戒过。事情是做不来了；整日吃饱了就这么一躺，再不然就到茶馆里吃吃茶，喝喝酒……这是我们的拿手本领啊！"他禁不住笑了。沉默片刻，他用手指搔搔他那稀疏的黑里夹白的发，深深地吹了一口气，接着说："像这样混下去，可怎么办？——正赶上你家要买树，我本来不愿意卖；卖产业是给祖宗丢脸的事啊！还有一样，将来树一定要贵的！……没得办法！我急等着用银花嚒，不能跟旁人比啊……"

他说的都是实话：因为在我还没买妥尹保长的沙松以前，也曾打听过好几家；起初他们只是不理，后来好像不耐烦了，要了一个惊人的价钱，使我连想还价都不敢！我只好默默地退回来；他们却和没事似的，照样干他们自己的事情。

尹保长把两眼闭起来，嘴里叼着一支卷烟，沉默地思索着；突然，像得了什么主意，说："你家很能做事，我满脸都是烟灰，学你家不来了。可是，我有一个儿子，我想求你帮忙，在贵公司里给他找一个小工做做。他能吃苦，年轻力壮，以往当过兵，很认识几个字……我受的毒太深，没得希望了；你家帮帮忙，我儿子要找到事情做，我也心里高兴，还可以多活几年。"

在他青灰的脸上，浮出一层凄苦的表情；他穿着的长袍。肘部已经贴了两块补丁；而且袍子过于小，裹住身子，显得他格外枯瘦，格外虚弱。

我答应了他的请求。

沉吟的暗影，从他紧锁着的眉梢上消失，嘴角上泛出一种欣喜的笑；这光景，如同阴云过后显出了清朗的高空，舒适，畅快……像所有接近了衰老的人们的心情：当多半辈子的"生之酸辛"被一种暂时的喜悦驱走，再给他们几分钟的闲静，过去的甜美的回忆会很作怪的涌现出来。尹保长开始漫谈，语句中夹杂着不少过去的事情：

"听老人讲，在先前，这里的深山里藏着很多豹子，凶得很！有豹子的地方，没得旁的走兽——兔子、狐狸……那样的都没得，都叫它吃光了……猎人整日成群结队地在山里走来走去——打豹子要用粗绳哪……深山里大蛇也多得很！几十丈长，几尺粗！这样的蛇是吃人的啊……现在，山里哪样也没得了；人们很太平地躺在屋里睡觉……是呢，豹子、大蛇都没得了……没得人影子的深山里也许还有；此地没得……"

我和胡师傅一齐走出村口。

小溪里的水波互相追逐，又互相被追逐，不紧也不慢，永远低吟着那同一的悦耳的调子；水不断地流，声不断地响。——想来必是这么回事了。

胡师傅是一个很好的木匠，他性子直爽，脾气急躁。这种性格，是很难为此地人所了解的。他又是工作惯了的人，睡得早，起得早。我们本来规定清早七点上山，谁知等候尹保长一直到八点半，才能勉强动身，我说"勉强"，因为，虽然我们两个已经走出村口，尹保长却留在庙里。他叫我们先走几步，他随后就会赶来的。

"懒猪！！简直是一群懒猪！"胡师傅恨恨地说。

"猪虽然懒，可不会杀人；——人杀猪，不是猪杀人呢。"

"快走！看尹老头可赶得上！"

"尹老头赶来啦！"我回过头来说：

尹保长跳过几条水沟，又紧跑两步，居然赶上我们。

他气喘喘地说："让我带路，可要得？"

我们走到山脚下，并且，两条腿一弯一挺地，开始上山了。这真是实力气的事！抬头看山，山并不太高；可是一走起来，半天走不了多远，心怦怦地跳。浑身发热。我要歇一下。

"你家可是不惯？"尹保长笑着说：

"我的家乡没有山。"我坐在青草上，用手帕擦擦前额，喘着气。

"平地上跑，赶不上你家；跑山，你家赶不上我……我相信。"

"我们从小就走山道。我们没得一个人不能爬山。我们这点的兵，要和日本打仗，非赢不可！日本兵爬山爬不起来！你家看"——他指着四周"遍地都是山！高的，矮的；多险要！飞机，大炮，坦克车，到这点都没得用……"

"照你家说，这里成了'天堂'啦。"我笑着说。

"是呢。"他简单的笑。他不明白我的意思，我想。

"走吧！"胡师傅在催促了……

"这点的都是我的，先号这一棵吧。"

胡师傅用斧子嚇嚇几下削去一块粗糙的苍老的树皮；如同剥去女郎的衣服，露出白净的肉来。

我一只手拿着一小圆盒红磁漆，那一只手拿着笔，便在那块又光润又白嫩的细皮上圈了一个ＮＯ.1，红色号码。

松林里很潮湿，挺直的松林，没隔三四步就是一棵，这棵和那棵当中的空隙，都被一些高的青草和矮的花椒树所盘踞；最讨厌的是那些带刺的野花的弯枝，你走路时，他们老曳住你的衣角，林里是幽静的，除去偶尔听到一两声悠长的鸟鸣，一切都陷在沉寂里。

"号这一棵。"

"那棵要不得——不够尺寸！"胡师傅嚷。

"嗳——以前麽，没得人卖给你家；今日买到手，又说'要不得'！"

"号啦号啦——尹保长是朋友！"我在一旁卖人情。

"本来么，我实在不愿意卖！——舍不得……我听到一声斧头砍我的树，叮，叮……我的心跳一下！……我年轻时种这些松树的时候，是预备自己盖房子用的……穷了，光了……饭都吃不来，还盖哪样屁房子……我给祖宗丢脸哪！"

尹保长说话有些发颤，低了头，擤了一下淌着的鼻涕。

"记不得是哪一年了，这些松树已经长得像个样子！"他继续说："是呢，就在那一年，我的婆娘还活着……在一个落雨的晚上，雨落得太久了，房上的瓦出了毛病，有的地方滴下水来，我的婆娘说'明日天晴了，赶快叫人修理一下吧！我床上的新被子——没留意——浸湿了一大块呢'。当时我说'这房子旧了,明年我们盖新房子吧!自家山上有松木,不消去买木料!'……到今日,婆娘已经入土了,没得看到新房子的影子……木料也卖给你家……"

他摇着头,苦笑了一下;再也不言语了。

"不要紧,尹保长是朋友……"

我们在沉默里号完了松木。

下山时,看到远方的模糊的湖光水影,和一片碧绿的稻田。

我们都感到工作后的疲乏,所以更少开口。

我思索着什么,忽然听见尹保长喊——

"杨梅——好多年没得到山上采杨梅了……这个还青,酸得很!"

"怎么,这山里有杨梅麽?指给我,杨梅树在哪里?"我倒想开开眼。

"这点就是——不过杨梅已经没得了,早叫一些小娃摘净了。我刚才碰运气,才找到一个青的……"

"你家运气好。"我宽慰着他。

他没有回答。过了一会儿,像想起什么要紧的事,他凑近我的耳根,低声说:"我想今晚叫我的孩子见见你家——见一见好!……你家看见他,一定满意!他又高壮,不喝酒,又没得烟瘾——比我好多了。"

"要得,要得。"是我的回答。

一道小瀑布从山顶上湍急地滚下来,流到山脚下,水势平稳了。因为是沙底,水显得异常澄清。小溪的两旁是人行的窄径;窄径旁边丛生着野蔷薇,还有多年的仙人掌;新从大掌上滋生出来的小掌作椭圆形,开着小黄花。

"口渴得很!"尹保长说着,就像一只蛙似的,用两个胳膊,撑住全身的总量,伏在溪流的边上,尽量喝了两口水。

胡师傅也渴急了,要照样做。

尹保长连连摇头说:"要不得,你家喝了会生病的——我从小惯了,不要紧!"……

回到庙里,已经是下午三点钟了。没吃午饭,肚子饿得直叫;但是,还没到吃晚饭的时候,村里的小饭馆不卖饭。只好忍耐着。

正殿里飘绕着焚过了的香的轻烟。道士还在"弥勒磨勒"地念经;接着就叮当叮当敲一阵锣鼓。那间当做村公所的屋子里,乒乒乓乓地打着麻将。

"松树算是卖给你家了。"尹保长喃喃地说；沉默一下，又说："等一下叫我的孩子来见你家。"

"要得，要得！"是我的回答。

本期撰者：

　　罗文干、燕树棠两先生俱是国立西南联大教授，在本刊均已发表过文章。

　　靳文翰先生数年来致力行政法研究，在此文中颇有独到之见。祖文先生已在本刊发表过几篇短篇作品。他是西南联大外语系学生，河北人，作品长于用北方乡村作对象，笔墨朴而不粗，颇能表现北方风格。

第二卷第二十二期（1939年11月19日）

时评

六中全会

国民党六中全会已于本月十二日在重庆举行。虽然这只是一个政党的会议，而以今日党与政府间的密切关系，这个会议自是十分重要。

六中全会的主要工作，当然是检讨过去的工作，讨论当前的问题，和审定此后中枢之军事、外交、内政、财政、建设等等重要政策与方针。在今日抗战建国并进的时期，这种种工作，无疑的，都有待于政府各部分之最大努力。

然而六中全会给人民以最深的印象，不在于上述种种分门别类政策方针之决定，而在于党内同志，中枢领袖，借六中全会的机会，以明决的态度，重新坚持我们两年四个月以来的国策。在过去两年四个月间，敌人用尽军事、政治、经济、外交、谣言各种攻势，希图挫屈我们。而我们则"确立决心与信心"，以"不被胁制，不受欺骗，持久抗战，奋斗到底"做我们的对策。在此过程中，有若干党内党外意志薄弱者，失望了，悲观了，甚至投降做汉奸了。最近国际外交的变幻与欧战的爆发，更充分的与敌人汉奸以宣传的机会。虽然明白今日局势的人，对于两年四个月的国策绝无怀疑，而一般人民的观听，尤其在今日敌人政治，外交，谣言攻势甚盛的时候，要加以提醒与纠正。六中全会重复坚持已定国策的表示，虽似旧话重提，但究竟有其重大的意义存在。（山）

英法撤减华北驻军

据今日报载,英法决撤减华北驻军,减少至仅足保护产业维持秩序之数额,业已通知一九〇一年议定书所规定在华驻军之有关各国云。

撤减驻军的理由,根据英法两国陆军部所公布,係因欧洲发生战事,为军事上便利起见,故将华北大部驻军撤回本国。这个理由虽然未必全属子虚,但以英法华北驻军数额之微,对于欧洲战局可说影响极小,以此理由而撤军,当然不能令人无疑,尤其当盛传英日东京谈判行将恢复的今日。

自欧战爆发后,敌人梦想趁英法无暇东顾,利用中立的地位,借协调之名,诱胁英法在远东让步,而对华北问题奢望尤切。英法的撤减华北驻军,适当日军封锁天津租界之后,当然不得不使我们怀疑英法对日让步,至深令人惋惜!

不过如从实际利害言,英法在华北的驻军数额甚微,在不顾信义,凶狠横暴的敌军势力下,是否能执行任务?必要时是否能相抗衡?根本是一个疑问。所以暂时的增减,可说毫无关系。而且关于原有的驻军权利,英法仍声明保留,换句话说,仍有随时增加的可能。故实际上英法并无所失,而暴日亦毫无所得,徒然给予世人一个趁火打劫的恶劣印象,益增英法对日之恶感。

英国的外交政策最能忍小忿,吃小亏,而根本政策则绝不动摇,除非暴日放弃排他独占的东亚新秩序阴谋,英日绝无妥协的余地。而况骄恣狂妄的敌国少壮军人贪得无厌,得寸进尺,英日关系更无好转的可能。法国的远东政策一向追随英国之后,法日的妥协根本也是一个梦想。德国的前车可鉴,暴日的没落可以拭目而待。(迅)

苏联抨击英法

苏联"十月革命"第二十二周年纪念的前夕,外长莫洛托夫既发表一个演词,共产国际又公布一项宣言,意在对欧洲战事,再度剖白立场,阐述态度。该两项重要文书,均足以证明苏联所作宣传,具有反资本主义的意义,在欧洲,资本主义国家的中坚,自然是英法,所以对英法特加抨击,措辞极为峻刻。依报端所传,其要旨如下:英法两国止从事殖民地之争夺战,与之对敌者则是德国，亦即今日欧洲之第二强国；同时，英法复以一切方法延长战争时间，倘不予以反抗，则将使全人类卷入漩涡。现在英法统治阶级正以战争来达到其侵略目的，但美其名为维护民治主之战争。时至此际，战争范围倘日见扩大，而资本主义之控制权，亦必随着伸张。

苏联与英法制度完全不同，俨成两个敌对的体系。表面上，苏联所反对的，是整个资本主义体系；但实际上，对英法两国却另眼看待，尤其对英国素加仇视。苏联的外交政策，一向就是依据这种差别而确定的。英法是资本主义集团的中心，今日为争取霸权而战，此说我们莫可否认；但对于纳粹德国的侵略行为，素主和平的苏联，近日竟未加以抨击，硬把战争责任推诿到英法身上，其用意诚使人百惑不解！

苏联近来对英法的态度，虽成了谜中之谜，然它为自己利益着想，不至参加德方，而与英法作战，这点却是十分显明。苏联固无所受于英法，不过对于纳粹德国，亦不能无所戒心。依现势观察，苏德间暂不问自身属何集团，而在现局下只求协作，共同推翻英法霸权，最少在这点上，这两国是一致的。它们谈主义，合则似非可能，但计利害，合则适得其时。现在苏联支持德国东进，实不过对英法鼓励德国东进的报复手段，然这种手段运用于长久，结果于苏联也是不利的。德国毕竟是帝国主义的国家，其作战目的未尝不是为领土的争夺，一旦德国得势了，最终会与苏联发生直接冲突。这点苏联当局绝对不容忽视。（贡）

期成宪政的我见

罗隆基

实际上，今日中国任何人，任何党派，都不反对实施宪政。假使民国二十六年卢沟桥事变不发生，假使大规模的对日抗战不发动，中国实施宪政已有两年的历史了。民国二十一年，国民党的三中全会曾决定民国二十四年三月召集国民大会，结束训政，实施宪政。其后政府对召集国民大会的日期经过几度延期。民国二十四年十一月二十四日，国民党五全大会又决定宣布宪法草案及召集国民大会的日期，须于二十五年以内实施。同年十二月四日，中央执行委员会议决定二十五年五月五日宣布宪法草案，十一月十二日开国民大会。宪法草案已如期宣布了。但国民大会选举误期，于是国民大会又延期。最后，民国二十六年二月五届三中全会又决定同年十一月十二日召集国民大会。过去国民大会几度延期，已引起人民的反感与责难。因此，三中全会闭会宣言，对召集国民大会一点，特别郑重声明说："自今以后，唯有督促主管机关，依法进行，以期得以如期召集。"不幸，在民国二十六年七月七日，卢沟桥事变发生。中国对日抗战就发生于宪法草案公布以后，国民大会集会以前，实施宪政却因战事又再度延期了。那么，今日中国还没有实施宪政，今日中国的宪政依然在"期成"期中，这完全是受对日抗战的影响。看了过去这段历史，就知道在过去六七年中，人民是热烈要求实施宪政，政府是一再准备实施宪政，亦可说，在过去几年中，中国各方面的人都一致努力促进宪政。实际上，对实施宪政问题的本身，今日中国任何人，任何党派，都不反对。

对实施宪政，中国今日的确无人反对，然而有几种对宪政怀疑的心理，都很值得注意。第一，"军事第一，胜利第一"的时期，对日抗战的时期，谈得到宪政吗？宪政果可以保障抗战的胜利吗？第二，自辛亥革命起，中国宪法颁布了若干次，中国宪政试验了十几年，总统做皇帝，议员变猪仔，胜笑天下，遗臭千古，以往的成绩如此，今日的宪政一定可以成功吗？以中国人民这样的知识水准，中国今日实施宪政一定可以成功吗？第三，中国是人治的国家，人治在中国有几千年的历史，中国人的信仰是"有治人，无治法"，是"其人存则其政举"这一套。故改革今日中国的政治还是人的问题。实施宪政果是对症发药，果足以补救今日的政治吗？上面这三种怀疑态度，的确代表社会上一小部分人的心理。他们不反对宪政，他们对宪政的前途有相当怀疑，我们对这几种怀疑心理，愿作简单的解答。

"军事第一，胜利第一"时期，除军事外一切不必谈，除胜利外一切不能顾，是之谓以词害意。如今还有两句标语，"团结人心，集中力量"，这更是军事胜利的基础。宪政的最大效用，即在"团结人心，集中力量"。一纸宪法条文固不能立即在军事上发生一种特殊力量，立即在前线打几个胜仗。宪法的确不是昔年义和团所谓的符咒，可以使洋人的枪炮不能发生效力。我们固不迷信符咒，我们亦不迷信宪法可以发生神秘力量，可以抵御敌人的飞机大炮。不过，假使我们承认"精诚团结"的确是这次抗战上重要的条件，假使我们承认"精神胜物质"的确是这次抗战上重要的信念，那么，实施宪政，对当前的抗战，就有很大的效用。国家由训政而走上宪政的道路，在人民心理上可以发生重大的影响，国人知道国家是全国人的国家，不是任何人或任何一党的国家。御侮抗敌的牺牲，是为国家而牺牲，不是为任何一人或任何一党而牺牲。这心理很重要。即在独裁的国家，到了对外作战的时候，独裁领袖还得召集国会，还得征询人民的意见。这虽是表面文章，然独裁者不敢抹杀这类表面文章，即证明对外作战时期，团结人心，集中力量，实为重要。在已经实行宪政的国家，在对外作战时期，更特别重视民意。战事时期，宪政国家都要实行行政集权，那是事实。然而行政机关增加的实权，都事先征求民意机关的同意。这是民意机关给予行政的特权。第一次欧战英法美等国的往事，以及这次欧战时英法的情况，都是如此。须知对外作战是要国民出钱出命的，这非得到人民心甘情愿的拥护不可。任何国家，在对外作战时，绝不敢忽视民意。就拿中国这次抗战来说，中国对日抗战，是"人同此心，心同此理"，真是举国一致的事。然而抗战发动以后，政府依然立即召集国防参政会，其后中央又成立国民参政会，各省又成立省参议会。用意何在？还不是"团结人心，集中力量"，宪政并没有什么神秘。宪政只是从法律制度上建筑一种"团结人心，集中力量"的正常轨道罢了！在抗战时期，有人反对"团结人心，集中力量"吗？果无人反对，则不应有人怀疑宪政在抗战上的效用。

有人或者还要赤条条地说："今日中国老百姓不要什么宪政，只要打赢日本。打赢了日本，中国恢复君主都可以；打不赢，宪政亦无所用了。"这是极端痛快的议论，这又是似是而非的议论。假使我们反问一句："怎样打得赢日本？"当然靠精良的武器，忠勇的士兵。怎样能具备这些条件？当然靠老百姓出钱出命。怎样能使老百姓甘心情愿出钱出命？问题逼来逼去又落到"大家的事只好请大家来负责"一句话了。试问，这不靠宪政靠什么？试问，问题到此，谁又能怀疑宪政在抗战上的效用？

更有一点应注意。"宪政"与"民权"不是完全一件事。宪政尊重民权，宪政不止于重视民权而已矣。实行宪政，等于说，政府的组织制度化，公务人员及全体国民的行动法律化。宪法不止规定人民的权利，更规定国家组织上的基本制度以及人民与政府的一切关系。国家对外作战，要发挥整个国力。在发挥国力上，离得开制度与法律吗？据我们所知，制度愈完整，法律愈完备的国家，组织愈坚强，而国力愈伟大。试问，到此有人怀疑宪政在抗战上的效用吗？

再进一步，今日中国抗战与建国是同时并进。所谓同时并进，即抗战期中必须奠立现代国家的基础。国家是政治的组织。从这观点来说，国家的要素是制度，是法律、宪法，上文说到，即是政治组织上的基本条文。宪法是政治组织中制度与法律的源泉。这里，并没有说，中国今日没有宪法，中国即不成国家。中国既然要建设一个新的现代式的国家，且须在抗战期中奠定这新的现代式国家的基础，那么，今日自然要从事制定宪法，开始实行宪政。试问，到此还有人怀疑抗战期中，不应实施宪政吗？

如今要谈到宪政在中国的前途。如今没有人坚决反对中国实施宪政，却有少数人怀疑宪政在中国可以成功。回答这问题，首应问"成功"两字作何解释。倘认"成功的意义是：一经颁布宪法，国家即走上制度化与法律化的理想境界，那当然是绝不可能。此不止中国不可能，世界任何国家亦不可能。根本上宪政就无所谓至善至美的极境。英国从事宪政有七百余年的历史，美法有一百余年的历史，又何尝到了至善至美的极境？人类是继续不断求进步的。宪法本身亦是随着社会变迁而继续不断在生长发育。宪政即无至善至美的极境。倘以至善至美为成功标准，中国宪政不能成功，英法美等国家的宪政都尚未成功。

或者有人要说，成功之义不在此。所谓成功，即中国颁布宪法以后，不再重演"总统做皇帝，议员变猪仔"的故事。所谓成功，即中国人能遵循宪法轨道渐次求进。其实民元至民十六年那段中国宪政历史，那固然是宪政的失败，那却是国家实施宪政必经的过程。倘以那段宪政过程中之波折，即断定宪政在中国永无成功可能，那是缺乏历史的眼光。"总统做皇帝"，法国拿破仑第三即是前例。英国直到17与18世纪，议员依然是买卖品，又何以异于"猪仔"？英国过去选举场中之黑暗龌龊，较中国民初有过之无不及。那都是宪政演进必经之过程。英法人倘因那些往事，即对宪政本身怀疑，即断定英法不适宜有宪政，英法即无今日宪政上那种成绩。婴儿学步，颠仆跌倒，甚至折股断肢，破头伤脚，此是常事，此是必经之阶段。因婴儿颠仆跌倒，即禁其学步，且认此儿不宜于步，此"少所见多所怪"之类耳。既禁其学步，自然不能步，因其不能步，更不容其步，婴儿永成废疾矣！婴儿之罪哉！婴儿之罪哉！因过去中国宪政短短试验时期之失败，即断定宪政在中国永远不能成功者，殆亦类于是矣。

再次，谈到中国宪法公布后，国人能否遵循宪法轨道，依序求进。这点，不应追问民众，而应追问国家之少数知识领导分子，不应追问在野者，而应追问当权在位者。国家法律有宪法，有普通法。大体说来，宪法是人民约束当权在位者的法律，普通法是当权在位者统治人民的法律。世界从有宪政历史以来，小百姓违反宪法之事实极少。小百姓其地位与权力尚不够违宪之资格。小百姓之行动果有与宪法文字与精神稍相背违者，普通警察，低级法庭，纠正之而有余。窃钩者诛，小百姓触犯普通法之类也。窃国者王，有权有势者毁弃国家基本法律之类耳。宪政危机，不在窃钩者，而在窃国者。民国元年至十六年，中国宪政失败，有人诿罪于民众程度不够，智识不足，此实天大冤枉。袁世凯洪宪称帝，黎元洪解散国会，曹锟贿选总统，这是有权有势者不受宪法约束，这与小民智识无关。故国家能否实施宪政，问题症结，在当权在位者的诚意多寡，而不在小百姓的智识高低。假使法国当权在位者，都是拿破仑第三之类，而英国当权在位者都是克伦威尔之流，英法亦永久不能有宪政。国家是政治的组织。政府是政治组织中权与势的重心。掌握权与势的人，果无守法的诚意，则整个政治组织成其私人工具。窃国者王，意义就在这里。到此，还有什么宪法宪政可谈？宪政主要精神是法治，法治重要意义是人人守法，无人超过法律以外。小百姓投票选举之智识，其末节也。凡置身法律以外者，唯有权有势而后可。故国家能否实施宪政，宪政能否成功，当求诸有权有势者的诚意，不应求诸普通人民之智识。西洋及中国以往之宪政历史，都可为上列结论之具体证例。目前领导建国的国民党是以宪政为建国的目标。领导国民党的一班领袖都是民权主义的忠实信徒，当然亦是宪政的忠实信徒。从民国二十一年起，国民党一再准备实施宪政。那么，到此还有人对中国宪政的前途怀疑吗？

其次，又要谈到法治人治的争辩。在中国过去的政治哲学史上，人治与法治的优劣，是莫衷一是的大争论。本文不愿从事于此。古今中外无纯粹人治的国家，亦无纯粹法治的国家。古人说"徒善不足以为政，徒法不足以有行"，实际这是说明人与法不能偏废的执中议论。主人治者说："有良法而乱者有之矣。有君子而乱者，自古今及未之有也。"他并且可以引经据典而列举许多历史事实来证明这个大前提。主法治者说："国无常强，无常弱。奉法者强则国强，奉法者弱则国弱。"他亦可以引经据典而列举许多历史事实来证明这个大前提。为辩论而辩论，终不患无词可措。管子说："虽有巧目利手，不如拙规矩之正方圆，故巧者虽能生规矩，不能废规矩而正方圆。虽圣人能生法，不能废法而治国。"世以管子为法治者，实则这依然是人法不可偏废的议论。法是工具，人是运用工具者。譬诸航海，无轮船则不能涉水，无舵师亦不能行船；譬诸航空，无飞机则不能升空，无机师亦不能司机。今在航海航空上，为工具与人事孰轻孰重之争，虽双方可各执一说，实则无一而是矣。实施宪政，并非谓宪法条文即可为治，乃治人与治法相合为用之义。乃巧目利手与方规圆矩相合为用之义。果尔，还有人怀疑宪政的效用吗？

并且今日的社会，组织如此复杂，人事如此综错。在西方所谓"政府为必要的凶恶，愈少作为愈好"这类思想，已成过去。中国儒家伦理的政治理论，所谓"政者正也，子率以正，孰敢不正"，亦不能完全适用于20世纪的社会。今日的政治，"无为而治"已不可能。今日政治，不得不"有为"。愈需"有为"，则制度与法律愈形重要。制度法律其目的不在拘束限制治人的"有为",而在范围有为的轨道,增加有为的效率。法律制度,自有黄梨洲所谓"法外之意,存乎其间"。黄氏谓"其人是也,则可以无不行之意;其人非也,亦不至深刻罗网以害天下"。治法绝不妨害杰出人物的作为,治法治人且能相得而益彰。果尔,还有人怀疑宪政的效用吗?

有人谓上列依然是抽象议论,不切时弊。今日中国困难,法非不良,制非不善,但法自法,制自制,法成具文,制成饰品,法与制,"待其人而后行"。实施宪政,将何以补救现实政治?法律制度与"贤者在位,能者在职"之义,绝不矛盾冲突。黄梨洲有"有治法而后有治人"之说,法律制度即包涵选贤举能,天下为公的效用在内。"是故先王知自议誉私之不可任也,故立法明分,中程者赏之,毁法者诛之。""使法择人,不自举也;使法量功,不自度也。"这是法律制度补救人事之弊。到此,还有人怀疑宪政不切时弊,不能补救当前政治吗?

上面文字,只是对怀疑宪政者之心理,加以解释,并非在当前实施宪政之具体问题上,发挥意见。此种解释,相当重要。盖今日本无人在实施宪政本题上为反对议论,唯此观望怀疑态度,倘不清除,则此消极冷淡心理,即足为宪政前途之绝大障碍。

谈到实施宪政的本题,大家都知道,第四届国民参政会已通过"定期召集国民大会,实施宪政"的议案,且已由议长指定"宪政期成委员会",为实施宪政的筹划准备。在筹划准备上,当前比较重要者,有这两点:(一)宪法问题;(二)国民大会问题。现在我个人又愿在这两个问题上简单述其所见:

民国二十五年五月五日政府曾经公布了一份宪法草案。假使二十六年七月七日卢沟桥事变不发生,假使同年十一月十二日国民大会能如期集会,那末,那本宪法草案即是当前的正式宪法。这宪法,在当时,本不预备国民大会加以修正的。将近两千人的国民大会,在短短十日的会期中,要从事修正宪法,亦事实所不允许。不过到了今日,参政会宪政期成会对那个宪法将如何处置,的确是个问题。完全保全原来草案?将草案重加修正?令行起草宪法?这三条路到底采取哪一条路?

那个宪法草案是立法院起草的。那草案费了三年零几个月的时间,那草案经过了中全会经度的修正。在正式公布以前,曾将初稿等等在报章披露,经过征求民意的手续。在立法院方面看来,那草案是世界宪章中费时最久,手续比较周密，条文比较完备的草案。那草案似无再加讨论与修正的必要。

那宪章为世界宪章中费时最久者，或为事实。不过费时最久，并不能算草案毫无缺点的保证。传说，从前德国的宪法是俾斯麦一夜所草成。事之真伪，固可不知。然那个宪法直到一九一八年继废止。起草费时的长短，与宪法适合国情与否，关系并不甚大。民国二十五年的法草，固曾经过一度征求民意的手续，然此恐亦止于手续而已。所谓征求民意，止于当时报纸杂志之批评而已。在当时，真实民意是否能在报纸杂志披露，而立法院对那些文字，重视到何种程度，都是大问题。平心而论，当那宪法起草时，立法院曾慎重将事，有了世界各国宪法做参考，有了国中一部分公法学者参加，有了相当长久的研究讨论时间，那是事实。就事论事，那一百四十八个宪法条文，其中有思想周密，措词精细之点，不可一概抹煞。

然而有下面事实亦值得注意。第一，民国二十五年时，抗战尚未发生。经过这次抗战，国家政治经济等等有重大变动。旧宪草是否一切都能适应这个新环境，大是问题。第二，民国二十四年时候，在野政党尚不许公开，他们对宪法的意见尚无从贡献，今日举国团结，各党各派都有代表聚集于国民参政会，这个政治新形势，是否对旧宪草将发生相当影响，亦是大问题。第三，当日起草人限于立法院委员。立法院委员固包罗各门专家，故宪草中有专家的意见在内。但在当年，所谓专家是否真已尽数网罗，而地方代表与职业代表的意见，彼时是否已有采集与容纳的机会？这是否是旧宪法中的缺憾，又是问题。有了这种种理由，旧宪草当然还有改进的必要。

以旧宪草一百四十八个条文而论，从纯粹学理及实际政治的立场，可引起激烈讨论的条文尚多。本文不拟从事宪草条文的详细讨论，固不牵及。世界上根本没有至善至美的宪法。宪法条文上咬文嚼字，这未必于实际宪政真有补益。宪法贵能适合国情，且贵能实施。我个人意见，宪法能实行三条，即定三条；能实行五条，即定五条，这比较实际。英国的大宪章，人权请愿书，人权说帖，早的有七百多年的历史，晚的有三百多年的历史。以现代的宪法形式说起来，那真差得太远。那些却依然是英国宪法的柱石。他们最有价值点是精神未死，且实际上能够发生作用。宪法的形式是一天比一天更完备，宪法的条文是一天比一天多。一百多年前美国的宪法，比一九一八年欧战后那些新宪法，形式的完备上，内容的充实上，差得太远。然而比较有实效的宪法还要推美国。我个人的意见，参政会宪政期成会对旧宪草，应依据国情，加以大体修正，求其简单可行，求其朴实可用，绝不宜在抽象的原则上及空洞的形式上，多事争辩，枉费"劳而无功"的精力。这是我对于宪草的意见。

宪法怎样产生？这又要谈到国民大会的问题了。国民大会倒是个比较困难的问题。民国二十五年的时候，已经公布了国民大会的组织法与选举法。依据选举法，且已进行了一部分选举。如今有了下面这些问题了：宪法一定要经国民大会通过？国民大会即是民国二十五年选举的国民大会？

国民大会通过宪法，这是中山先生的遗教，对这点，大家认为无变通的余地。其次，二十五年的选举，既是依法选举，则应依法召集。有许多人都这样主张。不过，这里发生了这些困难问题：第一，二十五年的选举，尚未办理完毕，目前抗战期中，怎样完毕此事？这是一点。第二，国民大会代表总额为一千二百人，再加上民二十六年修正条文，国民大会代表由政府指定二百四十人，再加上国民党中央执监委，则全体人数在一千七八百人。这样大规模的国民会议，在抗战期中，怎样召集，在什麽地方召集，都是很值得斟酌讨论的问题。

宪法必经国民大会通过，这是孙中山先生的遗教。遗教应该尊重，固矣。不过中山先生定建国纲领的时候，何尝想到中国今日有这样大规模的抗战，更何尝想到就在抗战期中要实施宪政？守经从权，依时而定，这或者不牵连到违背遗教的问题。进一步来说，民二十五年的国民大会组织法及选举法，从权变通之点亦不少，又何尝条条依照了遗教？这点在立法院起草时还引起过许多很激烈的争论。当然，宪法是国家的基本大法，总希望"颁行全国，永矢咸遵"。宪法自然要经过民意机关庄严的通过，不过民意机关的组织，平时与战时，是否绝对不能从权变通？这是宪政期成会大可研究的问题。世界各国宪法，最后通过的方式，亦颇不一致。举些例子来说，法国一八七五的宪法，是在普法战争后产生的。那就是当时召集的国会仓忙中而且无意中产生的。那国会选举时并没有取得制宪权。法国的宪法亦没有再度经过什么民意机关的通过。但法国人民对法国的宪法，知道今天依然"永矢咸尊"。英国是不成文宪法，宪法随时在生长修正中，更无所谓国民大会的通过。至于那一二一五年贵族起草的大宪章，皇帝固然签字了，至于经过了什么人的通过，那更成问题。这里，我们的意见，全国基本大法，能普遍征求人民同意，自然尽善尽美。倘为环境所限，不得已而变通通过之手续，只要宪法是适合国情,而当权在位者有遵守宪法的诚意,则宪法的尊严自然有了。宪法颁布以后,效力渐次发生,基础渐次稳固,则自然能"永矢咸遵"。这里,我并非主张宪法不要民意机关的通过。我认定民意机关的组织与产生,似不必刻舟求剑,似应因时制宜。

我们更不要忘记,民国二十五年国民大会选举时,环境与今日绝对不同。在当时环境之下,国民党以外的人,是绝对不容易参加选举的。当时选举之实际情形,亦多可议之点,那是公开的事实。因为有此一切不满人意的经过,所以政府在民国二十六年继把选举法加以修正,一方面取消中央圈定的办法,一方面增加中央指定代表二百四十人。有此种种情形,则今日即召集民二十六之国民大会,通过宪法,宪法尊严究有多少,而宪法能否"永矢咸遵",依然都是问题。这亦是我个人主张国民大会之组织与产生,应因时制宜,应从权变通的重要理由之一。至于国民大会应如何组织与产生,问题牵涉颇广,亦不在本文范围之内。

还有一点应附带在此提及。宪草一四六条规定"第一届国民大会之职权,由制定宪法之国民大会行使之"。民二十六年四月十三日,立法院全体大会将此条删除,而于国民大会组织法第一条改为"国民大会制定宪法并决定宪法施行日期。"这种修改当时引起了许多疑虑与争点。当时林主席对修改还有许多解释,大意不外制宪机关与行使宪法职权机关应分开,以尊重宪法。惟当时社会的怀疑,却是宪法通过后,实施时期仍将延缓。宪政期成会对这个问题,取何态度,亦值得注意。在抗战时期,费偌大精力,召集国民大会,专事通过宪法并决定宪法施行日期,而后再行选举另一国民大会以行驶宪法职权,固非所宜。若通过宪法后,再延长宪政实施时期,更非所宜。此于"团结人心,集中力量"恐大有影响。这问题究如何解决,值得政府当局及期成会的注意。

上面是我个人对于期成宪政的意见。我主张实施宪政应立即实现。我主张旧宪草可以大体修改,求其适合新环境的国情。我主张国民大会的组织与产生不应刻舟求剑,应因时制宜,从权应变。至于关于修正宪草及修正国民大会组织法及选举法之详细意见,则不在本文之内,谨以待诸异日。

英国的战时经济措施

丁 佶

本刊曾载一文,《英国的经济动员》(《今日评论》第二卷第十二期),讨论英国在这次欧战发生之前对于战争经济的预备和计划。现在欧战已开始了有两个多月,除了在波兰和西线的陆空战争之外,海上战争和各地空中战争都已开始。本文想就目前所能得到的材料,报告英国自这次冲突开始以来关于经济方面的措施。

英国对德的正式宣战是在九月三日晚十一时,而八月底的局面已表出对德冲突的不可免。八月卅一日英政府为防止食品囤积起见,宣告人民对任何食品不得购置一个星期以上的供给数量。九月一日英政府向加拿大小麦局订购五百万布蓄的小麦,向丹麦加购二百七十万磅的腌肉。同日运输部宣告政府直接管理国内各铁路事业,下院通过五万万英镑的国防战费案。九月二日供应部下令管理主要物品,如铁、钢、羊毛、麻、天然丝、人造丝、木材、纸张、皮革等。

英国这次战时内阁的组织,除平时内阁的各部外,关于经济方面的设有食品部长(Food Minister)、商务部长(President of the Board of Trade)、劳工部长兼国家服务部长(Labor Secretary and National Service Minister)、供应部长(Supply Minister)、农渔部长(Agriculture and Fisheries Secretary)、运输部长(Transport Minister)、工务委员(First Commissioner of Works)、政务部长(Minister of Posts)、财政部出纳长(Treasury Paymaster General)与战争经济部长(Minister of War Economy)。有关战事工作各部门的联系由内阁负责,此外组有委员会,由财政部长西门主席,专司经济与金融方针的决定。

战争经济部长由（Ronald Cross）充任，法国亦有同样组织，法在英驻有代表，以求双方工作的联络。英政府对于该部的内阁组织和计划，在二年半前已筹划完备，部内人员在战前六个月内已选定。战争经济部的目的是在谋破坏德国的经济制度，使其不能有效地从事战争。所用的主要工具是战时违禁品办法的施行，以求封锁德国。英法认为对德封锁是他们获取胜利的最可靠的途径，用封锁以打破德国的速战速决的希望；他们以为封锁效力将来如何足以决定这次战争期间的长短。英国政府宣告其将充分引用作战国所具有的权利，劝告各国船舶凡载运物品直接赴德或赴中立国口岸而其货物能由之转往德国者，应自动驶往英国违禁品统制根据地受查，如检查后发现其载运违禁品者，英国将予没收，如发现未载运违禁品者，准其携照继续行驶。如船舶不自动驶往违禁品统制根据地，英海军将在海上实行检查，或瞩其驶往根据地受查。违禁品定列二类，第一类为绝对的违禁品，包括一切军器、子弹、炸药、化学战争适用之化学品、化学工业之机器与配件、化学品之材料、各种燃料、各种陆水空运输工具及制造与使用此类工具之机器材料、各种通讯工具及制造与使用此类工具之机器材料，硬币、金银、通货、债证及制造此各物之机器材料。第二类违禁物为非绝对的违禁品：包括一切食物、饲料、服务及制造服务之材料与物件。自违禁品统制制度施行之后，英国截获前往德国的物品，每星期有几万吨，如九月十七日末一周间共截获十万吨，价值五十万英镑，其中包括二万吨的石油产品，一万五千五百吨的铁矿砂与铝矿砂，一万吨磷酸盐。九月廿六日末一周间共截获七万余吨。法国方面自战始到九月廿五日，计截获违禁品十万吨，内包括二万四千吨之液体燃料。

至于英国自己的轮运，英海军在战事开始，即组织护卫办法，九月七日离英轮船的护送制度已实施，过一星期赴英轮船的护卫制度亦施行，防察德国潜水艇或空军对英轮或友轮的袭击。在上次欧战，英国在一九一七年的夏季，战事已开始了三年后，才组织好护卫制度，该次被护送的一万六千五百只的轮船中，一百零二只被德潜水艇炸沉。这次英国的轮运损失，据官方十月十七日的报告，英商轮总吨数二千一百万吨中，被德潜艇炸毁者共十五万六千吨，遇水雷及其他意外而损失者一万八千吨，共十七万四千吨，被德夺获者二万九千吨。英方同时宣称德国潜艇总数六十只中，三分之一已被英炸沉或炸毁。截至十月底止，英法商轮二千五百只已在护卫制度下行驶，其中受损失者只八只，损失率合三百之一。

关于财政和金融方面的措施，上面已提到九月一日英下院五万万英镑战费的通过。同日下院决议其他战时法规十余案。政府命令人民将所存有的金及外汇，除规定有理由之必需外，全数售予财部；并颁布凡五千镑以上之资本发行，无论其由公司或地方政府，其为国内或海外之用，必须经政府审查认为对于国家有益者，方予准许。这规定的目的在免除各方需求资本和吸用储蓄与政府发生竞争，亦以便利政府将来能于最优良的条件下发行国防公债。金市场在战争期内停闭，唯一购买者为英伦银行，每纯两价格定为一百六十八先令，英镑外汇率定为美金四元零二分与四元零六分。对优等债券亦各规定最低价格。证券交易所与银市场于战始即停闭，九月七日复开。十月廿五日商务部宣布此后银条及外国货币，非经当局发有执照，一律不准进口，目的在保护英镑，同时为帝国产银各地保留市场。九月六日英伦银行与财都协定，根据通货国防法，将银行发行部所存黄金总数二万八千万英镑转入外汇基金，以集中准备，英伦银行发行数额由此将增至五万八千万镑。八月底英伦银行发钞数额为五万零九百五十万镑，八月卅一日增加二千万镑，达五万二千九百五十万镑，九月廿一日增至五万四千六百万镑。外汇方面，政府规定凡离英旅客，除得有特许外，不得携带二十五英镑以上之货币出境。汇往外国之邮政汇款，必须说明汇款用途，每次汇额最多不得超过十英镑，每收款人每日收款亦最多不得超过此数。九月廿八日英伦银行贴现率减至三厘，十月廿六日减至二厘。减率的目的是在利便政府将来低利发行债券。这次英政府对资本市场的一切新发行直接加以统制，因之不需利用利率的提高以限制私用的资本发行。并且外汇方面此次亦直接统制，伦敦信用市场不至受国外影响，无需利用高利率以保护英镑。

最重要的财政方面的措施是九月廿七日财部长西门在下院提出的战时预算案，各项税率均加以提高。所得税标准税率由每镑收入征五先令六便士增至七先令六便士（一九三九年底前之收入税率增至七便士），可减算之项目均为降低，所得税之附加税率亦增加。遗产税与菸烟、酒、糖等货物的税率均提高。至于过分利得，原只定有军备利得税，现以一般过分利得税代之。以战前（本年四月初至八月底）之利得为标准，此后利得超过此数之额，纳税者应以百分之六十缴为过分利得税。战时财产价值增加税将来亦有规定与施行的可能。战时预算案估计各项税收本年度可增加一万零七百万镑，下年度可增加二万二千六百五十万镑。本年度支出预算为十九万三千三百万镑，收入预算为九万九千五百万镑，不足之额九万三千八百万镑，内五万万镑由已通过的国防公债补足，将来尚须增发公债。英政府的政策虽然是竭力由增加税收以应支出，以免膨胀（本年度支出的来源百分之五十一出于税收，上次欧战一九一五至一九一六的英政府支出，只百分之二十二是出于税收），而战时财政需求庞大，自然不能全部靠税收来负担，不过目前英政府尚不需发行公债。英政府劝示人民，财政是"国防的第四军"，人民须竭力避免非必要的资本支出，竭力储备以备购买战时公债。

关于物价与货物供给的统制，上面已提到食物囤积的禁止和国外小麦与腌肉的大量订购，供应部于九月二日派定人员统制各种主要货物。一切物品的批发与零售价格均规定不得超过八月底或九月初一周间的平均价格。国内所有现存食品及九月六日以后抵英的食品统由食物部收管。零售糖价定为三便士至四便士一磅。锡的最高价定为二百三十镑一吨。一切主要金属禁止出口，一切生铁进口免税。十月十二日通过货价法，其目的在防止一切有关生活费之物品价格发生过分之提高，凡违法谋不正当利益者得处以二年以下之徒刑或五百镑以下之罚金或两罚兼处。连违三次者得永久停止其营业。并组织有特别警察检查货物的囤积。

计口授物的办法到现在尚未施行，但政府已拟于十二月中旬起对乳油及腌肉首先施行这办法，因为这两种物品不耐久藏，并且政府战前对之未设准备。将来施行计口授物办法时，对每个消费者发给授物册，每人每星期限授乳油及腌肉四盎斯，或四口之家每星期各得一磅之乳油与一磅之腌肉。对其他物品将来亦有施行计口授物之可能。九月三日起各报纸减缩篇幅，由报业自行规定各报馆每周最高发行页数。有许多报纸已每份由二十四页减至十二页。羊毛的消费拟节省十分之一，毛线制造将限于轻细的种类，并掺用其他织维。九月十三日农业部报告来年新耕农地面积增加一百五十万英亩。九月廿日食物部自国外订购足供一年消费数量之糖一百万吨。战前英国与美国已签订物物交换的协定，九月八日罗斯福总统宣称此项协定系自八月二十五日生效，英国得自美国运出棉花。美国以六十万包棉花换英国之橡胶八万五千吨，十月初起运。十月十一日英国与苏俄赴英商务代表签订货物交换协定，苏俄以木材交换英国的锡与橡胶。为防止或减少苏俄物料售与德国起见，英国拟进行与苏俄订立其他商约，取得苏俄所有可供输出的小麦、石油与锰。英国方面则以海军建造所需的机器及殖民地的产物，如澳大利亚的羊毛、橡胶、可可等交换。

关于产业与劳工的统制，上面已提到九月一日英政府收管国内所有铁路公司的事业。九月三日，钢铁业亦归政府统制，由钢铁业联合会之主席负统制的职务，规定各主要钢铁产品的最高价格，并规定除政府各部门、铁路、造船、煤矿以及购买钢铁供给人民防御之用者外，凡一千磅以上钢铁之购买均须先由供应部领有执照，方准购买。废铁与废铜的出口亦需要供应部的执照。对于原料、设备、劳工、运输等方面的需求，英政府定有需求越先制度，首先优越关于一切与战争直接进行有关之需求，其次为与增加食物生产有关之各种需求，再次为与维持输出贸易有关之各种需求。九月六日颁布一九二三九年工作越先令，规定供应部得于审核请求认为必要后，发给越先证与政府各部门，准其工作得享越先办理之权。这种规定并非谓对任何政府工作均给予越先权，亦非对各种产业均加管理，只遇生产能量、劳工、原料、运输等因需求竞争发生缺乏或不足而对重要工作的进行有妨碍时方为发给越先证。供应部曾声明其志愿系在减少对工业机构之干涉，同时尽力求各业能自施管理，非必要时供应部不拟直接干涉。劳工部在战争期内的管理国内一切就业事项。凡雇主未得该部的许可不得新雇或重雇任何员工。九月十五日通过雇工统制法，政府得依该法防止雇用的竞争。十月十八日英国雇主联合会与工会联合会曾议为谋双方对于共同利益有关的事项得联络合作，合组一全国劳雇联合会议。至于战事发生对于雇工情况的影响，据劳工部九月十一日报告，失业人数比八月中净减七万六千人，男子就业增加较多，女工则因家庭解雇用人及其他战争而减少工作，失业者增加十七万五千人。依各业分析，失业人数减少者有煤矿业、钢铁业、工程及造船业；失业人数增加者为旅馆公寓、销售业、娱乐运动业、渔业、纺织业、衣服制造业等。

关于财产的战时保险，在战事未发生之前英国商会总会已定出详细办法，其主要内容如下：（一）除政府财产、公用事业财产、教堂等外，全国国内财产所有人均应受保。（二）凡自用或租用之建筑及其固定机器与产主设置均受保险，至于家具、货物及其他动产拟另设保险办法。（三）各产主应根据其目前火险保险所估之价值，为其财产按每磅二先令或以下之率投款，以集成公金，战事发生后每年保险费定为百分之一。财产被毁则另按户征收款额以补足公金。于损失申请被决定与承认后，给予受损者以暂时赔款证，该证周息三厘半，待将来保险办法终结时，此项赔款证减去应担数额，照所余之数换给政府所保证之赔偿债券。依此办法已组织有一独立互助战险赔偿信托公司，此公司以无股本之保证有限责任会社注册。战时存货保险亦规定强制施行，凡存货价值在一千镑以上者均需受保，保险费为每年百分之六。

  把上面所述的英国战时经济措施总括看来，我们可以得到几个结论。英国对这次战争经济，准备已有相当时间，如战争经济部的工作两年半以前已筹划完备，其他财政金融及军需，亦多少已预先布置。它们从上次欧战得到不少关于经济动员的经验，所以这次轮运护卫办法和违禁品的统制办法，都能立刻施行。所设经济管理机构这次亦比上次完备。金融方面，这次把银行发行存金转入外汇基金，因此伦敦金融市场可以直接统制，借款利率抑低，国内工商业正当需款不受阻碍，政府亦得低利借款。英国平时虽然未如何实行统制经济，而动员起来，并不比统制经济的国家为慢，政府各种规定施行出来，都能按照条文和原定计划进行，于关于物价统制，规定使不得超过战争前夕的水准，就能如此实现。这不但是由于人民知识水准较高，为公精神普遍，经济发展程度较高，亦在英国政治情形的优良。

滇西货币问题

周叔怀

滇西通用货币，素不统一。前此有旧票，新票，半开银币，镍币，铜钱，同时流通市面。民十七八年间，劣质广毫充斥一时，以交通之供求关系，商人之操纵居奇，互换比率，时有涨落；初来该处者，买卖记账，如入五里雾中，颇感不便之苦。抗战开始，政府推广法币，迄今年余，白银集中，旧票半开早已绝迹市面。现时通行者，除原有之新票，镍币，铜钱外，有中央发行之法币，一元以下之角币、镍联币颇为通行，一元以上者较少，各币中滇铸镍币一项，因民间习用日久，除大宗交割，使用钞票外，日常交易往来，零星找补，向以镍币为中心。二十七年四月兑换法币条例颁布之后，行使镍币之大理，凤仪，蒙化，宾川，以迄鹤麓一带——据报载迤东之昭通等县亦有同样情形，镍币价涨，新币（即上文所称新票）价缩，市面兑换比率，由新币每元二十七八枚，逐步趋跌，最近五六月来，仅得九枚左右，前后相差达十八九枚，成三与一之比例，买卖双方，均形缩手，影响所及，周转不灵，生计紧张，商业民生，交受其弊。政府银行当局，及早图维，彻底整顿，实刻不容缓也。

镍之用为货币，世界各国均有其深长之历史，然多用作补助辅币（Token Money）。换言之，镍币在整个货币系统中，仅居辅助地位，法律上为一种有限法偿货币，应用于零星找补；即交易买卖，其使用数量，需照法律规定，不能超过一定限度，否则可以拒绝承受。吾滇始用镍币约在民十三四年间，初发行于省垣，嗣后逐渐流通滇西及边远县区。政府当局发行之初衷，殆不过以之为补助辅币之用，其地位亦如铜元然。然此后用途以社会需要日渐开展。初以奸商私运劣质广毫入滇，与本省半开银币混合行使，然不久即循劣币驱逐良币之定律，将银币渐渐驱逐。嗣后又以半开银币，赝品甚多，成色不一，真伪莫辨；同时复不问市场需要，镍币大量鼓铸，流通外县，遂演成今日之局面。查镍之为物，其使用价值虽不及银币之分量轻小，携带便利，然实优于铜钱铜币，又无银币鉴定成色真伪之烦。故近年来镍币一项，在昆明附近区域，市面交易，绝无仅有，而在外县民间沿用既久，法定居补助币地位之镍币，在若干县区，其用途实已收钞票银票之本位币地位而代之。举凡物价工资契约交割，纯全以镍币计算。例如某甲营商，资本镍洋若干万元；某乙热心教育，捐助学校基金镍洋若干千元，播诸报章，屡见不鲜，凡此谙熟地方情况者，莫不明晓，乃无可讳言之事实也。

镍币在整个货币系统内，虽属有限法偿辅币，而在滇西社会，及其他若干县区，其使用范围与在其金融贸易上所操之势力，则与此相反。民间扭于积习，积重难返，具有历史的原因，无怪其然。本省省银行有调节金融，维持币政之职责，防微杜渐，抉择宜先。一年以还，经济枯竭，镍根奇紧，有谓奸商转达昭通方面，以牟厚利者；有谓旁远县区，如宁蒗金江沿边一带，仍沿用现金镍币，不惜重价私运者。商人操奇计赢，趋利如水之就下，禁运之令虽严，效力殆属有限。另一方面言之，镍之用为通货，作一般交易之媒介，具有长期之历史。一旦供求不相适应，煌煌示禁，一纸颁行，限令人民行使镍币，仅限于零星找补，多数则用法币。奈流行日久，积习已深，人民心理始终认识镍币系硬币之一种，白银集中之后，半开现金禁止行使，镍币成为良好的代用物，银行当局虽欲立即回复其有限法偿之补助辅币地位，奈一般民众，不明了此中深意，不谅解当局苦衷何？

各地县政府商会民众机关，观此困难情形，尝一再设法，协力维持，继照政府规定，镍币使用限于零星找补，恢复新币一元兑换镍币二十五枚之原定比率，违者处罚没收。然多数民众心理习用镍币已久，一旦易为辅币，殊非易事；另一方面用镍为辅币，单位太大，交易找补，困难甚多（最近报载政府有改定新币与镍币同值之议，是补助辅币问题更形重要矣）。结果每经一度维持之后，市面暗盘，新币兑换价格，愈形减缩，镍根合紧，物价因之提高。一般平民感生活费之高涨，感受困难。各地方政府与民众团体，苦心维持，终不免于失败，其原因在于币价的涨落，原不外由于简单的供求定律之作用，且此系一整个币制问题，枝枝节节之措施，则徒劳无功。

为今之计，欲安定人心，调节社会金融，殆不出两途。其一由下关及其他各地富滇分行，准备大宗镍币，应市面需求，无限制兑换，以维持原日规定新币一元与镍币二十五枚之比率为准则。此在本省政府规定铜镍等币同为补助辅币，供给市场需要，维持一定比率之原则下，诚属可采之办法。惟大宗镍币筹集不易，又以滇西环境特殊，金融混乱，具如上述。政府银行当局，如欲趁此时机，调整金融机构，矫正民间积习，正本清源，是项办法，称其经济学识社会眼光者，定觉其滞碍难行。况在中央统一全国币政厉行法币政策之大前提下，留此畸形之金融制度于若干县区，纵容滋植，事实与法律两不容许。欲谋根本解决，惟有限令向来行使镍币县区人民，于最短期内，照公平兑换价格，一律收回，禁止行使。同时发行铜元或辅币券，应市场之需要，规定铜币与法币之兑换比率，绝对维持。庶频年混战之金融市场，澈底澄清，社会民生，有调剂昭苏之望。

至若现时行使之铜钱，与昔日之制钱，已判然两物，昔日之制钱，总量成色，均极认真。比年以来，已为牟利奸商，销毁无遗，代之者尽属私铸劣品，且也一般生活费，日行高昂，而铜钱之用途日狭。盖货币为价格之尺度，社会进化，生活高涨，价格尺度之比值，亦随之而并增，大势所趋，无可避免。铜钱单位既小，丧失其货币之效用，似应同时一律销毁，免滋流弊。

就滇西社会经济之情况言，铜钱之作为补助辅币，不适应用，且数量太少，不敷分配，铜元又仅少数流通，无济于事，有时于银行当局，迅速调整。至若镍币与新币换算，规定为二十五与一之比，迄今年余，但在银行方面，事实上早已停止兑换，成为虚定价格，迫令市面交易，维持此虚定价格，实不可能。民间使用镍币，据一般经验，又嫌尺度太大，与此地生活标准不相适应，盖新币一元原兑换镍币二十五枚，近且改定十枚，交易找补，即不斥以镍币一角为单位（相当于镍辅币一枚等于中央五分）。昔日民间习用本位币之镍币，欲同复其补助辅币之地位不得，又一旦易而为辅币（subsidiary coins）其影响于金融市场民众生活之大，不言可喻。准是而观，镍币之存在，用作本位币为法律所不容，用作辅币又为社会经济情况所不许。地方金融市场，既乏合法适用之补助币存在，币制系统，亟宜从根本上调整。简捷有效之办法，在筹集大宗铜元，将现有之铜钱镍币立即收回，就以法币为主币，铜元为补助辅币，中央角币镍辅币照当行使。从兹币制调整，通省一致，前此积币尽销，便商利民，莫甚于此。

据最近报纸消息，省府经财厅富行会同提议，有改定新币镍币为一与一之比，即新币一元兑换镍币一元之说。是新定比率与目前市价完全一致。惟经此番剧烈改动之后，人民产业与购债务交涉，纠纷滋多，尚望当局厘定公允办法，以善其后。更有进者，本省新币与中央法币规定为二与一之比，此后滇铸镍币与中央镍币亦暂维持同样比率，行使当无滞碍。惟滇铸镍币既作新币之镍币，补助镍币一项已不存在，宜迅速筹发，以资周转。

经济为社会生活之命脉。十余年来，滇西民众，以经济窥败，币制混乱，苦痛已深！抗战开始以后，国内各地以国际汇价与国内物价交互影响之结果，物价高涨无已。滇西僻处，洪流激荡，大势所趋，无可避免，而币制之不健全，使生活费用，无形提高，实一主要原因。地方金融之调整，直接关系后方民众生活，间接影响抗战建国前途大计，统筹整理，刻不容缓。

评张君劢的《立国之道》

汪敬熙

一个月前,在桂林的书店里,买了一本张君劢先生著的《立国之道》。回家时,开卷一看,不禁大吃一惊。书的名字原来又叫《国家社会主义》。我国内,竟然有人公开提倡希特勒的流氓治国主义吗?在凡例最末一条,张先生拉出希特勒的政党应该评为"民族社会党"。看了这一条,略为放心;但是总不免觉得把National一字译作国家民族,区别的大小,似乎和Heury Newwan未入公教时所主张的Rowisk和Rowau二字之不同,差不多少。关于此点,以后再说。

凡例的第三条说,此书系张先生口译,冯今白先生笔记;所以"全文存有东说西说的痕迹,与平日运思后句斟字酌的文章自不相同。"看过此书,却有这样感想,觉得张先生实在没有费心费力去写这本书。那短短的序文似乎是出自张先生自己的手笔,其中便有这样的一长句:"吾中华民国苟不愿为世界两大壁垒所拉扯,唯有超然两者之上,自求解决之法,若长此迁延,恐陷于国际宰割之中,而成为西班牙之续。"先生写的太匆忙了,把几层意思硬并成一句,而且也没注意到比喻的意思和比喻的连贯。壁垒岂是能动的,岂是有手的,怎样能拉扯?超然壁垒之上,不是奇迹,便是和仙人一样,在天空站立了。无论两人写书似乎不可如此求速。在社会上有声誉的人尤其不可如此。

在这本书内,张先生论到政治、经济、学术思想等问题,最末还谈了一段哲学。讨论的范围甚为广泛,一个人甚难把这些方面都能讨论的好。在讨论政治和经济的时候,张先生的态度,极似美国心理学家和哲学家

Wll:awgaweg所讥笑的德国心理学家Wlhelw Wundt的研究学问的态度。他说，德国这位Billy，每遇到一个问题，必先列举以前研究过这个问题的人所发表的意见，然后以大学教授不偏不袒的态度，聚众说之长，去众说之短，而提出一个折中的学说；但是从来不注意这些众说之长，是不是根本上能并存的。张先生在经济上既不采共产主义，也不满资本主义，而要取两者之折中主义；在政治上既不完全赞成民治主义，也不完全同意独裁主义，而也要取两者之折中主义。但是张先生是否曾想到这些主义的长处是否能并存呢？讨论学术思想的部分也极使人不满意。至于讨论哲学的一般尾声毫无精神的见解，都是些老生常谈。

读完这本书，觉得这完全是个未曾做过深刻的学术研究，也未曾做过实际事业，而只饱读中外书籍的人；炒出来的一盘吃得吃不得大成疑问的菜。只读书而没有真正研究或做事的经验的人虽有精到的见解，因为既没有基础，便没有标准去批评书内的议论；而头脑内只充满了他人的见解，反使失去了独立观察事实的能力，不能有自己的见解了。我有此议论，并不是因为我像刘邦一样不好读书，而正是因为我曾做过囊鱼，深知吃饱了警而不能消化的苦。并且我们历史上也曾有过赵括熟读兵书而打大败仗的惨例。

张先生既自不信希特勒主义，然而从这本书里可以看出他是同情这种主义的，他那狂吹中华民族的文化，正和希特勒狂吹日耳曼民族的文化一样。并且他也为德国国社党洗刷纵火烧国会的罪恶。国内近来颇有许多同情德国国社党的人，这是一个危险的征兆。希特勒和墨索里尼的流氓治国主义，对于少数的资本家可以有好处，对于操纵这群流氓的人可以快意一时；但是对于一般人民是苦痛的，对于国家的生存是危险的，对于人类的进化是退步的。上帝使我国不走入法西政治，阿门！

关于农业研究的一点意见(通信)

曾 省

编者先生：

往昔吾国政府对于建设事业，多属周章应付，对于建设方面所需人才之培植，向缺缜密之筹划，故国家建设与教育二者，常扞格不通。每兴一事，不感人才之缺乏，则觉办事人员才力不足，以是困难业集，枝节横生，因循殆误，鲜克有成。尝见专家因久无适宜工作，怀才莫展，咨嗟怨怼，徘徊歧途，终致改途易辙，学非所用，殊属可惜！自抗战军事转入二期之后，后方重于前方，人民重于士兵，则今后政府对于农业之改进，乡村之建设，以及农民组织与训练，皆为急不容缓之举，然此事业范围广大，内容复杂，若求解决之道，适于实际需要，则农业研究工作尚矣。目下一般专家服务各机关者，意志坚定，见解明确，夙夜匪懈，努力工作，本诸所学贡献于国家社会者，固不乏人；然局于所见专于个人之所好，而不务实际有用之工作，或泄泄沓沓，坐失事功者，亦屡见不鲜。故政府宜有统筹培养人才之计划，与分配工作之方案，并厘定奖赏条例。兹简易办法数条于左，请揭登贵刊，藉借供政府及各界人士之商榷：

一，教育部、经济部，分函各专科以上农业学校及研究场所，调查教授技正、助教、研究员、统属技术方面而有研究能力者，饬将资格、经历及其研究与兴趣与成绩，统行呈报并令汇送已发表之研究论文以应审核。

二，由教育部召集国内最有声望之科学家与研究工作卓著之农业专家数人，并请经济部、内政部、军政部、财政部部长或次长，组织委员会，将上项呈报各件加以审查，认为合格者，准予登记（有许多农业问题事关内政、国防、教育经济者)。

三，各专家经审查准予登记后，即认为由国家任用。将来任免调动之权归诸政府，不得随校长所长之进退而有所更动。平时校长所长仅处于指导监督之地位。

四，政府参酌专家之经验与兴趣，并须依照国防及国民经济建设之需要，就地点之所在分配研究工作，限期完竣，并求实效，其推行办法及考核成绩规定，另订之。

五，如人才不足，政府应审度国家所需之何种人才，或指定大学设研究生学额，以资训练，或遣送出洋留学，再度深造。其详细办法另定之。

六，如上述办法能见诸事实，农业技术人员有所保障，安心研究，易于见效；同时由政府统筹，有计划，有目的，不复有工作重复，浪费金钱与时间之弊，农业改进成效必著。

本期撰者：

近来国内人士对宪政问题有热烈的讨论。本刊接到许多篇这类的文字，因篇幅限制，未能一并刊登。除上期有罗文干先生的《宪政问答》外，本期又有罗隆基先生的《期成宪法的我见》一文，下期拟登另篇。罗隆基先生是《益世报》主笔。

汪敬熙先生是中央研究院心理研究所所长。曾省先生现在四川大学农学院任教。周叔怀先生是云南大理中学教员。